GEFÄHRLICHER *Trotz*

Gefährlicher Trotz

Das Endspiel

Buch eins

selena

Selena

Gefährlicher Trotz
Urheberrecht © 2022 Selena

ISBN-13: 978-1-955913-83-6

Coverdesign © Ally Hastings

Klappentext

Es ist meine Pflicht der Familie gegenüber...

King
Als ich meine Arbeit für die Valentis antrete, erwarte ich nicht, dass mein erster Auftrag meine größte Herausforderung sein wird - die Tochter eines rivalisierenden Chefs zu heiraten.

Eliza Pomponio, die ebenso wild und vorlaut wie schön ist, ist nichts weiter als eine zickige Prinzessin, die immer ihren Willen bekommen hat. Und sie scheint entschlossen zu sein, mich dazu zu bringen, die Fassung zu verlieren.

Allerdings zählen alle darauf, dass wir den Frieden zwischen den New Yorker Familien wahren, und genau das werde ich tun.

Selbst wenn es sich als das Schwierigste erweist, was ich je getan habe.

Eliza

In nur einem Sekundenbruchteil wird mir meine Freiheit entrissen, als mein Vater mir sagt, dass ich einen Mann heiraten muss, den ich noch nie gesehen habe.

Ich erwarte einen achtzigjährigen Chef im Ruhestand, der als Bezahlung für seine Dienste mein jungfräuliches Fleisch begehrt. Das Gute daran ist, dass er in ein paar Jahren tot sein wird und ich dann wieder frei bin.

Ich bin nicht auf den gefährlich gut aussehenden Soldaten vorbereitet, den mein Vater präsentiert. Wie alles, was zu schön ist, um wahr zu sein, ist es auch mein neuer Mann. Er ist kalt, grausam und, was das Schlimmste ist, jung.

Plötzlich ist die Ehe eine Strafe und das Urteil lautet "lebenslänglich".

Das heißt, wenn ich ihm nicht vom ersten Tag an zeige, dass niemand Eliza Pomponio kontrollieren kann.

Gefährlicher Trotz

Für alle, die schon einmal befürchtet haben, dass man sitzen gelassen wird, wenn man jemandem seine beschädigten Teile zeigt.

Du wirst gesehen. Du bist wertvoll

Selena

.

Eins

Anmerkung zum Inhalt:
Dieses Buch ist nicht für Leser mit Triggern gedacht. Wenn du harte Grenzen hast, werden meine Bücher sie überschreiten. Gebe dieses Buch zu deiner Sicherheit bitte zurück, wenn du Trigger JEGLICHER Art hast.

Eliza Pomponio

»Weißt du, wer er ist?«, fragt Bianca aufgeregt beim Brunch.

»Nein«, gebe ich zu, und der Kummer beschwert jedes Wort, das ich sage. »Nur ein Name. Ich bin heute Nachmittag mit ihm verabredet. Ich habe noch nie von ihm gehört.«

Das ist nicht überraschend. Ich kenne niemanden in der Valenti-Familie, weil sie alle selbstsüchtige Arschlöcher sind, die nichts ohne böse Absichten tun. Ich weiß alles, was ich wissen muss: Halte dich fern.

Und jetzt weiß ich, dass einer von ihnen mein Mann

werden wird, weil mein Vater beschlossen hat, mich als Friedensangebot für die skrupelloseste italienische Verbrecherfamilie in New York zu opfern.

»Vielleicht wird es gar nicht so schlimm«, sagt Bianca mit einem verschmitzten Lächeln. »Vielleicht ist er ja ganz süß. Ich meine, Al Valenti würde ich ficken.«

»Nun, es ist nicht Al. Der, wenn ich mich recht entsinne, dreimal so alt ist wie wir.«

»Und verdammt heiß«, meint sie entschlossen. »Er hat was von Al Pacino, verstehst du? Ganz zu schweigen davon, dass er wissen würde, was er tut. Wir sind noch Jungfrauen, E. Ich brauche keinen High-School-Jungen, der nur darauf aus ist, auf seine Kosten zu kommen. Ich brauche einen Mann mit etwas Erfahrung, der weiß, wie man seine Frau glücklich macht, sie richtig verwöhnt.«

»Ich brauche überhaupt keinen Mann«, sage ich, leere meinen Mimosa und kippe das Glas in Richtung unserer Hausköchin, die auch die Mahlzeiten serviert, wenn nur die Familie oder ein paar Freunde da sind. »Warum müssen wir überhaupt so jung heiraten? Ich mag mein Leben, wie es ist. Ich brauche keine Veränderung.«

»Weil sie Angst haben, dass du einen anderen Kerl *den Liebeskanal durchschwimmen* lässt, bevor du den Bund fürs Leben schließt. Wir haben Glück, dass sie bis jetzt warten, bis wir achtzehn sind. In wie den alten Tagen …« Bianca wackelt mit den Augenbrauen.

Ich schiebe meinen Teller weg und lehne mich zurück. »Wenigstens war ich nicht von Geburt an verlobt. So ein Scheiß passiert immer noch, selbst wenn sie warten, bis wir achtzehn sind, um uns zu verheiraten.«

»Du wusstest, dass dieser Tag kommen würde«, meint Bianca und mampft mit einem Schimmer von Selbstgefälligkeit in ihren Augen ein Stück Melone. Verdammte verfeindete Freundin. Sie lacht wahrscheinlich innerlich und hofft, dass ich für den Rest meines Lebens unglücklich bin.

»Das gilt auch für dich«, erinnere ich sie und nehme meinen dritten Mimosa an diesem Morgen mit einem dankbaren Nicken entgegen. »Du bist siebzehn.«

»Ich bete nur, dass ich nicht irgendeinen alten Sack erwische, der keinen hochkriegt«, sagt sie und rümpft ihre hübsche Nase. »Es gibt einen effektiven Zeitpunkt in der Mitte zwischen zu jung und zu alt.«

»Lieber Gott, ich würde dafür bezahlen, einen alten, gruseligen Kerl zu bekommen, der keinen hochkriegt.«

»Du bist verrückt«, sagt Bianca mit einem wilden Lachen. »Willst du keinen Sex haben? Außerdem geben sie dich nur an so jemanden ab, wenn du erledigt bist und sie dich aus dem Weg haben wollen.«

»Von mir aus«, erwidere ich. »Aus den Augen, aus

dem Sinn. Ich könnte mein eigenes Leben leben, und er würde in ein paar Jahren sterben, und ich hätte den Rest meines Lebens, um zu tun, was ich will.«

»Ich nicht«, meint Bianca. »Ich will mitten im Geschehen sein und nicht in die Villa eines alten Mannes in Montauk verfrachtet werden, wo nie etwas passiert. Ich würde vor Langeweile sterben.«

»Wollen wir tauschen?«, frage ich. »Du kannst meine Verlobung haben.«

»Auf keinen Fall«, quiekt sie. Trotz all ihrer großen Worte würde sie nicht mit mir tauschen, selbst wenn sie könnte. Die Männer haben den Frauen in den letzten Jahrhunderten eine Gehirnwäsche verpasst, damit sie glauben, dass die Ehe etwas ist, was sie wollen, aber *unsere* Augen sind offen. Die Ehe ist das Ziel für Frauen. Nicht das Endziel, aber das Ende aller anderen Ziele.

*

»Bist du fertig?«, fragt Sylvia mich, die ihren Kopf in mein Zimmer steckt.

»Soll ich etwa ein Ballkleid anziehen und in Zeitlupe die Treppe hinuntergehen, damit mein zukünftiger Besitzer einen Blick auf die Ware werfen kann, die er bei dieser Transaktion bekommt?«, frage ich und rolle mit den

Augen.

Sylvia stutzt, kommt ins Zimmer und zerrt am Saum meines Sommerkleides. Es ist dasselbe, das ich in der Kirche und dann beim Brunch getragen habe. Ich habe nicht vor, auch nur ein Outfit für diesen Kerl zu ändern. Es ist schon schlimm genug, dass ich ihn heiraten muss. Ich muss nicht auch noch meine Persönlichkeit für ihn ändern.

»Es schadet nie, einen ersten Eindruck zu hinterlassen«, erklärt sie, tritt zurück und mustert mich.

»Ich werde so oder so einen ersten Eindruck machen«, sage ich. »Ich bin nicht darauf aus, einen guten Eindruck zu hinterlassen.«

Sie schüttelt den Kopf und seufzt. Als Mama wegging, versuchte Papa, ein Kindermädchen einzustellen, das auf mich aufpassen sollte, während er weg war, was stets der Fall war. Zu dumm, dass er nicht die Finger von ihr lassen konnte – oder von einer der anderen, die ihr folgten. Ich habe mehr als die Hälfte meines Lebens damit verbracht, zuzusehen, wie eine Parade junger, vielversprechender Frauen in unser Haus kam, um mich zu lehren und zu führen, nur um es ein paar Monate später mit tränenverschmierten Gesichtern und gebrochenen Herzen wieder zu verlassen.

Nach all dem? Ich wäre immer noch lieber eine von

ihnen als eine Ehefrau. Sie verließen ihn mit ihren verletzten Egos und mit Geschichten, die sie ihren Freunden erzählen konnten. Mutter floh wie ein Flüchtling in der Nacht mit Geschichten aus ihrem früheren Leben, die sie niemandem erzählen konnte.

»Sieh dich an, du bist erwachsen und bereit, dein neues Leben zu beginnen«, sagt Sylvia und sieht aus, als könnte sie tatsächlich weinen. Sie hat viel länger durchgehalten als die meisten anderen, jetzt schon ein paar Jahre. Sie versucht, sowohl meine Schwester als auch meine Mutter zu sein, was mich ein wenig traurig macht. Es sorgt auch dafür, dass ich mich ihr nicht wie einer Schwester anvertraue oder sie wie eine Mutter respektiere, obwohl ich sie mag. Papa hat aufgehört, sie zu bezahlen, als ich achtzehn wurde, aber sie bleibt wegen der anderen Vorteile – dem schicken Lebensstil und, wie ich annehme, dem Schwanz.

Ja, ich weiß mehr über das Sexleben meines Vaters, als einem durchschnittlichen Mädchen lieb ist, aber er hat mir nie etwas verheimlicht – was ich zu schätzen weiß. Ich bin damit aufgewachsen, auf seinem Schoß zu sitzen, während er Poker spielte, verdammt noch mal. Ich weiß viel mehr über das Leben und alles, was es mit sich bringt, als ich wahrscheinlich sollte, einschließlich der Mätressen. Bianca ekelt sich immer vor dem Gedanken, dass ihre

Eltern etwas anstellen, aber bei uns ist es so offensichtlich, dass wir nicht zimperlich damit umgehen. Es ist eine unausgesprochene, aber bekannte Tatsache, dass Anthony Pomponio alle Muschis bekommt, die er will.

»Können wir das einfach hinter uns bringen?«, frage ich und seufze, als Sylvia in meiner Handtasche kramt. Sie holt ein kleines Fläschchen mit Atemspray hervor und hält es mir entgegen.

»Wie viel hast du zum Mittagessen getrunken?«, fragt sie in einem schimpfenden Ton.

»Nicht annähernd genug«, murmle ich, aber ich öffne meinen Mund und lasse sie meinen Atem trotzdem minzfrisch machen. Sie führt mich aus dem Zimmer und den Flur entlang. Und obwohl ich mich gut angeheitert habe, um nicht nervös zu werden, höre ich plötzlich jeden Schlag meines Herzens wie den Schlag einer Trommel, die Soldaten in eine aussichtslose Schlacht führt, in der sie drei zu eins unterlegen sind.

»Warte«, sage ich und ergreife Sylvias Hand. In meinem Kopf kreisen die Gedanken um die Möglichkeiten. Wen hat Al Valenti für mich ausgesucht? Wahrscheinlich jemand, der von innen und außen abscheulich ist, jemand, der mich für all die Leben bestrafen wird, die meine Familie genommen hat. Plötzlich fällt mir der tätowierte Riese ein, den sie *Il Diavolo* nennen, jemand, der so brutal ist, dass selbst der Teufel vor ihm Angst hätte, und mir werden die Knie weich. »Hast du ihn getroffen?«

Sylvia schenkt mir ein verschwörerisches Lächeln. »Er ist ein Hingucker«, flüstert sie und drückt meine Hand.

»Wer ist er?«

»Ich weiß es nicht. Irgendein neuer Typ.«

»Ein *Soldat*?«, frage ich ungläubig. Sie haben einen Niemand für die Tochter eines legendären Mafiabosses ausgewählt?

Ich bin zu beleidigt, um mir eine Antwort einfallen zu lassen. Es ist nicht Sylvias Schuld. Ich weiß, sie hält es für eine Ehre, die Frau von jemandem zu sein, aber ein *Soldat*?

Bevor ich weiter fragen kann, höre ich die Stimme meines Vaters aus dem Arbeitszimmer unter mir. Ich kann nicht verstehen, was er sagt, aber ich konzentriere mich darauf, es zu versuchen, während ich die Treppe hinunter taumle. Ich habe zu viel getrunken, um mit dieser Situation fertig zu werden, aber oh Gott, es war wirklich nicht genug. Das Verlangen, an der Hausbar anzuhalten, packt mich, und bevor ich weiß, was ich tue, bin ich auf dem Weg dorthin, um einen oder zehn Shots zu trinken, bevor ich mich mit diesem Arschloch treffen muss. Ich brauche etwas, um den Drang zu besänftigen, dem Verlierer zu sagen, dass er nie eine wie mich heiraten wird.

»Nur um meine Nerven zu beruhigen«, versichere ich Sylvia, während ich mir eine Flasche Patron schnappe und mir einen Schluck einschenke.

Zehn Minuten später steht mein Vater in der Tür, mit einem finsteren Gesichtsausdruck. »Was machst du hier drin?«, fragt er und zieht die buschigen Brauen über seinen finster dreinblickenden Augen zusammen.

»Sollte er nicht hier reinfegen, um mir den Hof zu machen?«, frage ich und reiße die Arme in die Luft. Ich stolpere ein wenig, stoße gegen das Ledersofa und lasse mich wieder darauf fallen.

»Hol ihr einen Kaffee«, schnauzt er Sylvia an. »Ich werde ihn hierherbringen. Aber du kommst da nicht mehr raus, Liza. Es ist bereits entschieden. Nichts, was du jetzt tust, wird daran etwas ändern. Und ich werde nicht zulassen, dass du unsere Familie zum Narren hältst.«

»Ja, Papi«, sage ich ganz lieb.

Eine Minute später ist er wieder da, mit einer hochgewachsenen Gestalt, die hinter ihm wie ein Schatten aufragt, der sich am späten Nachmittag auf dem Bürgersteig ausbreitet, überlebensgroß. Aber der Mann, der hinter ihm auftaucht, ist nicht übermütig wie jemand, den man mit diesem Begriff beschreiben würde. Stattdessen ist er steif und förmlich, ein Stirnrunzeln umspielt seine feine Stirn. Sein gemeißelter Kiefer ist zusammengepresst, und seine kantigen Gesichtszüge sind in zornige Linien gezeichnet. In dem Moment, in dem meine Augen seinen dunklen, kalten Blick treffen, reagiert alles in meinem Körper. Ich muss zu viel getrunken haben, denn plötzlich macht mein Bauch einen kleinen Salto, als ob mir schlecht werden könnte, und mein Herz beginnt zu rasen, und mein Blut scheint in meinen Adern zu zittern.

Ein Blick in seine schokoladenbraunen Augen und ich weiß, dass ich einen schrecklichen Fehler gemacht habe. Ich hätte diese Tequila-Shots nicht nehmen sollen. Ich hätte nicht erwarten sollen, dass Als hässlicher Onkel kommt, um mich abzuholen. Nein, dieser Typ ist viel schlimmer. Er ist nicht irgendein alter Kerl, den man mit unaufrichtigen Schmeicheleien darüber, wie heiß und jung er noch ist, dazu bringen kann, nach meiner Pfeife zu tanzen. Dieser Kerl *ist* immer noch heiß und jung. Zu verdammt heiß und viel zu verdammt jung. Er wird nicht irgendwann in den nächsten fünfzig Jahren an zu viel Alfredo-Sauce sterben.

Plötzlich kann ich nicht mehr atmen. Meine Ehe wird nicht vorbei sein, bevor ich fünfundzwanzig bin. Sie wird nie zu Ende sein. Es geht nicht um ein Opfer für die Familie. Es ist eine Haftstrafe und sie lautet lebenslänglich. Ich spüre, wie sich die Fesseln um meine Rippen mit jedem Atemzug enger ziehen, während er mich mit seinem Blick festhält, die giftige Grausamkeit in seinem Blick bohrt sich in mich, als würde er mich bereits mehr hassen als ich ihn.

Er ist schließlich ein Valenti. Meine Familie hat so viele von ihnen getötet, wie sie uns getötet haben. Und jetzt bin ich ihm ausgeliefert. Er denkt wahrscheinlich schon darüber nach, welche sadistischen Qualen er mir für den Rest meines Lebens zufügen wird.

Meine Knie werden schwach. Oh Gott. Ich bin dem Untergang geweiht.

Er schreitet zum Sofa, stellt sich über mich und schaut erwartungsvoll auf mich herab, als ob er nur mit seiner Größe über mich herrschen könnte. Als ich nicht aufspringe, um mich vor ihm zu verbeugen und ihm zu sagen, wie froh ich bin, dass ich wie ein Stück Vieh an einen absoluten Niemand verkauft werde, runzelt er noch stärker die Stirn. Dann streckt er seine Hand aus, als wären wir in einem verdammten Geschäftstreffen.

»Ich bin King Dolce«, sagt er. »Du musst Eliza sein.«

Verdammt noch mal. Sogar seine Stimme ist sexy, voll und weich wie schmelzende Schokolade.

Aber trotz seines Aussehens und seiner Stimme ist er zu verklemmt, um sexy zu sein. Ich meine, der Typ versucht ernsthaft, mir die Hand zu schütteln wie ein spießiger alter Mann aus einem Jane-Austen-Roman.

Ja, scheiß drauf. Ich bin nicht verdammt. Ich werde

nicht so einfach aufgeben. Ich gebe für niemanden klein bei, nicht mal für meinen zukünftigen Ehemann. Es ist sogar noch wichtiger, ihm zu zeigen, dass ich mich nicht kontrollieren lasse. Wenn er alt wäre, könnte ich es vielleicht ein paar Jahre lang aushalten. Aber wenn ich den Rest meines Lebens mit diesem Arschloch verbringen will, muss ich ihm ganz schnell das Handwerk legen. Angefangen bei der Tatsache, dass ich niemanden respektiere, der es nicht verdient hat.

Ich ignoriere seine Hand, ziehe eine Augenbraue hoch und begegne seinem Blick mit einer Herausforderung in meinen Augen. »Du sollst mit mir fertig werden können?«, frage ich. »Du kannst nicht älter sein als ich.«

Er nimmt seine Hand zurück und wirkt einen Moment lang sprachlos, als wüsste er nicht, was er sagen soll.

»Eliza«, bellt Papa. »Steh auf und lerne deinen Verlobten kennen.«

»Oh, richtig«, sage ich und erhebe mich mühsam von der zu weichen Couch. »Tut mir leid, Papi. Ich werde mich von meiner besten Seite zeigen. Niemand will einen Diamanten mit Fehlern.«

King bietet mir erneut seine Hand an, diesmal um mir aufzuhelfen, aber ich ignoriere sie wieder. Ich stemmte mich hoch und starrte direkt auf seine Brust. Verdammt, der Kerl ist groß, locker über eins-neunzig und trägt einen Armani-Anzug. Ich dachte, er wäre nur so ein Trottel wie mein Ex, Tommy. Er muss wichtig sein, um sich eine solche Garderobe leisten zu können – oder zumindest reich.

Eine Sekunde lang betrachte ich, wie er den Anzug ausfüllt, von seinen breiten Schultern bis zu den wohlgeformten Muskeln, die ich unter seinem weißen Hemd erahnen kann. Gleichzeitig mustert er mich, als wolle er sich vergewissern, dass sein Kauf seinen Ansprüchen gerecht wird. Als ich schließlich meinen Blick zu ihm hebe, sieht er mich noch grimmiger an.

Er kann unmöglich etwas an meinem Aussehen auszusetzen haben. Oder doch?

»Lassen wir den beiden einen Moment Zeit, sich kennenzulernen«, schlägt Sylvia vor und geht zur Tür. »Ich lasse Sandwiches hochschicken.«

»Gute Idee«, sagt Papa. »Ich bin gleich hier.«

Ich lache fast. Auf keinen Fall lässt Papa sein kleines Mädchen mit einem Valenti allein. Vielleicht gibt es ja doch noch Hoffnung für mich. Ich habe vielleicht geweint und gebettelt, als er mir von der Verlobung erzählt hat, aber es gibt andere Wege, um zu bekommen, was ich will. Ich habe hier keine Macht, also muss ich mich auf die Macht der Manipulation verlassen. Aber hey, ein Mädchen muss mit dem arbeiten, was sie hat.

King starrt mich immer noch entgeistert an und weicht nicht zurück. Er ist so nah, dass ich ihn anfassen könnte, wenn ich wollte, um zu sehen, ob diese Muskeln so hart sind, wie sie aussehen.

»Sind Sie betrunken?«, fragt er mit einem Anflug von Ungläubigkeit in seiner Stimme.

»Verurteilst du mich etwa?«, schieße ich zurück.

Er starrt mich einen langen Moment an, die Muskeln in seinem Kiefer arbeiten, als ob er sich zurückhalten würde, zu sagen, was er will. Das ist gut. Er sollte eingeschüchtert sein. Wenn nicht durch mich, dann durch meinen Vater, eines der Oberhäupter der fünf italienischen Familien in dieser Stadt. Das muss man dem Kerl lassen, er hat Mumm, allein hierherzukommen, während sich unsere Familien seit einem Jahrzehnt im Krieg befinden. Es könnte eine Falle gewesen sein. Aber er ist klug genug, Papis kleines Mädchen nicht vor ihm zu beleidigen.

»Es hat mich gefreut, Sie kennenzulernen«, sagt er schlicht. »Sagen Sie mir Bescheid, wenn Sie sich vor der Hochzeit noch einmal treffen wollen, um die Einzelheiten zu besprechen. Ansonsten vertraue ich darauf, dass Sie mehr als fähig sind, die Vorbereitungen zu treffen.«

Jetzt bin ich diejenige, die sprachlos ist. Ich starre ihn an, gefangen zwischen Empörung und Wut. Er scheint sich genauso wenig für mich zu interessieren wie ich für ihn. Sehr zu meinem Ärger fühle ich mich durch seine Gleichgültigkeit verärgert, ja sogar beleidigt.

»Bist du nicht gekommen, um mich zu umwerben?«, frage ich mit einem spöttischen Unterton in meiner Stimme.

»Ich glaube nicht, dass das nötig sein wird«, meint er. »Wenn Sie meine Zustimmung zu irgendwelchen Hochzeitsentscheidungen brauchen, können Sie mir eine E-Mail schicken, und ich werde sie absegnen.«

»Sie dir mailen?«, wiederhole ich ungläubig. »*Zustimmung?*«

»Es sei denn, Sie möchten sich vorher noch einmal treffen«, sagt er und wirft mir einen Blick zu, den mein Vater von seiner Position hinter ihm aus nicht sehen kann. King fordert mich heraus.

Nun, dieses Spiel können zwei spielen.

»Nicht nötig«, gebe ich zurück und hebe mein Kinn. »Wir haben einen Veranstaltungskoordinator.«

»Dann ist es abgemacht«, sagt King. »Wir sehen uns vor dem Altar.«

Ohne ein weiteres Wort dreht er sich um und schreitet auf meinen Vater zu, um ihm die Hand zu schütteln. »Ihre Tochter ist so schön, wie ich gehört habe«, sagt er ihm. »Ich fühle mich geehrt, dass ich die Gelegenheit habe, unsere Familien mit dieser Verbindung zusammenzubringen.«

Ich möchte schreien und ihm die Tequilaflasche an den Kopf werfen, aber mein Vater sieht schon aus wie ein Dampfkochtopf, der kurz vor dem Platzen ist, also begnüge ich mich damit, noch mehr Alkohol in die beiden Schnapsgläser zu schütten, die ich vorhin geholt habe. Sobald King weg ist, schreitet Papa zur Bar und reißt mir das Schnapsglas aus der Hand.

»Du wirst unsere Familie nicht noch einmal so beleidigen, hast du mich verstanden?«, brüllt er mit wutverzerrtem Gesicht. Mit dem legendären Pomponio-Temperament ist nicht zu spaßen. Papa hat keine kurze Zündschnur, aber wenn diese Zündschnur brennt …

Ich husche vom Stuhl und um die Theke herum, sodass der massive Eichen-Tresen zwischen uns steht.

»Es tut mir leid«, jammere ich. »Es ist nur so, dass er so schrecklich ist, Papi! Er wird mich umbringen. Er wird mich für den Krieg zwischen unseren Familien bezahlen lassen. Ich kann ihn nicht heiraten, Papi! Ich kann es einfach nicht. Ich werde sterben!«

Die Nasenflügel meines Vaters blähen sich und er atmet schwer, während er mich anstarrt und sein Gesicht wieder annähernd seine normale Farbe annimmt. Früher ist er immer auf meine Theatralik hereingefallen, aber ich glaube, er hat es langsam begriffen. Vielleicht hat er ja recht. Vielleicht ist es an der Zeit, dass ich zu einer neuen Familie weiterziehe, zu einem neuen Mann, der meine Tricks nicht so gut kennt.

»Die Hochzeit findet statt«, sagt er. »Und das ist endgültig. Hast du mich verstanden?«

Ich nicke und schlucke den Kloß in meinem Hals hinunter. Vielleicht habe ich die Hysterie nur vorgetäuscht, aber dieser Mann war echt schrecklich, und ich fürchte wirklich, was die Zukunft bringt, welche Strafen er für die Verbrechen meiner Familie für angemessen halten wird. Aber so sehr ich es auch hasse, man kann dem Schicksal nicht entkommen.

Ich habe immer gewusst, dass dies meine Pflicht gegenüber der Familie ist, der Preis dafür, eine Pomponio zu sein. Ich bin stolz auf meinen Namen und darauf, woher ich komme. Zu diesem Erbe gehört es, aus politischen Gründen zu heiraten. Ich muss einfach das Beste daraus machen. Vielleicht hat King einen gefährlicheren Job, der mich zur Witwe macht, bevor ich fünfundzwanzig bin, trotz seines Alters. Wenn nicht, muss ich einfach von Anfang an ein Machtwort sprechen und ihm zeigen, dass ich keine unterwürfige kleine Haussklavin bin. Ich war schon immer eine rebellische Tochter. Jetzt werde ich stattdessen eine rebellische Ehefrau sein.

Selena

Schließlich bin ich jetzt nicht mehr das Eigentum meines Vaters, sondern das meines Ehemannes. Spielt es wirklich eine Rolle, welcher Mann versucht, mich zu kontrollieren?

Papa hält mein Schweigen für Gehorsam und atmet schwer. »Sylvia kann dir bei der Planung helfen. Ich möchte auch, dass du die Töchter der anderen Familien mit einbeziehst. Eine Brautjungfer aus jeder Familie, zusammen mit einigen unserer Mädchen. Mit allen fünf Familien zusammen sind wir stärker denn je gegen die russischen und irischen Organisationen.«

Ich brauche nicht zu fragen, warum wir uns mit der Bratva solidarisch zeigen. Es gibt noch viele andere Verbrecherfamilien neben der italienischen. Papa wird der ganzen Stadt zeigen wollen, dass zwischen den Valentis und uns Frieden herrscht. Das schützt uns vor ihren Verbündeten und lässt uns stärker denn je erscheinen.

»Muss ich Lizzie Salvatore einladen?«, frage ich und fürchte mich vor dem Gedanken, dass die kitschige kleine Prinzessin aus New Jersey eine meiner Brautjungfern sein könnte. Es macht Spaß, mit ihr zu feiern, denn sie macht das schon, seit sie dreizehn ist, und kennt alle Partyspots. Aber wahrscheinlich wird sie ihr Kleid bis knapp über den Hintern tragen, sich bis zum Umfallen betrinken und vergessen, Unterwäsche zu tragen. Vielleicht mag ich meinen Bräutigam nicht besonders, aber das heißt nicht, dass ich keine schöne Hochzeit will. Jedes Mädchen hat das verdient, auch wenn sie einen herzlosen Fremden heiraten muss.

»Alle Familien«, wiederholt Papa. »Ihr habt sechs Wochen Zeit. Du wirst das Haus in den Hamptons für den Empfang benutzen. Und ich erwarte, dass du deinen zukünftigen Ehemann anrufst und dich entschuldigst. Ein Mann will keine Säuferin heiraten.«

Damit verabschiedet sich Papa. Ich lasse mich auf die Couch fallen, lege den Kopf zurück und atme tief ein. Trotz der Ereignisse des Tages bin ich keine Trinkerin. Ich wünschte, ich wäre es. Dann könnte ich die ganze Sache einfach betäuben. In einem verwirrten Nebel durch die Suppe des Lebens schwimmen.

Aber selbst ich weiß, dass ich damit nicht glücklich wäre. Ja, ich feiere gerne und mache gelegentlich Blödsinn, und in letzter Zeit tue ich das öfter, als ich sollte. Aber Alkohol ist eine Rebellion, eine Behauptung meiner Unabhängigkeit. Ich verwende ihn nicht, um mit den Traumata des Lebens fertigzuwerden. Die kann ich auch ganz gut allein bewältigen. Ich brauche keine Hilfe. Ich habe mir meine kleinen Freiheiten zu hart erkämpft, um in einen Käfig zu gehen, den ich selbst gebaut habe.

Selena

Zwei

King Dolce

»Wie läuft`s?«, frage ich und beobachte meinen Bruder aufmerksam, während wir vor den Spiegeln stehen, ein Schneider zu unseren Füßen. Schuldgefühle durchzucken mich, wie jedes Mal, wenn ich ihm in seine verzweifelten Augen schaue. Er wird lernen müssen, diesen Blick zu verbergen, wenn er in dieser Welt überleben will. Die Mafia ist nicht der einzige Ort, an dem ein Mann vernichtet wird, wenn er sich nicht einen Panzer zulegt, der zu dick ist, um von Schmerz durchdrungen zu werden.

»Gut«, sagt Royal, streckt die Arme aus, rückt die Ärmel seines Mantels zurecht und zuckt mit den Schultern, um sicherzustellen, dass er richtig sitzt. Ich sehe, dass er fleißig Gewichte gestemmt hat. Er ist jetzt so groß wie ich, obwohl er erst sechzehn ist.

Neben ihm bekommen auch die Zwillinge ihre Hosen abgesteckt.

»Komm mir nicht mit diesem Scheiß«, sage ich zu

20

Royal und senke meine Stimme. »Ich bin dein Bruder. Ich weiß, dass es dir verdammt noch mal nicht gut geht.«

Acht Monate sind seit der Entführung vergangen, die eigentlich inszeniert sein sollte, aber viel zu real war. Sechs Monate sind vergangen, seit sein Zwilling in einem dunklen Fluss verschwand und nie zurückkehrte. Ich erwarte schon lange nicht mehr, dass er zur Normalität zurückkehrt. Aber ich will nicht, dass er mich dafür hasst, dass er denkt, ich sei weggelaufen und hätte meine Hände in Unschuld gewaschen. Wenn ich mit ihm in diesem Keller hätte tauschen können, hätte ich es getan. Wenn ich mit Crystal in diesem Wasser hätte tauschen können, hätte ich es getan.

Ich hätte ihn retten sollen. Ich hätte sie retten sollen.

Ich habe sie alle so oft enttäuscht, auf so katastrophale, irreparable Weise.

»Ich kann nicht glauben, dass unser großer Bruder heiratet«, sagt Duke, legt einen Arm um die Schulter seines Zwillings und grinst mich an. »Als ob du schon erwachsen wärst oder so.«

Ich schaffe ein halbes Lächeln. »*Oder so* klingt eher richtig.«

»Ja«, sagt Royal. »Wir sollten *dich* fragen, wie es läuft.«

Sie sind seit ein paar Tagen hier, und ich habe ihnen schon erzählt, was Sache ist. Aber es ist schwer zu reden, wenn unsere Eltern dabei sind. Mama braucht viel Aufmerksamkeit, und Papa ist immer auf der Lauer und sucht nach einer Gelegenheit, die er zu seinem Vorteil nutzen kann.

»Ich kenne das Mädchen nicht einmal«, sage ich achselzuckend und halte meine Arme ausgestreckt, damit der Schneider meine Ärmel feststecken kann. »Sie wollte mich vor der Hochzeit nicht kennenlernen. Ist doch komisch, oder? Selbst wenn sie sich das nicht ausgesucht hat, sollte man meinen, dass sie die Person, mit der sie den Rest ihres Lebens verbringt, kennenlernen will.«

»Ich schätze, sie hat den Rest ihres Lebens Zeit, dich kennenzulernen«, meint Royal.

»Hey, du hast Glück, ja?«, sagt Duke. »Du würdest nie ein so heißes Mädchen dazu bringen, dich zu heiraten, wenn sie dich kennen würde.«

Er und Baron lachen sich kaputt, und ich klopfe ihm auf die Schulter, wie das von mir erwartet wird, aber es fühlt sich schon anders an, wie damals, als ich in der Nacht, bevor ich ein Mitglied der Mafia wurde, ins Ma's ging. Als ob dies eine Erinnerung wäre, ein Leben, an dem ich nicht mehr teilhabe. Es ist erst ein paar Monate her, dass ich weggegangen bin, und in den letzten Tagen haben wir alles nachgeholt, was wir verpasst haben. Sie werden immer meine Brüder sein, meine erste Familie. Aber sie waren auch immer enger miteinander verbunden. Ich war der Beschützer, fast ihr Vater. Ich habe auf sie aufgepasst und versucht, sie zu beschützen. Und das tue ich jetzt nicht mehr.

»Betrachte es einmal so«, meint Baron. »Du bekommst die Ware und musst nicht dafür arbeiten. Du musst sie nicht dazu bringen, dich zu mögen oder dir Sorgen machen, ob sie Ja sagen wird. Du musst nichts tun und bekommst eine der heißesten Frauen in New York.«

»Ja«, kommentiere ich und erinnere mich an das zickige Mädchen, das ich im Haus ihres Vaters kennengelernt habe. Ich bin mir ziemlich sicher, dass ich in unserer Ehe eine Menge Arbeit haben werde, auch wenn die Liebe nicht Teil der Gleichung ist. Die Liebe spielt im Leben keine Rolle, und sie wird auch in meinem keine Rolle spielen.

Das ist auch gut so.

»Macht euch keine Sorgen um uns«, sagt Royal und legt einen Arm um die Schultern der Zwillinge. Die drei sehen aus wie auf einem Hochzeitsfoto, all die glücklichen Trauzeugen, die ihre Smokings für den großen Tag ändern lassen. Wenn man sie ansieht, würde man nie vermuten, wie toxisch unsere Familie ist. Von außen sehen wir wie die perfekte italienische Familie aus, die den verdammten amerikanischen Traum lebt.

»Ja, Mann«, sagt Duke. »Es ist deine Hochzeit. Du solltest der glücklichste Mann der Welt sein, oder?«

»Ich glaube, Papa ist der glücklichste Mann der Welt«, meint Royal bitter. »Er dachte, du würdest in Onkel Als Armee dienen, und jetzt heiratest du die Tochter eines Don.«

Ja, das stimmt. Ich hätte nie erwartet zu heiraten, geschweige denn wichtig genug zu sein, dass die Valentis eine Ehe für mich arrangieren. Und nicht nur mit irgendjemandem. Sie wählten mich für eine Mafiaprinzessin, die Tochter eines Mafiabosses. Sie zählen darauf, dass ich die Familien, die sich bekriegen, vereinen kann. Meine Heirat ist ein Symbol des Friedens, aber sie ist auch mehr als das. Es ist eine lebenslange Aufgabe, was bedeutet, dass Onkel Al vorhat, mich in seiner Nähe zu behalten. Vielleicht testet er mich damit sogar, um zu sehen, ob ich ein geeigneter Kandidat für die Nachfolge in seinem Imperium bin.

»Papa wird sich in die Hose machen, wenn er morgen Pomponio trifft«, sagt Baron und unterbricht meine Gedanken.

»Mach dich darauf gefasst, dass unser geschätzter Vater wie ein Teenager zu Kreuze kriecht und versucht, bei einem *Just 5* Guys-Konzert hinter die Bühne zu kommen«, sagt Royal angewidert.

»Apropos Teenager-Mädchen, die zu Kreuze kriechen … Ich habe ein Paar eineiige Zwillingsstripperinnen für deine Junggesellenparty heute Abend gefunden«, verkündet Duke. »Blondinen. Gleiches Alter wie du. Das wird ein Knaller.«

»Stripperinnen?«, frage ich und ziehe eine Augenbraue hoch.

»*Blonde, eineiige* Zwillingsstripperinnen«, betont Baron, als würde er mich korrigieren wollen. »Verdammt, ich habe New York vermisst. Hier kann man alles finden.«

»Und hey, wenn du der Aufgabe nicht gewachsen bist, können Baron und ich sie nach der Show unterhalten«, sagt Duke mit diesem Grinsen, das ein bisschen zu breit ist, als ob er sich den Kiefer ausgerenkt hätte.

»Danke«, sage ich, abgelenkt durch die ruhige, angespannte Haltung von Royal. Ich beobachte ihn im Spiegel, wie der Schneider die Manschetten seines stahlgrauen Anzugs perfektioniert, dieselbe Farbe, die wir alle tragen. Ich weiß, dass er nicht darüber reden will, was passiert ist, und ich kann es ihm nicht verdenken. Ich muss nur wissen, dass es ihm gut geht. Meine Brüder zu verlassen, war das Schwerste, was ich je getan habe, und obwohl ich keine andere Wahl hatte, frage ich mich, ob sie schon bereit sind, ihr Leben allein zu meistern. Ich möchte nicht, dass sie denken, dass ich mich von ihnen abwende, so wie Crystal es vor ihrem Tod getan hat.

Selbst im Tod wählte sie jemand anderen.

Unseren Feind. Die Liebe. Und vielleicht sich selbst.

Royal wird das nie verzeihen.

Aber ich kann mich nicht ewig um ihn kümmern, genau wie ich mich nicht um sie kümmern konnte. Ich kann mich auch nicht um unsere kleinen Brüder kümmern. Dieser Job zwingt mich dazu, mich um mich selbst und meine neue Familie zu kümmern, ob ich will oder nicht.

Während Duke und Baron sich auf die Party einstimmen, wende ich mich an Royal. »Geht es ihnen gut?«

So wie sie sich verhalten, würde man nie vermuten, dass sie vor sechs Monaten eine Schwester verloren haben. Ich weiß, dass wir ihn alle spüren, diesen Verlust. Wir haben uns alle verändert. Diese sechs Monate waren für uns alle schwer, und ich bin froh, dass die Zwillinge sich wieder wie Kinder benehmen und sich auf die Stripperinnen freuen. Mir wäre eine Party völlig egal, aber es ist Tradition, und es macht sie glücklich. Und wenn ich sie für eine Nacht oder auch nur einen Moment glücklich machen kann, ist es das wert.

»Scheiße, du klingst wie eine Mutter«, sagt Royal. »Beruhige dich, verdammt.«

Er hat nicht *unsere Mutter* gesagt. Er sagte *eine Mutter*.

Mama ist nicht der Typ, der sich um jemand anderen als sich selbst kümmert, also fiel das immer auf mich zurück. Es ist schwer, sich das abzugewöhnen.

»Du hast recht«, bekenne ich. »Ich muss mich um eine Hochzeit kümmern und danach sicherstellen, dass der Vater der Braut dir nicht meinen Kopf in einer Kiste schickt.«

Ein Mundwinkel von Royal hebt sich, er legt einen Arm um meinen Hals und reibt meinen Kopf mit seinen Fingerknöcheln, als wären wir wieder Kinder. »Dieses hässliche alte Ding?«, fragt er. »Ich würde einen Blick darauf werfen und es zurückschicken.«

Die Zwillinge stürzen sich auf uns, und wir ringen eine Minute lang miteinander, bevor wir uns trennen und sicherstellen, dass wir unsere Smokings nicht zerrissen haben. Wir waren schon immer herzlich zueinander, körperlich. Es macht mich glücklich, dass Royal noch Momente der Normalität haben kann, dass er das nicht mit allem anderen verloren hat.

Wir beenden die Anprobe und gehen, die Zwillinge hüpfen voraus wie Welpen und toben in der brütenden New Yorker Hitze. Ich habe wieder dieses Gefühl, fehl am Platz zu sein, als würde ich nur eine Rolle spielen. Die Mafia hat mich in den sechs Wochen seit meiner Vereidigung nicht so sehr verändert, oder? Ich bin immer

Selena

noch ein Dolce, auch wenn ich ebenso ein Valenti bin.

Vielleicht habe ich aber auch nie so recht in ihr sorgloses Leben gepasst. Ich stand immer einen Schritt entfernt und hielt Ausschau nach Schlangen im Gras, während sie herumrannten, als wären sie verdammt unbesiegbar. Jetzt, wo ich weiß, wie zerbrechlich das Leben ist, wie leicht es verloren geht, wie kostbar, fällt es mir noch schwerer, diese Freiheit zu verstehen.

Ich wende mich wieder an Royal. »Ich weiß, ich bin nicht mehr da, um zu helfen, aber schließ mich nicht aus. Es ist auch meine Familie.«

»Ist sie das denn?«, fragt er, legt den Kopf schief und blinzelt in die späte Nachmittagssonne. »Du wirst heiraten. Du hast eine neue Familie. Du und deine Frau.«

So hatte ich das noch nicht gesehen. Die Valentis sind meine Familie. Und die Dolces auch. Aber er hat recht. Eliza und ich werden unsere eigene kleine Familie haben, nur wir beide.

Irgendwie glaube ich nicht, dass es so gemütlich sein wird, wie es klingt.

»Ich werde dir immer den Rücken freihalten«, verspreche ich Royal. »Wenn du mich brauchst, schick mir eine SMS. Ich bin vielleicht nichts Besonderes hier, aber ich habe Beziehungen. Wenn dich jemand verarscht …«

»Ich kümmere mich darum«, sagt er. »Ich mach das

schon, okay? Du musst nicht immer den Helden spielen, King.«

»Du weißt, dass ich kein Held bin«, entgegne ich verbittert.

Wir sprechen nicht über Crystal. Nicht direkt. Keiner in unserer Familie tut das. Sie ist der Geist, der jeden von uns heimsucht, aber wir tun so, als wäre sie nicht hier, als würde die Anerkennung dessen, was passiert ist, es real werden lassen.

»Du kannst uns den Rücken freihalten, aber du musst weitermachen«, sagt Royal. »Du hast hier genug um die Ohren. Du hast hier ein Leben. Du kannst dich nicht am anderen Ende des Landes über irgendeinen Scheiß aufregen, wenn du nichts dagegen tun kannst. Das hier ist deine Zukunft. New York, das Leben. Nicht Arkansas.«

»Stimmt«, erwidere ich, aber es ist immer noch komisch für mich zu wissen, dass ich nicht mehr auf sie aufpassen kann. Sie sind auf sich allein gestellt und müssen auf sich selbst aufpassen. Ich muss sie loslassen und darauf vertrauen, dass sie es allein schaffen werden. Sie sind nicht meine Vergangenheit, aber sie sind meine Kindheit, meine Wurzeln. Sobald ich verheiratet bin, tritt meine neue Familie an die erste Stelle. Ob ich sie nun liebe oder nicht, oder ob ich sie sogar mag, Eliza hat dann oberste Priorität. Für sie zu sorgen ist meine wichtigste Aufgabe, und das bedeutet, dass ich aufpassen muss, dass ich keinen Mist baue und mich umbringen lasse. Ich kann mir keine Gedanken über meine Brüder machen und darüber, was sie tun. Ich muss jetzt auf mich selbst aufpassen.

»Ihr heiratet in zwei Tagen«, kräht Duke und dreht sich um, um rückwärts zu gehen, bis wir sie eingeholt haben. »Bist du bereit für das letzte Hurra?«

»Ja«, antworte ich, als wir mein Auto erreichen. Ich öffne die Tür und setze mich hinter das Steuer des Lotus Evija. Ich sollte mir wahrscheinlich ein größeres Auto besorgen, etwas Sichereres, aber ich habe so lange an diesem Auto festgehalten, dass es jetzt wie ein Teil von mir ist. Die eine Sache, die sich nie geändert hat, als ich von Manhattan in die Kleinstadt Arkansas und zurück gezogen bin.

Royal rutscht auf den Beifahrersitz, während die Zwillinge auf den Rücksitz springen und um den Platz konkurrieren.

»Stripperinnen, wir kommen!«

»Zeig mir die Muschi«, schreit Duke, als wiederhole er den Satz »Führ mich zum Schotter« aus *Jerry Maguire*.

Ich drehe mich zu Royal und drücke ihm die Schulter. »Pass auf sie auf, okay?«

Er nickt. »Pass auf dich auf.«

»Worauf wartest du noch?«, fragt Baron. »Ich muss

mir Titten ansehen.«

Ich grinse, schüttle den Kopf und lege den Gang ein. Royal hat recht, wie immer. Ich muss mich darauf konzentrieren, am Leben zu bleiben – auch ihnen zuliebe. Sie müssen nicht noch ein Geschwisterchen verlieren. Und ich liebe diese Idioten viel zu sehr, um im selben Staat zu leben. Wenn sie hier wären, würde ich mir ständig Sorgen machen, dass sie getötet werden, nicht von der Mafia, sondern durch ihre eigenen dummen Entscheidungen. Diese Sorge könnte auch mich umbringen. Ich wäre nicht clever, und mein Leben hängt davon ab, clever zu bleiben. Sie werden immer meine Familie sein, aber es ist an der Zeit, mir keine Sorgen mehr um ihre Zukunft zu machen, sondern um meine eigene.

Drei

Eliza Pomponio

»Mädel, ich kann nicht glauben, dass du mich nicht zur Anprobe deines Kleides eingeladen hast«, sagt Lizzie Salvatore und klopft mir auf den Arm, um meine Aufmerksamkeit zu erregen. Ich bin froh über die Ablenkung, als wir am Strand hinter dem Haus meines Vaters in den Hamptons verweilen, Champagner schlürfen und mit unseren Liebsten über meine bevorstehende Hochzeit plaudern. Das Probeessen war ein Riesenschnarcher, einschließlich meines Verlobten. Ich habe noch nie einen gleichgültigeren und gefühlloseren Mann getroffen. Wenn er nur mir gegenüber so gleichgültig wäre und es ihm scheißegal wäre, was ich mache. Ich hoffe, er ist schwul und hat kein Interesse an Frauen.

»Bianca ist mit mir gekommen«, erwidere ich zu meiner gelegentlichen Partybegleitung. Sie trägt ein rotes Satinkleid, das besser an eine Straßenecke passen würde, und mit ihren frisch gebleichten blonden Haaren und dem

Akzent, der noch stärker hervortritt, wenn sie trinkt, schreit sie laut und deutlich *Jersey Shore* Trash-TV. Wenn ich betrunken bin, ist mir das auch egal. Aber auf einer Veranstaltung, die eigentlich stilvoll sein sollte, lässt sie mich erschaudern.

»Bianca?«, fragt sie ungläubig. »Du weißt doch, dass sie dir gesagt hat, du sollst das nehmen, in dem du wie ein Panzer aussiehst, oder? Sie kann es nicht ertragen, wenn jemand heißer aussieht als sie.«

»Keine Sorge«, erwidere ich. »Ich habe eine zweite Meinung eingeholt.«

Da ich zu nobel bin, um ihr zu sagen, was ich wirklich denke, halte ich mich mit der Aussage zurück, dass es zwar stimmt, dass Bianca mir geraten hat, die unschmeichelhafteste Wahl zu treffen, aber Lizzie mich wie eine Prostituierte aussehen lassen würde.

Das sind meine Freunde. Jedenfalls die, die mir am nächsten sind.

Nicht, dass ich deswegen weinen würde. Ich habe diese Freundschaften kultiviert. Wenn ich mich bemüht hätte, hätte ich vielleicht mehr echte Freundschaften finden können. Aber ich wollte ein großes Leben führen und nicht jedes Mal, wenn ich mit einem Jungen Schluss gemacht habe, auf dem Boden meines Schlafzimmers heulen. Wenn etwas schiefgeht, muss man weitermachen.

In der Vergangenheit zu schwelgen ist ein Rezept für eine Katastrophe. Ich lebe im Heute. Nicht im Gestern, und nicht im Morgen.

Morgen.

Oh, Gott. Ich muss schlucken, um das Pochen der Nervosität in meinem Hals zu unterdrücken. Morgen ist der Tag der Hochzeit. Der erste Tag vom Rest meines Lebens oder was auch immer.

Vielleicht wünschte ich, ich hätte eine Freundin, zumindest eine echte Freundin, mit der ich diese Ängste teilen könnte.

Ich denke an meine Mutter, irgendwo am anderen Ende der Stadt. Ich frage mich, was sie tun würde, wenn ich vor ihrer Haustür auftauchen und sie um Rat fragen würde, um eine Meinung zu meinem Kleid.

Ich verdränge den Gedanken, schiebe ihn tief in eine Schachtel und knalle den Deckel zu. Meine Mutter ist nicht hier. Wir hatten eine Ankündigung in der Zeitung, und wenn sie es hätte lesen wollen, hätte sie es tun können. Sie hätte kommen können. Sie hätte anrufen können.

Aber sie lebt jetzt ihr eigenes Leben, frei von den Fesseln, die den Rest von uns binden, von Gesellschaft und Tradition und all dem Scheiß.

Das heißt, ich habe Bianca, die alles tun würde, um mich schlecht aussehen zu lassen, und Lizzie, die sich davongeschlichen hat. Ich sehe sie vor meinem zukünftigen Ehemann stehen, ihre Bärenkrallennägel streichen leicht über seinen Unterarm, während sie ihn anlächelt. Er hat seine Jacke ausgezogen, jetzt, wo die Probe vorbei ist, und die Ärmel gegen die Hitze bis zu den Ellbogen hochgekrempelt. Seine Arme sehen gebräunt und kräftig aus im Abendschatten, als wir auf der hinteren Terrasse unter blinkenden Lichterketten stehen. Alle mischen sich und plaudern, während die Arbeiter die Tische abräumen, die wir für ein elegantes Abendessen hinter dem Haus aufgestellt hatten.

Lizzie legt eine Hand auf Kings Brust und schiebt ihn einen Schritt nach hinten, in den Schatten der Veranda. Wut wallt in mir auf. Nicht, weil ich eifersüchtig bin. Er ist mir egal, und es ist mir auch egal, in wen er seinen Schwanz steckt.

Ich bin sauer, weil ich so eine Freundin habe, die versucht, *meinen* Verlobten hinter *mein* Haus zu schieben und wahrscheinlich ihren Rock hochzuziehen und sich von ihm gegen die Wand ficken zu lassen, während ich kein Dutzend Schritte entfernt bin.

Dies ist an wen ich mich wenden muss, um ihm meine tiefsten Ängste anzuvertrauen, die weit über kalte Füße hinausgehen. Ich will so tun, als wäre es mir egal, aber meine Kehle schnürt sich zu. Ich schaue mich nach jemandem um, mit dem ich wenigstens lästern kann, aber ich sehe nur Bekannte, niemanden, den es interessieren würde, was Lizzie tut.

Ich sehe Kings Mutter, die kichert und mit seinem Vater flirtet, als wären sie immer noch ein verliebtes Paar.

Natürlich ist seine Mutter hier. Die Mutter von jedem ist hier.

Da ist Biancas hübsche, perfekte Mafia-Mutter, die neben ihrem roten Lippenstift eine Glock in ihrer Handtasche trägt. Da ist Lizzies Stiefmutter, mit der sie aufgewachsen ist, seit sie klein war. Ihre Mutter wurde etwa zu der Zeit getötet, als meine mich verließ. In einer anderen Welt hätte uns das vielleicht einander näher gebracht. Aber nicht in dieser. Lizzie war das arme, tragische Mädchen mit einer toten Mutter. Ich war diejenige, deren Mutter sich skandalöserweise aus dem Staub machte, um ihr eigenes Leben zu leben, deren Vater sie hätte jagen sollen; er muss schwach sein, wenn er eine Frau einfach so gehen und ihn verlassen lässt, aber-aber.

Endlich sehe ich Bianca und Sylvia zusammenstehen, die Köpfe zueinander geneigt, die Augen funkelnd und die weinverschmierten Lippen verstecken ein verträumtes Lächeln, als Al Valenti ihnen einen Knochen zuwirft und im Vorbeigehen ein oder zwei Worte zu ihnen sagt. Wenn ich nicht wüsste, dass der Mann böse ist, dass er für

Jonathans Tod und den hunderter anderer verantwortlich ist, würde ich ihn vielleicht für heiß halten. Aber ich kenne die kalte, harte Wahrheit über Mafiosi, und ich will nichts von ihnen wissen.

»Hast du King gesehen?«

Ich drehe mich um und sehe einen seiner Brüder. Es gibt Kerle, deren Attraktivität ich nicht leugnen kann: Muskeln und schokoladenbraune Augen mit Wimpern, die jedem Mädchen weiche Knie machen würden. Genau wie mein Verlobter.

»Er ist dort drüben mit meiner reizenden Brautjungfer«, sage ich und schwenke mein Sektglas in Richtung der Stelle, wo sie verschwunden sind. »Wenn ich wetten würde, würde ich sagen, sie bittet um Hilfe bei einem Unterwäscheproblem.«

Er runzelt die Stirn und blickt von den Schatten zu mir zurück. »Es ist dir egal?«

»Warum sollte mich das interessieren?«, frage ich. »Ich kann den Kerl von keinen von euch unterscheiden.« Das ist wahr. Ich kann mich nicht erinnern, welcher das hier ist. Sie haben alle lächerliche Namen, die zu einer Familie gehören, die verzweifelt nach Anerkennung sucht.

»King ist ein guter Kerl«, sagt er, als ob ich einen Grund hätte, ihm zu glauben.

»Okay«, kommentiere ich und nippe an meinem Sekt.

»Komm schon«, drängt er und nickt in Richtung des Randes der Veranda. Er geht weg, und ich möchte mich abwenden, um zu beweisen, wie wenig mich das kümmert, aber ich bemerke, wie meine Füße ihm folgen. Vielleicht will ich mir beweisen, dass ich einen echten Freund haben kann. Dass Lizzie ihm nur sagt, dass sie ihm in den Arsch treten wird, wenn er mich verletzt, was noch lächerlicher ist. Als ob normale Mädchen das sagen, denn mein Vater kann das für mich tun. Trotzdem würde es mir etwas bedeuten, auch wenn es eine leere Drohung ist.

Als wir um die Ecke des Hauses kommen, steht King mit dem Rücken zur Wand, ein Glas Champagner in der einen Hand, die andere Hand in der Hosentasche, und seine Pose ist so lässig und desinteressiert wie schon den ganzen Abend. Zumindest findet er sie nicht mehr aufregend als alles andere um ihn herum.

Lizzie steht unterdessen viel zu nah am Verlobten einer anderen, drückt sich nicht an ihn, sondern lässt nur ihre Titten an ihm vorbeistreifen, wenn sie ihren Kopf zurückwirft und lacht, als würde sie das nicht absichtlich tun, sondern versuchen, ihn mit ihrem Körper verrückt zu machen. Ich staune immer wieder, wie sie das macht, wie sie ihre ganze Welt mit ihrem Körper kontrolliert, als wäre er ein Zauberstab.

»King«, sagt sein Bruder. »Was machst du da?«

King zuckt mit den Schultern und hat nicht einmal den Anstand, verlegen dreinzuschauen. »Ich spreche mit Elizas Freundin.«

Er sieht mir über ihren Kopf hinweg in die Augen, und ich sehe diesen Blick von unserem ersten Treffen — eine Herausforderung. Versucht er, mich eifersüchtig zu machen?

Das ist so witzig, dass es eigentlich traurig ist.

Lizzie grinst uns an und streicht mit einem Nagel über Kings Wange. Ich höre das leise Streicheln über seine Stoppeln und frage mich, wie sich das wohl anfühlt. Dann verfluche ich mich dafür, dass ich mich das frage.

»Ich habe diesem süßen Kerl hier gerade erzählt, dass er noch nicht verheiratet ist«, sagt sie mit einem frechen Grinsen. »Er ist noch eine Nacht lang Single.«

Sie beobachtet mich auch, mit einer selbstgefälligen Art von Herausforderung in ihren Augen. Der Bruder von King sieht mich an. Sie warten alle darauf, dass ich in die Luft gehe.

Als ob es so einfach wäre, mich aus der Fassung zu bringen.

»Du hast recht«, pflichte ich ihr bei und zucke mit einer Schulter. Ich nehme einen Schluck Champagner. Wenn ich ehrlich bin, ist Lizzie heiß, und ihre gefärbten Haare sind nicht so schlimm, wie ich behaupte. Wenn

King sie ficken wollte, würde ich es ihm nicht verdenken. Nur weil ich kein Interesse an ihm habe, heißt das nicht, dass ich nicht verstehe, dass er ein Mann ist, der gewisse Bedürfnisse hat. Und verdammt, ich kann es zugeben – er ist sexy wie die Sünde. Jedes Mädchen würde ihn wollen. Ich kann es Lizzie nicht wirklich verübeln, dass sie versucht, einen kleinen Vorgeschmack auf ihn zu bekommen, bevor er vom Markt ist, auch wenn sie meine Freundin ist.

Wie ich schon sagte, sind wir nicht die Art von Freundinnen, die sich gegenseitig den Rücken freihalten und aufeinander aufpassen.

Wir sind nicht wie King und seine Brüder, die alle genau gleich aussehen, sodass es keine Frage ist, wohin sie gehören und zu wem sie gehören. Sie saßen beim Abendessen zusammen und alberten herum. Und auch wenn King zu glauben schien, er stünde über all dem, heißt das nicht, dass er nicht auf eine Art und Weise, die ein Außenstehender nicht sehen konnte, Teil davon war. Auch wenn seine Rolle darin besteht, wie ein nachsichtiger Arsch dazustehen, ist er immer noch ein Rädchen im großen, sich bewegenden Puzzle seiner Familie. Ich habe gehört, dass sein Vater seine Mutter verlassen hat, aber zumindest war sie für ihn da – nicht nur am großen Tag, sondern auch bei der Probe. Und da war ich, nur ich und mein Vater auf unserer Seite des Tisches. Kein Platz für meine Mutter, keiner für meinen Bruder.

Weil Kings Familie ihn umgebracht hat und meine Mutter gegangen ist und ich mich für sie freue. Das bin ich. So verdammt glücklich. Sie hat ihr eigenes Leben. Ich würde die gleichen Opfer bringen, um mein eigenes zu haben.

»Eliza«, sagt King nach dem längsten Schweigen aller Zeiten. Er legt seine Hände auf Lizzies Schultern und schiebt sie einen Schritt zurück, damit er von ihr weg zu mir gleiten kann.

Ich halte eine Hand hoch. »Es ist in Ordnung«, erwidere ich. »Es macht mir nichts aus. Mach, was du willst. Du bist ein freier Mann.«

Ich drehe mich um und gehe weg, bevor er noch etwas sagen kann. Ich habe ihm nichts zu sagen. Ich mag gezwungen sein, einen Valenti zu heiraten, aber ich werde nie einen lieben.

Meine Kehle schmerzt, als ich mich von den Lichtern und den Menschen wegbewege. Ich gehe über den Sand zum Wasser und bin erleichtert, die Stimmen und das Lachen hinter mir zu lassen. Ich habe immer gewusst, dass dieser Tag kommen würde. Ich bin vorbereitet. Bis jetzt habe ich alles allein gemacht. Dies ist nicht anders. Ich brauche weder eine Freundin noch meine Mutter. Ich muss mich nur sammeln, mich daran erinnern, wer ich bin und was ich zu tun habe. Ich weiß, dass ich stark genug bin.

Ich werde meiner Familie Frieden bringen, damit niemand mehr einen Bruder an einen Valenti verliert. Darum geht es hier. Nicht um Liebe. Nicht um Romantik.

Es ist rein geschäftlich.

Ich schließe meine Augen und stecke meine Zehen in den Sand. Morgen sollte der glücklichste Tag meines Lebens sein. Warum also bin ich so verdammt traurig?

Vier

King Dolce

Die Musik setzt ein, und alle Augen richten sich auf den Eingang. Das Publikum steht auf. Ich habe gestanden, aber plötzlich muss ich mich setzen. Das hier ist real. Ich werde verdammt noch mal ein Mädchen heiraten, das ich genau dreimal getroffen habe – einmal zum gegenseitigen Vorstellen, einmal für Verlobungsfotos und einmal für das Probeessen gestern Abend.

Beim Fototermin entschuldigte sich Eliza dafür, dass sie beim ersten Treffen betrunken war, aber ich sagte ihr, dass ich das verstehe. Sie dachte wahrscheinlich, es sei eine Art Plattitüde, und ich wollte nicht in die Details über meine elende Familie gehen, also beließen wir es dabei. Die Worte klangen hohl und unaufrichtig. Ich war vielleicht nicht glücklich darüber, sie bei unserem ersten Treffen so zu sehen, aber ich verstehe es. Schließlich war es nicht mein Vater, der mir beigebracht hat, wie man das Leben überlebt, wie man innerlich betäubt wird und nichts mehr fühlt. Ma hat es mir vorgelebt und mir aus erster Hand die eine Regel gezeigt, die man braucht, um es in der Mafia zu schaffen.

Irgendetwas zu fühlen ist Schwäche.

Meine Braut tritt zum Altar, und in meinem Magen, direkt unter dem Brustbein, fängt es an wehzutun. Sie ist so verdammt hübsch. Ihr schwarzes Haar fällt in lockeren Locken den Rücken hinunter, ein kleiner Zopf umgibt sie wie eine Krone. Sie hat sich entschieden, ihren Schleier zurückzuschlagen, damit jeder ihr Gesicht sehen kann, die eleganten Linien ihres Kiefers, ihre vollen Lippen, ihre dichten, getuschten Wimpern und ihre leuchtenden, whiskeyfarbenen Augen.

Sie hält einen Moment inne, als würde sie darauf warten, dass alle ihren Anblick genießen, ihre Schönheit und reine Unschuld in dem fließenden weißen Kleid. Aber sie sieht nicht aus wie eine jungfräuliche, errötende Braut. Ihr Blick hat nichts Zartes an sich, als er auf den meinen trifft. Hass brennt in ihren Augen, und sie marschiert auf mich zu, mit der Entschlossenheit eines Assassinen, bereit für einen Mord. Mir mag der Gedanke, eine Fremde oder eine Säuferin zu heiraten, nicht gefallen, aber ihre Gefühle gehen darüber hinaus. Ein Messer ließe sich unter all dem Stoff leicht verbergen …

Soll sie es doch versuchen. Ich habe einen Job zu erledigen, und ich mache ihn. Ich lasse mich nicht von einem Mafia-Arschloch umlegen, und schon gar nicht durch die Hand meiner Frau. Wenn sie eine Waffe auf mich richtet, wird sie sehen, wer am Ende dafür bezahlt.

Mr. Pomponio küsst sie auf die Wange und lässt sie bei mir. Sie ist jetzt in meinen Händen. Meine Frau. Meine Verantwortung.

Sie sieht mich mit diesen großen Rehaugen an. Der Priester redet eine Minute lang weiter, während ich sie anstarre. Gott, sie ist so verdammt hübsch. Zu hübsch für ein Mafia-Arschloch wie mich, um seine Hände an sie zu legen. Ihre Haut ist taufrisch, ihre Wangen glühen. Sie senkt ihren Blick auf ihren Strauß, ihre langen Wimpern kräuseln sich an ihrer Wange. Sie sieht aus wie eine Fee, zu zerbrechlich, um sie zu berühren, zu rein für einen Mann, ganz zu schweigen von einem wie mir. Ich habe mich nicht für sie aufgespart. Ich habe viele Mädchen gevögelt, alle waren sie bedeutungslos. Und jetzt ist da dieses Mädchen, das mir etwas bedeuten sollte, das einzige Mädchen, das mir etwas bedeuten sollte, und ich kann es ihr nicht gewähren.

Ich kann ihr nicht geben, was sie verdient. Ich kann sie nicht lieben.

Als ich das Gelübde wiederhole, dann meine ich auch den Rest der Worte. Ich werde ihr geben, was ich kann, um die fehlenden Teile von mir zu ersetzen, die ich nicht geben kann. Ich kann ihr weder mein Herz noch meine Unschuld geben. Ich habe beides nicht mehr. Aber ich werde ihr alles andere geben. Ich kann immer noch ein guter Ehemann sein, auch ohne Liebe. Ich werde sie ehren, sie respektieren und wertschätzen. Ich werde ihr zuhören. Ich werde sie als Gleichberechtigte behandeln. Ich werde treu sein. Ich werde für sie sorgen. Ich werde mich um unsere Kinder kümmern, wenn dieser Tag kommt. Ich werde ihr Herz schützen, indem ich dafür sorge, dass sie mich nie liebt, auch wenn sie es versucht. Denn das Einzige, was ich nicht versprechen kann, das, was kein Mafiamitglied versprechen kann, ist, dass sie nicht als Witwe enden wird.

Diese Dinge stehen nicht in den Gelübden, also sage ich sie nicht laut. Aber ich gelobe sie mir selbst, und das ist verbindlicher, als sie ihr oder einem Priester zu sagen.

Eliza übergibt ihren Brautstrauß ihrer Brautjungfer, derjenigen, die mich in jedem Moment, in dem ich in ihrem Blickfeld bin, anstarrt, seit wir uns gestern Abend beim Abendessen getroffen haben, wo sie vorgeschlagen hat, dass wir ficken, bevor ich mein Eheleben beginne.

Ich war auf genug Hochzeiten, um zu wissen, dass die Braut normalerweise den Strauß vor dem Gelübde abgibt, und ich kann nicht anders, als mich zu fragen, ob Eliza ihn absichtlich zwischen uns gehalten hat, um mir nicht näher zu sein, als sie muss, um nicht zu wollen, dass ich ihre Hände nehme, während wir das Gelübde wiederholen.

Ich steckte ihr den Ring an, während sie den Strauß in der anderen Hand hielt, und jetzt steckt sie mir meinen an und schiebt ihn mit ihren schlanken Fingern in die richtige Position, die trotz der Hitze des New Yorker Sommers kalt sind.

»Sie dürfen die Braut jetzt küssen«, erklärt der Priester.

Eliza wirft mir einen Blick zu, der mir sagt, dass sie mich im Schlaf kastrieren wird, wenn ich es wage, sie zu küssen. Aber sie ist meine Frau, und eine arrangierte Ehe ist sinnlos, wenn wir nicht mitmachen, was erwartet wird. Ich trete vor und schiebe eine Hand hinter ihren Kopf, unter ihr Haar. Sie wird steif wie ein Brett in meinen Händen. Ihre Lippen sind prall und rosa, bereit, geküsst zu werden, aber ich halte mich zurück. Ich lehne mich näher heran, so nah, dass ich die Hitze dieses fickbaren Mundes auf meinem spüren kann. »Du wirst mich küssen«, sage ich, meine Stimme so leise, dass sie niemand sonst hören kann, nicht einmal der Priester.

Ihre Lippen verziehen sich zu einem Lächeln und bewegen sich nicht, während sie mit zusammengebissenen Zähnen spricht. »Berühre mich und du stirbst.«

»Wenn ich dich nicht küsse, ist es aus, und wir werden

beide sterben.«

»Oh, ich werde nicht sterben«, versichert sie mir und lächelt selbstgefällig. »Ich bin eine verdammte Prinzessin. Du bist ein Niemand.«

»Ich bin dein Mann«, stoße ich hervor.

Ich kann hören, wie die Menge unruhig wird, aber ich wende meinen Blick nicht von ihr ab. Jemand schreit: »Halt die Klappe und küss sie!«

Eliza grinst. »Du wirst nie mehr als mein Ehemann sein, nur dem Namen nach.«

»Beim Namen und in der Öffentlichkeit«, sage ich, kralle meine Finger in ihr Haar im Nacken und ziehe sie nach vorne, sodass sie gegen mich stolpert. Ich kralle meine Finger fester zusammen, sodass sie sich auf die Zehenspitzen stellen muss, den Kopf zurückwirft und die Wut in ihren Augen brennt, als mein Mund zu ihr hinabsteigt. Ihr Protestschrei wird durch den Kuss gedämpft. Unser erster Kuss ist nicht zärtlich oder gar leidenschaftlich. Er ist rau und hart. Sie sträubt sich gegen mich, aber ich zwinge meine Zunge zwischen ihre Lippen. Nicht, weil ich meine neue Braut schmecken will. Es geht nicht einmal darum, ihre stumme Ablehnung zum Schweigen zu bringen. Sondern um ihr zu zeigen, dass es so ist, wie es ist.

Ihr Vater hat sie weggegeben – buchstäblich. Er hat

sie mir gegeben, und jetzt gehört sie mir. Ich streiche mit meiner Zunge über ihre und vergewissere mich, dass sie weiß, was ich tue, dass sie versteht, worum es geht. Ich bin derjenige, der hier die Kontrolle hat. Ihre Zähne krallen sich fest und beißen in mein Fleisch. Aber ich höre nicht auf. Ich ziehe mich nicht zurück. Ich lasse sie mein Blut schmecken. Das bestätigt meinen Standpunkt nur noch mehr. Wir sind jetzt durch Blut verbunden, so wie ich an die Valentis gebunden bin, nachdem ich den Bluteid geleistet habe, der mich eingeschworen hat.

Eliza weicht zurück und versucht, sich zu befreien, als sich die salzige Wärme meines Blutes in unserem Kuss ausbreitet. Ich stoße meine blutende Zunge gegen ihre, unsere Zähne prallen noch einmal aufeinander, bevor ich mich zurückziehe. Die Leute lachen, johlen und klatschen. Ich weiß nicht, wie lange ich sie geküsst habe. Lange genug, um eine Botschaft zu senden, das ist klar.

»Ich hoffe, du stirbst«, zischt Eliza. »Dann muss ich dich nicht heiraten.«

Ich grinse zu ihr hinunter und löse langsam meinen Griff um ihr Haar. »Zu spät«, erwidere ich. »Ich bin dein Mann, und du wirst mir den Respekt erweisen, den dieser Titel verdient.«

»Du verdienst keinen Respekt, bis du ihn dir verdient hast«, schießt sie zurück.

»Das habe ich gerade«, sage ich. »Hinter verschlossenen Türen kannst du machen, was du willst. In der Öffentlichkeit bist du meine Frau, und du gehorchst mir.«

Sie starrt mich an, ihre Nasenlöcher sind gebläht und ihr Atem geht schneller. Ich bemerke, dass ihre Lippen zittern, aber ich kann nicht sagen, ob es Wut oder Angst ist. Dieses komische kleine Ziehen hinter meinem Brustbein beginnt wieder, aber ich unterdrücke es, bevor es sich festsetzen kann. Es ist egal, ob sie wütend auf mich ist oder Angst vor mir hat. Ihre Gefühle sind genauso irrelevant wie meine. Eine Sekunde lang bewegen wir uns nicht. Doch dann verändert sich etwas in ihren Augen, und als der Priester vortritt, wendet sie sich mit mir der Menge zu.

»Es ist mir eine Ehre, Ihnen Mr. und Mrs. King Dolce vorzustellen«, sagt er.

Ich nehme ihre Hand in meine, und sie wehrt sich nicht. Ihre Finger sind weich und zart gegen meine, und ich spüre auch das leichte Zittern in ihnen. Ich ignoriere es und trete vor, und Eliza folgt mir, als wir die Treppe hinuntergehen, um den Gang wieder hinaufzugehen.

Ich lächle meine Familie Dolce an, meine Eltern und alle meine Onkel, Tanten und Cousins in den ersten Reihen. Meine Eltern haben sich diese Woche gut verstanden, und auch wenn sich die Dinge mit meinen Brüdern verschoben haben, sind sie immer noch meine Brüder. Sie waren meine Trauzeugen und standen mit mir vor dem Altar. Ich hätte es nicht anders gewollt. Auch wenn sie alle hier sind, kann ich nicht verhindern, dass meine Augen instinktiv nach dem letzten Mitglied meiner Herde suchen, als wäre ich ein verdammter Schäferhund.

Ich wende mich ab, presse meine Lippen aufeinander und ziehe Eliza schneller zur Tür der Kirche. Ich will nicht daran denken, wer nicht da ist. Meine Schwester hätte dort oben bei Elizas Brautjungfern sein müssen. Aber sie ist es nicht. Sie ist nicht hier. Sie ist nirgendwo. Wir sind nicht mal dazu gekommen, sie zu beerdigen. Und es ist meine verdammte Schuld. Hätte ich gesehen, wie schlecht es ihr ging, durch diese Krankheit namens Liebe, hätte ich sie retten können. Hätte ich gesehen, was es sie kosten würde, was es uns alle kosten würde, hätte ich einen Weg gefunden, es zu beenden. Selbst wenn ich das Arschloch hätte töten müssen, in das sie sich verliebt hat, hätte ich es getan. Er ist so oder so tot – und er hat sie mitgenommen.

Ich werde nicht dieselben Fehler machen.

Als wir uns auf den Weg zum hinteren Teil der Kirche machen, drücke ich Elizas Hand und versuche, den Sturm, der sich in ihr zusammenbraut, zu beruhigen. Sie lehnt sich an mich, als wäre sie eine Braut, die sich darauf freut, ein neues Leben mit einem Mann zu beginnen, den sie liebt. Mit der freien Hand winkt sie und verteilt Luftküsse, plötzlich lächelt sie, ihre Vorstellung wäre einen verdammten Oscar wert. Man würde nie denken, dass sie dort oben auf dem Altar gespuckt und gezischt hat.

Wir gehen an dem Fotografen vorbei und verlassen die Kirche, blinzeln in die pralle Julisonne und versuchen zu sehen. Licht hilft dir nicht nur beim Sehen. Es blendet dich. Es scheint eine passende Metapher für den Tag zu sein, für Liebe und Hochzeiten und all diesen Scheiß. Plötzlich fühlt sich die Scharade anstrengender an, als ich es ertragen kann.

Und das ist erst der Anfang.

Kaum sind wir zur Tür hinaus, reißt Eliza ihre Hände von meinen, packt ihre Röcke und stürmt hinter ein Gebüsch.

»Eliza«, warne ich sie. Dies ist ein zu öffentlicher Ort für unseren ersten Streit.

Sie kommt nicht heraus, obwohl ich sehen kann, dass die Hälfte ihres Rocks noch hinter der Hecke hervorlugt, also weiß ich, dass sie mir nicht die ganze Nummer mit der ›Braut, die sich nicht traut‹ vorspielt. Ich seufze, fahre mir mit der Hand durch die Haare und schaue zurück zur Kirche. Die Leute werden jeden Moment herausströmen.

Ich trete hinter die Hecke und sehe meine Frau an.

In dem Moment, in dem sie mich sieht, holt Eliza mit einer Hand aus und gibt mir eine Ohrfeige. Ich weiche zurück und bin eine Sekunde lang zu verblüfft, um zu reagieren. Aber nur eine Sekunde. Das war das letzte Mal, dass sie mich überrumpelt hat.

Ich ergreife ihre Hand und drücke ihre Finger zusammen, bis ihre Nasenflügel sich aufblähen und ihre Augen weit aufgerissen sind. Aber sie wimmert nicht. Ich kann sehen, wie sie die Zähne zusammenbeißt, um nicht aufzuschreien, während sie mich anschaut.

»Das war dafür, dass du mich geküsst hast, als würde ich dir gehören«, faucht sie. »Jetzt lass mich los.«

»Du gehörst mir«, belle ich zurück. »Ich bin dein Mann. Bei deinen Eltern bist du vielleicht mit dieser Scheiße durchgekommen, aber nicht bei mir. Verstehe das, Frauchen. Ich werde dich gehen lassen, aber du *wirst* zurückkommen.«

Sie schnaubt, aber ich lasse ihre Hand trotzdem los. Wenn sie etwas versucht, wird sie herausfinden, wie ernst ich diese Worte meine. Ich habe keine selbstgefällige Vorhersage gemacht. Ich bin nicht so arrogant zu glauben, dass sie zu mir zurückkommen will. Meine Worte sind eine Drohung.

Sie reibt sich die Finger und starrt zu mir hoch, mit berechnendem Gesichtsausdruck, während sie ihren nächsten Schritt abwägt. Ich merke schon, dass ich sie unterschätzt habe. Wahrscheinlich ist sie daran gewöhnt, und sie überlegt, wie sie das zu ihrem Vorteil nutzen kann. Aber ich habe sie jetzt durchschaut. Sie ist nicht das verwöhnte, betrunkene Partygirl, von dem ich in den Klatschspalten gelesen habe, als ich im letzten Monat ein wenig recherchiert habe. Oder besser gesagt, sie ist mehr als das. Es braucht etwas mehr als eine Ausgangssperre, um sie zu zügeln.

Hinter mir öffnen sich die Kirchentüren, und ich höre, wie die ersten Gäste herausströmen und über die schöne Zeremonie, den Kuss und Elizas Kleid sprechen. Ich drehe mich nicht um. Ich starre auf meine Braut und widerstehe dem Drang, meinen Blick auf ihre prallen, rosafarbenen Lippen fallen zu lassen.

Ihr Blick schweift in die Menge und dann wieder zu mir. »Hast du das ernst gemeint, was du da gesagt hast?«, sagt sie, und ihre Worte kommen in einer dringenden Eile heraus. »Dass du nicht kontrollieren wirst, was ich hinter verschlossenen Türen tue, wenn ich in der Öffentlichkeit deine Frau spiele?«

Ich habe nur eine Sekunde, um mich zu entscheiden. Gleich wird man uns bemerken. Sie wird schreien, dass ich ihr wehgetan habe und mich hinrichten lassen. Nur weil es eine Hochzeit ist, heißt das nicht, dass niemand unbewaffnet ist. Man kann seinen Arsch darauf verwetten, dass jeder Kerl hier bewaffnet ist, plus die Hälfte der Frauen, ganz zu schweigen von den vielen unscheinbaren Typen, die um die Chefs herumhängen, Typen, von denen ich weiß, dass sie Leibwächter sein müssen. Diese Hochzeit ist wahrscheinlich der feuchte Traum des FBI – wenn sie jemandem etwas anhängen könnten. Alle Familien sind hier. Sie könnten die gesamte italienische Mafia New Yorks zu Fall bringen. Sie könnten es zumindest versuchen. Sie würden wahrscheinlich nur erreichen, dass viele ihrer eigenen Männer getötet werden.

So wie ich es besser weiß, als Elizas Bitte rundheraus abzulehnen, weiß ich auch besser, als dem verbindlich zuzustimmen. Ich weiß jetzt schon, dass sie verdammt hinterhältig ist.

»Zeig mir heute, wie eine gute Ehefrau für dich aussieht, und ich entscheide heute Abend.«

»Nicht gut genug«, sagt sie, hebt ihr Kinn und wirft mir einen warnenden Blick zu.

»Eliza«, ruft die Frau, die ich für ihre junge Stiefmutter hielt, bis Little Al mich korrigierte und mir sagte, sie sei die *Cumare* von Herrn Pomponio. Sie kommt auf den Pflastersteinen in unsere Richtung getorkelt, ihre Absätze lassen sie wackeln.

Ich beiße die Zähne zusammen und widerstehe dem

Drang, der Frau zu sagen, dass sie verschwinden soll, als sie winkt und erneut ruft.

»Sei heute mein braves Frauchen, und du kannst dir heute Abend deine Belohnung aussuchen«, sage ich zu Eliza. »Benimm dich heute wie eine verwöhnte Göre und ich wähle deine Strafe.«

Etwas flackert über ihr Gesicht, ein unlesbarer Ausdruck. Ich könnte alles sezieren, was ich in diesem einen Augenaufschlag gesehen habe, aber ich tue es nicht. Es ist auch nicht wichtig. Sie lässt ihre Hand in meine gleiten und verschränkt unsere Finger, als wären wir ein echtes Paar, aber ich erkenne diese Geste als das, was sie ist – ein Händedruck. Sie hat sich auf mein Angebot eingelassen. Sie lächelt die Geliebte ihres Vaters gelassen an, und ich kann nicht umhin, mich über ihre wahren Gefühle für diese Frau zu wundern. Sie ist zu gut darin, es vorzutäuschen, besser als ich es bin. Aber ich werde mich nicht unterkriegen lassen. Ich werde mich nicht austricksen und manipulieren lassen.

Mein Leben hängt davon ab, dass ich meine einzige Aufgabe erfülle – unsere Familien zusammenzubringen. Das ist es auch, was ich zu tun gedenke. Wenn ich jeden Tag eine neue Abmachung mit meiner Braut treffen muss, dann soll es so sein. Ich werde Kompromisse eingehen, wie ein guter Ehemann. Eine Bestechung nach der anderen, sie wird mir geben, was ich will. Wenn nicht, wird sie bekommen, was sie will.

Fünf

Eliza Dolce

»Mädchen, warum bist du noch hier?«, fragt Bianca, taumelt gegen mich und wirft einen Arm um meinen Hals. Wir stolpern ein paar Schritte ins Wasser, das selbst im Juli eiskalt ist. »Das ist es, was ich nicht verstehe. Solltest du nicht gerade auf das weiße Laken dieses schönen Mannes bluten?«

Selbst in meinem betrunkenen Zustand macht mein Herz bei ihren Worten einen Satz. Ich weiß es besser, als dem Versprechen eines Valenti zu glauben, zu glauben, dass er mich heute Nacht in Ruhe lässt, weil ich heute ein braves Mädchen war. Deshalb habe ich das Unvermeidliche aufgeschoben, deshalb habe ich mich mit meinen Brautjungfern betrunken, anstatt den Empfang neben meinem Bräutigam zu verbringen. Wenn ich genug trinke, wird es sicher nicht zu sehr wehtun. Wenn ich genug trinke, werde ich mich morgen vielleicht nicht einmal mehr daran erinnern.

Ich komme mit Schmerzen nicht gut zurecht. Ich lebe für das Vergnügen. Was mir wirklich Angst macht, ist, dass wenn ich das tue, wenn *wir* das tun, es echt ist. Die Sache ist besiegelt. Es gibt keinen Weg zurück, keinen Ausweg aus der Ehe. Ein Teil von mir weiß, dass es bereits zu spät ist, aber das ist der rationale Teil, der den Ring an meinem Finger und die Heiratsurkunde im Safe erkennt.

Ein anderer Teil von mir, irgendwo, der sich nicht um Unterschriften und offizielle Dokumente schert, die wahre Eliza in meinem Herzen, weiß es. Sie weiß, dass ich ihm gehöre, sobald er in mir war. Dann gibt es kein Zurück mehr, kein Entrinnen. Sobald es geschehen ist, wird King mich kontrollieren. Er wird die ganze Macht haben. Vielleicht ist das eine Illusion, aber es ist alles, woran ich mich festhalten kann. Das einzige bisschen Kontrolle, das mir noch bleibt. Mein eigener Körper.

Weil ich nicht kontrollieren kann, wo ich gezwungen werde zu leben, mit wem ich lebe. Mein ganzes Leben ist aus dem Schlafzimmer bei Papa entwurzelt, in dem ich geschlafen habe, seit ich ein Baby war, als Mama eine künstlerische Phase durchmachte und Giraffen und Löwen und Safaritiere an die Wände malte.

Im selben Zimmer, in dem ich meine erste Periode bekam, und Mama war nicht da, um sie fragen zu können. Papa wollte ich auch nicht fragen, also lag ich einfach die ganze Nacht blutend im Bett und dachte, ich würde sterben, dass etwas in meinem Bauch geplatzt war und deshalb mein Unterleib so wehtat. Am nächsten Tag fand die Haushälterin meine blutigen Laken und musste mich über die Periode aufklären, denn das war nicht das, was ich in der katholischen Schule gelernt hatte. Dann erzählte sie es dem gesamten Personal, und alle wussten es, und jedes Mal, wenn ich an ihnen vorbeiging, brannte die Scham in meinen Wangen, als ob sie sehen könnten, was sie vorher nicht gesehen hatten: dass ich *unrein* war.

Aber wenigstens fragte das Kindermädchen, ob es nicht an der Zeit sei, die babyhaften Safaritiere an meinen Wänden zu übermalen. Es war nicht die Art von Sache, die mein Vater bemerken oder fragen würde, und ich war dankbar, als sie mir mit einem hoffnungsvollen Lächeln einen Eimer Farbe anbot, von dem ich nicht wusste, dass es mehr um ihr darum ging, meinem Vater zu gefallen, als mir zu helfen.

Als wir die Dosen öffneten und ich sah, dass die Farbe leuchtend rosa war, brachte ich es nicht übers Herz, ihr zu sagen, dass ich Rosa nicht mochte. Damals habe ich Mama nicht verstanden. Ich war wütend. Diese Tiere hatten mir immer das Gefühl gegeben, dass vielleicht eines Tages alles gut werden würde. Als ob das Wissen, dass sie sich einst genug Mühe gegeben hatte, um jeden Streifen und jeden

Fleck auf jedem Zebra und jeder Giraffe mit der Hand zu malen, bewies, dass sie mich irgendwie liebte, obwohl sie sich in den Jahren seit ihrem Weggang kein einziges Mal gemeldet hatte.

Aber jetzt, wo ich eine Frau war, wie mir die Haushälterin mitteilte, musste ich die Wahrheit akzeptieren. Ich hatte meinen Vater und das Kindermädchen, und das war die einzige Familie, die ich je haben würde. Mein Bruder war tot, und meine Mutter konnte es auch sein. Ich sagte dem Kindermädchen, dass mir die Farbe gefiel, obwohl sie schrecklich hell war und aussah wie etwas, das eine Achtjährige aussuchen würde. Ich fragte sogar, ob ich helfen dürfe. Ich genoss jeden Strich, als ich die grelle Farbe in breiten Schwaden über die schönen Tiere rollte, die meine Mutter mit Liebe und Sorgfalt gemalt hatte. Es fühlte sich geradezu kriminell an – und ich liebte es.

Ich rechnete schon fast damit, dass sie hereinkäme und uns anschreien würde, weil wir ihre harte Arbeit ruiniert hatten. Oder sie würde am nächsten Tag anrufen und ganz beiläufig nachfragen, und ich würde zugeben müssen, was ich getan hatte, als ich die rosa Farbe so dick auftrug, dass sie wie Barbie-Blut an den Wänden herunterlief.

Damals habe ich Mamas Entscheidung nicht

verstanden. Jetzt verstehe ich sie. Jetzt weiß ich, warum sie gegangen ist, was ihr so viel wert war, dass sie für immer aus dem Leben ihrer eigenen Tochter verschwindet und nicht einmal zu ihrer Hochzeit erscheint, von der die Leute sagen, sie sei der wichtigste Tag in ihrem Leben. Mama wusste es. Sie hatte auch eine, als sie achtzehn war. Sie wusste, dass dieser Tag nicht der Beginn eines neuen Lebens ist, das es zu feiern gilt, meines Ehelebens. Es ist ein Tod, der zu betrauern ist.

»Wenn du diesen Mann heute Abend nicht fickst, werde ich es tun«, säuselt Lizzie und wiegt ihre Hüften in einem verführerischen langsamen Tanz, während sie sich am Rande des Wassers dreht, ihre Hände wie Seidentücher in der Brise über ihrem Kopf verflochten. Ich frage mich, ob sie für meinen Mann tanzt, ob er ihr zuschaut und sich wünscht, er könnte sie ficken, statt dieser frigiden Schlampe, mit der er zusammen war. Ein hässlicher Anflug von Eifersucht durchfährt mich, aber ich schiebe ihn weg. Ich will nicht, dass er mich ansieht. Wenn er sie beobachtet, sie begehrt, kann er sie haben. Ich hoffe, er geht ins Bett, und sie schleicht sich in sein Zimmer und fickt ihn für mich.

Ich werfe einen Blick auf die Erkerfenster mit Blick auf den Strand, aber ich sehe ihn dort nicht. Ich wende mich wieder meinen Brautjungfern zu – meinen

Freundinnen, Feindinnen und Konkurrentinnen.

»Als ob du bluten würdest«, spotte ich über Lizzie.

Die anderen Mädchen brechen in ein lautes Kichern aus.

»Oh, ich werde für meinen Mann bluten«, sagt Lizzie. »Du musst nur wissen, was du tust. Lass ihn dich ein bisschen aufmischen, wenn du noch trocken bist, und du kannst jederzeit bluten.«

»Wirklich?«, fragt Bianca und starrt die andere Mafiatochter an.

»Klar«, sagt Lizzie und kichert. »Es ist nicht gerade angenehm, aber wenn man in der Hochzeitsnacht einen Beweis haben will, ist das kein Problem.«

»Das hättest du mir schon vor Jahren sagen sollen. Dann hätte ich es genauso getrieben wie du«, lüge ich.

»Hey«, protestiert sie.

Ich habe noch nie jemanden getroffen, der so selbstverliebt ist wie Lizzie Salvatore. Ich hasse sie aus Neid, mehr als alles andere. Sie sagte ein großes »Fick dich« zur Tradition und hatte Sex, wann immer sie wollte, ohne Rücksicht auf die Konsequenzen. Und sie hat nie zurückgeblickt. Wir anderen bewundern sie und sind gleichzeitig angewidert von ihr, aber ich bin sicher, die anderen Mädchen sind genauso neidisch wie ich. Bei all unserem Gerede darüber, unseren eigenen Weg zu gehen

Selena

und unser Leben zu gestalten, hat Lizzie es wirklich geschafft, auf ihre eigene Art. Selbst wenn alles, was sie besitzt, ihre Sexualität ist, ist das schon etwas.

»Als ob irgendein Typ denken würde, dass du noch Jungfrau bist«, meint Bianca und verschränkt ihren Arm mit Lizzies Arm auf der anderen Seite. »Jeder weiß, dass du die Hälfte der High-School auf dem Rücken verbracht hast.«

»Ich werde wahrscheinlich nicht das Glück haben, einen so jungen Mann wie Elizas King zu heiraten«, sagt Lizzie. »Also ist es egal. Niemand nach der High-School weiß von meinem Ruf.«

»Darauf würde ich mich nicht verlassen«, meint Gianna leise. »Meine Familie beobachtet mich überall.«

»Ach, wen kümmert das schon?«, fragt Lizzie, und der Alkohol macht sie mutiger, als sie ist. Es ist uns allen wichtig, was unsere Familien denken. Sie mögen uns lieben, aber das ändert nichts an dem, wozu sie fähig sind.

»Darauf, dass es mir egal ist«, rufe ich und trete gegen die kleinen Wellen, die ans Ufer gespült werden.

»Verdammt, ja«, kreischt Bianca und stößt eine Faust in den Himmel. »Scheißegal!«

Die anderen Mädchen verschränken ihre Arme miteinander, und wir treten gemeinsam gegen die Wellen wie eine Art betrunkener Chor, unser Lachen wird den

Strand hinauf zum Haus getragen und über das Wasser zu dem Hausboot, das erwartungsvoll vor uns dümpelt. Ich habe es die ganze Nacht vermieden, es anzusehen, den Ort, an dem ich meine Hochzeitsnacht mit einem Fremden verbringen sollte. Sylvia und einige der anderen Frauen der Familie haben Stunden damit verbracht, es einzurichten, damit der Bräutigam und ich ungestört sind und nicht mit dem Rest der Familie in der Strandvilla meines Vaters wohnen müssen. Bei dem Gedanken wird mir übel – oder vielleicht ist es der Champagner und der Tequila, die in meinem Bauch brodeln.

Als ich schließlich aufschaue, sehe ich eine Gestalt, die allein am Geländer steht, das Sylvia mit glitzernden Lichterketten umwickelt hat. Er beobachtet uns von der anderen Seite des Wassers aus.

Mein Herz macht einen Sprung und ich schlucke schwer. Ich weiß nicht, wann er zum Boot hinübergegangen ist, aber es ist drei Uhr morgens und die meisten Gäste sind längst weg. Wenn ich lange genug bleibe, wenn ich es aufschiebe, bis es keine Nacht mehr ist, schläft er vielleicht auf dem Deck ein, und ich kann im Morgengrauen allein ins Bett kriechen, wie es in Partynächten üblich ist. Und das ist nicht nur eine normale Partynacht. Es ist die größte Party meines Lebens. Es sollte der beste Tag meines Lebens werden. Ich habe versucht, das zu erreichen, auch wenn mir die Angst vor dem heutigen Abend wie eine Drohung im Magen lag. Ich konnte immer noch in der Aufmerksamkeit schwelgen, mich schön fühlen und Spaß daran haben, jung zu sein und mit meinen Freunden zu tanzen.

Das ist alles, was ich will.

Aber ich weiß, dass das nicht alles ist, was ich bekommen werde. King wird von mir verlangen, dass ich für die Sünden meiner Familie bezahle, und er wird die Schuld, die wir seiner Meinung nach haben, mit einer Bestrafung nach der anderen begleichen. Er hat mir bereits gedroht. Wenn er mit meiner Leistung heute unzufrieden ist, wird das Konsequenzen haben.

Es spielt keine Rolle, wie umwerfend der Kerl ist. Sein Blick ist gelassen, aber auch erschreckend grausam und lässt mein Blut gefrieren, anstatt sich nach seiner Berührung zu sehnen. Mafiosi sind von Natur aus gewalttätig. Manchmal überträgt sich das auf ihre Ehen, manchmal aber auch nicht. Keine zwei Minuten nachdem ich »Ich will« gesagt hatte, wusste ich, in welche dieser Kategorien King fällt.

Ich spüre seine wachsamen Augen zu mir über das Wasser gleiten, und ich weiß, dass ich in Schwierigkeiten sein werde, wenn ich dort ankomme. Das bringt mich nicht dazu, rüber zu eilen und mich zu entschuldigen. Es bringt mich dazu, länger wegzubleiben, um jeden Tropfen dieser Nacht, der letzten Nacht, die mir gehört, auszunutzen. Ja, wir sind jetzt verheiratet. Ich gehöre ihm, wie er so unverblümt betont hat. Aber jeder weiß, eine Hochzeit ist für die Braut. Es ist meine Party, und scheiß aufs Heulen, wenn ich will. Ich werde *feiern*, wenn ich will. Es ist mir egal, dass das Salz mein Kleid ruiniert, dass die Ränder schon fleckig und zerlumpt sind vom Wasser und vom Sand. Ich will nur nicht, dass es aufhört. Wenn die Nacht zu Ende ist, setzt die Realität ein. Wenn die Nacht endet, endet auch meine Freiheit.

Also bleibe ich noch ein bisschen länger, trinke in die Nacht hinein, renne durch die schäumende Salzgischt der Wellen, tanze am Lagerfeuer und kippe noch mehr Shots. Schließlich wird es langsam hell, und ich bin zu müde und erschöpft, um weiterzumachen. Ich lasse mich in den Sand neben der Glut des Lagerfeuers fallen und lehne mich an Tommy Fatone, der schon vor Stunden eingeschlafen ist. Ein paar neue, frische Bodyguards sitzen in Richtung Haus, trinken Kaffee und schweigen in der Stille des Morgens. Vince, mein Leibwächter und menschlicher Keuschheitsgürtel, ist nicht unter ihnen. Meine Keuschheit ist nicht mehr in Gefahr.

Ich lege meinen Kopf auf den Bauch meines Ex und schließe die Augen. Dies ist ein Sieg. Noch eine Nacht, dann werde ich von einem sadistischen Valenti gequält. Ich seufze und falte meine Hände auf dem Mieder meines ruinierten Kleides. Mein Magen ist sauer und dreht sich, die Welt dreht sich und mein Kopf hämmert bereits, aber ich habe es bis zum Sonnenaufgang geschafft, ohne mich dem Feind zu ergeben. Ich lächle vor mich hin. Er muss schon vor Stunden eingeschlafen sein und auf mich gewartet haben. Der Gedanke, dass er dort liegt und wartet, erfüllt mich mit selbstgefälliger Genugtuung. Ich weiß, dass es noch unzählige Nächte geben wird, in denen die Rollen vertauscht sind, in denen ich darauf warte, dass er von einem Job oder einem Besuch bei einer Frau, die nicht ich ist, nach Hause kommt, in denen ich mit Schrecken darauf warte, dass sich die Tür öffnet und mein Mann zurückkommt, um mich zu vergewaltigen.

Für diese eine Nacht muss ich ihn warten lassen. Es ist nicht viel, nur eine Nacht von tausenden, die noch kommen werden, aber ich nehme, was ich kriegen kann, so winzig es auch ist. Der Morgen lullt mich ein, der Alkohol und die Erschöpfung, das Auf und Ab von Tommys Bauch unter meinem Kopf. Die einzigen Geräusche sind das Rauschen des Wassers am Strand und das Seufzen einer Handvoll Menschen, die im Sand um das erloschene Feuer herum schlafen.

Plötzlich ergreifen starke Hände meine Handgelenke

und ziehen mich mit einer schnellen Bewegung hoch.

»Wer zum Teufel ist das?«, fragt King und starrt auf mich herab.

Eine Sekunde lang weiß ich nicht, wovon er spricht. Dann wird mir klar, dass er von Tommy redet. »Niemand«, antworte ich und versuche, meine Hände aus seinem strafenden Griff zu befreien.

»Das stimmt«, sagt er langsam. »Das ist niemand. Und ich bin dein Mann.«

Er lässt eine meiner Hände los und zerrt mich zu einem kleinen, mit Rosen geschmückten Ruderboot, in dem Sylvia dachte, mein Bräutigam würde mich romantisch zum Hausboot rudern. Ich stolpere hinter ihm her und ziehe meinen Arm weg. Nach ein paar Schritten bleibt er stehen, nimmt mich in die Arme und trägt mich zum Boot wie ein Eroberer, der seine unwillige Braut gefangen nimmt. Das ist es schließlich, was es bedeutet, eine Frau über die Schwelle zu tragen.

King wirft mich kurzerhand in das Ruderboot, steigt ein und beginnt, uns über das Wasser zu rudern.

Das ist es. Ich bin im Begriff, seine Frau zu werden, auf die letzte Art und Weise, die ich mir wünsche. Ich halte mich an der Bordwand fest und überlege, ob ich springen soll. Vielleicht ertrinke ich einfach in meinem betrunkenen Zustand und werde vom Gewicht meines eigenen Kleides hinuntergezogen, in einer poetischen Metapher, die ich mit meinem vom Alkohol getrübten Gehirn nicht ganz formulieren kann. Vielleicht wäre das besser. Alles wäre besser als das, was gleich passieren wird.

Eine Welle stößt gegen das kleine Boot, und das Schaukeln ist der letzte Strohhalm. Zwischen dem Alkohol und dem Entsetzen über die bevorstehenden Ereignisse rebelliert mein Magen, ich beuge mich vor und übergebe mich an der Bordwand.

Wir erreichen das Hausboot, und King bindet das kleine Ruderboot fest und zieht mich auf das Deck. Ich stähle mich, bin bereit für seine Worte, seine Gewalt, seine Berührung. Stattdessen sieht er mich nur an. Er sieht nicht einmal wütend aus. Er sieht müde und ein wenig angewidert aus.

»Bist du fertig?«, fragt er mit eisiger Stimme.

Ich nicke und fühle mich plötzlich verletzlich, als ich vor ihm stehe. Wir sind allein. Niemand, der mich rettet. Keine Bodyguards, kein furchterregender Vater. Ich bin auf mich allein gestellt. Das fühlt sich weder gut noch befreiend an. Ich fühle mich wie ein gescholtenes Kind. Ich sehe ihn verschwommen, als würde ich ihn durch Wasser sehen, wie ein böses Mädchen, das auf dem Boden der Wanne bestraft wird, wenn es nicht gehorcht hat.

Seine Lippen verengen sich zu einem Strich, und er

nimmt meine Hand und zieht mich eine kleine Treppe hinunter. Wir drehen uns um und betreten das Schlafzimmer, das mit Blumen und Kerzen geschmückt ist, mit einem Eimer Eis neben dem Bett, in dem eine Flasche Champagner unberührt steht. Rote Rosenblätter sind wie Blutstropfen über die weiße Bettdecke gestreut. Mein Herz schlägt mir bis zum Hals, und mir ist so schwindlig, dass ich mich kaum auf den Beinen halten kann. Ich wünschte, mir wäre nicht schon übel gewesen. Ich möchte wieder kotzen, aber mein Magen ist leer.

»Du solltest etwas schlafen«, sagt King und wendet sich ab.

»Willst du dir nicht deinen Preis abholen?«, frage ich und erschaudere darüber, wie kindisch und ängstlich ich klinge, auch wenn ich versuche, meiner Stimme einen spöttischen Anstrich zu geben.

King stößt einen leisen verhöhnenden Ton aus. »Ob du es glaubst oder nicht, das Letzte, was mich im Moment interessiert, ist deine Fotze.«

Ich zucke zusammen angesichts seines rauen Tons und seiner groben Worte, auch wenn eine Welle euphorischer Erleichterung in mir aufsteigt. »Du wirst mich nicht bestrafen?«

King spricht eine Minute lang nicht. Er lockert seine Krawatte und zieht sie langsam aus seinem Kragen heraus.

»Denkst du, Sex ist eine Strafe?«, fragt er schließlich, ohne auf meine Antwort zu achten, während er seine Krawatte drei Mal faltet.

»Für ein Mädchen«, antworte ich ehrlich.

Er schüttelt den Kopf, sagt aber nichts, während er aus seinem Jackett schlüpft, sich umdreht und es über eine Stuhllehne hängt, bevor er beginnt, seine Manschettenknöpfe abzunehmen. »Du bist wirklich noch Jungfrau, nicht wahr?«, fragt er und beobachtet mich im Spiegel.

»Bin ich, aber ...« Mein Blick fällt auf die Pistole, die im Hosenbund steckt, und ich schlucke schwer. Er mag neu in dieser Art Leben sein, ein einfacher Soldat, aber er wird die Dinge so angehen, wie Mafiosi es tun. Und er wird mich so behandeln, wie Mafiosi ihre Frauen behandeln. Immerhin ist er jetzt mein Ehemann. Vielleicht verschont er mich heute Abend, aber egal was ich tue oder sage, er wird mich nicht für immer verschonen. Unsere Familien werden ein Baby erwarten, um diese Verbindung zu festigen. Er wird mich dazu zwingen, das zu tun, was gute Ehefrauen tun, egal was ich sage. Warum also überhaupt versuchen, meine Ängste zu erklären?

»Was?«, fragt er und seine Hände werden still. Er starrt mich im Spiegel an, und ich lasse mich auf die Bettkante sinken, um seinem Blick auszuweichen.

Er ist ein rücksichtsloser Valenti. Ich kann nur hoffen, dass er bald eine Geliebte findet, so wie mein Vater, nachdem er meine Mutter geheiratet hat.

»Nichts«, sage ich. »Mach dir keine Sorgen. Du hast bekommen, wofür du bezahlt hast. Ich bin so rein wie frisch gefallener Schnee. Nur zu, beschmutze mich.«

Er geht zum Bett und setzt sich neben mich, und ich verkrampfe mich. Er sieht mich eine lange Minute lang an, dann greift er nach meinem Haar und legt es mir über die Schulter. Ohne ein Wort beginnt er langsam, die lange Reihe von Knöpfen an meinem Rücken zu öffnen.

Seine Finger sind sanft, aber ich weiß, wozu sie fähig sind.

»Du zitterst ja«, meint er leise.

»Was du nicht sagst!«, entgegne ich. »Das tätest du auch, wenn du das Opfer wärst, das für all die Morde, die deine Familie begangen hat, bezahlen müsste.«

»Ich will dir nicht wehtun, Eliza«, erklärt er mit sanfter, aber fester Stimme. »Was auch immer unsere Familien einander angetan haben, das ist ihre Schuld, nicht unsere. Ich weiß nicht, wie es dir geht, aber ich habe genug eigene Sünden, für die ich büßen muss, ohne für die Sünden unserer Väter zu bezahlen.«

Ich antworte nicht. Ich kann ihn nicht davon freisprechen. Seine Familie hat meine zerstört. Wenn mein

Bruder leben würde, wäre alles anders gewesen. Er hätte uns alle retten können, wenn er älter als sechzehn geworden wäre.

Aber er hatte keine Gelegenheit dazu – wegen der Familie dieses Mannes. Wie kann ich ihm das verzeihen? Und woher weiß ich, dass er nicht nach Strich und Faden lügt und mich dazu bringt, unvorsichtig zu werden, damit er mich noch mehr verletzen kann, als ich es erwarte?

Kings Finger hören an meinem unteren Rücken auf, mein Kleid aufzuknöpfen. Ihre Spitzen streifen über die nackte Haut unter dem Stoff, und ich erstarre, ein kleiner Schluckauf der Angst bricht aus, selbst als Wärme durch mich hindurchschimmert. Die widersprüchlichen Empfindungen, dass mein Körper Lust empfindet, während mein Verstand Nein schreit, lähmen mich. Ich fühle mich, als würde ich über den Dingen schweben, sie beobachten und zu einem Riesen wie Godzilla werden wollen, um King wegzureißen, ihn in meiner Faust zu zerquetschen und ihn über den Ozean zu schleudern.

»Eliza?«, flüstert er. Als ich nicht antworte, nimmt er sanft mein Kinn und dreht mein Gesicht zu sich. Seine dunklen Augen suchen meine, aber ich kann nicht hinsehen. Ich drücke meine Augenlider zusammen, meine Kehle schmerzt plötzlich und Tränen brennen mir in den Augenhöhlen. »Geht es dir gut?«

Ich schüttele den Kopf.

Langsam greift er mit seiner anderen Hand nach oben und streicht mit dem Daumen über den Rand meiner Wimpern. Scham brennt durch mich hindurch. Er weiß, dass ich weine. Er weiß, dass ich schwach und gebrochen bin und all die Dinge, die ich so sehr versuche, vor ihm zu verbergen. »Was ist los?«, fragt er und seine Fingerknöchel streichen über meine Wange.

Ich nehme einen zittrigen Atemzug. »Ich … ich bin noch nicht so weit. Wenn das in Ordnung ist?«

Er sagt eine lange Minute lang nichts. So lange, dass ich wissen muss, was ihm durch den Kopf geht, oder zumindest einen Blick darauf werfen kann. Ich öffne meine Augen und blinzle die Tränen weg. Auf seiner Stirn liegt ein Stirnrunzeln, aber es ist kein wütendes. Es ist eher … verwirrt.

Das ist noch schlimmer.

»Ich habe getan, was du wolltest«, erinnere ich ihn. »Ich bin an deiner Seite geblieben und habe mich wie deine Frau verhalten, als wäre ich glücklich. Du sagtest, ich könne mir meine Belohnung aussuchen.«

»Als Belohnung soll ich dich nicht anfassen?«, hakt er nach.

»Ich hatte einfach nie diese Lust«, erkläre ich und versuche, ihn davon abzuhalten, mich zu mustern, als wolle er mich aufschneiden und alle meine Gefühle offenlegen. »Ich glaube, mit mir stimmt etwas nicht. Es ist, als ob dieser Teil von mir eingefroren ist. Ich habe diese Gefühle nie entwickelt.«

»Welche Gefühle?«, fragt er und zieht mir das Kleid sanft über die Schultern.

»Du weißt schon«, stammle ich, drücke den Stoff an meine Brust und werfe einen Blick nach unten. »Sexuelle Gefühle.«

Seine Hand zittert nur einen Moment. »Oh«, sagt er. »Hast du dich deshalb heute Abend besoffen? Glaubst du, der Sex wird dadurch besser? Denn ich versichere dir, das wird er nicht.«

Will dieses selbstgerechte Arschloch wirklich diesen Weg einschlagen? Ich habe getrunken, um seinem dummen Arsch zu entkommen. Und welches Recht hat er, über mich zu urteilen? Ich habe in meinem Leben mehr durchgemacht, als er sich überhaupt vorstellen kann.

Aber ich nicke nur, weil das hier so viel besser läuft, als ich es mir erhofft hatte, als er mich am Strand packte. Ich glaube nicht, dass er mich heute Abend noch vergewaltigen wird. Ich werde nicht den Mund aufmachen, um ihn umzustimmen.

»Können wir einfach … warten?«, flüstere ich.

»Okay«, sagt King mit einem niedergeschlagenen

Seufzer. »Wir werden so lange warten, wie es für dich nötig ist.«

So lange ich brauche. Das klingt furchtbar nach Freiheit. Ein Gefühl des Triumphs mischt sich mit der Scham, die ich empfinde, weil ich ihn manipuliert habe. Ich mag ein schrecklicher, abgefuckter Mensch sein, aber ich tue, was ich tun muss, um zu überleben, genau wie jeder andere auch.

»Zieh das Kleid aus, dann kannst du dich ausschlafen«, sagt er. »Wir können später reden.«

Ich kann mich gerade so davon abhalten, meinen betrunkenen Arsch hochzukriegen und einen Siegestanz hinzulegen. Ja, ich habe vor ihm geweint und Schwäche gezeigt, aber hey, das ist es wert, um mir dieses herzlose Arschloch vom Hals zu halten. Schließlich kann ich nicht zulassen, dass er mir Vorschriften macht und ich sie dann wie ein gehorsames kleines Schaf befolge. Ich will nicht das Eigentum von jemandem sein. Ich will eine unabhängige Frau sein, die ihren Träumen nachgehen kann, so wie meine Mutter, nachdem sie das Joch der Ehe und der Häuslichkeit verlassen hatte. Der einzige Weg, das zu erreichen, besteht darin, dass *ich* ihm vom ersten Tag an klar mache, dass ich mich nicht besitzen und kontrollieren lassen will. Ich habe einfach getan, was nötig war, um das zu erreichen.

King zieht mir das Kleid aus und legt mich in Unterwäsche auf das Bett, und ein Schauer läuft mir über den Rücken, als er auf mich herabblickt. Als ich zu ihm aufschaue und mich genauso entblößt und verletzlich fühle, wie ich es in diesem Moment auch bin, fällt mir wieder auf, wie verdammt schön er ist, mit all den kantigen Linien und dunklen Schatten. Ich erschaudere und bekomme eine Gänsehaut, als sein Blick über mich fährt. Einen Moment lang ist nichts Kaltes an ihm. Seine Augen sind Pfützen aus geschmolzener Schokolade, sein Blick wird heiß, als er über mein Spitzenbustier und mein weißes Höschen wandert.

Ich beobachte, wie sein Adamsapfel beim Schlucken wippt, und etwas schwillt in mir an, ein seltsames Gefühl des Stolzes, dass ein Mann, der so aussieht wie er, mich so ansieht, als fände er mich genauso sexy wie ich ihn. Ich will verdammt sein, wenn ich jemals einen herzlosen, sadistischen Bastard aus der Familie Valenti lieben werde, aber das bedeutet nicht, dass er nicht attraktiv ist. Es bedeutet nicht, dass ich mich, wenn sein Blick über meine Haut streicht, nicht sexier fühle, als ich es je in meinem Leben getan habe.

Aber ich kann mich an dem Gefühl nicht erfreuen. Es sollte schön sein, begehrt zu werden, selbst wenn es von einem Mann ist, dem ich niemals erlauben kann, mich zu begehren, aber das ist es nicht. Es ist beängstigend.

Denn eines Tages wird er nicht mehr warten wollen und sich nehmen, was er will. Und es gibt nichts, was ich tun kann, um ihn aufzuhalten, oder um diesen Tag zu verhindern. Schließlich gehört jeder Tag meines Lebens diesem Mann. Er wurde in dem Moment, in dem er mir den Ring wie ein Brandzeichen um den Finger steckte, zu meinem Hüter und Besitzer, und er kann mit mir machen, was er will. Ich kann nicht einmal mehr ich selbst sein, meinen eigenen Namen behalten. Er hat meine Identität ausgelöscht. Ich bin nicht mehr Eliza Pomponio. Ich bin Mrs. King Dolce.

Sechs

King

Am Morgen nach der Hochzeit lasse ich Eliza schlafen und treffe mich mit den Familien zum Brunch, bereit, mich für meine neue Braut zu entschuldigen und die unvermeidlichen Sticheleien zu ertragen. Ich betrete das Strandhaus der Pomponios durch die Hintertür, vorbei an einer Handvoll Wachen. An diesen Teil des Lebens muss ich mich erst noch gewöhnen. Sicher, Papa war reich, und es gab ein paar Verrückte, die versucht haben, an uns heranzukommen, aber wir haben keine Leibwächter eingesetzt. Er ist ein Geschäftsmann, keine Berühmtheit. Jetzt, wo ich darüber nachdenke, haben die Mafia-Verbindungen wahrscheinlich für seine Sicherheit gesorgt. Er ist nicht involviert genug, um eigene Wachen zu rechtfertigen, aber jeder weiß, was passiert, wenn man sich mit Al Valentis wertvollsten Mitarbeitern anlegt.

»Wo ist die Braut?«, fragt Duke und klopft mir auf die Schulter, als wir uns in der Tür zum Speisesaal treffen. »Sag mir nicht, du hast sie schon ausgelaugt.«

»Warum nicht?«, meint Baron. »Wir haben unsere Brautjungfer verschlissen.«

Sie beömmeln sich und schubsen sich gegenseitig wie die Idioten, die sie sind, zu unreif und zu behütet für ihr eigenes Wohl. Ich lasse es aber durchgehen, denn sie sind die Jüngsten und erst fünfzehn, und wenn man in diesem Alter kein Idiot sein kann, wird man nie die Chance dazu bekommen. In gewisser Weise beneide ich sie. Ich hatte nie den Luxus, so sorglos zu sein. Das ist ein gutes Zeichen für sie.

»Was höre ich da, dass die Dame der Stunde ihren eigenen Brunch ausfallen lässt?«, fragt Onkel Al, der an meiner Seite auftaucht. Ich kann mir vorstellen, dass Papa fast aus dem Häuschen ist, wenn er sieht, wie ich und mein Großonkel, der berühmte Mafia-Don, sich näher kommen. Er wusste schon immer, dass ich für Al arbeiten würde, aber das hier ist noch besser. Jetzt ist er wirklich mit uns verbunden. Ich gehöre zu den Valentis *und* den Pomponios, und als wir vor der Hochzeit miteinander sprachen, machte er keinen Hehl aus seiner Freude über die Aussicht, seinen Einfluss und sein Ansehen zu vergrößern. Er ist fest entschlossen, in diesem Quartal seinen bisher größten Gewinn zu machen, damit er sowohl die Taschen der Pomponios als auch die der Valentis füllen kann.

»Ich dachte, ich lasse sie ausschlafen«, sage ich zu Al.

»Hast du sie die ganze Nacht wachgehalten?«, fragt Little Al, der sich zu uns gesellt.

»Sie fühlt sich heute Morgen einfach nicht so gut, das ist alles.«

»Ich wette, das tut sie nicht, du Hund«, kräht Little Al und klopft mir auf den Rücken. »Wahrscheinlich könnte sie nicht mal laufen, wenn sie es versuchen würde.«

Little Al ist der nächste Anwärter auf den Valenti-Thron, der Enkel von Onkel Al und mein Partner. Genauer gesagt ist er der Babysitter, der mir als neuer Soldat zugeteilt wurde und der mir beigebracht hat, wie man Zahlungen eintreibt und Kniescheiben bricht. Er zieht mich gerne mit meiner Verlobten auf, also bin ich dankbar, als Anthony Pomponio, der am Kopfende des Tisches Hof hält, mich zu sich winkt.

»Ich hatte erwartet, meine Tochter hier zu sehen«, sagt er und ergreift meine Hand mit seiner großen, harten Hand. Seine Finger sind dick und rau um meine und drücken sie wie eine Drohung zusammen.

»Es geht ihr gut, Sir«, versichere ich ihm, obwohl ich mir da nicht so sicher bin. »Sie wollte nur ausschlafen.«

»Ich sollte dich wahrscheinlich warnen«, meint er mit einem leichten Lächeln. »Eliza ist es gewohnt, ihren Willen zu bekommen. Ich gebe zu, dass ich mit ihr nachsichtig war, als sie aufwuchs. Nachdem ich einen Sohn und eine Frau verloren hatte, wollte ich meinem kleinen Mädchen alles geben. Ein Kind großzuziehen ist schwer – das wirst du früh genug wissen. Aber ein Kind allein aufzuziehen ...«

Er bricht ab und schüttelt den Kopf. Ich sage nichts, aber ich denke: Wie zum Teufel soll ich ein Kind bekommen und unsere Familien zusammenführen, wenn Eliza mich nicht einmal an sich heranlässt? Ich habe nicht erwartet, dass sie mich liebt, aber was nützt es, die Familien durch Heirat zu vereinen, wenn wir kein Baby bekommen können? Und ja, vielleicht bin ich ein Arsch, aber ich habe Sex erwartet. Ich stehe nicht auf diesen ganzen Mafia-Lifestyle, der es einem Mann erlaubt, eine Geliebte nebenbei zu haben. Als ich geschworen habe, treu zu sein, habe ich es auch so gemeint. Wenn ich keine andere ficken kann, dann erwarte ich, dass ich meine Frau ficke.

»Ein Mann ist für diese Arbeit nicht geschaffen«, fährt Anthony fort. »Nicht, wenn es so viel Arbeit ist wie bei diesem Mädchen. Um unser aller willen solltest du lieber für einen Sohn beten.«

Er lacht, und ich schlucke die Galle hinunter, die mir in der Kehle aufsteigen will. Meine Adern fühlen sich kalt und zäh an, als wären sie mit dem hässlichen gefrorenen

Selena

Matsch gefüllt, der übrig bleibt, wenn der Schnee zu schmelzen beginnt. Wie kann ich ihm sagen, dass es weder Söhne noch Töchter geben wird?

Das kann ich nicht. So einfach ist das. Eliza wird einfach einen Weg finden müssen, ihre Probleme zu überwinden, zumindest bis sie schwanger ist. Und was dann? Soll ich wie eine Art Mönch leben, während ich neben meiner schönen, unwiderstehlichen Frau schlafe? Es war dumm von mir zu glauben, dass wir unsere Ehe wie ein Geschäft behandeln würden. Ich will Sex. Sie will wahrscheinlich Liebe. Und das ist das Einzige, was ich ihr versprochen habe, niemals zu tun.

»Das Leben ist kurz, weißt du?«, sagt Anthony, lässt meine Hand los und klopft mir auf die Schulter. »Man weiß nie, wann der Tag unser letzter sein wird. Ich habe mein Babygirl verwöhnt. Sie muss erst noch erwachsen werden, aber ich bin mir sicher, dass ihr Kinder das gemeinsam herausfinden werdet. Hab nur keine Angst, ihr zu zeigen, wer der Boss ist. Ein Mann muss seine eigene Familie führen.«

Meine eigene Familie führen. Wie kann ich das tun, wenn meine eigene Frau Angst vor mir hat? Oder versucht sie nur, mir aus dem Weg zu gehen, weil sie mich hasst? Hat sie Angst, dass ich herausfinde, dass sie mit dem Typen am Strand gevögelt hat, oder mit wem auch immer?

Wenn ich ihr sage, dass es mir egal ist, ob sie noch Jungfrau ist, wird sie sich dann entspannen und uns den Sohn geben, den wir brauchen, um unsere Familien zu vereinen?

Als einer von Anthonys Brüdern auf der anderen Seite Platz nimmt, entferne ich mich erleichtert. Ich gehe zum nächsten Tisch und setze mich neben Little Al. »Habt nicht zu viel Spaß in den Flitterwochen«, mahnt er. »Du wirst denken, dass das für den Rest deiner Ehe so sein wird. Glaub mir, Kleiner, so läuft das nicht.«

»Sicher«, erwidere ich.

»Nur eine aufrichtige Warnung«, sagt er. »Aber Typen wie wir müssen sich darüber keine Sorgen machen, stimmt's? Es gibt jede Menge Muschis da draußen. Man muss sie nicht heiraten, um sie zu ficken.«

»Ich glaube, ich bin fertig«, erkläre ich und werfe einen Blick auf Little Als Frau, die mit einem Baby auf der Hüfte auf uns zukommt.

Al folgt meinem Blick und wendet sich eher frauenfreundlichen Themen zu, als sie seine Seite erreicht. »Bleib nicht zu lange weg«, sagt er zu mir. »Ich habe ab heute Nachmittag jede Menge Jobs.«

»Ich könnte wahrscheinlich heute Nachmittag ein paar erledigen«, entgegne ich. »Der Flug geht erst um sechs.«

»Vergiss es«, erwidert er und legt einen Arm um seine

Frau. »Geh und entspann dich mit deinem Schatz.«

»Das werde ich«, sage ich und runzle die Stirn. »Solange ich rechtzeitig zurück bin, um den Flug zu erwischen.«

Meine Sachen sind bereits gepackt und wieder im Boot, falls Eliza sie nicht über Bord geworfen hat. Jetzt, wo sie mich von der Illusion befreit hat, dass Sex ein Vorteil in einer ansonsten leeren Ehe sein könnte, erscheint eine Hochzeitsreise noch lächerlicher. Ich weiß nicht, warum wir das überhaupt machen, abgesehen davon, dass meine Mutter die ganze Sache schon geplant hat. Ich habe kein Interesse an einem verdammten Urlaub, aber ich möchte Elizas Familie nicht glauben machen, dass ich mich nicht bemühe, dass die Ehe so bedeutungslos und hohl ist wie unsere Worte vor dem Altar. Also werden wir es durchziehen, auch wenn keiner von uns Interesse am anderen hat.

Wenn es aber etwas gibt, was unsere Familien nicht loslassen, dann ist es die Tradition.

Ich warte, bis wir an diesem Nachmittag auf dem Weg zu einem Job sind, bevor ich das Thema mit Little Al anspreche.

»Du warst mit vielen Frauen zusammen, richtig?«, frage ich, wohl wissend, dass er das war. Wenn ich durch die einmonatige Zusammenarbeit mit dem Mann etwas gelernt habe, dann, dass er Frauen jetzt genauso liebt wie vor seiner Hochzeit.

Er bricht in Gelächter aus, und ich merke sofort, dass ich mich wie eine verdammte Jungfrau anhöre. »Alter, willst du mich fragen, wie man einen Knaller wie deine Frau fickt?«, fragt er schließlich und wischt sich die Lachtränen aus den Augen.

Ich ignoriere ihn und komme auf den Punkt. Er ist kein Typ, der zarte Andeutungen braucht. »Warst du jemals mit jemandem zusammen, die … Probleme hatte?«

»Alle Frauen haben Probleme«, erwidert er und grinst, als sei das das Lustigste, was er je gehört hat.

Ich runzle die Stirn. »Dann vielleicht eine Art Trauma?«

Er prustet vor Lachen. »Eliza Pomponio hatte schon Kerle, die ihre Muschi bewachten, als es noch keine Haare auf ihr gab. Sie hat ein Trauma, wie mein Arsch ein Trauma hat. Und das soll heißen, keins.«

Darauf entgegne ich nichts. Daran hatte ich gedacht. Ich wüsste nur nicht, was ein Mädchen sonst so ängstlich vor Sex machen sollte. Sie nannte es Bestrafung, verdammt noch mal.

Plötzlich treibt mir ein Gedanke die Galle in die Kehle. Sie ist erst achtzehn Jahre alt. Die einzige Person, die sie bis jetzt bestraft hat, war ihr Vater. Dieser eisige, langsame Schmerz baut sich wieder in meiner Brust auf, als wäre sie mit dem schmutzigen Schneematsch gefüllt, nachdem der Schnee von den Straßen gekratzt wurde. Anthony Pomponio hat mir direkt in die Augen gesehen und mir gesagt, ich solle seine Tochter mit fester Hand behandeln.

Und Bodyguards beschützen ein Mädchen nicht vor ihrem eigenen Vater. Vor allem, wenn dieser Vater ein Mafia-King ist, der sie bezahlt. Die Chancen stehen gut, dass sie, selbst wenn sie es herausfinden würden, aus Angst um ihr Leben wegschauen würden. Genau wie ich, wie ein verdammtes Weichei. Denn es gibt nichts, was ich dagegen tun könnte, außer mein eigenes Todesurteil zu unterschreiben, indem ich versuche, den Bastard zu töten. Ich würde wahrscheinlich sowieso scheitern, da der Kerl ungefähr sechs Bodyguards hat. Dann wäre sie wieder da, wo sie angefangen hat – seiner Gnade ausgeliefert.

Aber ich greife mir selbst vor. Es gab noch andere Menschen in ihrem Leben. Onkel. Der Freund, mit dem sie gestern Abend am Strand war. Leute, die für ihren Vater arbeiten.

»Was ist, wenn einer der Leibwächter ihr etwas angetan hat?«, frage ich.

Little Al schüttelt nur den Kopf. »Kumpel, ihr Vater ist ein Don. Wenn jemand sie anrührt, lässt er ihn und seine ganze Familie sofort hinrichten, verstehst du?«

»Ich denke schon.«

»Hör zu, Junge, ich weiß nicht, was sie damit bezwecken will, aber sie will dich über den Tisch ziehen. Sie mag lebensklüger sein als einige der Töchter, aber das Mädchen ist so behütet, dass sie genauso gut in einer Blase aufgewachsen sein könnte. Sie hat auf keinen Fall ein Trauma gehabt, außer dass sie das Kreditlimit ihrer AMEX erreicht hat.«

»Ja«, sage ich und starre aus dem Fenster, ohne etwas zu sehen. »Du hast wahrscheinlich recht.«

Ich weiß aber, was ich gesehen habe. Eliza war aufgebracht. Sie weinte. Ich habe ihre Tränen gesehen. Ich hörte ihre Worte am Ufer mit ihren Freunden. Sie hat nicht gelogen.

Oder?

*

»Also, dieser Luigi ist mit ein paar Zahlungen im Rückstand«, sagt Little Al, als wir vor einem Apartmentgebäude ohne Aufzug halten. »Willst du ihm die Kniescheiben rausschlagen, oder soll ich einen Baseballschläger mitnehmen? Ich habe einen im Kofferraum.«

»Ich kümmere mich darum«, sage ich und steige aus dem Auto, ohne zu warten. Mein Blut pulsiert immer noch in meinen Adern, als wäre es noch nicht ganz aufgetaut von den Gedanken, die mich im Auto überfallen haben und die ich nicht abschütteln kann.

Al hat aber wahrscheinlich recht. Es hat nichts damit zu tun, dass in der Vergangenheit etwas passiert ist, weshalb sie kein Verlangen hat. Es ist die Gegenwart, die sie dazu bringt, kein Verlangen zu haben. Sie hasst mich. Sie wollte mich nicht heiraten. Sie will mich nicht ficken.

Aber wenn er sich irrt …

Es muss ihr Vater gewesen sein. Al hat in diesem Punkt sicher recht – niemand sonst würde es wagen, sie anzufassen.

Als wir an die Tür klopfen, antwortet eine Frau. Zwei kleine Kinder spähen um ihre breiten Hüften. Sie keucht und tritt zurück, als sie uns sieht, und versucht, die Tür zu schließen.

Ich schiebe meinen Schuh hinein, bevor sie uns die Tür vor der Nase zuschlagen kann. Meine Brust verkrampft sich, als ich die verängstigten Augen der kleinen Kinder sehe, also wende ich meinen Blick ab. »Wir sind hier, um mit Luigi zu reden.«

»Er ist nicht hier«, sagt sie.

Ich werfe einen Blick auf Little Al und überlege, ob

wir später wiederkommen sollen. Ich will niemanden vor seiner Familie verletzen.

Al nickt und sagt, ich soll weitermachen.

»Dürfen wir reinkommen und das bestätigen?«, frage ich.

Ich höre ein Geräusch im Hintergrund, das Quietschen einer Tür oder das Öffnen eines alten Fensters. Ohne zu warten, bis die Dame antwortet, schiebt sich Little Al an ihr vorbei und stürmt hinein. Das Fenster ist offen, und ein Mann zeichnet sich im Rahmen wie ein Bild ab, während er sich bereit macht, die Feuerleiter hinunterzusteigen.

Ich dränge mich ebenfalls an der Frau vorbei und stürze mich auf den Mann, um Little Al zu helfen, ihn zurück ins Haus zu ziehen. Er windet sich wie ein Aal und reißt sich aus unserem Griff los, nur um das Gleichgewicht zu verlieren und auf dem Rücken auf den Boden zu fallen.

»Wo ist das Geld?«, bellt Little Al, seine Stimme ist tiefer und schärfer als bei seinen Späßen mit mir. Er packt den Kerl am Kragen und holt aus, um ihn zu schlagen. Der Typ kriecht und bettelt wie üblich und entschuldigt sich. Beim ersten Mal musste ich mich selbst davon überzeugen, dass ich es ertragen konnte, auch wenn ich dachte, dass es nicht schaden würde, noch einen Tag auf die Bezahlung zu warten.

Jetzt höre ich ihn kaum noch. Ich weiß, wem es schaden würde. Unserem Ruf, zum einen. Wenn wir einem Mann einen Tag geben, würde er nach einer Woche, einem Monat, einem Jahr fragen. Wenn wir es für einen Kerl tun, müssen wir es für den nächsten tun. Sie haben alle die gleiche Geschichte, eine rührselige Geschichte. Unsere Aufgabe ist es nicht, uns ihre rührseligen Geschichten anzuhören. Wir sollen Geld eintreiben. Das war's.

Aber als ich aufschaue, sehe ich drei Paar verängstigte Augen, die mich beobachten. Ich lege eine Hand auf Little Als Faust und halte ihn auf.

»Sag deiner Familie, sie sollen im Schlafzimmer warten«, sage ich zu Luigi.

»Nein«, schluchzt er. »Sie müssen sehen, was ihr Monster tut.«

»Wenn dir das Geschäft nicht gefällt, dann lass es sein«, sage ich. »Jetzt sag es ihnen.«

»Nein«, heult er, wahrscheinlich weil er denkt, wir würden ihn vor seiner Frau und seinen Kindern schonen.

Ich wende mich an die Ehefrau. »Geh ins Schlafzimmer und komm erst wieder raus, wenn du hörst, dass die Eingangstür geschlossen wird«, sage ich ihr. »Du willst doch nicht, dass deine Kinder sehen, was gleich passieren wird.«

Der kleine Junge weint bereits und klammert sich an

ihr Bein. Das Mädchen starrt nur mit großen, schweigsamen braunen Augen, die mich zu sehr an die meiner Schwester erinnern. Vielleicht muss sie das sehen. Vielleicht gelingt es mir, sie davor zu schützen, so wie es meiner Familie gelungen ist, Crystal zu schützen. Ihre Familie ist darin verwickelt, und irgendwann wird sie sich der harten Wahrheit stellen müssen.

Aber ich kann es nicht tun, und das nicht nur, weil sie noch ein Kind ist, und es gibt Dinge, die kein Kind sehen oder wissen sollte. Vielleicht habe ich Crystal auch deshalb so lange abgeschirmt. Ich wollte nicht, dass sie die Wahrheit über unsere Familie erfährt, aber mehr noch, ich wollte nicht, dass sie weiß, dass ich zu so etwas fähig bin. Dass ich der Bösewicht bin.

»Geh«, belle ich die Frau an, da sie unsicher aussieht. Luigi sagt ihnen immer wieder, dass sie sich nicht bewegen sollen, aber die Frau ist klug genug, um ihre Kinder zu schützen, und nach einem letzten, sehnsüchtigen Blick auf ihren Mann drängt sie ihre Kinder in ein Schlafzimmer am Ende des Flurs.

Ich packe Luigi vorne am Hemd, und als ich ihm ins Gesicht schaue, sehe ich nicht ihn. Ich sehe Anthony Pomponio, der meine Frau ruiniert haben könnte. Ich sehe den Kerl am Strand, mit dem sie in unserer Hochzeitsnacht gekuschelt hat. Ich sehe Devlin Darling, in den sich meine Schwester verliebte und mit dem sie starb. Ich sehe meinen Vater, der die Dienste seines ungeborenen Sohnes an einen Verbrecherboss verkauft. Ich sehe das Gesicht, das mich jeden Morgen aus dem Spiegel anschaut, so gewöhnlich, dass man nie wüsste, dass es zu einem Mann gehört, dessen Job es ist, andere Männer leiden zu lassen.

Ich hole aus und schlage ihm ins Gesicht. Ich spüre, wie seine Nase nachgibt, und er heult vor Schmerz auf, taumelt herum und versucht, zurückzuschlagen. Ich spüre seine Schläge nicht, die auf meine Schultern und meinen Kopf niederprasseln. Ich spüre nicht einmal, wie meine eigene Faust die Knochen in seinem Gesicht trifft. Little Al hilft mir, ihn festzuhalten, während ich ihn wieder und wieder und wieder schlage, bis Blut auf den Boden, meine Arme, meine Hände und mein Gesicht spritzt.

Nach einer Weile zieht Little Al mich von ihm zurück. »Ein toter Mann kann seine Schulden nicht bezahlen«, meint er, ein Satz, den er bei meinem ersten Job benutzt hat. »Wir haben uns klar ausgedrückt. Lass uns gehen.«

Ich stehe auf und stolpere zurück. Blut tropft von meiner zerschlagenen Faust. Meine Haut hat sich von den Knöcheln gelöst, ist bereits angeschwollen und hat sich unter dem Rot dunkel verfärbt. Luigi liegt regungslos in einer Blutlache auf dem Boden. Nicht Anthony. Nicht der

Mann, der für den Tod meiner Schwester verantwortlich ist. Nicht mein Vater.

Ich nicht.

»Ja«, erwidere ich. »Lass uns gehen. Ich muss ein Flugzeug erwischen.«

*

Wie ich vorausgesagt habe, sind unsere Flitterwochen alles andere als romantisch. Für mich ist das in Ordnung. Ich würde lieber zu Hause sein und mit Little Al arbeiten, als diese leere Tradition mitzumachen. Trotzdem versuche ich ein paar Mal, Eliza in ein Gespräch zu verwickeln, aber meine Fragen werden nur mit verärgertem Schweigen oder feindseligen Blicken beantwortet. Anscheinend ist Sex nicht das Einzige, was wir nicht haben werden.

Ich denke, das ist auch in Ordnung. Ich habe ihr gesagt, dass sie nur in der Öffentlichkeit meine Frau sein muss. Konversationen gehören nicht dazu.

Dennoch ist es schwer, eine Woche in einem Zimmer in einem All-inclusive-Resort zu verbringen, ohne jemanden ein wenig kennenzulernen. Trotz ihrer mürrischen Haltung mir gegenüber, ist Eliza nicht unglücklich. Sie nimmt mit Begeisterung an den Aktivitäten im Resort und den Ausflügen teil. Sie hat eine starke Persönlichkeit, die sich durch meine Anwesenheit nicht aus der Ruhe bringen lässt. Sie freundet sich mit den Bootsführern, den Tauchguides und den Kellnerinnen an.

Sie ist nie schlampig mit sich selbst. Jeden Morgen steht sie auf und zieht schöne Kleider an, die zu all den Ausflügen passen, die meine Mutter für uns geplant hat. Sie ist akribisch mit dem spärlichen Make-up, das sie trägt, ihren Haaren und ihren Outfits. Sie respektiert sich offensichtlich selbst und wird sich nicht gehen lassen oder versuchen, meine Anziehungskraft zu mindern, indem sie sich unattraktiv macht. Ihre Kleidung ist geschmackvoll, aber eher verführerisch – ein Seidenhemd ohne BH, ein fließendes Kleid, das sich beim Gehen an ihre Kurven schmiegt, winzige Shorts, die jeden Zentimeter ihrer kräftigen, durchtrainierten Beine zeigen.

Manchmal muss ich mich selbst davon abhalten, die Hand auszustrecken und sie zu berühren. Ich erinnere mich daran, dass ich sie nicht lieben kann, dass es gut ist, dass sie mich hasst. Das macht alles einfacher. Nachts drehe ich mich auf den Rücken und bleibe auf meiner Seite des Bettes liegen, um jede winzige Bewegung zu spüren, die sie durch die weite Matratze zwischen uns macht, die Spannung in ihrem Körper, wenn sie da liegt, steif wie ein Brett, und kaum atmet, bis ich einschlafe. Trotz allem, was Little Al gesagt hat, glaube ich nicht, dass sie in unserer

Hochzeitsnacht nur so getan hat. Sie ist verängstigt. Und obwohl ich mir einrede, dass sie mir egal ist, erfüllt es mich mit Wut, wenn ich daran denke, dass ihr jemand wehtun könnte. Ich hoffe, sie hasst mich nur, weil sich unsere Familien im letzten Jahrzehnt bekriegt haben.

Wir essen jeden Abend zusammen zu Abend, und jeden Abend will sie danach in eine Bar gehen. Die ersten paar Abende gehe ich mit ihr, obwohl ich kein Interesse am Trinken habe. Ich sitze da und beobachte, wie sie sich mit anderen Gästen des Resorts anfreundet, und ein dunkles Gefühl kriecht mir zwischen die Rippen. Warum kann sie sich mit den Barkeepern, Kellnern und Fremden, die sie gerade erst kennengelernt hat, anfreunden, aber mit mir kann sie nicht einmal über das absolut Notwendige hinaus sprechen – mich bitten, ihr morgens die Zahnbürste zu geben oder ihr beim Abendessen das Salz zu reichen? Eine Bemerkung über das Essen ist das Ausmaß unserer zwanglosen Konversation, aber an der Bar kann sie ihren Kopf zurückwerfen und lachen und der Kellnerin auf den Arm schlagen, als wären sie bereits beste Freunde.

Ich bin erleichtert, als sie mich in unserer vierten Nacht einen Psycho-Stalker nennt und darauf besteht, dass ich im Zimmer bleibe, während sie in die Bar geht. In der ersten Nacht seit unserer Ankunft schlafe ich leicht ein, ohne dass die dunklen Ranken des Grolls an meinem Brustkorb lecken oder das kalte, dicke Gefühl meine Kehle hochkriecht, wie jedes Mal, wenn ich mich frage, warum sie so frigide ist.

Das Ende kann nicht früh genug kommen. Endlich ist es so weit. Am letzten Abend fange ich an, wahllos Kleidungsstücke und Dinge aufzusammeln, die im Zimmer herumliegen, und will meine Tasche packen, um gleich nach dem Aufwachen am nächsten Morgen von hier zu verschwinden. Ich weiß, dass sich zu Hause nicht viel ändern wird, aber zumindest werde ich nicht jeden Tag mit einer Frau verbringen müssen, die mich verachtet. Ich habe eine Aufgabe zu erledigen.

Eliza liegt auf der Couch in einem Seidenbademantel, der über dem Knie geschlitzt ist und ihr nacktes Bein zeigt, während sie eine Sendung über eine sich auflösende Boyband ansieht. Niedliche kleine Sommersprossen verstreuen sich wahllos über ihre olivfarbene Haut, von dem Schönheitsfleck auf ihrem Wangenknochen bis zu dem Fleck an ihrem Knöchel direkt über dem goldenen Armreif, den sie bei unserem Bootsausflug trug. Von ihrer Position aus sehe ich neue Flecken auf der Innenseite ihres Oberschenkels, die ich noch nie gesehen habe, und ich frage mich, wie viele es wohl noch gibt, von denen ich nichts weiß. Ich habe sie nur ein einziges Mal in

Unterwäsche gesehen, am Morgen nach unserer Hochzeit, und mehrmals auf unserer Reise im Badeanzug, aber ich kann nicht anders, als mich zu fragen, ob es noch mehr gibt, die vor meinen Augen verborgen sind. Es scheint etwas zu sein, das ein Ehemann wissen sollte.

Ich verdränge den Gedanken und hole ein Paar Socken unter dem Bett hervor. »Willst du mir dabei helfen?«, frage ich und werfe ein Paar ihrer Sandalen in Richtung ihres Koffers.

Eliza reißt ihren Blick vom Fernseher los, irgendeinem billigen Klatschkanal, den meine Schwester ab und zu anschaute, und sieht mich spöttisch an. »Ich bin nicht dein verdammtes Dienstmädchen«, schnauzt sie mich an. »Wenn du denkst, dass ich hinter dir aufräume und dir Abendessen koche wie eine traurige kleine Hausfrau, kannst du es vergessen.«

»Was genau willst du denn machen?«, frage ich und denke an meine Mutter, die zu Hause sitzt und sich den ganzen Tag betrinkt und am Telefon quatscht.

»Zwei Dinge«, sagt Eliza und zählt sie an ihren Fingern ab, während sie spricht. »Erstens: Was immer ich will, und zweitens: Das geht dich einen Scheißdreck an.«

Ich knirsche mit den Zähnen und ziehe den Reißverschluss meines Koffers zu. »Ich verstehe ja, dass du mich nicht zum Ehemann gewählt hast, aber sag mal, warum genau hasst du mich eigentlich so sehr?«

»Du bist ein Niemand«, sagt sie und wirft mir einen bösen Blick zu. »Warum sollte ich mir überhaupt die Mühe machen, das zu erklären?«

»Das war's?«, frage ich. »Du denkst, ich bin nicht gut genug für dich, weil ich nicht so ein hohes Tier bin wie ein Unterboss oder Erbe eines Familienimperiums?«

»Du weißt wirklich nichts über die Familien, oder?«, will sie wissen und starrt mich an. »Es ist nicht meine Aufgabe, das zu klären. Du hättest deine Hausaufgaben machen sollen.«

Ihr verurteilender Tonfall bringt mich dazu, sie schütteln zu wollen, aber ich erinnere mich daran, dass sie einen Grund hat, so zu sein, wie sie ist. Sie mag aussehen, als hätte sie alles, wie eine verwöhnte Mafia-Prinzessin, die eine feste Hand braucht, um sie zu führen, aber ihr Leben war nicht einfach. Ich bin der Letzte, der an den Mythos glaubt, dass Geld Probleme verschwinden lässt. Es lässt sie nur aus dem Blickfeld der Öffentlichkeit verschwinden.

»Was ist es dann?«, hake ich nach, wobei sich Bitterkeit in meinen Ton einschleicht. »Hattest du einen Freund, den du heiraten wolltest? Dieses Arschloch, mit dem du am Morgen nach unserer Hochzeit am Strand gekuschelt hast?«

Eliza blinzelt mich nur ein paar Mal an, als könne sie

nicht glauben, dass ich so dumm bin. »Du weißt es wirklich nicht, oder?«, sagt sie. »King, du hast meinen Bruder getötet.«

Ich öffne den Mund, um zu argumentieren, um ihr zu sagen, dass ich noch niemanden umgebracht habe, aber dann verstehe ich es. Ich halte meinen Mund und wende mich ab. Damit ist das Problem also gelöst. Wenn ich auf einen Durchbruch bei ihr gehofft habe, was nicht der Fall war, kann ich jetzt aufhören. Es spielt keine Rolle, ob ich es selbst getan habe oder ob es Little Al oder Al Valenti selbst oder irgendein anderer Vollstrecker war. Meine Familie hat ihren Bruder getötet. Es spielt keine Rolle, wer den Abzug betätigt hat. Es hätte genauso gut ich sein können. Es ist meine Familie. Für sie sind wir alle gleich.

Und wenn ich mich streiten wollte, muss ich mir nur vorstellen, was ich für sie empfinden würde, wenn sie ein Darling wäre, jemand aus der Familie, die für Crystals Tod verantwortlich ist. Allein der Gedanke daran verursacht eine leere Grube hinter meinem Brustbein, die mir das Atmen schwer macht, und ich weiß, dass ich sie nicht um Vergebung bitten kann. Der Verlust einer Schwester ist etwas, worüber unsere Familie nie »hinwegkommen« wird, und auch für Eliza wird der Verlust ihres Bruders nie vorbei sein.

»Okay«, sage ich und denke, es wäre verdammt nett

gewesen, wenn mir das jemand vorher gesagt hätte. Nicht, dass es wichtig wäre. Wenn überhaupt, dann macht das mein Leben einfacher. Ich muss mich nicht fragen, ob jemand meiner Frau wehgetan hat oder denkt, dass ich etwas getan habe, was sie verärgert hat. »Okay. Das ist also fair.«

Sie wirft mir einen ungläubigen Blick zu. »Fair? So nennst du das also? Fair wäre es, wenn ich einen deiner Brüder töten würde.«

»Du hast recht.«

Sie neigt den Kopf zur Seite und mustert mich eine lange Minute lang. »Okay, du bist dran«, sagt sie schließlich.

»Womit?«

»Warum hasst du mich?«

»Ich hasse dich nicht«, entgegne ich. »Ich kann dich nur nicht lieben.«

Sie sieht aus, als ob sie weiter fragen könnte, aber dann endet die Werbung im Fernsehen und die Sendung über die Wilder-Brüder geht weiter, und sie zuckt mit den Schultern und widmet sich wieder dieser Sendung, während ich weiter packe.

Als ich fertig bin, steht sie auf und schaltet den Fernseher aus, bevor sie ihre Arme über den Kopf streckt, ihren engen kleinen Körper in Seide gehüllt, wie einen

Preis, den ich niemals berühren kann.

»Ich glaube, ich esse heute Abend allein«, sagt sie. »Ich möchte noch einmal am Strand spazieren gehen, bevor wir gehen.«

»Unser Flug geht gleich morgen früh«, sage ich. »Bleib nicht zu lange weg.«

Sie rollt mit den Augen. »Nicht, dass es dich etwas angehen würde, aber ja, ich werde danach wahrscheinlich ein paar Drinks nehmen. Du musst nicht auf mich warten.«

Sie geht ins Schlafzimmer, um sich anzuziehen, und ich versuche, ihre Worte nicht zu zerpflücken, aber ich kann nicht anders. Wir sind wie zwei Punkte auf Linien, die parallel aussehen, aber in Wirklichkeit unendlich nahe beieinander liegen, und eines Tages werden sie sich kreuzen. Ich will weiter geradeaus gehen, um das zu verhindern, aber ich kann nicht von der Linie abweichen, kann den unvermeidlichen Zusammenstoß nicht verhindern.

Eliza sieht aus wie ein Mädchen, das gefickt werden will, in einem kleinen schwarzen Kleid, das kaum ihren Hintern bedeckt und aussieht, als sei es komplett aus Gummi, so wie es sich an ihren Körper schmiegt. Ich verkneife mir eine Bemerkung, verkneife mir den Drang, ihr zu verbieten, in diesem Kleid auszugehen. Ich bin nicht ihr Vater. Ich habe mein Leben, und sie kann ihres haben, getrennt von meinem. Das war die Abmachung, die wir getroffen haben. Wenn sie sich mit ihren neuen Freunden betrinken will, ist das ihre Sache, nicht meine. Ich muss mich um einen Job kümmern, sobald ich morgen nach Hause komme.

Aber ich kann nicht anders, als mich zu fragen, ob wir bereits in die Fußstapfen meiner Eltern treten. Eliza ist es sicherlich nicht fremd, zu viel zu trinken, und sie scheint darauf bedacht zu sein, nur das zu tun, worauf sie Lust hat, Spaß zu haben und ihre Verpflichtungen zu ignorieren, genau wie meine Mutter. Und ich, bin ich wie mein arbeitssüchtiger Vater, der nie Zeit für die Familie hatte, die er gründete, sodass wir alle gegeneinander um die Reste seiner Anerkennung kämpfen mussten? Nicht nur, indem wir die üblichen Dinge taten, wie ein Football-Star zu sein oder seinen Job zu machen und auf die Familie aufzupassen, sondern indem wir bis zum Äußersten gingen, indem wir uns zusammentaten, um unsere eigenen Entführungen vorzutäuschen und die Frauen seiner Feinde und Rivalen zu ficken, um ihre Familien zu ruinieren, damit wir so tun konnten, als wäre unsere nicht schon ruiniert.

Ja, ich bin ihm wahrscheinlich ähnlicher, als ich zugeben will, und das ist kein Zufall. Ich habe mich so gemacht wie er, weil das der einzige Weg war, ein Schulterklopfen zu bekommen. Aber bei meinen Kindern werde ich nicht so sein. Ich verwöhne sie lieber mit all der Liebe, die sie sich wünschen, ersticke sie mit Aufmerksamkeit, als das Gegenteil zu tun.

Wie Elizas Vater. Ist das die andere Option, das andere Drehbuch, das für uns vorgesehen ist? Das sind unsere Beispiele. Eine hedonistische Ehefrau, die sich in den Inhalt von verschreibungspflichtigen Flaschen flieht, oder eine, die geflohen ist. Eine Mutter, die die Realität verleugnet, oder eine, die ihre Tochter verlassen hat, um ihr ganz zu entkommen. Ein ehrgeiziger Ehemann, der seine Frau immer an die letzte Stelle setzt, oder ein Mann, der für seine vielen Mätressen bekannt ist. Ein Vater, der seine Kinder als Spielfiguren benutzt, oder einer, der aufmerksam ist und sein Bestes tut.

Das ist das einzig Gute an der ganzen Sache. Unsere Eltern haben viele Gemeinsamkeiten. Unsere Väter sind untreu. Unsere Mütter haben uns verlassen. Aber von den vieren scheint einer von ihnen den Teil der Erziehung richtig gemacht zu haben.

Einen Moment lang hatte ich den Verdacht, dass er sie missbraucht hat. Aber jetzt weiß ich, dass sie nicht von dieser Art von Trauma gezeichnet ist. Sie ist gezeichnet vom Verlust ihres Bruders, so wie ich vom Verlust meiner

Schwester gezeichnet bin. Sie hasst mich dafür, so wie ich die Familie gehasst habe, die für den Tod meiner Schwester verantwortlich war. Es geht ihr nicht um sie. Es geht um mich.

Ich denke darüber nach, was Little Al über Eliza gesagt hat, wie behütet und verwöhnt sie ist und wie sie versucht hat, mich übers Ohr zu hauen. Ich denke an ihr Kleid, das an ihrem Hintern klebte wie eine verdammte Werbung für Sex. An ihre Worte am Strand nach unserer Hochzeit, als ich hörte, wie sie vor ihren Freunden damit prahlte. Danach auf dem Boot, ihre Worte an mich, ihre Krokodilstränen. Wie anders sie zu mir ist als zu anderen Menschen. In der Öffentlichkeit ist sie eine temperamentvolle, kokette, sexy Frau. Privat ist sie eine frigide, hasserfüllte Göre.

Ich verstehe, warum. Wenn sie Eliza Darling wäre, würde ich sie verachten. Ich würde ihr wehtun wollen.

Ich will ihr nicht vorwerfen, dass sie mich so behandelt, wie ich sie behandeln würde, wenn die Rollen vertauscht wären.

Aber ich tue es.

Sieben

Eliza

Nach ein paar Drinks weiß ich, dass ich aufhören sollte. Ich will mich nicht betrinken, und ich bin zu klug, um das allein an einem fremden Ort zu tun. Aber ich weiß, dass es enden wird. Ich weiß, dass King mich nicht ewig so weitermachen lassen wird, also warum nicht jede Minute genießen, bevor er mir alles wegnimmt? Morgen fahren wir wieder nach Hause, und er wird mit mir spielen wollen. Also kann ich genauso gut das Beste aus dem heutigen Abend machen.

Ein paar Jungs wollen mir und der Kellnerin einen Drink spendieren, und sie hat heute frei, und wir haben uns an meinem ersten Tag hier schnell angefreundet, also warum nicht? Keiner weiß, wer ich bin, es sei denn, er liest die Klatschspalten fleißig. Es ist nicht so, dass ich berühmt bin. In New York bin ich ziemlich bekannt, aber außerhalb der Stadt bin ich praktisch anonym. Und so sehr ich auch die Aufmerksamkeit genieße, die ich zu Hause bekomme, ist es doch schön, irgendwo zu sein, wo mich niemand kennt oder verurteilt oder Fotos von meinem betrunkenen Hintern macht und sie an *Your Celebrity Eyes* verkauft.

Also nehmen wir noch ein paar Kurze und tanzen die Nacht durch, und es ist schön. Es ist schön, mich zu verlieren, nicht ich selbst zu sein. Es ist schön, frei und jung und wild zu sein und mit Fremden auf einer tropischen Insel zu trinken, zusammen mit meiner neuen besten Freundin, deren Namen ich wahrscheinlich an meinem ersten Jahrestag vergessen haben werde. Es ist mir sogar egal, dass ich nicht mit einem Mann zusammen bin. Ich habe die meiste Zeit meines erwachsenen Lebens damit verbracht, darauf zu achten, dass ich mich nicht zu sehr mit einem Mann verstricke und mir dadurch mein Urteilsvermögen trüben und mich dumm machen lasse. Eine Heirat ändert daran nichts.

Irgendwann nach Mitternacht lässt der Glanz jedoch nach. Wenn King nicht gegen mich kämpft, was bringt es dann? Warum sollte man rebellieren, wenn es nichts gibt, wogegen man rebellieren kann?

Ich muss immer wieder an meine Eltern denken und daran, wie sehr ich rebelliere, während ich mir gleichzeitig einrede, dass sie Helden sind. Habe ich die ganze Zeit in einer Illusion gelebt? Vielleicht habe ich mich an den Gedanken der Freiheit geklammert, weil es der einzige ist, den ich ertragen kann, der einzige Grund für das Verlassen meiner Mutter, den ich ertragen kann. Wenigstens hatte sie etwas, wohin sie flüchten konnte, etwas, wofür es sich lohnte, ihre Familie zu verlassen. Ich habe nichts.

Ich rutsche vom Barhocker und wende mich dem nächsten Kerl zu, meine Entschlossenheit gibt mir Kraft. Das ist nicht umsonst. Ist es nicht. Wenn ich weiter so tue, so tue, als ob, wird es irgendwann wahr sein. Ich werde es herausfinden, wenn ich weitermache. Irgendwann wird sich ein Sinn ergeben. Das muss so sein.

Ein paar Lieder später ist der Kerl, mit dem ich tanze, überall auf mir, seine Hände betatschen meinen Körper, bis ich ihn von mir schieben muss. Eine Minute später fängt er wieder an. Ich will ihn gerade wieder wegschieben, als ihn jemand von hinten packt und von mir wegreißt.

»Was zum ...«, schreit der Typ und greift nach mir, während er rückwärts stolpert.

Durch den Dunst von Rauch und pulsierenden Lichtern erkenne ich meinen Mann, der still in der Menge der sich windenden Körper steht und eine tief sitzende Jogginghose und ein weißes T-Shirt trägt, als wäre er gerade aus dem Bett gekommen. Der Kerl versucht, ihn wegzuschieben, aber King holt mit einer Faust aus und schlägt auf den Kerl ein. Mehrere Mädchen um mich herum schreien auf, als der Typ wie eine Tonne

Ziegelsteine zu Boden geht und in einem Haufen auf den Boden fällt. King überragt mich, seine Augen blitzen vor Wut, sein Kiefer ist verkrampft.

Für einen betrunkenen Moment schießt mir der Stolz durch den Kopf. Mein Mann kann verdammt gut zuschlagen. Ich lächle, bevor mein Gehirn meinen Körper einholen kann, aber King lässt das nicht gelten. Er packt mich am Arm und führt mich von der Tanzfläche, als wäre ich ein unartiges kleines Mädchen, das sich mit einem gefälschten Ausweis eingeschlichen hat, und als wäre er mein Papi, der mir einen Vortrag hält und mich aus der Bar schleppt. Nicht, dass mein Vater das jemals getan hätte. Ich habe gefeiert, seit ich dreizehn war, und er konnte nichts dagegen tun. Er hat sich auch nicht darum gekümmert. Da seine Frau fort war, sein Sohn tot und die Familien im Krieg, hatte er genug um die Ohren. Also ließ er mich tun, was ich wollte, solange ich meinen Leibwächter und meinen menschlichen Keuschheitsgürtel immer an meiner Seite hatte.

»Eliza«, kräht meine Freundin, die Kellnerin. »Wohin gehst du?«

»Mit meinem Mann«, sage ich und gestikuliere mit meiner freien Hand wild in Richtung King, da er meinen anderen Arm immer noch im Todesgriff hat.

»Oh«, sagt die Kellnerin und blickt von mir zu King.

»Okay, dann. Viel Spaß!« Sie winkt und verschwindet in der Menge der sich windenden Körper und der pulsierenden Musik. King starrt mich eine Sekunde lang an, dann beugt er sich vor, hebt mich hoch und wirft mich über seine Schulter.

»Lass mich runter!«, schreie ich, aber er ignoriert mich und verlässt die Bar mit schnellen Schritten. Ich schlage ihm mit den Fäusten auf die Schultern, aber er tut so, als würde er mich nicht bemerken, während er mich schreiend und strampelnd zurück in unser Zimmer trägt.

King stürmt in unsere Suite und schlägt die Tür so heftig zu, dass die Bilder von Sonnenuntergängen an der Wand erzittern. Erst dann setzt er mich ab, seine Augen glühen vor Wut, als er mich ansieht.

»Ich habe dir bei der Hochzeit gesagt, dass du zu mir zurückkommen *wirst*«, sagt er mit tiefer, tödlicher Stimme.

»Ich glaube nicht, dass es zählt, wenn du mich verdammt noch mal zerrst«, fauche ich und reibe mir den Arm, an dem er mich gepackt hat. »Das hättest du nicht tun müssen. Ich wäre irgendwann zurückgekommen.«

Er starrt mich einfach nur an, atmet schwer, sein markanter Kiefer ist fest zusammengebissen. Er sagt vielleicht nicht viel, aber es geht viel in ihm vor. Vielleicht ist es der Alkohol, der mich mutig macht, aber plötzlich möchte ich ihn piesacken, bis er explodiert, bis er deutlich wird, mich wissen lässt, was er wirklich denkt.

»Was ist eigentlich dein Problem?«, frage ich.

»Du hast keine sexuellen Gefühle, aber du kannst deinen Arsch in einem Club am Schwanz eines Fremden reiben?«, knurrt er.

»Na und?«, meine ich, hebe mein Kinn und starre ihn an. »Das hat nichts mit dir zu tun.«

»Nur, dass es so ist«, sagt er mit einem gefährlichen Knurren in der Stimme. Plötzlich wird mir klar, wie dumm es von mir war, das Schicksal herauszufordern, seine Grenzen auszuloten, wenn wir in einem anderen Land sind, in dem ich keinen wirklichen Schutz habe. »Der Deal war, dass ich dich privat dein Ding machen lasse, du mich aber in der Öffentlichkeit als deinen Ehemann respektierst. Ich nehme mein Wort ernst. Wenn du diese Ehe überleben willst, solltest du lernen, das auch zu tun.«

»Das war für die Familien«, entgegne ich und schlucke das Zittern in meiner Stimme herunter.

»Blödsinn«, knurrt King. »Das war verdammt öffentlich, was du gerade gemacht hast.«

»Keiner zu Hause wird es je erfahren.«

»*Ich* werde es wissen«, sagt er schlicht und einfach.

»Was, ich kann nie wieder tanzen gehen?«, protestiere ich und spüre einen Schmerz hinter meinen Augen. Ich habe schon alles vermasselt. Ich hätte vorsichtiger sein, nicht so weit gehen sollen. Ich hätte mich zügeln und es langsam angehen sollen, mich hierauf vorbereiten. Aber natürlich habe ich das nicht getan. Für mich heißt es, bis zum Äußersten gehen oder gar nichts.

»Du kannst tanzen, wann immer du willst«, antwortet King. »Wenn du deinen Arsch am Schwanz eines Typen reiben musst …«, er bricht ab und schüttelt den Kopf, dann senkt er die Stimme, »bin ich genau hier, Eliza.«

Ein Schnauben entweicht mir, bevor ich es verhindern kann. »Was? Ich soll mich an dir reiben?«

Wir starren uns einen langen Moment lang an, keiner von uns spricht.

»Oh, du armes Ding«, sage ich schließlich. »Das hast du doch gemeint, oder?«

»Nein«, sagt er, schaut finster drein und wendet sich ab. Ohne seinen üblichen Anzug und seine Krawatte sieht er nicht so steif aus. Jetzt, wo ich eine Woche mit ihm verbracht habe, weiß ich, dass er nicht so ein Arschloch ist, wie er anfangs wirkte, aber ich kenne ihn immer noch nicht gut genug, um seinen nächsten Schritt vorauszusehen, und das macht mir Angst.

»Das ist es«, stelle ich fest und lache ungläubig, während ich mit dem Hintern auf das Bett hüpfe. »Du willst unbedingt, dass ich mich an dir reibe.«

»Warum sollte ich mit einer frigiden Göre wie dir

tanzen wollen?«

»Ich bin nicht frigide.«

King lacht verächtlich. »Du hast mir buchstäblich gesagt, deine Sexualität sei eingefroren.«

Ich starre ihn eine Minute lang an. Aber ich werde auf keinen Fall zu ihm gehen und ihm irgendetwas über mich verraten. Ich würde es lieber einfach hinter mich bringen. Er wird mich sowieso irgendwann ficken. Ich könnte genauso gut lernen, zu grinsen und es zu ertragen. Und mir ist es lieber, er tut mir weh, als dass er mich so ansieht, wie er es in unserer Hochzeitsnacht getan hat, als wäre ich ein zerbrechliches, gebrochenes Wesen.

Kaputt? Ja, ich gebe es zu. Zerbrechlich? So wie eine verdammte Granate zerbrechlich ist.

Sein Zorn ist mir lieber als sein Mitleid, und ich weiß genau, wie ich es bekommen kann.

»Ja, was das angeht … ich habe vielleicht etwas übertrieben«, sage ich leichthin.

»Du hast was?«, fragt er mit tiefer, tödlicher Stimme.

Ich hätte es nicht sagen sollen, oh Gott, seine Augen glitzern mit einer Bosheit, die mir sagt, dass ich mich auf sehr, sehr gefährliches Terrain begebe. Aber wenn man so etwas sagt, kann man es nicht einfach zurücknehmen. Das will ich auch gar nicht. Es ist eine Erleichterung zu wissen, dass dies endlich geschieht. Ich bin die ganze Woche über auf Zehenspitzen um ihn herumgeschlichen, habe mich kaum zu atmen getraut, um nicht seine Aufmerksamkeit zu erregen. Ich liege jede Nacht zitternd und versteinert im Bett, weil ich sicher bin, dass er nicht länger warten wird.

»Ja, ich habe gelogen«, gebe ich zu. »Ich habe kein Problem mit Sex. Ich habe ein Problem mit dir.«

King starrt mich nur an, seine Augen ungläubig und aufgewühlt wie ein Sturm. »Du hast *gelogen?*«, hakt er schließlich nach.

»Ja«, sage ich. »Das kann ich gut. Aber es sagt auch etwas über dich aus, weißt du.«

»Was?«, fragt er, ohne einen Muskel zu bewegen, und starrt mich einfach an. Aber ich kann die Wut in ihm sehen, kann sehen, wie er vor Rage fast zittert. Ich weiß, dass ich ihn in Ruhe lassen sollte, aber das rücksichtslose Tier in mir will die Bestie weiter anstacheln. Wie ich schon sagte, war ich noch nie jemand, der bei der Hälfte aufhört. Ich gehe bis an meine Grenzen. Ich will sehen, wie weit ich gehen kann, womit ich durchkomme, was er tun wird, wenn er schließlich ausrastet. Vielleicht ist das auch der Grund, warum ich jede Nacht rausgehe und darauf warte, dass er ein Machtwort spricht, wie es noch niemand getan hat. Um Antworten zu verlangen. Als ich ihn kennenlernte, dachte ich, er wäre ein starker Gegner oder sogar auf Augenhöhe mit mir. Aber er hat zu viel Angst vor meinem Vater, wie jeder andere in meinem Leben.

»Weißt du«, sage ich. »Es sagt viel aus, dass ein Mädchen wegen so etwas lügen würde, nur um nicht mit dir Sex haben zu müssen.«

»Du bist auch keine Jungfrau mehr, oder?«, fragt er.

Ich versuche, seinen Gesichtsausdruck und seinen Tonfall abzuschätzen, um zu sehen, wie er darüber denkt. Ich sehe keine Enttäuschung, aber in seiner Stimme liegt eindeutig ein Hauch von Eifersucht. Er will mich, auch wenn er sich alle Mühe gibt, etwas anderes vorzutäuschen. Der Gedanke lässt mich triumphierend erzittern. Ich möchte genauso begehrt werden wie jeder andere auch, selbst wenn es von einem Mann ist, den ich nicht begehre. Ich könnte ihn anlügen, aber ich denke daran, wie wichtig mein Jungfernhäutchen für Männer ist, und beschließe, dass er mich dadurch nur noch mehr begehren würde.

»Ich bin noch Jungfrau«, erwidere ich.

»Beweise es.«

Wir starren uns einen langen Moment lang an. »Wie?«, will ich wissen, eine Herausforderung in meiner Stimme.

»Ich habe euch in unserer Hochzeitsnacht am Strand reden hören«, erklärt King und schleicht sich vor. »Stimmen werden über das Wasser getragen. Das solltest du wissen, wenn du ein Haus am Strand hast.«

Ich husche von der anderen Seite des Bettes weg und

finde mich in die Ecke gedrängt. Verdammt noch mal. Ich stürze nach vorne und versuche, um das Bett herumzukommen, aber er ist zu schnell. Er packt mich am Handgelenk und drückt mich mit dem Rücken gegen das Fenster. Mein Herz rast wie ein verängstigtes Kaninchen in meiner Brust, als ich in seine tiefen, dunklen Augen blicke.

»Du wolltest, dass ich es höre, nicht wahr?«, fragt er. »Du liebst es, mich zu testen, aber du weißt nicht, mit wem du dich anlegst, *piccola*.«

»Wovon sprichst du?«

»Genau wie du wolltest, dass ich weiß, wo ich dich heute Abend finde.« Ein kleines Lächeln bildet sich auf seinen vollen Lippen, und mein Herz setzt einen Schlag aus. »Du hast gesagt, dass ich nicht aufbleiben *muss*. Du hast nicht gesagt, dass ich es nicht soll. Du wolltest, dass ich warte, dass ich hier sitze, mir den Kopf zerbreche und mich sorge, nicht wahr? Gib es zu. Du wolltest, dass ich zu dir komme.«

»Nein«, sage ich mit finsterer Miene. »Warum sollte ich wollen, dass mir ein Arschloch den Spaß verdirbt?«

»Weil du mit allem durchkommst, aber eigentlich willst du es nicht«, entgegnet er. »Du willst, dass dich jemand aufhält. Du willst, dass sich jemand genug kümmert, um dich vor dir selbst zu retten. «

»Versuch nicht, mich zu analysieren«, fauche ich. »Du weißt nichts über mich.«

»Ich glaube schon«, sagt er. »Wolltest du, dass ich dich auch in unserer Hochzeitsnacht höre, Eliza?«

»Höre bei was?«, frage ich, dieses Mal wirklich verwirrt.

»Ich glaube, das hast du«, brummt er und streicht mir mit der freien Hand das Haar hinters Ohr. »Hast du deshalb diese Dinge gesagt? Oder war es, weil es das ist, was du magst? Willst du, dass ich dich aufmische und dich trocken ficke?«

Mein Herz macht einen Sprung. Da wird mir klar, wovon er spricht, dass er diese Worte fälschlicherweise für meine gehalten hat. Die ganze Zeit hat er gedacht, ich hätte gesagt, dass man so tun kann, als wäre man noch Jungfrau. Ich schäme mich dafür, dass mein Mann mich für eine Schlampe hält.

»Das war nicht ich«, erwidere ich, und meine Stimme klingt atemloser, als ich will. Es ist nur so, dass er mir so nahe ist, sein Körper berührt fast den meinen. Und auch wenn ich gerade im Club über einen Fremden hergefallen bin, ist das hier anders. Das ist mein Ehemann. Ich war ihm noch nie so nahe, und mein Körper zittert bei seiner Nähe. Er steht so nah, dass ich die Hitze seines Körpers auf meiner Haut spüre, ich rieche seinen Duft, etwas

Würziges und Salziges zugleich, das mir das Wasser im Mund zusammenlaufen lässt. Ich fühle mich elektrisiert, brennbar, als wäre ich Benzin und er ein Streichholz, das nur knapp außerhalb meiner Reichweite schwebt.

Ich möchte wissen, was passiert, wenn das Streichholz fällt.

»Das war meine Freundin Lizzie«, flüstere ich und halte mich an der Fensterbank hinter mir fest.

Bis dahin hatte er nichts gesagt und sich nicht bewegt, aber seine Augen saugen mich in sich auf, streicheln mich, bis ich mich nur noch nach einem Flüstern seiner Haut an meiner sehne.

»Beweise es«, wiederholt er, sein Blick ist heiß. Seine Fingerspitzen streifen die nackte Haut meines äußeren Oberschenkels, und ein Zittern durchfährt mich. Ich beiße mir auf die Lippe, um nicht zu keuchen, und seine hungrigen Augen folgen der Bewegung und bleiben an meinem Mund hängen.

Ich kann mich nicht bewegen. Ich fühle mich wie ein Tier, erstarrt vor Angst. Mein Puls rast aus einem anderen Grund, als sich seine Finger nach oben bewegen, langsam über meine Haut streichen und mir eine Gänsehaut über den Körper jagen. Sein Blick verlässt mein Gesicht nicht, und er krallt einen Finger in den Saum meines Kleides. Ich erschaudere erneut und klammere mich fester an die

Fensterbank. Er fügt einen zweiten Finger hinzu und schiebt ihn unter den engen Stoff. Ein zittriger Atem entweicht mir. Mein ganzer Körper ist angespannt vor Erwartung, als er einen weiteren Finger unter den Saum schiebt. Als er leicht an dem dehnbaren Stoff zieht, fallen mir die Augen zu, und meine Nägel drücken sich in die Farbe auf dem Fensterbrett.

King holt mühsam Luft und zieht mit einer langsamen, sicheren Bewegung mein Kleid hoch. Seine Hände fallen auf meine schmalen Hüften, und ich atme tief ein. Meine Augen öffnen sich bei dem Gefühl seiner rauen, heißen Hände auf meiner nackten Haut. Er tastet nach den Trägern meiner Bikini-Unterwäsche und schluckt so hart, dass ich es in der Stille zwischen uns hören kann. Nichts bewegt sich außer seinen Daumen, die mit mir spielen, während sie über die dünnen Riemen auf und ab wandern.

»Zeig es mir«, murmelt er.

»Nein.«

Nach einer Pause geschieht alles auf einmal. Seine Brust schiebt sich vor und drückt mich gegen das Fenster. Sein Knie presst sich zwischen meine Beine und drückt mich zurück, sodass meine Schenkel direkt unter meinem Hintern auf die Fensterbank prallen. Und er gleitet mit einer Hand direkt in die Vorderseite meiner Unterwäsche.

Ich quieke erschrocken auf, meine Hände greifen nach seinen Schultern, während meine Zehen darum kämpfen, auf dem Boden zu bleiben. Kings Kopf sinkt nach vorne neben meinen, sodass sein heißer Atem den Raum zwischen meiner Schulter und meinem Nacken ausfüllt, und seine Hand beginnt sich zu bewegen und massiert sanft meinen Schamhügel. Meine Finger krallen sich in seine Schultern, während ich mich in der Stille gegen das seltsame Gefühl wehre, zum ersten Mal die Hand eines anderen Menschen auf mir zu spüren.

»Tu mir nicht weh«, keuche ich, obwohl es im Moment alles andere als wehtut. Zu meiner völligen Demütigung spüre ich, wie sich eine kribbelnde Hitze zwischen meinen Schenkeln aufbaut, während sich seine Finger in langsamen, sanften Bewegungen gegen mich stemmen. Ich halte still, will nicht fühlen, nicht reagieren.

»Dann werde für mich feucht, *piccola*«, erwidert er und schiebt seinen Mittelfinger zwischen meine Lippen. »Männer wie ich sind nie zärtlich.«

»Ich kann nicht«, sage ich und drücke ihn an den Schultern, weil mir plötzlich bewusst wird, wie nahe ich daran war, kampflos aufzugeben. »Nicht für dich.«

Zu meinem Entsetzen gehorcht mein Körper meinem Befehl nicht, trocken wie eine verdammte Wüste zu bleiben. Ich höre sein leises Lachen an meinem Ohr, ein Flüstern, das nur ein Atemzug ohne Geräusch ist, als die Nässe zum Leben erwacht und über seinen schmeichelnden Finger gleitet. Ich kneife meine Augen zusammen, mein Gesicht brennt vor Scham. Wenigstens kann er nicht sehen, wie gedemütigt ich bin, dass mein Körper sich auf seine Seite geschlagen hat und ihm die Kontrolle über mich überlässt, nicht mit Gewalt, sondern durch die Reaktionen, die ich auf seine Berührung habe.

Mein einziger Trost ist, dass er genauso schnell atmet wie ich, dass ich spüre, wie sich sein Körper anspannt, wie seine Schultern unter meinem Griff zittern, während er sich zurückhält und seine freie Hand in den Vorhang greift, während er sich mit dem Ellbogen an der Wand abstützt. Sein glitschiger Finger erforscht meine Falten, verteilt meine Nässe, bis sie meine Lippen, innen und außen, und seinen Finger benetzt. Er umkreist meine Klitoris mit seinem Daumen, variiert den Druck, bis ich keuche und mich nach mehr als Freiheit sehne.

Dann, ohne Vorwarnung, vergräbt er seine Hand zwischen meinen Schenkeln und schiebt einen Finger tief in mich hinein. Diesmal schreie ich vor Schmerz auf, Tränen steigen mir in die Augen, als sich meine Wände um ihn herum verkrampfen und zusammenziehen. Ich habe mich nie selbst berührt, nie einen Finger in mich hineingesteckt, aus Angst, dass ich in meiner

Hochzeitsnacht nicht liefern könnte. Jetzt bereue ich das. Wenn schon ein Finger wehtut, wird ein Schwanz zur Qual.

»Verdammt, du hast nicht gelogen«, stöhnt er in meinem Nacken, und seine andere Hand gleitet nach unten, um in mein Haar zu greifen. Er zieht sich zurück und beobachtet mein Gesicht, während er seinen langen Finger knöcheltief in meinem unberührten Fleisch vergraben hält.

Ich beiße mir auf die Lippe, versuche, nicht wieder zu schreien, versuche, ihm nicht zu zeigen, dass es wehtut. Er wird das nur gegen mich verwenden, mich noch mehr verletzen.

»Lass diese schönen Tränen für mich laufen«, murmelt er, seine Stimme ist ein verführerisches Schnurren. »Du hast mich vielleicht einmal getäuscht, Frauchen, aber du wirst mich nicht noch einmal täuschen. Keine vorgetäuschten Tränen mehr. Ich will die echten.«

Ich versuche, sie zurückzuhalten, aber eine entweicht meinen Wimpern und rinnt mir über die Wange. King sieht zu, sein heißer Blick gleitet über meine Haut. Dann beugt er sich vor und leckt mir über die Wange. Seine Zunge hinterlässt einen breiten, feuchten Pfad von meinem Kiefer bis zu meinem Auge und nimmt dabei jede Spur meiner Träne mit. Er gibt ein kleines Geräusch in seiner Kehle von sich, irgendwo zwischen einem Stöhnen und einem Knurren, und presst seine Lippen auf meine.

Dieser Kuss ist nicht willkommener als der bei unserer Hochzeit, aber er ist anders. Es ist nicht nur geschäftlich. King will mich, aber der Nervenkitzel dieses Wissens ist weg. Ich habe herausgefunden, was passiert, wenn ich das Biest reize. Seine Zunge gleitet zwischen meine Lippen, und ich schmecke mehr als nur das Salz meiner eigenen Tränen auf seiner Zunge. Ich schmecke seinen Hunger, sein gefährliches Verlangen. Ich lehne mich zitternd gegen ihn und stütze meine Hände auf seine Brust, um ihn wegzustoßen. Doch bevor ich das kann, kommt er näher und presst seinen Körper an meinen.

Er beginnt, seinen Finger im Rhythmus der Zungenbewegungen zu bewegen, drückt in einer langsamen, kreisenden Bewegung sanft gegen meine Wände und trifft jeden Nerv in mir mit einem Druck, der meine Knie nachgeben lässt. Ein tiefer Schmerz der Lust baut sich in meinem Inneren auf, während der anfängliche Schmerz nachlässt. Er streicht mit seinem Daumen über meine glitschige Klitoris, und ich schreie fast auf angesichts des Messers der Lust, das sich durch mich hindurchbohrt. Ich hatte noch nie etwas in mir, und es dauert einen Moment, bis ich mich daran gewöhne, aber oh mein Gott. Ich kann kaum fassen, wie viel vollkommener sich mein Vergnügen mit seinem Finger in mir und seinem Daumen auf meiner Klitoris anfühlt.

King stöhnt und reibt seine Hüften gegen mich, und ich spüre, wie sich die harte Spitze in meinen Oberschenkel bohrt. Eine erotische Erregung schießt durch mich hindurch und lässt mich gleichzeitig vor Angst und Lust zittern. Ich habe den absurden Drang, die Hand auszustrecken und ihn zu berühren, aber ich halte mich zurück, weil ich merke, dass ich seinen Kuss erwidere, ohne es zu wollen. Sein glitschiger Daumen massiert meine Klitoris, und ich wimmere in seinen Mund, meine Entschlossenheit bröckelt. Anstatt mich zurückzuziehen, vergrabe ich meine Hände in seinem üppigen, dunklen Haar und ziehe ihn tiefer. Es ist mir jetzt egal. Ich bin betrunken, und dies sind unsere Flitterwochen. Ich bin seine Frau, und ich will das erleben, und er ist der einzige Mann, mit dem ich das je tun werde. Was macht es schon, wenn ich ihn hasse, wenn er mich hasst?

Seine Hand ist absolut magisch. Endlich zieht er seinen Finger zurück, dann dringt er wieder tief ein und knurrt in meinen Mund. Ich stöhne als Antwort, und er beginnt, seinen Finger tief und schnell in mich hineinzupumpen. Er fasst mit der anderen Hand in mein Haar, und ich zucke vor Schmerz zusammen, weil sein Griff so fest ist, aber ich halte ihn nicht auf. Ich wiege mein

Selena

Becken gegen seine Hand und brauche Erleichterung von
dem Schmerz, den er in mir verursacht hat. Endlich spüre
ich, wie ich den Höhepunkt erreiche, und ich breche den
Kuss ab, lasse meinen Kopf gegen das Fenster fallen,
während die reine Glückseligkeit meinen Körper ergreift
und mich über den Rand zieht.

Meine Wände schließen sich wieder um seinen Finger,
und er hält still, pulsiert sanft als Antwort auf jedes Pochen
in mir, während ich zum Höhepunkt komme. Meine
Zehen krümmen sich, und ich halte mich wieder an der
Fensterbank fest, hebe meine Hüften, damit er seinen
Finger so tief wie möglich in mich hineinschieben kann.
Und ich will mehr. Ich will, dass sein Schwanz mich
aufbricht, dass er mich mehr ausfüllt als sein Finger. Ich
stelle mir vor, wie er in mich stößt und sein Sperma in mich
spritzt, und ich spritze auf seine Hand.

Ich atme so schwer, dass mir schwindelig wird, aber
schließlich komme ich zu mir, entrolle meine Finger und
Zehen und öffne die Augen. King schaut mich an, seine
Augen brennen vor Intensität.

»Verstehe das, Eliza«, sagt er, und seine Stimme ist so
kalt, dass sie mich in die Realität zurückholt. »Du kannst
dein eigenes Leben haben, deinen eigenen Verstand, deine
eigenen Freunde. Aber das hier ist mein.«

Ich spüre, wie nass seine Hand an mir ist, dass ich

seine Finger und seine Handfläche durchnässt habe, und es ist mir peinlich. Wie konnte ich zulassen, dass ich die Kontrolle über mich verliere, während er noch völlig ruhig ist? Ich winde mich, um mich zurückzuziehen, spanne mich an und drücke meine Schenkel um seine Hand zusammen, aber er zieht seinen Griff fester an und fistet meine Muschi, während sein Finger in mir vergraben bleibt.

»Du tust mir weh«, keuche ich.

»Verstehst du?«, fragt er und drückt fester zu.

Ich atme tief ein, mein Kitzler ist nach seiner Fürsorge so empfindlich, dass selbst eine Berührung wehtut. »Ja«, keuche ich.

»Gut«, sagt er und zieht langsam seine Hand zurück. Er zieht am Saum meines Kleides und fängt langsam an, einen Finger nach dem anderen daran abzuwischen. »Du bist meine Ehefrau, und ich kümmere mich um die Bedürfnisse, die kein anderer erfüllen kann. Wenn du nicht mit mir reden willst, gut. Rede, mit wem du willst, verdammt noch mal. Wenn du nicht kochen und putzen willst und all den Scheiß, können wir jemanden einstellen. Aber ich werde der Einzige sein, der die Rechnungen in unserem Haus bezahlt, und ich werde der Einzige sein, der dich berührt. Verstehst du?«

Ich weiß nicht einmal, was ich ihm sagen soll, wie ich

reagieren soll. Ich wusste, dass er irgendwann mal ein Machtwort sprechen würde, aber das … Ich weiß nicht einmal, wie ich ihm antworten soll. Er gibt mir alles – fast alles. Er gibt mir so viel, was ich will, wie kann ich da Nein sagen?

Ich nicke, und King greift nach dem Saum meines Kleides und zieht es mir über den Kopf. Ich wehre mich und will es wieder herunterziehen, aber er reißt es herunter, wirft es auf den Boden und sieht mich finster an. Ich schlinge einen Arm um meine Brust und versuche, mich zu bedecken.

»Lass mich dich sehen«, befiehlt er.

»Auf keinen Fall«, schieße ich zurück. Ich stoße mich von der Fensterbank ab und versuche, an ihm vorbeizugehen, aber er legt mir eine feste Hand auf die Brust und schiebt mich zurück.

»Lass mich meine Frau sehen«, verlangt er. »Ich will wissen, was mir gehört.«

»Ach, du willst die Ware sehen, für die du bezahlt hast?«, verspotte ich ihn. »Gut, sieh sie dir an. Fühlst du dich nicht edel und stolz, so ein schönes Stück Vieh zu besitzen?«

Ich strecke meine Arme aus, damit er sieht, welchen Preis ich zahle, damit er sieht, was er gekauft hat wie ein verdammtes Möbelstück. Das ist das Einzige, was erklärt, warum mein Vater dieses Arschloch auswählte, um mich zu verheiraten. King ist ein Nichts, ein einfacher Soldat, und ein neuer noch dazu. Er hat noch nie einen Mann getötet. Er ist erst seit ein paar Monaten im Dienst. Mein Vater leugnet es, aber das ist die einzige Erklärung. Dieses Arschloch ist reich und hat ihn bestochen, um mich zu kaufen. Natürlich will er sehen, was er für sein Geld bekommen hat. Es wundert mich, dass er nicht schon längst sein Eigentum eingefordert hat.

Er starrt mich eine lange Minute lang an, seine Augen wandern mit quälender Gründlichkeit über mich, entkleiden mich langsam meiner Würde. Ich sollte erschrocken sein, sogar angewidert. Stattdessen verhärten sich meine Brustwarzen unter seinem Blick, und meine Wangen werden heiß vor Scham, dass er sehen kann, was er mit mir macht. Dass sein Blick auf meiner Haut wie eine Liebkosung ist, die mich zum Leben erweckt. Dass er sehen kann, dass ich es mag, wenn er mich ansieht, mich begehrt. Dass es mich erregt.

Eine Gänsehaut überzieht meine Haut, und ein Schauer durchfährt mich. Mein Kitzler pulsiert, als sein Blick tiefer sinkt und über meinen Bauch, meine Hüften, mein durchnässtes Höschen und meine Schenkel hinunter streicht. Ich spüre, wie sich zwischen ihnen eine kribbelnde Hitze aufbaut und die Nässe wieder aufblüht, als er meine Füße erreicht und seine quälende Untersuchung dieses Mal von unten beginnt. Sein heißer Blick gleitet über meine Haut, meine zitternden Schenkel hinauf und bleibt zwischen ihnen hängen. Ich sehe, wie sein Adamsapfel wippt, als er schluckt, bevor er fortfährt.

Endlich treffen sich unsere Blicke wieder. Meine Wangen brennen heißer, aber ich wende meinen Blick nicht ab. Ich möchte seinen Gesichtsausdruck sehen, möchte lesen, was sich hinter diesen dunklen Augen verbirgt. Aber ich kann es nicht. Ich kenne ihn nicht gut genug, um zu wissen, was er will, was er vorhat. Ich dachte, er wäre genauso scharf darauf wie ich vorher, aber als ich kam, als ich die Kontrolle verlor, war er es nicht. Er war so kalt und gefühllos wie ein Monster und nutzte mein Vergnügen die ganze Zeit zu seinem Vorteil. Es gibt keine Leidenschaft in diesem Mann, nur Berechnung.

So muss er mich überhaupt erst bekommen haben, wie er um meine Hand und meinen Körper verhandelt und meinen Vater überzeugt hat, mich ihm zu überlassen.

»Dreh dich um«, sagt er schließlich.

Ich zögere. Mein Mut ist längst verflogen, und meine Knie beginnen zu zittern. Oh Gott. Das passiert jetzt wirklich. Er wird mich nehmen, wie der Grobian, der er ist, von hinten, damit er mein Gesicht nicht sehen muss.

Ich schüttle den Kopf, woraufhin sich sein Kiefer

anspannt und Wut in seinen Augen aufblitzt. Er will meinen Gehorsam, aber er verlangt ihn nicht. Wenn ich Nein sage, wird er sich sowieso nehmen, was er will. Trotzdem ist es besser, kämpfend unterzugehen, als ihn glauben zu lassen, dass ich damit einverstanden bin, mit all dem hier. Ich schüttle wieder den Kopf.

King wiederholt seinen Befehl langsam, und ich klammere mich an das Fensterbrett, als er nach vorne tritt. »Du wirst tun, was ich verlange, oder es wird Konsequenzen haben.«

»Mein Vater wird dich umbringen, wenn du mir wehtust«, flüstere ich.

»Wir wissen beide, dass das nicht stimmt«, sagt King mit diesem kleinen Grinsen, das mich dazu bringt, ihn ohrfeigen zu wollen.

Ich schaue ihm in die Augen, und mich durchfährt ein Gefühl des Schreckens. Ich habe täglich mit Mördern zu tun, aber dieser Mann ist furchterregender als jeder Mafiaboss. Er hat die Erlaubnis, mit mir zu machen, was er will, mich auf unvorstellbare Weise zu ruinieren. Er kann mich benutzen, bis ich so entmutigt bin wie die anderen Mafiafrauen, bis ich nicht einmal mehr kämpfen will, weil ich weiß, dass es sinnlos ist. Bis ich bete, dass er seine Geliebte fickt, damit er mich nicht mehr anfassen will, wenn er nach Hause kommt. Bis ich die Freiheit vergesse, weil es zu schmerzhaft ist, von etwas zu träumen, das nie sein wird.

»Was wirst du tun?«, frage ich. »Habe ich eine Wahl?«

King legt eine Hand hinter meinen Kopf und greift sanft in mein Haar. »Du hast immer eine Wahl, Eliza«, sagt er. »Gehorche mir, oder akzeptiere die Konsequenzen.«

Ich versuche, mich zurückzuziehen, aber sein Griff um mein Haar wird immer fester, bis ich zusammenzucke und meinen Kopf nicht mehr bewegen kann. Das Stechen treibt mir Tränen in die Augen. Ich nehme all meine Kraft zusammen und spucke ihm ins Gesicht.

Er wirbelt mich so schnell herum, dass meine Hände gegen das Fenster fliegen. Ich schreie auf, aber er berührt mich nicht über seinen Griff an meinem dichten Haarbüschel hinaus. Ich höre ihn hinter mir atmen, spüre, wie er sich leicht bewegt, aber ich kann sein Gesicht nicht sehen. Ich bin froh, dass er meines nicht sehen kann. Tränen der Angst und des Schmerzes rinnen mir über die Wangen, aber ich atme durch den Mund, damit er es nicht hört. Dampf bildet sich auf dem kalten Glas um meine Finger, während ich angespannt dastehe, während er sich vorbereitet.

»Lass diese schönen Tränen für mich fließen«, sagt er. »Ich mag es, wenn du mir echte Tränen schenkst und sie nicht vortäuschst wie in unserer Hochzeitsnacht.«

Er greift mit seinen Fingern in den hinteren Teil meiner Unterwäsche und lässt die Spitze seiner Finger sanft die Linie meiner Ritze nachzeichnen, während er meine Unterwäsche über meine Schenkel herunterzieht. Ein Wimmern entweicht mir, aber ich beiße mir auf die Lippe, um den Schluckauf des Schreckens zu unterdrücken. Mein ganzer Körper zittert, als er sich aufrichtet und meine Unterwäsche um meine Knöchel hängen lässt. Er steht eine lange Minute da, bewegt sich nicht, schaut nur. Meine Brustwarzen verhärten sich und eine weitere Gänsehaut fährt über meine Haut, während er schaut.

»Warum willst du nicht, dass ich dich ansehe?«, fragt er mit heiserer Stimme. »Du bist ... makellos.«

Wie kann ich ihm auch nur ansatzweise all die beschissenen Gründe nennen, warum ich nicht will, dass er mich ansieht? Wie kann ich ihm sagen, dass ich es nicht will, weil er es nicht verdient hat, mich zu sehen, aber dass, wenn er mich ansieht, völlig entblößt vor ihm gegen meinen Willen, Hitze zwischen meinen Schenkeln pulsiert?

Er tritt vor, der weiche Stoff seiner Jogginghose streift kaum über meine Haut. Er legt einen Arm um mich und schiebt seine Finger zwischen meine Schenkel, um meinen Schamhügel mit seiner Handfläche zu umfassen. »In einer

Sache hast du in dieser Nacht die Wahrheit gesagt«, sagt er. »Du bist noch nicht bereit. Wenn die Zeit gekommen ist, werde ich mich so tief in dieser engen kleinen Fotze vergraben, dass du meinen Anspruch nie vergessen wirst. Alles, woran du dich erinnern wirst, ist, dass du mir gehörst, und es wird dir gefallen.«

Ich versuche, meinen Atem zu verlangsamen, spüre die Nässe, die sich bei seiner Berührung zwischen meinen Schenkeln sammelt, und hoffe, dass er sie noch nicht spürt.

»Für heute Nacht«, murmelt er in mein Ohr, seine Stimme ein sexy Grollen gegen meinen Rücken. »Du wirst so schlafen. Ich möchte, dass jeder Teil deines schönen Körpers nackt ist, damit ich ihn sehen kann, wenn ich aufwache. Wenn du brav bist, kannst du morgen früh deine Unterwäsche wiederhaben.«

»Was?«, hauche ich.

Er zieht mich zum Bett, wirft die Decken zurück, hebt mich hoch und legt mich auf das Laken. Ich denke, er will mich zwingen, etwas Obszönes für ihn zu tun, aber er legt sich nur neben mich und zieht mich in seine Arme. Ich verkrampfe mich bei seiner Berührung, aber er rollt mich von sich weg, legt seinen Körper wie einen großen Löffel um meinen und schiebt seine Hand wieder zwischen meine Beine. Dann greift er nach der Fernbedienung und schaltet das Licht aus.

Als ob ich jetzt schlafen könnte. Ich liege wach und versuche, mich nicht zu winden, während die Hitze zwischen meinen Schenkeln pulsiert, wo seine Hand bleibt. Ich bin völlig nackt, aber er trägt immer noch eine Jogginghose und ein T-Shirt. Das tröstet mich ein wenig, auch wenn ich mich dadurch noch verletzlicher fühle. Er macht mir klar, dass er derjenige ist, der die Kontrolle hat, dass ich ihm ausgeliefert bin. Aber er nimmt nichts anderes an. Er gibt es auch nicht. Seine Hand bedeckt meinen Hügel auf eine entspannte, besitzergreifende Art und Weise, als ob er nur eine Hand auf mein Knie legen würde. Als ob er wüsste, dass es ihm gehört, und er sich nicht darum kümmert, wie ich mich dabei fühle.

Ich möchte einschlafen, als würde ich es nicht einmal spüren, als wäre es auch für mich eine beiläufige Geste. Aber ich spüre, wie die Nässe in meinem Inneren mit jeder Minute zunimmt, während die Wärme seiner Hand, der sanfte Druck seiner Finger, meine Erregung steigert. Ich kann nichts anderes tun, als mich nicht gegen ihn zu stemmen und ihn um einen weiteren Orgasmus anzuflehen. Als ich merke, dass er eingeschlafen ist, bin ich so aufgeregt und frustriert, dass ich schreien könnte. Ich frage mich, was er tun würde, wenn ich auf seiner Hand reiten würde. Eine seltsame Mischung aus Erregung und

Angst mischt sich in mir, und ich merke, dass das eine das andere anheizt.

Das ist nicht gut. Ich bin so kaputt im Kopf.

Ich liebe das Risiko. Ich liebe die Gefahr. Und dieser Mann ist all das.

Er macht mir Angst.

Und ich glaube, ich mag es.

Acht

Eliza

Auf dem Rückflug ist King so ruhig wie immer. Ich sehe ihn alle paar Minuten im Flugzeug an. Ich bin auch still, aber ich bin voller Fragen und Sorgen. Ich will nichts für ihn empfinden, aber ich tue es. Ich bin verängstigt und verwirrt, wütend und schäme mich. Ich wünschte, er hätte mich einfach gefickt und es hinter sich gebracht. Jetzt muss ich warten, nicht bis ich denke, dass ich bereit bin, sondern bis er es ist. In Wahrheit werde ich nie bereit sein. Er wird sich nehmen müssen, was er will, so oder so. Nicht zu wissen, wann, ist schlimmer, als es einfach hinter sich zu bringen.

Als wir New York erreichen, bin ich erleichtert. Alles, was ich will, ist, dass alles wieder so wird, wie es war. Stattdessen holt King mein Gepäck, und wir gehen zu seinem Auto, in der gleichen schweren Stille, die den ganzen Tag zwischen uns herrschte. Er rutscht herum, um mir die Tür zu öffnen, als sei er ein Gentleman und nicht der Typ, der mich letzte Nacht gezwungen hat, nackt neben ihm zu schlafen.

»Ich mag dein Auto«, biete ich ihm an, als er die Koffer in den Lotus geladen hat und sich hinter das Lenkrad setzt.

»Danke«, sagt er und startet. »Kannst du fahren?«

»Ich weiß, wie.« Ich habe kein Auto – die meisten Leute in der Stadt haben keins – aber ich habe einen Führerschein und bin mit Papas Auto gefahren. Er wollte sichergehen, dass ich fähig bin, falls unser Haus jemals überfallen wird und ich fliehen muss.

Wir verlassen das Parkhaus, bevor ich beschließe, dass ich genug von dieser Verrücktheit habe. Ich würde lieber einfach darüber reden und reinen Tisch machen, anstatt so zu tun, als wäre die letzte Nacht nie passiert.

Ich wende mich an King, als er sich in den Strom der Taxis und des übrigen Verkehrs einreiht. »Hör mal«, sage ich. »Wegen letzter Nacht …«

»Es tut mir leid«, erwidert er sofort. »Ich wurde wütend, als ich den Mann sah, der dich angefasst hat. Ich weiß, dass du mich hasst, und jetzt, wo ich von deinem Bruder weiß, verstehe ich auch, warum. Ich hätte dich nicht so behandeln dürfen.«

Ich bin so überrascht, dass er sich entschuldigt, dass ich gar nicht weiß, was ich sagen soll. Ich dachte, er würde am Morgen aufwachen und sich mir aufdrängen, aber er hat den ganzen Tag kaum zwei Worte mit mir gewechselt. Ich hätte nie im Leben gedacht, dass er sich schuldig fühlt. Dadurch mag ich ihn mehr, sehe ihn mit anderen Augen. Er ist noch kein gefühlloser Mafiatyp. Ich hätte es viel schlimmer treffen können.

Ich räuspere mich und sehe ihn an. »Mir tut es auch leid. Es tut mir leid, dass wir beide dazu gezwungen wurden. Ich weiß, es ist nicht fair, dich zu bitten, darauf zu warten, dass ich bereit bin. Selbst ich weiß nicht, wie lange es dauern wird, oder ob ich jemals bereit sein werde. Also, ich denke, du solltest dir eine *Partnerin* suchen.«

Er wirft mir einen finsteren Blick zu. »Ich will keine Mätresse, Eliza.«

»Ich weiß«, entgegne ich. »Du willst eine Frau, die kein frigides Miststück ist, wie du es ausdrückst. Aber leider kann sich das keiner von uns aussuchen.«

»Ich habe dich nicht Miststück genannt«, sagt er. »Ich habe dich eine Göre genannt. Und das war falsch von mir. Du bist keine Göre. Du benimmst dich nur wie eine.«

Ich schließe die Augen und stoße meinen Kopf frustriert gegen die Kopfstütze. »Das ist kein Schauspiel. Ich bin eine frigide Göre, die nicht mit dir schläft, weil ich dich hasse und dir etwas vorenthalten und dich verrückt machen will.«

»Warum sagst du mir dann, ich solle mir ein Mädchen für nebenher suchen?«

»Weil ich weiß, dass du das brauchst«, erwidere ich. »Wenn ich dir nicht geben kann, was du brauchst, dann muss ich damit einverstanden sein, dass du es woanders findest.«

»Ich will niemand anderen«, erklärt er. »Ich will dich, Eliza.«

Seine Worte hängen zwischen uns, schwerer als die Stille. Die Flitterwochen waren nur eine Woche lang, aber es scheint, dass die Zeit, die wir zusammen verbracht haben, dazu geführt hat, dass dies schneller passiert ist, als einer von uns beiden wollte. Wenn er mich gestern Abend verletzlich gemacht hat, dann bringt er uns jetzt wieder auf Augenhöhe. Ich muss nicht einmal herausfinden, wie ich es machen soll. Er tut es für mich, zeigt mir seine eigene verletzliche Seite, gibt zu, dass er mich will, obwohl ich nicht dasselbe getan habe. Er hat mich vielleicht gezwungen zu zeigen, dass ich es will, dass mein Körper auf seine Berührung reagiert, aber mein Herz wird ihn nie wollen, und ich habe es nicht so zugegeben, wie er es tut. Ich bewundere ihn dafür, dass er sich so hingibt, obwohl er weiß, dass ich das nicht erwidern werde.

»Ich will dich nicht«, sage ich leise. »Es tut mir leid.«

Diesmal seufzt er, hält sich am Lenkrad fest und legt

eine Hand auf mein Knie. »Nein, es tut mir leid«, erwidert er. »Ich hätte dich gestern Abend nicht drängen sollen. Ich will keinen Druck auf dich ausüben, wenn du noch nicht bereit bist. Aber ich will nur meine Frau. Niemanden sonst. Wenn ich also einen Monat, ein Jahr oder zehn Jahre warten muss, bis du dich mit mir wohlfühlst, dann werde ich das tun.«

Zehn Jahre. Ein Kribbeln des reinen Triumphs durchfährt mich. Was, wenn er es ernst meint?

»Dann lass uns aushandeln, wie diese Ehe funktionieren soll«, schlage ich vor. »Ich möchte, dass du alle deine Bedürfnisse erfüllst. Ich will nicht putzen, also stellen wir ein Hausmädchen ein. Ich will keinen Sex haben, also kannst du jemanden dafür einstellen. An Sexarbeiterinnen ist nichts auszusetzen, King. Papa hat einen Club, in dem einige von ihnen arbeiten. Sie sind wirklich nett. Ich bin sicher, du findest eine, die dir gefällt.«

Er wirft mir einen ungläubigen Blick zu. »Ist das dein verdammter Ernst?«

»Nun … Ja«, sage ich. »Ich weiß, du denkst, dass ich dir eine Falle stelle oder so, aber das tue ich nicht. Ich mag unerfahren sein, aber ich kenne die Männer. Das liegt in eurer Biologie. Mein Vater hat mir vielleicht einen menschlichen Keuschheitsgürtel besorgt, aber er hat mich nicht vor viel geschützt. Ich habe bei Pokerspielen zugesehen, seit ich fünf war. Ich habe das Gerede gehört. Ich kenne die Typen, die diesen Job machen, und man braucht einen Weg, um Stress abzubauen.«

»Hör auf, mir zu sagen, was ich brauche«, schimpft er.

»Ich bin nur vernünftig. Wenn du Sex brauchst, ist es mir recht, wenn du ihn bekommst. Ich werde wegschauen. Und du musst dir keine Sorgen um mich machen. Ich werde mich nicht mit Männern in Clubs fotografieren lassen oder dich schlecht aussehen lassen. Ich werde mit niemand anderem zusammen sein. Ich werde dein gutes Frauchen sein, und du kannst ein guter Ehemann sein, indem du dir das, was du brauchst, von jemand anderem holst und mir diese Last nicht aufbürdest. «

»Wie fändest du es, wenn ich dir gleich hier einen Vortrag darüber halten würde, wie sehr du Sex brauchst, weil es natürlich und biologisch ist …«

Ich erschaudere und schlinge meine Arme um mich, weil diese Worte denen, die ich schon einmal gehört habe, so nahe kommen. »Du hast recht«, sage ich. »Ich versuche nur, es für uns beide einfacher zu machen. Ich gebe dir die Freiheit zu tun, was du willst, dein Leben zu leben, wie du willst. Alles, worum ich dich bitte, ist, dass du mich mein Leben so leben lässt, wie ich es will. Dies ist eine Zweckehe. Auch wenn wir uns nicht lieben, muss sie nicht unglücklich sein.«

Wir fahren eine Weile schweigend. Schließlich lässt King seine Hand von meinem Knie gleiten und sieht mich aus dem Augenwinkel an. »Vielleicht können wir uns da durcharbeiten. Vielleicht, wenn wir uns besser kennenlernen …«

Ich schnaube. »Das glaube ich nicht.«

Wir sind noch eine Minute lang still.

»Okay«, meint er schließlich. »Aber ich werde keine andere ficken. Ich habe versprochen, treu zu sein, und ich habe dir gesagt, dass ich mein Wort ernst nehme.«

Ich kann verstehen, dass der Mann seinen Stolz hat, und sein Wort ist ein Teil davon. Trotzdem scheint es eine Verschwendung zu sein. Er ist so verdammt schön. Es könnte Jahre dauern, bis ich Intimität will – wenn ich es überhaupt will. Er ist in seiner Blütezeit, und ich halte ihn zurück, erdrücke ihn mit meinen Dämonen.

Ach, Scheiße. Ich bin *sein* menschlicher Keuschheitsgürtel.

»Du hast auch gesagt, dass du mich nicht lieben kannst«, erinnere ich ihn. »Wenn du mit jemand anderem zusammen bist und nie mit mir, wird das dafür sorgen, dass wir uns nie näher kommen. Ist es nicht das, was wir beide wollen?«

»Ja«, gibt er schließlich zu. »Ich möchte, dass wir beide am Leben bleiben.«

Etwas in meiner Brust erstirbt ein wenig bei seinen Worten. Stimmt er zu, eine *Cumare* zu finden, weil er mich nicht haben kann und er sich schlecht fühlt, weil er mich über meine Grenzen hinaus getrieben hat?

Ich sage mir, dass das gut ist. Auch wenn ich mich komisch fühle, wenn ich an ihn mit einer anderen denke, ist es mir lieber, er sucht sich eine Geliebte, als dass er sich an mich heranmacht und mich die schrecklichen Dinge fühlen lässt, die er letzte Nacht getan hat, Dinge, über die ich keine Kontrolle hatte, so wie damals, als ich ein Kind war. Er nimmt meinen Körper in Besitz, als gehöre er ihm wirklich, mehr noch als mir.

Wenn er eine *Cumare* findet, *ist* er vielleicht zu sehr in der Flitterwochenphase mit ihr gefangen, um eine mit mir zu wollen. Ich konnte die Hochzeit nicht verhindern, aber vielleicht kann ich den schlimmsten Teil verhindern. Es ist alles arrangiert, ein von zwei Familien unterzeichneter Vertrag, eine Ehe nur dem Namen nach. Wenn er seine Bedürfnisse anderweitig befriedigt bekommt, kann es so bleiben.

Die Familien wollen uns zusammen haben, aber sie verlangen keine Liebe. Ich tue meine Pflicht für sie, genau wie Papa es wollte. Eines Tages wird meine biologische Uhr anfangen zu ticken und ich werde ein Baby wollen. Dann können wir es versuchen. Wenn ich ihn dann immer noch nicht anfassen will, mich ihm nicht anvertraue, gibt es jetzt Ärzte dafür.

Ich weiß, dass es nicht ideal ist und vielleicht sogar egoistisch ist. Ich weiß, was die Leute sagen würden. Es ist schon lange her, ich sollte einfach darüber hinwegkommen. Ich sollte zu einem Psychiater gehen. Ich bin egoistisch.

Aber es ist mehr als eine Erinnerung, mehr als etwas, das mir im Kopf herumspukt. Ich denke gar nicht so oft darüber nach, aber es ist immer da, als ob es in mein Wesen gesunken, ein Teil von mir geworden wäre. Es lauert in mir, auch wenn ich es nicht mit Aufmerksamkeit oder bewussten Gedanken füttere. Es ernährt sich von mir wie ein Parasit, wie ein Krebs, der in jeder Zelle meines Körpers lebt. Ich kann es nicht einfach vergessen, kann nicht darüber hinwegkommen und weitermachen, genauso wenig wie jemand mit einer Krankheit darüber hinwegkommen kann, indem er sie einfach wegwünscht. Alles, was ich tun kann, ist, es zu ignorieren, nicht zuzulassen, dass es mein Leben kontrolliert, und wild und zügellos zu leben, mir selbst zu beweisen, dass es mich nicht definiert.

Es definiert nur einen Teil von mir, und dieser Teil ist versteckt und privat, sicher weggeschlossen, um niemals berührt oder erweckt zu werden. Dieser Teil hat mich zu einem Opfer gemacht. Wenn ich diese Gefühle nicht habe, wenn ich diesen Teil von mir nicht anerkenne, kann er mich nicht verletzen, kann mich nicht wieder zum Opfer machen. Und ich werde kein Opfer mehr sein. Ich bin jetzt stark, in eine Rüstung gehüllt, in den Fluss Styx getaucht wie Achilles. Ich habe eine Lücke in meiner Rüstung, aber zum Glück ist sie viel schwerer zu erreichen als meine Ferse. Ich bin stärker als Achilles, stärker als jeder weiß. So stark, dass ich keinen Sex brauche, auch wenn er biologisch bedingt ist. Ich kontrolliere meinen Körper, nicht andersherum. Und niemand wird mich je wieder kontrollieren.

Neun

King

»Du gehst heute wieder zur Arbeit, oder?«, fragt Eliza und setzt sich an den Schminktisch. Ihr Haar fällt zur Seite, während sie den Kopf neigt und sich dabei zusieht, wie sie sich einen großen goldenen Ohrring ansteckt.

»Ja«, antworte ich, stelle mich hinter sie und richte meine Krawatte im Spiegel über ihrem Kopf.

Wir sehen uns nicht in die Augen. Seit der Rückkehr aus den Flitterwochen vor ein paar Tagen ist alles anders geworden. Ich kann nicht sagen, ob es besser oder schlechter ist. Wir sind beide misstrauisch, als würden wir den anderen aus den Augenwinkeln beobachten und darauf warten, was der andere als Nächstes tut. Wir gehen auf Zehenspitzen umeinander herum, mit übermäßigem Respekt vor dem physischen Raum des anderen.

»Stört dich das?«, frage ich Eliza.

»Natürlich nicht«, sagt sie. »Ich weiß, wie sehr ihr Männer eure Arbeit liebt.«

Ich weiß nicht, was sie damit meint. Menschen zu verletzen ist nicht gerade ein Job, den ich lieben würde, aber ich bin sehr engagiert bei meiner Arbeit, das ist wahr. Das muss ich auch sein.

»Was ist mit dir?«, frage ich und beobachte sie auch noch, nachdem ich mein Spiegelbild überprüft habe. Es ist wichtig, gut auszusehen. Das Äußere spiegelt den Charakter einer Person, ihre Familie und alles andere wider. Eliza ist mit oder ohne Make-up wunderschön, aber ich mag es, dass sie sich in der Öffentlichkeit zurechtmacht, dass ich der Einzige bin, der ihr nacktes Gesicht sieht.

»Ich bin mir nicht sicher«, meint sie leichthin.

»Keine Pläne?«

»Ich habe immer getan, was ich wollte«, sagt sie schlicht. »Meine Mutter ist ihrem Traum gefolgt, und ich folge meinem.«

»Das tut mir leid«, sage ich.

Sie starrt mich an, ihre Lippen schürzen sich, während sie schluckt. »Was?«

»Dass deine Mutter nicht da ist«, erkläre ich. »Dass sie nicht zur Hochzeit gekommen ist.«

Eliza senkt den Blick und spielt ein paar Sekunden lang mit dem Make-up auf ihrem Schminktisch, bevor sie ihr Gesicht anhebt, ihr Haar zurückschüttelt und sich vorbeugt, um ihre Haut mit einem Pinsel zu pudern. »Meine Mutter ist meine Heldin«, erwidert sie. »Sie hat ihr Leben riskiert, um frei zu sein und ihrem Herzen zu folgen. Nicht viele Frauen haben den Mut, es mit einem Mafiaboss aufzunehmen.«

Ich möchte noch einmal sagen, dass es mir leid tut, und betonen, dass es immer noch scheiße ist, aber ich halte es zurück. Komplizierte Gefühle gegenüber beschissenen Müttern sind mir nicht fremd. Ma hat mich ausgelacht, als ich meine Befürchtungen geäußert habe, der Valenti-Mafia beizutreten, hat über den Gedanken gelacht, dass ich einen Mann umbringen könnte. Aber sie ist immer noch meine Mutter.

»Sie klingt mutig«, sage ich nach einer Sekunde.

»Das ist sie«, erwidert Eliza. »Und ich will auch nicht, dass ein Mann mich kontrolliert. Ich habe getan, was meine Familie wollte und dich geheiratet. Meine Pflicht ist getan. Niemand wird mir jetzt sagen, was ich zu tun habe. Ich werde weiterhin tun, was ich getan habe, was immer ich will, und du kannst mich nicht aufhalten.«

»Okay …«

»Ich meine es ernst«, fügt sie an. »Wenn du dich mit mir anlegst, wenn du mir wehtust, dann wirst du sehen, wozu mein Vater fähig ist.«

»Ich bin nicht daran interessiert, dein Ersatzvater zu

sein oder dir zu sagen, was du tun sollst«, erkläre ich. »Du bist erwachsen. Das haben wir doch schon besprochen. Benimm dich wie eine verheiratete Frau, wenn du das Haus verlässt, und du kannst tun, was du willst, wenn du zu Hause bist.«

»Gut«, erwidert sie. »Ich wollte nur sicherstellen, dass wir uns darüber immer noch im Klaren sind.«

Es ist das erste Mal, dass wir uns seit der Autofahrt nach Hause richtig unterhalten haben, als wir zu einem wackeligen Frieden kamen. Ich habe mich hinreißen lassen, als ich sie auf unserer Hochzeitsreise mit einem Fremden tanzen sah, und das war's. Als ich seine Hände auf ihr sah, kochte die Frustration über. Sie ist meine verdammte *Ehefrau*. Nur meine Hände sollten sie berühren.

Und ja, vielleicht hat mich die Woche, in der ich neben ihr schlief, sie sah und sie nicht berührte, eingeholt. Herauszufinden, dass alles eine Lüge war, dass sie mich einfach nicht ficken wollte, hat mich wütend gemacht. Aber ich hätte sie nicht so behandeln dürfen. Ich hätte nicht zulassen dürfen, dass meine Wut und mein Groll überschwappen. Ich hätte meine Lust nicht loslassen dürfen, hätte sie nicht anfassen dürfen. Ich sollte nichts von diesen Dingen fühlen, Punkt.

Ich habe weder die Zeit noch die Lust, mich heute mit

Eliza zu streiten. Was soll ich denn überhaupt sagen? Wenn ich mich mit ihr anlege, wird sie dafür sorgen, dass ich auf unvorstellbar grausame Weise getötet werde. Und warum sollte es mich interessieren, was sie mit ihren Tagen anstellt? Ich werde nicht da sein. Nur weil ich es mir nicht leisten kann, sie zu lieben, heißt das nicht, dass ich nicht will, dass sie glücklich ist. Ich will, dass sie tut, was ihr gefällt.

Ich muss einfach besser darin werden, keine Gefühle für sie zu haben, für die Leute, von denen ich Geld bekommen muss, für irgendjemanden. Ich kann nicht anders, als mich um sie kümmern zu wollen, aber das bedeutet nicht, dass das Gefühl auf Gegenseitigkeit beruht. Daran muss ich denken und vorsichtig sein. Nur weil ich keine andere ficken will, heißt das nicht, dass ich sie ficken darf. Nur weil ich keine andere lieben kann, heißt das nicht, dass ich sie liebe. Sie kann das besser als ich, und ich sollte dankbar sein, dass sie den Abstand zwischen uns hält, wenn ich Mist baue. Eines Tages werde ich es besser können und es wird einfacher sein.

»Nun, genieße deinen Tag«, sage ich und beuge mich hinunter, um sie auf den Kopf zu küssen. Es ist eine dieser unbedachten Gesten, die nicht geplant waren, aber nachdem ich es getan habe, spannt sich die Stelle hinter meinem Brustbein an und schmerzt. Das ist etwas, was ein

Mann mit einer Frau tun würde, mit der er sich wohlfühlt, einer Frau, die ihn liebt, die sich darum kümmert, ob er in dieser Nacht nach Hause kommt.

Als ich bei Al Valenti ankomme, kontrollieren seine Wachen das Auto, auch den Kofferraum und die Unterseite, als ob sich jemand am Boden des Evija festhalten könnte. Ich muss fast lachen.

»Ich muss jeden überprüfen«, erklärt der Wachmann und grüßt mich freundlich. »Man kann nicht vorsichtig genug sein.«

»Ich weiß«, sage ich und grüße zurück, bevor ich mich auf den Weg zum Parken mache. Das Auto von Little Al steht auch dort, und nachdem ich von zwei Wachen an der Hintertür angehalten wurde, darf ich eintreten.

Eine weitere Wache ist vor dem Speisesaal postiert, wo Onkel Al, Little Al und Als Consigliere zu Mittag essen.

»Da ist er«, kräht Little Al, als er mich sieht, lässt sein Sandwich fallen und hält mir die Hand zum Abklatschen hin. »Hast du an deiner Bräune gearbeitet?«

Ich zucke mit den Schultern. »Ich war eine Woche lang am Strand.«

»Wie war Bora Bora?«, fragt Onkel Al, der von seinem Essen aufblickt und mich mit seinen wachsamen Augen mustert. Dem Kerl entgeht nichts.

»Du hättest besser nichts davon gesehen«, sagt Little

Al, zwinkert mir zu und beißt in sein Sandwich. »Warum warst du am Strand, Bruder? Du hättest jede Minute in deinem Hotelzimmer verbringen sollen.«

Ich habe genug von diesem Gespräch und lenke es in eine andere Richtung, obwohl ich merke, dass Al Valenti mich beobachtet, als ob er wüsste, dass etwas nicht stimmt.

»Was habe ich verpasst?«, erkundige ich mich, setze mich neben Little Al und schiebe mich zu ihm.

»Nichts Wichtiges«, erwidert Onkel Al. »Ich treffe mich diese Woche mit Anthony Pomponio. Wenn deine Frau sich seit den Flitterwochen nicht mehr bei ihm gemeldet hat, sorg dafür, dass sie es nachholt.«

Mein Magen krampft sich bei der unausgesprochenen Drohung in diesen Worten zusammen. Sorge dafür, dass sie ihm einen glänzenden Bericht über unsere Ehe gibt. Über mich.

Das wird nicht passieren.

Schuldgefühle flammen in mir auf, wenn ich an die letzte Nacht unserer Flitterwochen denke, als ich sie fast gezwungen habe, für mich abzuspritzen. In Anbetracht ihrer Abneigung gegen sexuellen Kontakt, weiß nur Gott allein, was sie ihrem Vater über mich erzählen wird.

Beide Als beobachten mich, und ich schüttle leicht den Kopf, um klar zu werden, und nehme mir ein Sandwich von dem Tablett in der Mitte des Tisches. »Ich werde sehen, was ich tun kann.«

»Hey, warum geht er nicht mit dir?«, fragt Little Al seinen Großvater. »Er kann Anthony aus erster Hand über die Flitterwochen berichten.«

Ich möchte den Kerl schlagen, als ich den Schimmer von Humor in seinen Augen sehe, als ob er ahnt, dass zwischen Eliza und mir nicht alles in Ordnung ist, und er denkt, es wäre einfach lustig, wenn Mr. Pomponio mich ausfragt, wie ich seine Tochter behandle. Er schien sehr viel über ihre Erziehung zu wissen, als ich ihn nach ihr fragte, sogar über die Vorgänge in ihrer Familie. Weiß er mehr, als er zugibt?

Vielleicht haben sie eine Vergangenheit, von der ich nichts weiß. Vielleicht ist er aber auch nur ein ganz normaler Arsch und weiß genau, wie unangenehm diese Situation wäre.

»Keine schlechte Idee«, sagt Onkel Al.

Meint er das verdammt ernst? Ich könnte meinen Partner dafür erwürgen, dass er das vorgeschlagen hat.

Aber ich werde mich nicht streiten. Ich bin dafür verantwortlich, Frieden zwischen den Familien zu schaffen, und wenn ich versage, wusste ich immer, was passieren würde. Ich kann es genauso gut hinter mich bringen. Die Frage ist, wird er mir den Kopf abhacken oder nur den Schwanz?

Ich versuche, für den Rest des Tages nicht mehr daran zu denken, während Little Al und ich unsere Runde machen und die Zahlungen eintreiben. Als ich an diesem Nachmittag das Penthouse betrete, sitzt Eliza auf dem Sofa, auf dem Flachbildfernseher läuft der Promi-Klatschkanal, ihr Telefon zwischen Ohr und Schulter eingeklemmt, während sie eine Schüssel mit gemischten Nüssen durchwühlt. Mir fällt auf, dass sie heute neue Nägel bekommen hat, und ich frage mich, was sie sonst noch so getrieben hat, als sie aus war, mit wem sie unterwegs war.

Sie wirft einen kurzen Blick in meine Richtung, bevor sie sich wieder ihrem Anruf widmet und mit ihrer Freundin kichert. Ich versuche, mich zu freuen, dass sie glücklich ist, auch wenn es nicht mit mir ist.

Ich verlasse sie und gehe ins andere Zimmer, aber schon bald ist es Zeit für das Abendessen und sie telefoniert immer noch. Ich stecke meinen Kopf ins Wohnzimmer und winke ihr mit dem Telefon zu.

»Ich bestelle Abendessen«, sage ich. »Was willst du?«

»Oh, ich treffe mich gleich mit Bianca zum Abendessen«, entgegnet sie und legt den Hörer auf, um mit mir zu sprechen. Warum sie mit ihrer Freundin essen gehen muss, nachdem sie über eine Stunde lang mit ihr telefoniert hat, weiß ich nicht.

»Kannst du dann mal kurz aufhören zu telefonieren?«, bitte ich sie. »Ich muss mit dir reden.«

Sie rollt mit den Augen und seufzt. »Worüber sollten wir denn reden?«

»Du scheinst viel zu reden zu haben«, meine ich und blicke auf das Telefon.

Sie rollt wieder mit den Augen, dann hält sie ihr Telefon wieder ans Ohr. »Hey, ich muss aufhören. Der Klotz am Bein will *reden*.«

Sie verspottet mich, kichert über etwas, das Bianca sagt, verabschiedet sich dann und legt auf. Dann schaut sie mich mit kaum verhohlener Verärgerung an. »Was?«

»Ich treffe mich in ein paar Tagen mit deinem Vater«, erzähle ich ihr. »Du musst ihn heute Abend anrufen.«

Sie grinst. »Du willst, dass ich dir eine Fünf-Sterne-Bewertung gebe?«

»Ja.«

Wir starren uns eine lange Minute lang an. Eliza könnte mich mit einem einzigen Wort hinrichten lassen. Wahrscheinlich will sie genau das. Sicher, mit achtzehn wird sie Witwe sein, aber das ist in dieser Branche nicht allzu selten. Und sie wird frei sein, das zu tun, wofür sie so leidenschaftlich ist – wenn sie einen anderen Ehemann findet, der ihren Lebensstil finanziert, ihre Einstellung erträgt und sich damit zufrieden gibt, im Gegenzug nichts zu bekommen, außer einem Stück Zuckerwatte, wenn er zu einer Veranstaltung gehen muss.

»Gut«, sagt sie schließlich. »Ich werde ihn später anrufen.«

Irritation flackert in mir auf. Ich verlange nicht zu viel. Ich bitte buchstäblich um das verdammte Minimum – darum, mein Leben zu behalten. Ich zwinge mich, sie ruhig anzusprechen. »Tu es jetzt, und du kannst mit deiner Freundin essen gehen.«

Sie reckte ihr Kinn vor, ihre Augen blitzten herausfordernd. »Du kannst mir nicht sagen, was ich tun soll.«

Meine Hände ballen sich zu Fäusten. Diese kleine Göre ist den ganzen Tag herumgelaufen und hat gemacht, was sie wollte, während ich daran gearbeitet habe, den Waffenstillstand zu halten, der unsere Großfamilien am Leben erhält. Ich verlange nichts von ihr, außer dass sie mich nicht umbringt, aber anscheinend ist das zu viel. Jemand muss ihr aber beibringen, wie das Ganze funktioniert, und die Familien haben mich für diese Aufgabe ausgewählt.

Ich trete hinter das Sofa, nehme ihr Haar sanft in eine Hand und wickle es um meine Handfläche. Sie will sich wegdrehen, aber ich packe ihr Haar etwas fester und ziehe sie zurück gegen die Couch. »Du wirst jetzt anrufen, *carina.*«

Sie stöhnt verärgert auf, aber sie schaltet ihr Telefon ein und ruft an. »Willst du mir jetzt wie ein überfürsorglicher Vater über die Schulter schauen und ein Telefonat mit dem Freund seiner Tochter überwachen?«

»Ja«, erwidere ich und streiche mit meiner freien Hand über ihr Haar. »Wenn du nicht willst, dass ich dich wie ein Kind behandle, dann benimm dich auch nicht wie eines.«

Sie will sich wieder zurückziehen, aber ich schließe meine Hand um ihren seidigen Haarstrang und halte sie fest. Ihr Vater antwortet und sie hält das Telefon an ihr Ohr.

»Hi, Papi«, säuselt sie und dreht ihren Kopf gerade so weit, dass sie mich aus dem Augenwinkel heraus anschaut.

»Benimm dich«, warne ich und ziehe ihr sanft an den Haaren, gerade genug, um sie an die Nacht im Hotel zu erinnern. Sie dreht sich wieder nach vorne, aber ich erwische sie dabei, wie sie für eine Sekunde die Knie zusammenpresst.

Mag sie es, wenn ich sie wie ein Kind behandle? Oder ist es die Drohung, die sie dazu bringt, sich zu winden und ihren Rock zurechtzurücken, bevor sie auf das reagiert, was ihr Vater sagt?

»Es war toll, Papi«, versichert sie ihm. »Der Strand war wunderschön, das Wetter war perfekt und das Hotel war großartig. Ich habe jeden Tag eine Massage bekommen. Ich bin so entspannt.«

Ich lächle, lockere meinen Griff um ihr Haar und streichle ihren Kopf. Sie erzählt noch einige Minuten lang vom Strand, den Ausflügen und den Mahlzeiten. Ich löse meinen Griff und streichle ihren Hals, lasse meine Hände auf ihren Schultern ruhen. Während sie spricht, knete ich sanft die Muskeln. Es ist gar nicht so schwer, sie zum Gehorsam zu bewegen. Ich muss ihr nur versprechen, was sie will. Abendessen mit ihren Freundinnen, Luxus zu Hause, mein völliges Desinteresse an ihr als Ehefrau.

Sie hält inne, während ihr Vater spricht, und ich spüre, wie sie sich anspannt, als sie herausbricht: »Er ist schrecklich, Papi! Ich hasse ihn! Bitte lass mich nach Hause kommen. Ich kann nicht mit einem Valenti leben. Er ist ein Ungeheuer!«

Wut lodert in meiner Brust auf. Diese Schlampe bringt mich noch um, und ich habe ihr nichts getan. Ich habe sie kaum berührt. Jeder andere Mann, der bei klarem Verstand ist, hätte sie gleich am ersten Tag gefickt, egal welche Ausreden sie hat. Er hätte ihr gesagt, dass sie in den Flitterwochen nicht tanzen gehen darf. Er hätte ihr gesagt, sie solle ihren Arsch in Bewegung setzen und etwas tun, während er auf der Arbeit war, und nicht angeboten, eine Putze einzustellen, damit sie hingehen konnte, wohin sie wollte, mit wem auch immer sie heute zusammen war. Er hätte Antworten gewollt, Verantwortlichkeit, eine Frau, die sich wie eine solche verhält.

Ich war zu nachsichtig mit ihr. Mit Feilschen kommt man bei ihr nicht weiter. Diesen Fehler werde ich nicht noch einmal machen.

Ich packe sie an den Haaren und reiße ihren Kopf so stark nach hinten, dass sie keucht und versucht, sich zu befreien. Ich versuche, das Telefon wegzuziehen, aber sie hält es an ihr Ohr. »Wann war das?«, fragt sie und wartet, bis er antwortet. »Ich weiß nicht, ob ich es noch drei Tage aushalte. Bis dahin wird er mich umbringen!«

»Gib mir das Telefon«, knurre ich.

»Gut«, schnauzt sie ins Telefon. »Aber wenn er nicht bei *Jean-Jean* auftaucht, dann nur, weil er mich getötet hat und auf der Flucht ist. Ich hoffe, du bist froh, wenn ich tot bin!«

Ich nehme ihr das Telefon aus der Hand und lege auf, bevor ich es in meine Tasche schiebe. »Was zum Teufel ist los mit dir? Willst du mich hinrichten lassen?«

»Warum sollte ich nicht?«, schießt sie zurück. »Du hast meinen Bruder hingerichtet.«

»Ist das ein Spiel für dich, Eliza? Dein ganzes verdammtes Leben ist ein Spiel, nicht wahr, nur um zu sehen, womit du damit durchkommst?«

Sie schnaubt. »Sehr heuchlerisch? Das versucht doch jeder im Leben.«

So habe ich noch nie darüber nachgedacht, und es überrascht mich immer wieder. Ich denke immer, ich hätte sie durchschaut, und dann sagt sie so etwas. Sie mag sich wie ein oberflächliches Partygirl verhalten, aber es steckt mehr in ihr. Ich muss aufhören, das zu vergessen.

»Du bist ein kluges Mädchen«, sage ich ruhig. »Du hast mir nicht gehorcht. Du wusstest, dass das Konsequenzen haben würde.«

Ich beobachte, wie ihre Kehle arbeitet, während sie schluckt. »Was wirst du tun, mir den Hintern versohlen?«, fragt sie, die Frechheit zurück in ihrer Stimme.

»Ich habe dir gesagt, du sollst deinem Vater sagen, dass ich gut zu dir war und du mit deiner Freundin ausgehen kannst. Das hast du nicht getan, also bleibst du zum Abendessen bei mir. Was willst du essen?«

Sie springt von der Couch auf, ihre selbstgefällige Angeberei ist verschwunden. »Du kannst mich nicht daran hindern, meine Freunde zu treffen.«

»Es gibt Konsequenzen für dein Handeln«, erkläre ich. »Es wird Zeit, dass du dich ihnen stellst. Du kanntest die Bedingungen, und du hast dich entschieden zu lügen.«

»Ich habe nicht gelogen«, schreit sie. »Du *bist* furchtbar. Mich von meinen Freunden fernzuhalten ist

Misshandlung!«

Jetzt bin ich an der Reihe, sie zu verspotten. »Du warst den ganzen Tag mit deinen Freunden zusammen. Ich finde, es ist keine Misshandlung, dich zu fragen, ob du mit mir zu Abend isst.«

Sie schiebt ihre Lippen vor und starrt. »Du kannst mich nicht aufhalten.«

»Wer zahlt für deine Kreditkarte?«, frage ich. »Es ist nicht mehr dein Papi, Eliza.«

Ihr Mund bleibt vor Schreck offen stehen und ihre Augen weiten sich vor Empörung. »Du legst mich trocken?«

»Ich lade dich zum Essen ein.«

»Du musst nach unten gehen, um Essen zu holen«, sagt sie. »In der Zeit werde ich abhauen.«

»Hast du Geld für ein Taxi? Einen Uber?«

»Ich werde Bianca anrufen.«

Ich ziehe eine Augenbraue hoch. »Wirst du?«

Sie wirft einen Blick auf die Couch und den Couchtisch, bevor sie sich wieder zu mir umdreht. »Gib mir mein Telefon.«

»Du meinst mein Telefon?«

»Das hast du mir nicht gekauft.«

»Ich bezahle die Rechnung.«

Wir starren uns eine lange Minute an. »Ich werde ihr

online eine Nachricht schicken.«

»Viel Glück beim Erraten des W-Lan-Passworts.« Heute ist ihr erster Tag in meiner Wohnung, also weiß ich, dass sie es noch nicht kennt. Wenn man bedenkt, dass sie nichts über mich wissen will, weiß sie wahrscheinlich nicht einmal, dass ich eine Schwester habe, geschweige denn ihren Namen und Geburtstag.

Sie faucht und starrt mich mit glühender Wut an. Es ist verdammt heiß.

»Du bist wirklich ein Monster«, sagt sie schließlich, und ihre Stimme ist nun ruhiger.

»Dann sind wir vielleicht füreinander bestimmt«, antworte ich. »Wie wäre es mit Phở?«

Vierzig Minuten später ruft der Fahrer an, um uns mitzuteilen, dass das Essen angekommen ist. Eliza war die ganze Zeit über verdächtig still, wütend im Stillen und hat zweifellos meinen Tod geplant. Ich bin nicht der Einzige, der meinen Gegner unterschätzt hat. Es gefällt mir zu wissen, dass ich sie beeindrucke, auch wenn es auf eine negative Art und Weise ist.

»Ich gehe runter und hole es«, erklärt sie, als ich ihr sage, dass das Abendessen da ist.

Ich kann mir ein leises Lachen nicht verkneifen. »Netter Versuch.«

»Glaubst du etwa, ich tausche einen Blowjob gegen

unser Abendessen? Ich habe kein Geld, wie du so freundlich bemerkt hast.«

»Ich denke, du wirst ihm eine rührselige Geschichte erzählen und wahrscheinlich zur Polizei gehen, was dafür sorgen wird, dass deine oder meine Familie mich loswird.«

Sie wirft mir einen Blick voller Abscheu zu. »Ich würde nie zu den Bullen gehen«, sagt sie rundheraus. »Ich bin eine Mafiosi-Tochter.«

»Ich werde das Essen holen«, sage ich. »Danke für das Angebot. Vielleicht kannst du ein anderes Mal, wenn du den ganzen Tag zu Hause bist und dich langweilst, lernen, wie man etwas kocht. Oder ein Rezept nachschlagen. Oder einen Koch einstellen, wenn du die Küche unbedingt meiden willst. Oder du tust, was ich getan habe, und bestellst etwas zu essen.«

Sie rollt mit den Augen. »Ich hatte einen anstrengenden Tag, okay?«

»Ja? Was hast du gemacht?«

»Nicht, dass es dich etwas angehen würde, aber wir waren in einer Show, und ich musste mir eine Mani-Pediküre gönnen, nachdem ich so viel Sand zwischen den Zehen hatte, und wir haben zu Mittag gegessen und uns mit ein paar Freunden getroffen.«

»Klingt hart«, entgegne ich. »Ich wette, du hättest da irgendwo ein Telefonat unterbringen können.«

»Das habe ich«, erwidert sie. »Bevor du mein Telefon weggenommen hast.«

»Du bist erwachsen, Eliza. Benimm dich entsprechend. Du solltest wissen, wie du dich ernähren kannst.«

Ich weiß nicht, warum ich mich überhaupt mit ihr streite. Ich sollte sie nicht an mich heranlassen. Aber wegen ihrem anspruchsvolle-kleine-Göre-Verhalten möchte ich ihr eine Lektion erteilen. Ich bin da draußen und zwinge mich, Männer mit Familien zu verprügeln, mit Frauen, die sie wirklich lieben, und Kindern, die nichts essen, da wir ihnen das ganze Geld wegnehmen. Ich hasse es, was ich jeden verdammten Tag tun muss, um das Geld zu verdienen, das sie ausgibt, als wäre es nichts, als würde es vom Himmel regnen und nicht aus meinen Taschen. Das alles wäre es wert, und ich wäre glücklich, meiner Frau alles zu geben, was sie sich wünschen könnte und mehr, wenn sie nicht versuchen würde, mich im Gegenzug zu töten.

Ich gebe dem Fahrer gerade ein Trinkgeld, als Eliza aus unserem Haus kommt, am Pförtner vorbei, und wild mit den Armen nach dem Fahrer fuchtelt. Sie ist barfuß, und die Knopfleiste Bluse steht halb offen, als hätte sie sich gerade den Weg nach draußen erkämpft. »Hilfe«, schreit sie. »Dieser Kerl hält mich als Geisel!«

»Eliza«, belle ich. »Was zum Teufel machst du da?«

»Nimm mich mit«, fleht sie verzweifelt zu dem Mann. »Er wird mich umbringen!«

Der Lieferfahrer schaut zwischen uns hin und her, als ob er nicht wüsste, was er tun soll. Der arme Kerl denkt wahrscheinlich, dass er die 911 anrufen soll. Sie ist so verdammt überzeugend, dass ich ihr halbwegs glaube.

Sie rennt zum Auto und versucht, die Hintertür zu öffnen. Ich packe ihren Arm und ziehe sie zurück.

»Hey!«, protestiert der Mann mit stark akzentuierter Stimme.

»Geh verdammt noch mal rein und hör auf, dich wie ein Kind zu benehmen«, knurre ich Eliza an, die sich in meinem Griff windet, als wäre ich wirklich ihr Entführer und nicht ihr verdammter Ehemann.

Ich ziehe sie zurück zum Gebäude, aber der Fahrer steigt aus und kommt auf uns zu.

»Hey«, sagt er wieder. »Lass los.«

»Verpiss dich und kümmere dich um deinen Kram«, sage ich. »Das geht dich nichts an.«

»Nehmen Sie mich mit«, ruft Eliza dem Mann zu, als wir die Tür zu unserem Gebäude erreichen. Der Pförtner schaut mit leichtem Amüsement zu. Dies ist Al Valentis Revier, und der Typ weiß, für wen ich arbeite, also wird er sich nicht einmischen. Er weiß auch, dass Eliza meine Frau ist, und er muss denken, dass wir eine Art Spiel spielen. Er sieht mit einem kleinen Grinsen zu, wie ich versuche, mich zwischen Eliza und den Lieferjungen zu manövrieren, eine Tüte mit Essensverpackungen an einem Arm.

»Er misshandelt mich«, heult Eliza. »Er hat mein Telefon genommen!«

Das war's. Ich habe die Nase voll von ihrem Scheiß, von der Szene, die sie macht, von all dem. Der Lieferjunge greift nach ihr, aber ich gehe dazwischen und schlage ihm ins Gesicht. Er geht zu Boden und ist bewusstlos.

Keiner fasst meine Frau an.

Ohne ein Wort zu sagen, werfe ich sie mir über die Schulter und trage sie hinein, direkt in den Aufzug. Erst als die Türen geschlossen sind und die Kabine sich in Bewegung setzt, stelle ich sie auf ihre Füße.

»Was wirst du mit mir machen?«, fragt sie halb trotzig, halb verängstigt, während sie sich die Haare aus dem Gesicht streicht, weil sie anscheinend mit dem Theater fertig ist.

Nicht annähernd so viel, wie du verdienst, Babygirl.

Ich spreche die Worte jedoch nicht laut aus. Ich beobachte sie und frage mich, was sie von mir hören will und was sie von mir zu hören kriegen *muss*, und ob das nicht sehr unterschiedliche Dinge sind. Die zickige, verwöhnte Prinzessin, die ich geheiratet habe, will etwas ganz anderes als das, was das verängstigte, unsichere Mädchen in ihr braucht, wie ich langsam vermute. Die Frage ist, ob ich ihr das geben kann.

Ich habe mir geschworen, das nicht zu tun. Aber wenn ich ihr beibringen könnte, gut zu sein, wenn ich ihr zeigen könnte, dass sie es wert ist, dass man ihr etwas beibringt, würde sie vielleicht lernen, mit mir zu leben. Sie ist schließlich meine verdammte Frau, nicht irgendein Mädchen, dessen Namen ich zwei Tage, nachdem sie ihre Beine für mich gespreizt hat, vergessen habe. Es wäre einen Versuch wert, wenn sie mich ließe. Es würde sich lohnen, herauszufinden, wie sie tickt, obwohl ich vermute, dass ich es bereits weiß. Von den seltenen Einblicken, die ich unter der glänzenden Oberfläche erhascht habe, glaube ich zu wissen, wie ich ihr genau das geben kann, was sie braucht.

»Und?«, fragt sie, als wir die Wohnung erreichen.

Ich schiebe sie hinein und schließe die Tür, bevor ich antworte. »Du hast dich wie ein Kind benommen, also wirst du auch wie ein Kind behandelt.«

»Willst du mich etwa bestrafen?«, meint sie und rollt mit den Augen. Selbst wenn sie sich wie eine Göre benimmt, hat sie etwas so unglaublich Unschuldiges an sich, als ob all diese Angeberei und Frechheit nur ein Deckmantel dafür ist, die Tatsache zu verbergen, dass sie verängstigt und gebrochen ist und zu naiv für ihr eigenes Wohl. Ihre Augen sind wachsam, ihr Haar ist nach ihrem Anfall draußen ein einziges Durcheinander, und verdammt noch mal, sie sieht viel zu sexy aus, als dass es ihr gut tut.

»Wenn du das willst«, sage ich. »Du brauchst Disziplin, Eliza. Bestrafung kann ein Teil davon sein, wenn du das magst.«

»Was zum Teufel soll das bedeuten?«, fragt sie.

»Es bedeutet dasselbe, was ich vorher gesagt habe. Wenn du tust, was du tun sollst, wenn du dich benimmst, bekommst du dein Handy zurück. Wenn du auf der Straße eine verdammte Show abziehst, wirst du bestraft.«

»Oh«, sagt sie und schluckt.

Wir starren uns eine lange Minute lang an, messen uns gegenseitig. Ich habe noch nie ein Mädchen bestraft, noch nie darüber nachgedacht. Der Gedanke ist … heißer als er sein sollte. Ich war noch nie lange genug mit einem Mädchen zusammen, um solche Spiele zu rechtfertigen. Wenn ich etwas nicht mochte, was ein Mädchen tat, ging ich weg und sah nie wieder zurück. Aber vor Eliza Dolce kann man nicht weglaufen. Sie trägt meinen Ring und meinen Namen. Sie gehört zur Familie, und ich laufe nicht vor der Familie weg.

Zehn

Eliza

»Setz dich«, sagt King und deutet auf den Tisch.

Ich weiß nicht, was ich erwartet hatte, aber das war es nicht. Ich dachte, er würde mich über den Tisch beugen und mich dafür bezahlen lassen, was ich getan habe. Stattdessen starrt er mich mit dunklen, erwartungsvollen Augen an, die keinen Raum für Diskussionen lassen. Ich kann die Wut in ihm sehen, die sich hinter dem Schein der Kontrolle verbirgt. Ich sehe die glitzernde Bosheit, das sadistische Monster, das sich nichts sehnlicher wünscht als meinen Ungehorsam. Ich kann sehen, wie es ihn juckt, mich in die Schranken zu weisen, mir wehzutun. Wahrscheinlich denkt er, dass ich das Gleiche tun werde wie vorher, aber das hat jetzt keinen Sinn mehr. Warum sollte ich einen Anfall bekommen, den nur er sehen kann?

Das ist eine Vorstellung, etwas, das ein Mädchen tut, um ihren Willen zu bekommen. Bei Papi hat das meistens funktioniert. Ich fing an, eine Szene zu machen, und er gab nach, weil er das öffentliche Spektakel nicht wollte. Das einzige Mal, als es nicht klappte, war, als er mir sagte, ich müsse einen Valenti heiraten.

Er ist jetzt nicht hier, um mich zu retten, und King ist der Bösewicht, nicht mein Ritter in glänzender Rüstung. Also beschwichtige ich ihn, weil ich das genauso überleben will wie er. Ich setze mich an den Tisch und falte erwartungsvoll die Hände. Ich warte auf das Grauen, das er mir auftischen wird. Und obwohl mein Herz rast und meine Nerven flattern, lasse ich es ihn nicht sehen. Ich zeige ihm nur Haltung, obwohl ich langsam glaube, dass er mir auf der Spur ist. Er mag jung sein, aber er ist nicht dumm. Er ist vielleicht noch nicht in der Lage, mich zu durchschauen, aber ich wette, er weiß, dass er nur die Oberfläche sieht, so wie ich weiß, dass mehr in ihm steckt, als man auf den ersten Blick sieht. Und das nicht nur, weil sich hinter dem hübschen Gesicht ein Teufel verbirgt. Nein, King hat noch dickere Mauern als ich. Wir mögen unterschiedliche Fassaden haben, aber ich wette, sie dienen demselben Zweck.

Was verbirgt er hinter diesen dunklen, glühenden Augen? Was machte ihn mit nur achtzehn Jahren zu einem sadistischen Valenti-Mann?

King holt ein Set asiatischer Suppenlöffel, die wir als Hochzeitsgeschenk bekommen haben, und setzt sich an das Kopfende des Tisches. Er öffnet sie vorsichtig, keiner von uns beiden spricht. Genauso langsam und methodisch packt er die Tüte mit dem Essen aus. Einen Moment lang denke ich, dass er mich einfach dazu zwingen will, schweigend mit ihm zu essen, so wie wir es in den Flitterwochen getan haben. Ich habe einem Mann, dessen Familie meinen Bruder getötet hat, nichts zu sagen. Wenn es die Valentis nicht gäbe, wäre meine Mutter auch noch hier. Sie hätte nicht beschlossen, dass sie das Leben nicht mehr ertragen kann. Natürlich hätte sie auch ihre Träume nicht verwirklicht. Aber sie wäre hier, um mir zu sagen, was ich tun soll, um mich zu beraten. Ich habe nicht die geringste Ahnung, wie ich die Frau eines Mannes sein soll, geschweige denn die eines Fremden.

»Du hast dich wie ein Kind benommen, also wirst du auch wie eines behandelt«, erklärt King und stellt jedem von uns eine Schüssel hin. »Ich werde dich füttern und du wirst essen, aber nicht sprechen.«

Was soll der Scheiß?

Das haben wir in unseren Flitterwochen definitiv nicht gemacht.

Ich öffne den Mund, um zu argumentieren, entscheide dann aber, dass es viel schlimmer sein könnte. Wenn er einen seltsamen Fetisch für das Füttern von Menschen hat, ist das egal. Wenigstens hungert er mich nicht aus, vergewaltigt mich nicht oder schlägt mich. Er könnte all das tun, wenn er wollte. Ich bin ihm schutzlos ausgeliefert. Wenn er mir höchstens den Mund etwas verbrennt, komme ich gut davon.

»Das war's?«, frage ich. »Das ist die einzige Strafe? Wenn ich mich von dir füttern lasse, gibst du mir mein Telefon zurück?«

»Du darfst erst sprechen, wenn ich es sage«, erinnert er mich.

»Von mir aus«, murmle ich. »Ich habe dir sowieso nichts zu sagen.«

King nimmt meinen Löffel und füttert mich mit einem Löffel Suppe, bevor er selbst einen nimmt. Der erste ist gar nicht so schlecht. Die Suppe ist nach der Fahrt hierher und der Aufregung seit der Ankunft nicht einmal so heiß, dass sie mir den Mund verbrennt. Trotzdem nimmt King einen weiteren Löffel aus meiner Schüssel und pustet darauf, als ob ich wirklich ein verdammtes Kind wäre und er mein Essen abkühlen müsste, weil ich zu dumm bin, um zu wissen, wie man isst. Ich starre ihn an, als er es mir an die Lippen führt. Diesmal mache ich den Mund nicht auf.

»Weit aufmachen«, sagt er, seine Stimme ist ein leiser Spott.

»Das ist verdammt lächerlich«, fauche ich. Ich will

aufstehen, aber Kings Hand schießt hervor und legt sich um meinen Nacken. Sein Griff ist fest, fast schon schmerzhaft. Hart genug, um mich wissen zu lassen, welche Schmerzen er mir zufügen könnte, wenn er wollte.

Ich bin immer noch in seinem Griff, und er streichelt mit seinem Daumen über meinen Nacken. »Ich schätze deinen Gehorsam«, erklärt er. »Jetzt mach den Mund auf wie ein braves Mädchen.«

Ein komischer kleiner Schauer läuft mir über den Rücken, und ich öffne meine Lippen. Diesmal halte ich den Atem an, als er den Löffel hineinführt. Sein Blick wandert von meinen Lippen zu meinen Augen, als ich meinen Mund um den Löffel schließe. Ich versuche, meinen Mund nicht zu sehr zu bewegen, als er den Löffel herauszieht, und seine Augen folgen seinem Weg zurück in die Schüssel.

Dann lehnt er sich zurück und nimmt etwas von seiner eigenen Suppe. Ich ertappe mich dabei, wie ich unbewusst kaue und mich frage, was in seinem Kopf vor sich geht. Er ist so still. Woran denkt er? Ist er angewidert von meinem Verhalten?

Wenn ich darüber nachdenke, bin ich angewidert von mir selbst. Ich habe einen Wutanfall bekommen wie ein Kind, und wozu? Um etwas zu beweisen? Es ist ja nicht so, dass ich erwartet hätte, dass der Lieferjunge mich in ein besseres Leben entführt. Ich lebe in einem verdammten Penthouse. Selbst wenn er mich zu Bianca gebracht hätte, hätte ich nicht bleiben können. Ich hatte keinen Plan. Ich wollte nur nicht, dass King gewinnt.

Er schluckt zu Ende, nimmt meinen Löffel wieder in die Hand und hebt ihn an seine Lippen, um daran zu blasen. Ich starre auf seinen Mund, seine Lippen sind voll, aber maskulin, nur Linien statt Kurven. Er führt den Löffel an meine Lippen, und ich erwidere seinen Blick. Es ist seltsam, furchtbar intim.

Als er zu seinem eigenen Essen zurückkehrt, versuche ich, mich nicht vor Vorfreude auf den nächsten Löffel zu winden. Verursacht das auch bei ihm seltsame Dinge? Wusste er bereits, was es bei mir auslösen würde? Wenn das wirklich ein Fetisch von ihm ist, bedeutet das, dass er es schon mit anderen Mädchen gemacht hat. Wurden sie auf seltsame Weise erotisch aufgeladen durch die Art und Weise, wie sie sich dabei so vollkommen verletzlich und hilflos und fast vergewaltigt fühlten?

Ich bin begeistert, als ich an der Reihe bin, einen weiteren Schluck zu nehmen. Ein kleiner Schauer der Erregung durchfährt mich und landet zwischen meinen Schenkeln. Ich ertappe mich dabei, wie ich auf die Lippen meines Mannes starre, die sich kräuseln, um über die Suppe zu blasen, und frage mich, wie sie sich wohl anfühlen würden.

Nein.

Ich kann mir diese Gedanken nicht erlauben. Ich habe mich einmal auf ihn eingelassen, aber ich war betrunken und meine Abwehrkräfte waren geschwächt. Das wird nicht wieder passieren.

Und er füttert mich mit Suppe, verdammt noch mal. Das ist nicht mal ein sexy Essen. Es ist nicht so, als würde er mich mit schokoladenüberzogenen Erdbeeren füttern. Es ist eine Bestrafung, er behandelt mich wie ein Kind, nicht etwas, das mich erregen soll.

Er findet es offensichtlich nicht sexy. Er sieht überhaupt nicht erregt aus. Er beobachtet meine Lippen jedes Mal mit brennender Intensität, aber dann widmet er sich wieder seinem Essen, als wäre es nichts gewesen.

Er führt den Löffel an meine Lippen, und ich kann nur daran denken, wie ungeschickt und hilflos ich mich fühle, als mir ein Tropfen Brühe aus dem Mundwinkel entweicht. Ich versuche, ihn mit meiner Zunge aufzufangen, und Kings Augen leuchten bei dieser Bewegung. Mein Herz stolpert in meiner Brust, und ich verstecke meine Zunge in meinem Mund, schäme mich plötzlich, als hätte ich eine unzüchtige Geste gemacht. Ich ziehe meine Lippen ein und presse sie zusammen, während der Tropfen an meinem Kinn herunterrutscht und heruntertropft.

King nimmt eine Serviette und wischt sanft mein Kinn ab, seine Finger verweilen, seine Augen saugen mich auf. Dann wandert sein Blick langsam zu der Stelle, wo der Tropfen gelandet ist, direkt auf einer meiner Brüste. Immer noch mit der Serviette in der Hand, streckt er die Hand aus und tupft sanft auf die Stelle. Ich halte den Atem an, traue mich nicht, meine Brust gegen seine Berührung zu heben. Als sich sein Blick erhebt, um den meinen zu treffen, weiß ich nicht, ob ich erleichtert oder erschrocken bin, wenn sich das Verlangen in meinen Augen in seinen widerspiegelt.

»King?«, flüstere ich, meine Kehle ist zusammengezogen, ein köstliches, krankes Gefühl schwimmt in meinem Bauch und sinkt tiefer, um sich in einem dumpfen Pochen zwischen meinen Schenkeln einzunisten. »Fütterst du mich noch?«

»Du bist ein gieriges kleines Ding, nicht wahr?«, murmelt er und seine Mundwinkel verziehen sich zu einem hochmütigen Lächeln.

Aber es ist ein Lächeln der Zustimmung.

Sehr zu meinem Verdruss droht ein Anflug von Stolz in mir aufzusteigen. Ich mag es, dass ich ihn erfreut habe. Schlimmer noch, ich will es wieder tun. Ich will seine Zustimmung, seine Anerkennung, dieses Lächeln, das sagt, dass ich etwas getan habe, das ihm gefällt.

»Ich habe gesprochen«, sage ich leise, als er sich selbst einen Bissen holt. »Willst du mich bestrafen?«

»Du machst das so gut, *carina mia*«, lobt er mich und streicht mir das Haar hinters Ohr. »Ich glaube nicht, dass du es brauchst. Nächstes Mal wirst du es besser machen, nicht wahr?«

Ich schiebe meine Hände unter meine Oberschenkel und versuche, mich zu beherrschen. In mir läuft alles schief. Mein Körper brennt und ist gleichzeitig kalt, als hätte ich Fieber gehabt, das jetzt endlich vorbei ist. Mein Herz schlägt unregelmäßig, als ich sehe, wie er nach meinem Löffel greift. Zum ersten Mal bemerke ich, wie lang und fein seine Finger sind, stark und männlich, aber auch schön. Wie konnte ich das übersehen, als ich seinen Ring ansteckte?

Und warum ist mir das wichtig?

Meine Gefühle spielen genauso verrückt wie mein Körper. Es erregt mich zutiefst, dass er mich füttert und mich wie etwas behandelt, das weniger wert ist als er, ein Invalide, fast weniger als ein Mensch. Es ist beleidigend.

Und es ist beschämend, dass ich es wie ein gehorsames Schoßhündchen hinnehme, und noch beschämender ist, dass ein Teil von mir es genießt, ja sogar nach mehr verlangt.

Ich schäme mich, dass ich meine Knie zusammenpressen muss, als ich sein nächstes Angebot annehme, meine Lippen streicheln den Porzellanlöffel, während sie ihn umschließen. Ich ertappe mich bei der Hoffnung, dass er bemerkt, wie voll meine Lippen sind, wie rosa sie ohne Lippenstift sind. Dass er die Röte in meinen Wangen bemerkt, wenn seine Fingerknöchel über meine Haut streichen, den Schwung meiner Wimpern, wenn ich durch sie hindurch zu ihm aufschaue.

Ich frage mich, wie die Strafe wohl ausgesehen hätte. Und was am demütigendsten ist, ich bin enttäuscht, dass ich es nicht erfahren werde.

Elf

King

Eliza gehorcht für den Rest des Abendessens jedem meiner Befehle. Als ich fertig bin, habe ich mehr bekommen, als ich verlangt habe, mehr als ich erwartet habe. Es muss ein Beweis dafür sein, wie lange es her ist, dass ich eine Frau gefickt habe, aber ich bin hart wie ein Stein, wenn ich sehe, wie sie so an meinem Löffel saugt. Als der letzte Rest vertilgt ist, schiebe ich die Schalen weg und drehe ihren Stuhl so, dass sie mich ansieht. Es ist mir egal, ob sie sehen kann, wie sich mein Schwanz gegen meine Hose stemmt. Ich hoffe verdammt noch mal, dass sie es kann.

»Sieh dich an«, sage ich, hebe ihr Kinn an und betrachte ihr Gesicht. »Du hast Essen an dir, *Bambina*. Was für ein unordentlicher kleiner Esser du bist. Ich hoffe, du schluckst mein Sperma besser.«

Ihre Lippen spreizen sich in einem leisen Keuchen, dann schnappen sie zu. Sie schluckt, ihre Augen schwimmen vor Angst. Sie schüttelt den Kopf, ihre pralle Unterlippe zittert. »Du sagtest Abendessen.«

»Du hast dein Essen auf deine hübsche Bluse verschüttet«, schelte ich sie und streiche mit meinem Fingerknöchel leicht über den Fleck auf ihrer Titte. Ihre Brustwarze kribbelt gegen den Stoff, als ob sie sich nach meiner Berührung sehnt. Ich möchte ihr jede Schicht ihrer Kleidung abziehen, sie auf den Tisch legen und ihre Muschi lecken, bis sie sich von innen nach außen dreht.

Stattdessen streiche ich mit meinen Fingerknöcheln in einem langsamen Kreis um ihre Brustwarze, meine Haut ist nur ein Flüstern auf dem weichen Stoff. Sie holt tief Luft, ihre Knie verkrampfen sich für eine Sekunde. Ich kichere. »Ich denke, wir sollten das besser ausziehen, meinst du nicht, *piccola mia*?«

»King«, flüstert sie.

Ich liebe den Klang meines Namens auf ihrer Zunge. Ich möchte ihr King – ihr König – sein. Ich möchte sie zu meinen Füßen knien sehen und mich so verehren, wie ich sie verehren möchte. Ohne es zu wollen, ohne es zu wissen, habe ich begonnen, sie ebenso sehr als meine Königin zu wollen, wie ich ihr King sein möchte.

Aber das braucht sie nicht zu wissen. Noch nicht. Nicht, bis ich sie in den Griff bekommen habe.

»So ist es richtig, meine Kleine«, sage ich. »Ich bin

dein King – dein König. Vergiss das nicht wieder.«

Ich greife mit beiden Händen die Vorderseite ihrer Bluse und ziehe sie mit einem Ruck auf. Die Knöpfe fliegen und schlagen auf den Tisch und den Boden, während sie fallen. Sie stößt einen kleinen Schrei aus, als ich ihre Bluse aufreiße und ihren BH freilege. Er ist aus schwarzer Spitze, und ich mag gar nicht daran denken, für wen sie einen sexy BH trägt. Hatte sie wirklich nur vor, mit ihren Freundinnen auszugehen?

»Für wen trägst du das?«, frage ich und stecke meinen Finger in die Mitte zwischen ihre Titten.

»Niemanden«, protestiert sie und ihre Augen weiten sich.

»Zieh ihn aus.«

»Was?«

»Das gefällt mir nicht«, sage ich. »Zieh es aus. Geh morgen raus und besorg dir einfarbige weiße. Nicht solche, bei denen ich denke, dass du sie jemand anderem zeigst.«

»Ach, jetzt bist du eifersüchtig?«, fragt sie und ihre Stimme wird auf eine Weise hart, die mir nicht gefällt. Ich mag sie, wenn sie weich und verletzlich ist.

»Scheiße ja, ich bin eifersüchtig«, erwidere ich. »Ich bin dein Mann. Ich will nicht daran denken, dass ein anderer dich auch nur ansieht.«

Sie zögert einen Moment, bevor sie langsam ihren BH öffnet, ihn von ihren Armen herunterzieht und ihn neben dem Tisch auf den Boden fallen lässt. Ich starre sie an, entblößt vor mir wie eine Einladung. Sie macht keine Anstalten, sich zu bedecken. Ihre Titten sind rund und perfekt. Ihre Brustwarzen, die von der Erregung bereits verhärtet sind, sind klein und whiskeybraun wie ihre Augen

Ich beuge mich vor und nehme eine von ihnen in den Mund, um sie zwischen meinen Lippen zu saugen. Sie keucht und hält meinen Kopf fest, aber ich kann nicht sagen, ob sie mich näher heranzieht oder wegstößt. Es ist mir egal. Ich will ihre Haut schmecken, sie zum Stöhnen bringen. Ich fahre mit meiner Zunge über die Spitze ihrer Brustwarze und stöhne auf, weil ihre Haut so weich und ihre Brustwarze so fest ist, wie ein kleiner Kieselstein mit Falten. Ich sauge fester, ziehe ihre Titte weiter hinein, fülle meinen Mund mit ihrem Fleisch. Sie wimmert, und ich beiße ein wenig zu, drücke mit meinen Zähnen zu. Sie holt tief Luft und windet sich in ihrem Stuhl.

Ich weiß, wann ein Mädchen eine gefüllte Muschi braucht, und ich verschwende keine Zeit. Ich schiebe meine Hand unter ihren Rock und fahre damit bis zum Scheitelpunkt ihrer Oberschenkel. Ihr Höschen ist so nass, wie ich vermutet habe. Sie stößt einen kleinen Schrei aus, und sauge an ihrer Titte, schließe meine Zähne um ihre Brustwarze und beiße sanft zu, während ich mit der Zungenspitze dagegen schnippe. Sie keucht und windet sich, als ich ihre Titte loslasse und ihre Knie öffne. Mein Schwanz pocht gegen meine Hose, als ich sie berühre, die Hitze ihres Bedürfnisses brennt durch den feuchten Stoff zwischen ihren Beinen. Ich schiebe ihren Rock hoch und ziehe ihr Höschen beiseite, öffne ihre Lippen, damit ich das glitzernde rosa Fleisch ihres Schlitzes sehen kann.

»Das musst du rasieren«, stelle ich fest.

»Was?«, fragt sie, immer noch atemlos, aber trotzdem sauer.

Ich nehme einen kleinen Büschel ihres Schamhaars und ziehe so stark daran, dass sie sich in ihrem Stuhl aufrichtet und den Atem einsaugt. Ich wusste gar nicht, dass es in New York noch ein Mädchen gibt, das sich nicht schon die Haare aus der Muschi hat lasern lassen. »Rasier sie«, sage ich. »Ich will dich sehen, Eliza. Alles von dir.«

»Das ist alles von mir«, protestiert sie.

Ich schiebe meinen Stuhl zurück, fasse sie um die Taille und hebe sie auf die Tischkante. Ich nehme ihre Hände und lege sie um die Kante. »Bewege deine Hände nicht von dort«, befehle ich und stehe über ihr.

Ihre Augen sind voller Ungewissheit, diese Unschuld strahlt aus ihr heraus, während sie sich fragt, was ich mit ihr machen werde, wie weit ich gehen werde. Es macht süchtig.

Ich ziehe ihr das Höschen aus, spreize ihre Knie und streichle ihre Nässe, während ich eine Hand in ihren Nacken lege und ihr Gesicht näher zu mir ziehe. Ich schaue ihr in die Augen und beobachte sie, während ich einen Finger in ihr versenke. Sie ist so eng, dass ich kaum einen einzelnen Finger hineinbekomme. Ich muss ihn durch ihre glitschigen, verkrampften Wände zwängen. Ihre Lippen öffnen sich, ihre Augen weiten sich, und sie holt tief Luft, ihre Hände umklammern die Tischkante.

So ist es richtig, Babygirl. Gehorche, und du darfst kommen.

Ich pumpe meinen Finger in ihr heißes kleines Loch, um sie zu lockern. Gott, ich kann es kaum erwarten, diesen wunderschönen, perfekten, unberührten Teil von ihr zu zerstören. Ich will jeden Moment spüren, wie sie aufreißt, wie mein Schwanz die Barriere durchbricht und in sie eindringt, um etwas von ihr zu nehmen, was kein anderer jemals tun wird. Ich will spüren, wie ihre Fotze mich wie ein glitschiger rosa Schraubstock von allen Seiten umklammert, während ich tief in sie eindringe, wo noch nie jemand war und auch nie jemand sein wird, und meinen Anspruch im tiefsten Teil von ihr hinterlasse.

»Ich möchte diese enge Fotze offen und entblößt für mich sehen«, murmle ich, meinen Mund nur Zentimeter von ihrem entfernt. »Ohne dass sie etwas bedeckt. Ich will deine weiche Haut an meinem Schwanz spüren, bevor ich dich aufbreche, nicht das hier.« Ich packe eine Handvoll ihrer Schamhaare und ziehe so stark daran, dass sie aufschreien muss.

»Wenn ich mich rasieren muss, dann solltest du das auch tun«, sagt sie, während sie keuchend Luft holt.

Ich schmunzle darüber. »Glaub mir, ich weiß, wie ich mich zum Ficken zurechtmache.«

Sie versucht, mich wegzustoßen, aber ich bin noch nicht fertig damit, mir zu nehmen, was mir gehört. Ich zeige ihr, dass es mein ist. Ich arbeite einen zweiten Finger an ihre Öffnung, und sie wimmert und versucht, ihre Beine zu schließen. Ich schiebe sie auseinander und drehe meine Finger zusammen, sodass sie beide gleichzeitig eindringen. Sie holt unsicher Luft und windet sich gegen mich, während ich ihre enge, kleine, jungfräuliche Öffnung weiter dehne als je zuvor. Ich schiebe meine Finger ganz langsam hinein und staune, wie verdammt eng sie ist. Ich weiß nicht, ob ich jemals in der Lage sein werde, meinen Schwanz hineinzubekommen.

Mein Schwanz pocht so hart, dass ich denke, ich werde in meiner Hose abspritzen, wie eine verdammte Jungfrau, nur weil ich sie gefingert habe. Aber sie muss wissen, dass ich hier die Kontrolle habe, und wie kann ich ihr zeigen, dass ich sie kontrollieren kann, wenn ich nicht einmal mich selbst kontrollieren kann?

Ich beruhige mich und fange an, meine Finger zu bewegen, ziehe sie heraus und stoße sie hart und tief in sie hinein, sodass sie keucht und zittert und ihre Hüften zucken, während ich ihren glitschigen Eingang plündere. Schließlich kann ich nicht mehr warten.

»Scheiß drauf«, sage ich und stoße sie zurück auf den Tisch. »Ich kann nicht warten, bis du fertig bist. Dein Vater wird mich für deine Lügen umbringen, und ich werde nicht sterben, ohne meine Frau gefickt zu haben.«

Sie fängt sich mit den Handflächen ab und blickt dann ängstlich zu mir auf, als sie merkt, dass sie die Tischkante losgelassen hat. »Nein«, flüstert sie. »Das zählt nicht. Du hast mich geschubst.«

Ich schleiche mich vorwärts, lasse meine Lippen auf die ihren sinken, stoppe aber kurz bevor sie sich berühren. Ich drücke ihre Knie, halte sie so weit wie möglich offen und lasse ihre saftige Fotze offen für alles, was ich ihr gebe. Ich streiche mit meinen Lippen über ihre. »Ich werde diese enge kleine Fotze so gründlich zerstören, dass sich niemand mehr fragen kann, ob dein Mann seine Rechte daran beansprucht hat.«

»Bitte«, wimmert sie. »Ich werde alles tun, was du willst. Ich werde … ich werde dir einen blasen. Alles, was du willst. Tu mir nur nicht weh.«

»Weißt du überhaupt, wie man einen bläst?«, frage ich und hebe eine Augenbraue.

»Nein«, gibt sie mit niedergeschlagenen Augen zu. »Aber ich kann es lernen. Du kannst es mir zeigen.«

Ich lehne mich wieder nah an sie heran und streiche mit meiner Nase sanft und neckisch über ihre, während ich meine Finger wieder in sie eindringen lasse. Ich kann nicht aufhören, sie zu berühren, sie mit meinen Fingern zu ficken. Ich will sie in jedes Loch ficken, mit meiner Zunge, meinem Schwanz, meinen Fingern. Ich will sie meinen Namen schreien hören, wenn sie kommt. »Sag mir, dass du das nicht willst«, murmle ich. »Sag mir, dass du nicht willst, dass ich diese jungfräuliche Fotze in zwei Teile reiße. Ich werde deine rosa Muschi rot färben und dich in der Blutlache ficken.«

Sie zittert, aber ich spüre, wie sich ihre Fotze um meine Finger windet. Sie will es, auch wenn sie es nicht zugeben kann. »Nein«, flüstert sie. »Bitte. Du hast Abendessen gesagt.«

»Das Essen ist erst vorbei, wenn wir den Nachtisch gegessen haben«, sage ich ihr. Ich greife nach einem der Löffel, das Keramikutensil schimmert weiß unter dem Küchenlicht. Langsam lecke ich beide Seiten des Löffels sauber und nehme ihn in den Mund. Eliza sieht mir zu, ihr

Gesicht errötet, ihre Augen sind auf meinen Mund gerichtet.

Ich ziehe meine Finger aus ihr heraus und drücke das abgerundete Ende des Löffels gegen ihre Muschi. Sie keucht, als die feuchte Keramik ihr heißes Fleisch berührt, aber ich halte ihre Knie fest, als sie versucht, sich wegzuwinden. Ich schiebe sie wieder auf und mein Schwanz pocht, als ich das glatte weiße Instrument durch ihre Nässe gleiten sehe. Ich drücke es gegen ihre Öffnung, und sie keucht, ihre Schenkel zittern, als ich mehr und mehr Druck auf den Griff ausübe, bis er ihren Eingang durchstößt und in sie hineingleitet.

Ein Schauer durchfährt sie, und Hitze durchströmt mich. Ich spreize sie mit meiner anderen Hand und streiche über die geschwollene, rosafarbene Knospe ihrer Klitoris, während ich beginne, den Löffel zu bewegen und sie mit dem glatten Instrument zu ficken. Sie schaut wie gebannt zu, ihr Atem geht schnell, während ich ihn in ihre Fotze hinein- und wieder herausschiebe und mit dem Daumen über ihre Klitoris streiche, bis sie bei jedem Stoß leise Schreie ausstößt. Schließlich wirft sie ihren Kopf zurück, ihr wildes Haar fällt ihr über den Rücken und sie hebt einladend die Hüften.

Ich bin versucht, den Löffel weiter zu schieben, aber ich will nicht, dass irgendetwas anderes als mein Schwanz die Barriere ihrer Jungfräulichkeit durchbricht. Also ziehe ich den Löffel heraus und lasse Eliza keuchend zurück, die mich ungläubig und verzweifelt anstarrt. Sie war kurz davor, und sie braucht mich, um es zu vollenden. Es gibt nur eine Sache, die ich mehr lieben würde, als sie genau hier zu ficken, genau jetzt, auf dem Tisch mit den Suppenschalen zum Mitnehmen um uns herum.

»Nur ich kann diese Fotze schmecken«, sage ich. »Immer nur ich.«

Langsam hebe ich den Löffel zu meinem Mund und lasse ihn zwischen meine Lippen gleiten. Elizas Gesichtsausdruck wechselt von blanker Empörung zu einer Mischung aus heißem Verlangen und Verlegenheit. Ihre Wangen röten sich, aber sie kann ihren Blick nicht abwenden. Ich lecke an der Rückseite des Löffels, schmecke sie darauf, drehe ihn dann um und lecke das Innere aus. Als ich den Löffel abstelle, denke ich, dass sie sich vom Tisch stürzen und mich umarmen wird. Ich nehme ihr Kinn in die Hand, ziehe es hoch und presse meine Lippen auf ihre, bevor ich meine Zunge in ihren Mund schiebe und sie sich daran schmecken lasse.

Nach ein paar Sekunden ziehe ich mich zurück. »Wisse dies, *piccola*«, sage ich. »Ich kontrolliere dein Vergnügen. Ich kann es dir geben, und ich kann es dir nehmen. Ich sage dir, wann es genug ist. Heute Abend wirst du darüber nachdenken, was du getan hast. Wenn du es morgen besser machst, lasse ich dich zum Ende kommen.«

Zwölf

Eliza

Ich starre zu King auf und versuche zu verstehen, was er sagt. Mein Gehirn fühlt sich neblig an und ist nur langsam zu aktivieren.

»Machst du Witze?«, frage ich und hasse es, wie atemlos ich bin.

Er holt mein Handy aus der Tasche und legt es auf den Tisch. »Schick deinem Vater eine SMS und sag ihm, dass du es nicht so gemeint hast, und ich werde beenden, was ich angefangen habe.«

Dann schnappt es zu. Er versucht, mich mit einem Orgasmus zu bestechen.

Und ja, das, was er mir auf Bora Bora gegeben hat, war das beste Gefühl, das ich je in meinem ganzen verdammten Leben hatte, aber ich werde mich nicht von Lust und Vergnügen beherrschen lassen – zumindest nicht von der Art, die er mir gibt.

Ich hebe mein Handy auf, springe von der Tischkante und schiebe mich an King vorbei. Ich spüre schmerzhaft die Luft an meiner nackten Haut und merke, dass ich jetzt nur noch einen kurzen Rock trage. Ich entdecke mein feuchtes Höschen, das auf dem Boden liegt, und schäme mich. Ich rette meinen letzten Rest an Würde, indem ich über es steige und weggehe, sie und den geschwollenen Schmerz, der zwischen meinen Schenkeln wartet, ignoriere.

»Ich treffe mich mit Bianca auf einen Drink«, rufe ich über meine Schulter zurück, bevor ich mich ins Schlafzimmer verziehe.

Ich wünschte, ich könnte seine Reaktion beobachten, den Schock in seinem wütenden Gesicht sehen. Seine dummen Regeln und Spiele werden mich nicht davon abhalten, das zu tun, was ich will. Das muss er wissen.

Ich ziehe meinen Rock aus und stelle mich vor den Spiegel. Wie kann er es wagen, mir zu sagen, dass ich mich rasieren soll?

Trotzdem. Ich sehe aus wie eine Jungfrau, ein Teenager, der noch nie einen Mann nackt gesehen hat und deshalb keinen Grund hatte, sich zu rasieren. Ich würde mehr wie eine weltliche Frau aussehen, wenn ich mich komplett rasieren würde.

Daran ist er wohl gewöhnt.

Selena

Der Gedanke beunruhigt mich mehr als er sollte, genauso wie es mich geärgert hat, als er sagte, er halte sich zum Ficken bereit. Wer sagt so etwas zu seiner Frau? Wie viele Frauen hat er gefickt? Wie vielen hat er die Art von Vergnügen bereitet, die er mir bereitet hat, und noch mehr? Er redet wie ein Mann, der schon viele Muschis gefickt hat. In wie vielen waren seine Finger schon drin? Seine Zunge? Sein Schwanz? Wie viele Schlampen sind auf die Knie gegangen und haben den Schwanz angebetet, den ich noch nie gesehen habe? Ich habe nur den Umriss gesehen, der sich gegen seine Hose drückt, aber andere Mädchen haben ihn nackt gesehen, haben ihn »bereit zum Ficken« gesehen. Andere Mädchen hatten ihn in ihrem Mund, in ihrem Inneren vergraben.

Eifersucht brennt in mir, und mir wird schlecht bei dem Gedanken, dass diese Mädchen ihn berühren, an ihm saugen, ihre Beine für ihn spreizen, um seinem Schwanz kommen. Der Gedanke ekelt mich an, aber er lässt auch den Schmerz zwischen meinen Beinen stärker pulsieren. Ich lasse eine Hand über meinen Bauch gleiten und öffne mich vor dem Spiegel. Mein Schlitz ist rosa und glänzt vor Erregung. Ich streiche über meinen Kitzler und stelle mir vor, wie Kings Lippen ihn streicheln, so wie sie den Löffel streichelten. Ich bewege meine Finger um sie herum, so wie er es tat, bis ich den Rhythmus und den Druck finde, den er benutzte und der mich bis zum Höhepunkt brachte. Als ich mir vorstelle, wie sein Schwanz in mich eindringt, krampft sich mein Inneres zusammen und Erleichterung durchströmt mich, als ich komme.

In dem Moment, in dem ich fertig bin, überkommt mich das Bedauern. Ich eile vom Spiegel weg und trete in den Schrank, um mir etwas für heute Abend auszusuchen. Die Scham brennt in meinen Gliedern, in meinem Blut, in dem zufriedenen Puls zwischen meinen Schenkeln. Ich werde nicht mehr an ihn denken, wenn ich das tue. Er hat mein ungeteiltes Verlangen nicht verdient. Nicht, wenn er wahrscheinlich Dutzende von Frauen begehrt und seinem Verlangen nachgegeben hat.

Ich schließe die Tür vor diesem Gedanken, diesem hässlichen Gefühl. Es ist mir egal, wie viele Leute er gefickt hat. Es bedeutet mir nichts. Und er ebenso wenig.

Als ich aus dem Schlafzimmer komme, ist der Tisch sauber. King steht an der Spüle und wäscht die Löffel ab. Ich beiße mir auf die Lippe, wenn ich daran denke, wo einer von ihnen gewesen ist, wie er ihn benutzt hat. Wie er mich damit gefickt hat, wie er glitschig von meiner Erregung aus mir herauskam, wie er den Geschmack von mir daran gelutscht hat, als wäre es die seltenste Delikatesse …

Gut, ich kann zugeben, dass es verdammt heiß war,

auch wenn ich es ihm nicht sage. Ich kann die Wahrheit vor mir selbst nicht verleugnen und außerdem hat es ihn davon abgehalten, mich zu berühren, was immer das Ziel ist.

Er dreht sich nicht um, als ich zur Tür gehe.

»Morgen früh bin ich wieder zu Hause«, sage ich.

Ich möchte, dass er etwas sagt, aber ich weiß nicht, was. Vielleicht erwarte ich, dass er mich aufhält. Vielleicht will ich sogar, dass er es tut. Nicht, weil ich nicht gehen will, sondern weil ich ihn zwingen will. Ich will, dass er Schwäche zeigt, so wie ich es getan habe, damit wir wieder auf gleicher Augenhöhe sind.

Aber er schaut nicht einmal in meine Richtung.

Ich warte eine lange Minute, bevor ich mich umdrehe und hinausgehe. Ich habe das Abendessen mit Bianca verpasst, aber ich rufe sie an, sobald mein Fahrer mich abholt, mit einem Bodyguard im Schlepptau.

»Er ist der absolut Schlimmste«, schimpfe ich bei Bianca, nachdem ich ihr das Wesentliche erzählt habe, wobei ich den Vorfall mit dem Löffel und alles, was damit zusammenhängt, auslasse.

»Ich kann nicht glauben, dass er dein Telefon genommen hat«, sagt sie mit einem Lachen. »Was ist er, dein Vater?«

Ein Anflug von Irritation durchfährt mich. Ich öffne

meinen Mund und schließe ihn dann wieder. Ich ärgere mich über sie, dass sie so schlecht über ihn redet, als wäre er meine Familie, jemand, über den nur ich schlecht reden kann. Noch mehr ärgere ich mich über mich selbst, weil ich ihn verteidigen will. Ich zwinge mich zu einem Lachen und tue so, als sei er nur ein armseliger Typ, der uns verfolgt, wie Tommy Fatone. »Das Traurige ist, ich glaube, er versucht, einer zu sein.«

An der Bar trinke ich eine Margarita und tanze, aber irgendetwas stimmt nicht. Ich kann mich einfach nicht darauf einlassen. Nach einer Stunde sitze ich an der Bar und bin gerade beschwipst genug, um mit dem Fremden neben mir zu reden. Er bietet mir an, mir einen Drink zu spendieren, aber ich will nicht einmal einen.

»Die Sache ist die, ich glaube, ich habe genug davon, in Clubs zu gehen«, sage ich. »Ich weiß nur nicht, was ich stattdessen tun soll. Das ist doch langweilig.«

»Also, lass uns woanders hingehen«, sagt er mit einem kleinen Lächeln.

Ich rolle mit den Augen. »Ich meine es ernst. Ich will Freiheit, aber was bringt mir das, wenn ich nur frei bin, um tanzen zu gehen? Ich will etwas Großes machen, etwas Wichtiges, wie meine Mutter.«

»Was hat deine Mutter getan?«

»Sie ist eine Schauspielerin.«

»Jemand, von dem ich schon gehört habe?«

Ich schüttle den Kopf und nippe an meinem Wasser. Mir ist klar, dass es dumm klingt, wenn ich es so sage. Warum versuche ich überhaupt, es diesem Fremden zu erklären? Er wird es nicht verstehen. Er weiß nicht, wie es ist, einen Vertrag zu unterschreiben, mit dem man sein ganzes Leben in die Hände eines anderen Menschen gibt.

Ich könnte einfach nach Hause gehen. Das ist nicht gerade ein Eingeständnis der Niederlage. Ich tue nur, was ich will, nämlich meine Freiheit genießen. Zu meiner großen Verärgerung weiß ich jedoch, dass ich nicht so schnell nach Hause gehen kann. Für King wird es so aussehen, als ob ich bei ihm sein will, als ob ich diese Freiheit, für die ich so hart gekämpft habe, nicht will. Ich möchte, dass er denkt, dass ich ein glamouröses Leben führe, an das er nicht herankommt und für das es sich lohnt, mit ihm zu kämpfen. Aber wenn ich mich umschaue, fühlt sich alles leer an.

»Dieser Ort ist wirklich langweilig«, sagt der Mann. »Wollen wir zu mir nach Hause gehen?«

»Nein«, erwidere ich und werfe ihm einen bösen Blick zu. »Ich bin verheiratet.«

Er zieht sich zurück und sieht sich um. »Warum zum Teufel bist du dann hier?«

»Hast du mir denn gar nicht zugehört?«, frage ich und

richte mich auf meinem Stuhl auf.

»Ja, aber nur, weil ich dachte, ich bringe dich nach Hause«, sagt er. »Warum verschwende ich hier meine Zeit mit dir, wenn wir später nicht miteinander schlafen?«

Ich schüttle den Kopf und schiebe mein Glas angewidert weg. »Was, ich bin es also nicht wert, mit dir zu reden, wenn ich nicht mit dir schlafen will? Soweit du weißt, bin ich der interessanteste Mensch, den du je kennengelernt hast.«

Er schnaubt. »Das bist du nicht. Und selbst wenn du es wärst, wäre es egal, wenn du es nicht preisgibst. Glaub mir, es gibt hier keinen einzigen Kerl, der sich dafür interessiert, was du zu sagen hast. Wir tun nur so, als würden wir zuhören, bis wir zu den guten Sachen kommen.«

Mein Mund bleibt vor Empörung offen stehen. »Du bist ein Schwein.«

Er schüttelt den Kopf, schiebt sein Glas weg, rutscht vom Hocker und verschwindet im Nu in der Menge. Ich sitze eine Minute lang da und bin verwirrt von dem, was gerade passiert ist. Ich gehe nie mit Männern nach Hause, aber sie lieben es, mir Drinks zu spendieren und mit mir zu flirten.

Es muss der Ring an meinem Finger sein.

Selbst wenn er nicht bei mir ist, macht King alles

kaputt.

Keiner hier kennt mich oder will mich kennen. Ich bin mir nicht einmal sicher, ob mein eigener Ehemann sich dafür interessiert, was ich zu sagen habe, und ich bin mir verdammt sicher, dass keiner der Jungs hier das tut. Warum sollten sie auch? Sie sind nur hier, um Kontakte zu knüpfen, ein bisschen Spaß zu haben und jemanden zu finden, mit dem sie nach Hause gehen können.

Offensichtlich kann ich das. Ich bin nicht mehr wild und frei. Ich bin gefesselt, verheiratet, verdammt noch mal. Vielleicht bin ich nicht fair. Der Typ hatte nicht ganz unrecht. Dieser Club ist ein Fleischmarkt, und ich bin nicht mehr auf dem Markt. Warum bin ich dann hier?

Aber wenn ich meine Freiheit nicht mehr auf diese Weise ausüben kann, was soll ich dann tun? Der Sinn der Freiheit ist es, einer Leidenschaft zu folgen. Der Sinn des Lebens ist Leidenschaft. Und wenn ich keine Leidenschaft für irgendetwas habe, habe ich nichts, wofür ich kämpfen kann, was bedeutet, dass ich die ganze Zeit umsonst gegen meinen Mann gekämpft habe.

Aber das ist nicht ganz richtig. Ich habe für die Freiheit gekämpft. Um die Kontrolle über mein Leben, meinen Körper. Ich habe Angst, dass ich diesen Kampf bereits verliere. King macht Dinge mit mir, die sich meiner Kontrolle entziehen, Dinge, nach denen ich mich sehne, auch wenn ich sie verachte, Dinge, die mich gleichermaßen erschrecken und begeistern. Was mich jedoch am meisten erschreckt, ist, dass ich jeden Tag mehr und mehr vergesse, warum diese Dinge wichtig sind. Warum ich Freiheit brauche. Warum ich die Kontrolle über mich brauche. Warum ich Abstand halten muss.

Es ist besser, ihn zuerst abzuweisen, damit er mich nicht zurückweisen kann. Es ist besser, ihn meinen Körper verletzen zu lassen, als ihn die Teile in mir verletzen zu lassen, die bereits so kaputt sind, dass sie niemals geheilt werden können. Dieser Teil von mir würde ganz und gar sterben, wenn er endlich entlarvt würde, die Wahrheit ans Licht käme und er dann unfähig wäre, mich zu lieben. Und das wäre er auch.

Irgendwie ist es besser, es für mich selbst zu entscheiden, um sicherzustellen, dass er mich nie so liebt, wie ich jetzt bin, ohne es zu wissen. Denn wenn er es wüsste, würde er schreiend davonlaufen und eine Annullierung verlangen. Und wenn es etwas Schlimmeres gibt, als zu wissen, dass ich nie jemanden lieben werde, weil mir das passiert ist, dann ist es zu wissen, dass mich niemand jemals lieben könnte, wenn er es wüsste.

Dreizehn

King

Da Onkel Al beschlossen hat, dass ich Anthony über unsere Flitterwochen berichten soll, begleite ich ihn am Freitag wie vereinbart am frühen Nachmittag zu *Jean-Jean*. Niemand sonst ist in dem Laden, denn es ist genau die richtige Zeit zwischen Mittag- und Abendessen. Ein gelangweilt aussehender Student steht hinter dem Tresen und wartet auf Kundschaft. Onkel Al und ich bestellen und nehmen in der Nähe der Fenster Platz, während zwei seiner Männer draußen am Tisch direkt auf der anderen Seite der Scheibe Platz nehmen. So sehen sie jeden, der hereinkommt, aber wir können in Ruhe mit Anthony Pomponio sprechen, der das Bistro als Treffpunkt gewählt hat.

Wir haben unsere Paninis zur Hälfte aufgegessen, bevor Onkel Al das Wort ergreift. »Ich bin froh, dass wir vor ihnen hier sind«, sagt er. »So haben wir eine Minute zum Reden.«

Ich nicke und meine Kehle schnürt sich zu. »Ach ja?«

»Wie gefällt's dir?«, fragt er. »Geht's dir gut?«

»Ja, Sir«, sage ich. »Der Job ist gut.«

»Wie gefällt dir deine Partnerschaft mit meinem Enkel?«

»Gut.«

Little Al ist nicht meine Lieblingsperson, aber es könnte viel schlimmer sein. Ich werde mich nicht bei seinem Großvater beschweren, das ist verdammt sicher.

Onkel Al nickt und nimmt einen Bissen, bevor er wieder spricht. »Ich weiß, dass er ein wenig anders ist. Ihr Kinder … diese Generation.« Er bricht ab, schüttelt den Kopf und lächelt ironisch. »Ich klinge jetzt wie ein alter Mann, nicht wahr?«

»Nein, er ist ein wenig anders«, stimme ich zu, und wir lachen beide.

Ich fange gerade an, mich zu entspannen, als er fragt: »Wie läuft's mit der Ehefrau?«

»Gut.«

»Die Ehe ist schwer, selbst für Menschen, die bereits verliebt sind«, sagt er und schaut mir aufmerksam ins Gesicht. »Es kann eine Weile dauern, bis man seinen Platz gefunden hat, seine Rollen, wie man zusammenpasst.«

Ich nicke. Ich bin es nicht gewohnt, über solche Dinge zu sprechen. Das einzige Mal, dass Papa mit mir über Frauen gesprochen hat, war, als er mich brauchte, um eine zu verführen. Aber Onkel Al ist so etwas wie eine Vertrauensperson für mich, und er bittet mich, mich zu öffnen. Die Wahrheit ist, dass ich noch nie eine langfristige Beziehung hatte, und ich bin nicht sicher, wie ich mit einer Frau wie Eliza umgehen soll. Ich könnte einen Rat von jemandem gebrauchen, der erfolgreich verheiratet war.

»Es war hart«, gebe ich zu. »Eliza bleibt die halbe Nacht wach und schläft den halben Tag, und ich arbeite den ganzen Tag. Wenn ich nach Hause komme, macht sie sich fertig, um ihre Freunde zu treffen, oder sie sind alle bei uns, während ich mich nur entspannen will. Wenn wir uns erst einmal an den Zeitplan des anderen gewöhnt haben, wird es einfacher sein.«

Al zieht eine Augenbraue hoch und nimmt einen Schluck von seinem Kaffee. »Sie ist weder ein Kind noch eine freie Frau. Es ist nicht abwegig, von ihr zu erwarten, dass sie sich wie deine Frau verhält.«

»Ich weiß«, entgegne ich. »Sie hat schwere Zeiten hinter sich, und sie gibt mir die Schuld. Zumindest unserer Familie.«

Er schüttelt den Kopf. »Ihr Bruder stirbt, ihre Mutter läuft weg. Das kann nicht einfach sein.«

»Ja«, sage ich. »Der Tod ist ein Arschloch.«

»Das ist richtig«, stimmt Al zu. »Das habt ihr

gemeinsam: eine traurige Geschichte.«

»Ich schätze schon«, sage ich, obwohl mir meine im Vergleich zu ihrer trivial erscheint. Meine Mutter hat uns nicht verlassen, zumindest nicht im physischen Sinne. Als ich nach New York zurückkam, wohnte ich ein paar Wochen bei ihr, während ich eine eigene Wohnung suchte. Sie lebt in unserem Haus, und wir sind immer willkommen. Wir besuchen sie an den Feiertagen. Sie kam zu unserer Hochzeit. Und meine Schwester wurde nicht ermordet.

»Wie kommst du damit klar?«, fragt Al mit ernstem Blick. »Deine Ma sagt, dich hat das Verschwinden von Crystal ziemlich schwer getroffen. Es ist ja erst ein paar Monate her. Geht es dir gut?«

Ich zucke mit den Schultern und weiche seinem Blick aus. »Wie du schon sagtest, es ist nie einfach.«

»Hast du mit Eliza darüber gesprochen?«

»Nein.« Ich will mich nicht damit befassen, und sie hat genug Munition. Das Letzte, was ich brauche, ist, dass sie erfährt, dass ich meine eigene Schwester getötet habe. Dass Papa mir anvertraut hat, auf sie aufzupassen, und ich es nicht getan habe. Ich habe sie bei ihrem Freund gelassen. Ich wollte es nicht, aber ich habe mir eingeredet, dass er sich um sie kümmern würde. Aber es war nicht seine Aufgabe, auf sie aufzupassen. Es war meine Aufgabe.

Ich habe versagt.

Und sie starb.

So einfach ist das.

Al scheint zu verstehen, dass ich nicht mehr darüber reden will. Er wickelt seine Serviette auf und lässt sie auf den Teller fallen, bevor er nach seinem Kaffee greift. »Hast du dich eingewöhnt, seit du zu Hause bist?«, erkundigt er sich. »Wie gefällt es ihr in der neuen Wohnung?«

Ich zucke mit den Schultern. »Um ehrlich zu sein, hat sie es nicht erwähnt. Wir verbringen nicht viel Zeit miteinander.«

Al zieht eine Augenbraue hoch und nimmt einen Schluck von seinem Kaffee. Bevor er antworten kann, sehe ich, wie sich einer von Als Leuten draußen über den Tisch beugt.

Ich denke nicht. Ich handle einfach.

Ich springe über den Tisch, packe Al und stürze mit ihm auf den Boden. Im selben Moment zerspringt die Glasscheibe neben dem Stand in eine Million Stücke, die sich auf den Tisch und den Boden um uns herum ergießen. Al flucht und rollt sich weg, springt auf die Füße und hat seine Waffe bereits in der Hand, bevor ich mich überhaupt aufrappeln kann. Der Kerl mag über fünfzig sein, aber er ist immer noch fit wie ein Turnschuh und schnell am Abzug.

Er schießt, als eine ganz in Schwarz gekleidete Gestalt durch das Fenster auf unseren Tisch springt, eine Skimaske über das Gesicht gezogen und eine Waffe mit Schalldämpfer auf uns gerichtet. Draußen sehe ich zwei Gestalten auf dem Boden und den verbleibenden Valenti-Mann, der erneut zu schießen versucht. Der Maskierte auf dem Tisch fällt zu Boden, und ich ziehe meine Pistole aus dem Gürtel, entsichere sie und ziele auf das Fenster, als zwei weitere Männer in Sicht kommen, beide mit erhobenen Pistolen. Ich drücke ab, ohne nachzudenken, ohne zu zögern, und einer der Männer fällt. Eine Kugel prallt von einem Tisch in der Nähe ab und bohrt sich in meinen Oberschenkel, aber ich spüre sie kaum. Ich halte die Waffe mit einer Hand fest und richte sie auf den anderen, aber er fällt, bevor ich den Abzug drücken kann.

Al schwenkt zum Rand des Gebäudes, von wo aus die Typen aufgetaucht sind. Wir warten, unsere Waffen geladen und bereit. Das einzige Geräusch ist das Gurgeln einer der Körper am Boden, der versucht zu sprechen. Ich schwinge meine Waffe in seine Richtung, drücke ab und verpasse ihm eine Kugel in den Kopf, bevor ich mich wieder zur Ecke drehe. Diesmal sehen wir den Kerl, der sich um die Seite des Gebäudes schleicht. Ich schieße, aber er duckt sich zurück, und ich kann nicht sagen, ob ich ihn getroffen habe.

Selena

Al springt auf seinen Sitz, macht einen Schritt auf den Tisch zu und ist mit einem weiteren aus dem Fenster. Ich werfe einen Blick zurück auf den Tresen. Von dem Kerl, der dort arbeitet, fehlt jede Spur, was bedeutet, dass er schlau genug ist, sich hinter dem Tresen zu verstecken oder durch eine Hintertür zu verschwinden, als die Scheiße losging. Das, oder er wusste es schon vorher.

Aber ich habe keine Zeit für »Vielleicht«. Ich springe auf den Tisch, katapultiere mich durch das Fenster und lande in der Hocke. Draußen folge ich Al um die Ecke. Ich scanne die Umgebung, in voller Alarmbereitschaft.

Al ruckt mit dem Kopf in Richtung eines schwarzen Geländewagens, der in einer Seitenstraße geparkt ist. Er schleicht darauf zu, die Waffe im Anschlag. Ich folge ihm, ein paar Schritte hinter ihm. Wir haben das Fahrzeug fast erreicht, als ich das Scharren eines Schuhs auf dem Pflaster höre. Ich drehe mich um und sehe einen Mann mit erhobenen Händen, der statt der schwarzen Verkleidung, die die anderen trugen, normale Kleidung trägt.

»Nicht schießen«, sagt er. »Ich bin nicht involviert. Ich habe eine Familie. Ich gehe nur zu meinem Auto.«

Fast lasse ich meine Waffe fallen, doch dann sehe ich den Stapel schwarzer Kleidung, der hinter ihm in der kleinen Nische liegt, aus der er herausgetreten ist. In dem Augenblick, in dem ich dorthin und wieder zurück blicke, zieht er eine Pistole aus seinem Gürtel. Instinktiv drücke ich den Abzug, ohne mir die Zeit zu nehmen, richtig zu zielen. Der Mann stöhnt auf, als sich die Kugel in seinen Bauch bohrt. Im selben Moment ertönen zwei Schüsse. Eine Kugel streift meine Schulter, und eine bohrt sich mitten in seine Stirn, so sauber und scharf, dass es fast unecht aussieht. Er sinkt zu Boden, und ich drehe mich um und sehe Al hinter mir.

Er packt mich am Arm und zerrt mich die Straße hinunter in sein Auto. Wir sitzen dort eine Minute lang, beide schwer atmend und viel fluchend.

»Was zum Teufel war das?«, frage ich nach einer Minute.

Al klopft mir mit der Hand auf die Schulter. »Das war deine erste Schießerei, mein Sohn.«

Ich fange an zu lachen wie ein verdammter Idiot, und ich weiß, dass Al mich für lebensuntauglich halten und mir eine Kugel zwischen die Augen jagen wird, als hätte ich ein verdammtes Fadenkreuz auf die Stirn gemalt, aber ich kann nicht aufhören, auch wenn ich es versuche. Al sieht mich eine Sekunde lang an, dann wirft er den Kopf zurück und fängt ebenfalls an zu lachen. Wir sitzen in seinem Geländewagen und lachen uns die Bäuche voll, sodass wir aussehen, als würden wir wie ein paar Weicheier heulen.

Schließlich wischt sich Al die Augen und schüttelt den

Kopf. »Weißt du, das habe ich jetzt verdammt noch mal gebraucht, King«, sagt er, lässt das Auto an und klappt das Visier gegen die Nachmittagssonne herunter. »Du bist ein guter Junge.«

»Wurdest du getroffen?«, frage ich.

Al ist mit Blut bespritzt, aber er schüttelt den Kopf. »Kein einziger Kratzer.«

Ich wische mir das Gesicht ab, dann ziehe ich mein Hemd aus und verbinde mir den Arm, an dem ich getroffen wurde. Mein Oberschenkel schmerzt wie der Teufel, aber er scheint nicht viel Blut zu verlieren. Ich benutze meine Krawatte, um mein Hemd um meine Schulter zu binden, dann drücke ich meine Handfläche auf meinen Oberschenkel und stoße Flüche aus, bis ich mich an den Druck gewöhnt habe.

»Wie schlimm ist das?«, erkundigt sich Al.

»Ich habe es nicht einmal gespürt«, gebe ich zu. Das Adrenalin war zu viel. Der Schmerz setzt erst jetzt ein.

Wir fahren eine Minute lang schweigend zurück nach Hause. Mein Magen verkrampft sich, und ich sehe Al aus dem Augenwinkel an. »War das ein abgekartetes Spiel?«

»Das muss so sein«, erwidert er. »Es passt nicht zu Anthony, dass er so schlampig ist und am helllichten Tag Leute schickt. Er setzt ein Zeichen.«

»Scheiße«, fluche ich und schließe meine Hand um

den Türgriff. Das ist meine Schuld. Eliza hat ihm gesagt, dass ich sie umbringen werde, dass es zu spät sein würde, wenn wir uns bei *Jean-Jean* treffen. Ich hätte mehr tun sollen, als sie mit einem Löffel zu ficken. Sie versucht, mein Leben zu beenden. Ich habe unterschätzt, wie gefährlich sie ist.

Ich sollte nichts sagen, das würde mich ins Verderben stürzen, aber Al sollte wissen, warum. Ich muss es aber erst sicher wissen, bevor ich es ihm sage. »Wie schnell kannst du mich nach Hause bringen?«

Al zieht eine Grimasse. »Nicht schnell genug, Junge. Wenn er hinter uns her war, ist der Deal geplatzt. Er wird nichts unternommen haben, ohne vorher seine Tochter zu befreien. Wenn er es getan hätte, müsste sie dafür geradestehen.«

»Sie hat ihm gesagt, dass ich nicht gut zu ihr war«, gebe ich leise zu. »Das muss der Grund sein, warum sie angegriffen haben.«

Onkel Al sagt eine lange Minute lang nichts. Wahrscheinlich überlegt er, ob er mich in den Fluss werfen soll, während wir unterwegs sind.

»Du hast ihr von diesem Treffen erzählt?«, fragt er schließlich. »Die Einzelheiten?«

»Ja. Ich habe sie gebeten, ihren Vater anzurufen.«

»Sonst noch jemand?«

Selena

»Nein.«

Das Leben ist jetzt mein Leben. Ich habe hier keine Freunde, keine Freundin, niemanden, dem ich es erzählen könnte, außer Eliza. Offensichtlich war das genug.

»Vielleicht wussten sie nicht, dass du kommst«, sagt Al. »Sie könnten es schon geplant haben, bevor wir beschlossen haben, dich einzubeziehen. Sie werden sich die Chance nicht entgehen lassen, eine der Familien auszuschalten, wenn sie mich allein erwischen können.«

»Vielleicht.« Er ist definitiv ein begehrenswerteres Ziel als ich. Wie Eliza mich gerne daran erinnert, bin ich niemand. Aber ich habe ihr gesagt, dass wir uns heute treffen. Ihr Vater sagte ihr, wo.

Oder vielleicht war er es auch gar nicht. Immerhin hat er sie mir gegeben. Er hat mir anvertraut, dass ich mich um sie kümmere, und ihre Bitten neulich schienen ihn nicht zu überzeugen. Es ist nicht die Art der Mafia, sich in private Angelegenheiten zwischen Mann und Frau einzumischen, selbst wenn es sich um die Tochter eines Dons handelt.

Wenn er es nicht war, hasst sie mich so sehr, dass sie das selbst eingefädelt hat? Ich dachte, das hätten wir hinter uns gelassen, aber vielleicht hat sie es nur vorgetäuscht. Ich habe gesehen, wie gut sie schauspielern kann. Und sie liebt es, über ihre Besessenheit von Freiheit zu reden. Gibt es einen besseren Weg, sie zu erlangen, als sich der Person zu

212

entledigen, die sie als Hindernis ansieht?

»Eliza wusste also, dass wir uns treffen«, sage ich. »Einige der anderen Pomponios wussten es offensichtlich. Auf unserer Seite gibt es uns beide, deinen Consigliere und Little Al.«

Meine Gedanken kreisen wieder um meine »unschuldige« kleine Frau, die ich ohne nachzudenken auf die Seite der Pomponios gestellt habe. Hat sie versucht, mich umzubringen? Ich sollte nicht überrascht sein. Die Wut schwillt in meiner Brust an und verdrängt alles andere, selbst den pochenden Schmerz in meiner Schulter. Wenn sie das getan hat ...

Diese Woche war das Haus eine verdammte Katastrophe aus schmutzigem Geschirr, Imbissschachteln und Weinflaschen, weil ihre Freunde den ganzen Tag hierherkamen und abhingen. Als ich ihr sagte, sie solle hinter sich aufräumen oder ein Hausmädchen einstellen, stellte sie sich dumm und sagte: »Ich weiß nicht, wie man ein Hausmädchen einstellt.«

Ich weiß, dass sie nicht dumm ist. Sie weiß vielleicht nicht, wie man ein Hausmädchen einstellt, aber ich wette, sie weiß, wie man Auftragskiller anheuert.

»Es muss Eliza gewesen sein«, sage ich leise.

»Hör zu, Junge«, meint Al, als wir uns meiner Wohnung nähern. »Anthony würde so etwas nicht tun, nur weil seine Tochter sich beschwert. Wenn du ihr wehtun würdest, würde er dir wehtun. Aber er würde uns beiden nicht so hinterherlaufen – nicht wegen einer persönlichen Angelegenheit. Das hier ist rein geschäftlich.«

»Ich rufe zu Hause an«, erkläre ich. Nachdem ich mich bei ihrem Leibwächter vergewissert habe, dass sie wie immer mit ihren Freunden zu Hause ist und nicht mit den Pomponios darauf wartet, zu erfahren, ob ihr Attentatsplan aufgegangen ist, lege ich auf. Eliza ist seit heute Morgen, als sie den Salon besuchte, nicht mehr ausgegangen. Das beruhigt mich ein wenig, und ich übermittle Onkel Al die Nachricht.

»Es sieht nicht gut aus«, sagt er. »Die Pomponios tauchen nicht auf, und wir werden überfallen? Das sieht ganz nach einer Falle aus. Ich weiß es einfach noch nicht, Junge. Warum sind sie hinter uns her, obwohl sie wissen, dass der Krieg weitergeht? Und warum Eliza bei dir lassen?«

»Um uns abzulenken«, erwidere ich. »Damit wir denken, dass sie es nicht waren.«

»Ich sehe den Nutzen nicht«, antwortet Al und blickt stirnrunzelnd auf die Straße vor uns.

»Wer profitiert davon, dass unsere Familien wieder in den Krieg ziehen?«, frage ich und wende mich ihm zu.

Er nickt langsam, seine Augen verengen sich,

während er über die Möglichkeiten nachdenkt. »Eine der anderen Familien. Luciani ist so schlampig.«

Ich nicke und hoffe, dass es das ist und nicht mein Schwiegervater, auch wenn ich es nicht glaube. Anthony hat das Treffen arrangiert, und dann hat er versucht, uns zu töten. War er so sicher, dass ich nach dem Angriff tot sein würde, dass er sich nicht die Mühe machte, seine Tochter herauszuholen?

Natürlich ist er das. Ich bin der Neue, noch grün hinter den Ohren, ohne jede Erfahrung. Welche Chance habe ich, lebend rauszukommen, wenn uns ein halbes Dutzend erfahrener Killer auflauert?

Onkel Al fährt vor meinem Haus vor und scannt die Umgebung, bevor er anhält. »Lass mich das machen«, sagt er. »Du kümmerst dich um die Schulter und das Bein. Lass deine Frau einen Blick darauf werfen. Ich weiß, dass ein Mann seinen Stolz hat, aber sei nicht zu stolz, sie sich um dich kümmern zu lassen, wenn du es brauchst. Es könnte die Dinge zwischen euch verbessern.«

Ich glaube nicht, dass es etwas bringt, vor Eliza schwach zu wirken und ihr ausgeliefert zu sein, aber ich nicke und bedanke mich bei ihm, bevor ich nach dem Türgriff greife.

»Ach, und King?«, spricht Al und legt eine Hand auf meine gute Schulter.

Ich drehe mich um.

»Danke«, betont er. »Du hast mir vorhin das Leben gerettet. Das werde ich nicht vergessen.«

»Ich habe nur getan, was jeder tun würde«, sage ich, bevor ich aus dem Auto steige.

So gern ich auch die Lorbeeren einheimsen würde, ich bin kein Held. Ich habe nur nach meinem Instinkt gehandelt. Und am Ende, als nur noch ein Mann übrig war, habe ich zu früh geschossen. Ich war die ganze Zeit schlampig. Aber es ist nett von Al, das nicht zu erwähnen und sich auf das zu konzentrieren, was ich richtig gemacht habe, auch wenn es nicht ganz stimmt. Ich stieß ihn zu Boden, als der erste Schuss fiel, aber das bedeutet nicht, dass es ihn getötet hätte. Zum Teufel, wenn es Elizas Schuld war, hat der Schütze nicht einmal auf ihn gezielt.

Ich bitte den Pförtner um einen Bericht, denn er ist Als Mann, und der Gedanke, dass meine Frau versucht, mich umzubringen, macht mich ein wenig paranoid. Ihr Leibwächter ist mit ihr gekommen. Er ist jetzt auf meiner Gehaltsliste, aber er könnte noch Verbindungen und Loyalitäten zu den Pomponios haben. Nachdem ich gehört habe, dass der Pförtner die Angaben bestätigt hat, die Elizas Leibwächter bereits gemacht hat, gehe ich die Treppe hinauf.

Ich betrete den üblichen Zirkus. Die Küche sieht aus

wie die Nachwehen einer Party. Der Mixer ist halb voll mit rotem Matsch. Rosa Flüssigkeit tropft die Schränke davor herunter. Pfützen aus geschmolzenem Eis bedecken den Boden. Tüten mit gefrorenem Obst liegen schmelzend auf dem Tresen, zusammen mit Tassen, die ihr Kondenswasser ausschwitzen, offen gelassenen Snack-Tüten und anderen Überbleibseln von Elizas Hedonismus, die auf allen Oberflächen verstreut sind. Fünf oder sechs Mädchen sitzen im Wohnzimmer und trinken bunte Slushie-Getränke, zusammen mit einem neuen Mitglied der endlosen Party – zwei Jungs.

»Was zum Teufel machen die hier?«, verlange ich zu erfahren und starre Eliza an.

Eine ihrer Freundinnen kichert und bedeckt ihren Mund mit dem Rand ihres Getränks, um es zu verbergen.

»Verdammt«, sagt Bianca Luciani, eine der anderen Mafiaprinzessinnen. Sie stößt Eliza mit dem Ellbogen und senkt ihre Stimme, aber ich kann sie immer noch hören, wenn sie meiner Frau zuflüstert: »Warum hast du nicht zugeschlagen?«

Ihre Augen bleiben auf mich gerichtet, während sie spricht, und plötzlich habe ich die Schnauze voll von dieser ganzen Scheiße. Ich weiß nicht, was Eliza ihnen erzählt, aber offensichtlich mehr, als sie zu wissen brauchen. Und für mich ist es auch ein verdammtes Rätsel.

Warum ficke ich meine Frau nicht wieder? Offensichtlich halten mich ihre Freundinnen alle für sehr fickbar.

Warum bin ich mit der frigiden Schlampe zusammen, die mich umbringen will? Die lieber den Nachmittag damit verbringt, unser Haus zu verwüsten, als eine Putzfrau zu engagieren, die hinter ihr aufräumt. Sie geht einkaufen, macht sich die Nägel, geht ins Theater, tratscht und isst zu Mittag, und findet nicht einmal Zeit für einen verdammten Telefonanruf.

Ich komme herein und reiße Eliza das Getränk aus der Hand. Ich blicke auf sie herab und spreche zum Rest des Raumes.

»Verpisst euch«, sage ich mit ruhiger Stimme, die aber keinen Raum für Diskussionen lässt.

Bianca kichert wieder. »Meint er das ernst?«, fragt sie Eliza, als ob ich nicht genau hier stehen würde.

Eliza rollt mit den Augen. »Ich habe es dir gesagt. Ich hätte genauso gut einen Achtzigjährigen heiraten können. Er ist wie ein spießiger alter Mann, der den ganzen Spaß verdirbt.«

»Raus«, zische ich durch zusammengebissene Zähnen.

»Oh, entspann dich«, sagt Eliza. »Wir gehen jetzt.«

»Du gehst nirgendwo hin«, belle ich und mein Blick brennt sich in ihre. »Sie verschwinden.«

»O-kay«, sagt eine ihrer Freundinnen und lässt ein nervöses Kichern hören. Sie hebt ihre Tasche auf und geht zur Tür. »Ich gehe dann mal …«

Eliza wirft einen Blick auf meine Schulter, wo mein Hemd verknotet ist, und dann wieder auf mein Gesicht, bevor sie einen belasteten Seufzer ausstößt. »Brauchst du mich wirklich dafür? Es sieht nicht so schlimm aus.«

»Schaff sie aus meinem Haus«, knurre ich. »Oder lass es. Lass sie zusehen. Es ist mir egal. Aber du hast mir einiges zu erklären, und du gehst nicht, bevor ich die Antworten habe, die ich suche.«

Ihr Kinn hebt sich mit diesem trotzigen Blick, aber ich stehe nur über ihr, mein Blick bohrt sich in ihren, mein Körper zittert vor Wut. Ist das die Party, die sie geschmissen hat, um zu feiern, dass sie mich losgeworden ist? Hat sie eine Totenwache für mich gegeben, bevor ich überhaupt unter der Erde bin?

Als ich nicht zurückschrecke, seufzt sie. »Geht ihr schon mal vor. Ich treffe euch später.«

»Verlasst euch nicht drauf«, sage ich und packe einen der Kerle, als er sich erheben will. Ich erkenne ihn als den Kerl, auf dem Eliza nach unserer Hochzeit geschlafen hat. »Du hast ganz schön Mut, dich hier blicken zu lassen.«

»Wir sind nur Freunde«, erwidert er und hält beide Hände hoch.

»Such dir andere Freunde«, entgegne ich und schiebe ihn grob zur Tür. »Wenn ich dich noch einmal in meinem Haus oder in der Nähe meiner Frau sehe, wirst du keinen Schwanz mehr haben, mit dem du sie ficken kannst, wenn du es versuchst.«

»King«, faucht Eliza, als ich ihr kleines Spielzeug zur Tür hinausschiebe. »Bedroh nicht meine Freunde.«

Ich werfe die Tür hinter ihnen zu, schließe sie ab und wende mich wieder ihr zu. »Dann hab keine Freunde, die dich ficken wollen.«

»Tommy will nicht …«

Bevor sie etwas sagen kann, ergreife ich ihren Arm, drehe sie herum und drücke sie gegen die Tür. Ich lege eine Hand um ihre Kehle und drücke ihren Kopf zurück gegen die Tür. »Jetzt wirst du meine Fragen darüber beantworten, was heute passiert ist.«

Ihre Augen weiten sich, und ich genieße die echte Angst, die ich in ihrem Gesicht sehe. »Ich weiß nicht, wovon du sprichst.«

»Ich glaube schon«, sage ich und beuge mich vor, bis sich unsere Nasen fast berühren. »Jetzt gebe ich dir noch eine Chance, die Wahrheit zu sagen, du kleine Lügnerin. Was hast du getan?«

Vierzehn

Eliza

»Ich habe nichts getan«, schwöre ich King. »Ich weiß nicht einmal, wovon du redest.«

»Blödsinn«, knurrt er und seine Finger ziehen sich um meine Kehle zusammen. Ich habe ihn noch nie so wütend gesehen, zu wütend, um auch nur mit ihm zu spielen. »Was hast du getan?«

»Ich weiß es nicht«, betone ich wieder.

»Dein Vater hat dir gesagt, wo wir uns treffen«, sagt er. »Du wusstest, dass wir dort sein würden. Hast du diese Schläger beauftragt, uns zu erschießen? Oder war das sein Werk?«

Mir bleibt vor Schreck der Mund offen stehen. »Was?«, flüstere ich. »Nein. Ich war es nicht – das waren wir nicht. Was auch immer passiert ist, wir waren es nicht.«

»Wenn ihr es nicht wart, wer war es dann?«, fragt er. »Wem hast du es gesagt?«

»Niemandem«, sage ich und schüttle den Kopf. Ich

habe es Bianca gesagt, aber sie würde das nicht tun. Wir haben eine Hassliebe, sicher, aber die Dinge zwischen uns sind seit einer Weile gut. Sicherlich würde sie nicht versuchen, meinen Mann zu töten, nur weil sie eifersüchtig ist, dass ich einen heißen und jungen Mann habe und ihre Familie ihr nicht einmal sagt, wen sie heiraten wird.

Kings Daumen ziehen sich schmerzhaft an meinem Hals zusammen, und mir wird plötzlich schwindelig.

»Meine Familie würde das nicht tun«, schwöre ich. »Wir haben Frieden geschlossen.«

»Bis du deinem Vater gesagt hast, dass ich dich umbringen werde, woraufhin er versucht hat, mich zu töten.«

Ich starre ihn an, unfähig zu begreifen. Jemand hat ihn angeschossen, und daran sollte ich gewöhnt sein, da ich so lebe, wie ich lebe. Ich *bin* es gewohnt. Aber das ist mein Mann. Mein Ehemann. Er hätte sterben können. Und er war nie etwas anderes als jemand, mit dem man fickt, mit dem man spielt. Ich weiß nicht das Geringste über ihn. Ich habe es nie versucht. Unsere Ehe war nichts als ein Spiel für mich.

»Es tut mir leid«, flüstere ich schließlich. »Ich habe nicht gedacht, dass er etwas tun würde. Ich meine, ich glaube nicht, dass er es getan hat. Aber …«

King starrt mir mit so viel Hass in die Augen, dass ich

zurückschrecke. »Aber seine Männer haben auf mich geschossen«, sagt er. »Ich musste heute verdammt noch mal jemanden umbringen, Eliza. Weißt du, wie sich das anfühlt? Denkst du, ich mache diesen Scheiß gern?«

»Nein«, wispere ich.

»Ich tue es, weil ich dein verdammter Ehemann bin, und das ist es, was von mir erwartet wird. Es ist mein verdammter Job.«

Ich nicke stumm, traue mich nicht einmal zu sprechen. Seine Wut lässt mich bis in mein Innerstes zittern. Er vibriert vor Wut und Gefahr und einer Kraft, gegen die ich nichts ausrichten kann.

»Das Letzte, was ich tun möchte, wenn ich von der Arbeit nach Hause komme, ist, mich mit dieser Scheiße zu beschäftigen«, erklärt er. »Ich will weder deine Freunde hier sehen, noch deinen Freund, noch sonst jemanden. Das ist *mein* Haus, Eliza. Bis du etwas dafür tust, ist es nicht dein Haus. Du wohnst hier nur. Weil ich dich lasse. Und du kannst mich nicht mal genug respektieren, um deinen Scheiß aufzuräumen oder ein verdammtes Hausmädchen dafür zu engagieren.«

»Ich werde ein Dienstmädchen einstellen.«

»Du hast eine Aufgabe als meine Frau«, spricht er langsam, seine Augen brennen in meine. »Deine Aufgabe ist es, deine Beine zu spreizen und mich ein wenig

Spannung abbauen zu lassen, und nicht einmal das kannst du. Ich dachte, du wärst ein Gewinn, Eliza, aber du bist weniger als wertlos.«

Ich stoße gegen seine Brust, seine Worte treffen mich an einer Stelle, die mir viel zu nahe geht, zu nah an meinem Schmerz. Er bewegt sich nicht, auch wenn ich ihn so fest wie möglich drücke. Seine Finger werden nur fester. Aber ich habe keine Lust mehr, mich zu fürchten.

»Ich bin nicht diejenige, die wertlos ist«, schieße ich zurück. »Und ich kann meine Beine spreizen und meine eigene Anspannung abbauen. Du solltest es versuchen. Oder besorg dir eine Hure und hole dir alle Krankheiten, die dein Schwanz haben kann. Es ist mir egal, weil er nie in mir sein wird. Du findest das vielleicht scheiße, aber du hattest wenigstens deine Huren. Du kannst jede Nacht ein anderes Mädchen ficken, und niemand wird es bemerken. Ich werde als verdammte Jungfrau sterben. «

Er grinst, aber es ist ein grausamer, kalter Ausdruck. »Verlass dich nicht darauf.«

Ich schlucke schwer, trotz des Schmerzes, der in meinem Hals wächst. »Du bist derjenige, der gerne mit all den Frauen, die du gefickt hast, prahlt. Also geh und fick eine. Ich bin mir sicher, dass es einfach sein wird, eine zu finden. Besorg dir eine kleine *Cumare*, wie es alle Männer tun. Das ist mir egal. Ich will dich nicht. Lieber sterbe ich als Jungfrau, als den abscheulichsten Mann der Welt zu ficken.«

»Ich will keine *Cumare* ficken«, knurrt er. »Ich will meine Frau ficken.«

Wir starren uns einen Moment lang an, beide atmen wir schwer. Er weiß, dass ich ihn will. Er hat mich dazu gebracht, es ihm zu zeigen; er hat mich zum Kommen gebracht. Aber er hat es mir noch nie so gezeigt. Ich konnte es spüren, als er sich an mich drückte, konnte diese Härte fühlen, die meine Kehle zuschnürte und Schmetterlinge in meinem Bauch zum Zittern brachte, aber ich hätte nicht gedacht, dass er es jemals sagen würde, nachdem ich ihn in unseren Flitterwochen abgewiesen hatte. Ich dachte, ich würde mich triumphierender fühlen, wenn er es jemals zugeben würde, aber alles, was ich fühle, ist Angst. In seinen Augen brennt mehr als nur Wut, und ich weiß, dass er sich nehmen wird, was er will. Es gibt nichts, was ich tun kann, um ihn aufzuhalten.

»Was wirst du mit mir machen?«, flüstere ich schließlich. Ich weiß, was mit Leuten passiert, die ihre Familie verraten. Und so gern ich auch etwas anderes glauben möchte, King ist jetzt meine Familie. Wenn er mir dafür die Zunge herausschneiden will, wäre das nicht abwegig. Mein Vater kann mich nicht mehr beschützen. Das hat er mir auch gesagt. Ich gehöre jetzt zu King.

»Ich werde dir nichts antun, *carina mia*«, säuselt er und streichelt mit seinen Daumen sanft meinen Hals. »Du wirst etwas für mich tun.«

Ich schlucke schwer. »Was?«

»Du wirst auf die Knie gehen und diese hübschen Lippen um meinen Schwanz schließen und mich lutschen, bis ich in dieser schönen Kehle abspritze. Und du wirst dich daran erinnern, wofür dieser Mund da ist, wenn du ihn das nächste Mal öffnest.«

Ich nicke stumm und lasse mich auf zitternde Beine sinken. Es könnte so viel schlimmer sein.

King kichert. »Nicht hier, *piccola*.«

Er nimmt meinen Arm und führt mich ins Schlafzimmer, wobei er die Tür hinter uns schließt. Mein ganzer Körper beginnt zu zittern, als ob ich ihm nicht schon vorher ausgeliefert gewesen wäre, als ob wir weniger allein wären, wenn wir nicht in einem Schlafzimmer wären.

Er führt mich zum Kleiderschrank und bleibt stehen, als ich direkt vor den verspiegelten Schranktüren stehe. Er steht hinter mir, mein nervöser Blick trifft auf seinen kalten Blick im Spiegel.

»Zieh dich aus«, sagt er mit harter, emotionsloser Stimme.

Ich wusste, dass dieser Tag kommen würde, dass er sich schließlich nehmen würde, was ihm gehört, aber das macht es nicht weniger schrecklich. Ich nicke und greife nach dem Knopf meiner Jeans, aber King hält eine Hand auf, um mich aufzuhalten. Er tritt zurück und bleibt am Fußende des Bettes stehen, um mich beim Ausziehen zu beobachten.

»Dein Shirt zuerst«, sagt er.

Ich schlucke hart, der Nachgeschmack des Alkohols liegt sauer auf meiner Zunge. Dann drehe ich mich zu ihm um, greife nach dem Saum meines Shirts und ziehe es mir über den Kopf aus, sodass der weiche Stoff zu meinen Füßen auf den Boden flattert. Kings Augen fallen auf meine Brust, sein Blick bleibt auf meinen Brüsten haften, während ich den weißen BH ausziehe, den er von mir verlangt hat. Ich lasse ihn über mein Hemd auf den Boden fallen. Die Hitze in seinem Blick lässt mein Innerstes erbeben, und ich merke, wie mein Körper auf den Hunger in seinen Augen reagiert, auch wenn ich die Konsequenzen fürchte.

Meine Finger zittern, als ich den Knopf meiner Jeans öffne und den Reißverschluss nach unten schiebe. Ich beobachte ihn, beiße mir auf die Lippe und will … etwas. Irgendeine Reaktion. Ich fühle mich so allein, wenn ich auf der anderen Seite des Raumes stehe und meine nackte Haut zeige, während er immer noch seine Kleidung anhat, eine schwarze Hose und ein weißes Unterhemd, das mit

Blut befleckt ist. Er hält sein Hemd auf die Schulter, und ich kann sehen, wie das Blut auch das Hemd durchtränkt.

Ich schlucke und lasse meinen Blick über die Konturen seiner muskulösen Schultern schweifen, über die Andeutung seines Waschbrettbauchs, die ich durch den dünnen Stoff seines Unterhemds sehen kann, über die Kiesel seiner Brustwarzen in seinen starken Brustmuskeln. Seine Arme sind schön, braun und stark, die Muskeln treten hervor, auch wenn er sich nicht anspannt, und sind von dicken Adern durchzogen. Er ist so jung, dass er mich normalerweise nicht einschüchtert. Aber wenn er Blut an sich hat, sieht er aus wie das, was er ist.

Gefährlich. Tödlich. Ein Killer.

Ein Schauer durchfährt mich, und meine nackten Brustwarzen ziehen sich schmerzhaft zusammen.

»Bist du nass?«, fragt er.

Ich schüttele den Kopf.

»Berühre dich selbst«, befiehlt er.

»Was?«

»Du hast gesagt, dass du deine Beine gerne für dich spreizt«, sagt er. »Ich weiß nicht, ob du lügst, um mich zu ärgern, oder ob du dir wirklich nimmst, was mir gehört. Ich will sehen, wie du es machst, wenn du wirklich so dumm bist, diese Fotze anzufassen, nachdem ich dir gesagt habe, dass niemand außer mir dieses Privileg hat.«

»Das schließt mich mit ein?«, frage ich ungläubig. »Ich darf meinen eigenen Körper nicht anfassen?«

»Du kannst deinen Körper anfassen«, sagt er. »Außer da. Deine Muschi gehört mir allein. Wenn sie Aufmerksamkeit braucht, werde ich sie anfassen, sie schmecken und sie ficken. Das ist meine Aufgabe als dein Ehemann. Nicht die eines anderen und auch nicht deine.«

»Es ist mein Körper«, protestiere ich. »Ich sage dir nicht, wann du dir einen runterholen sollst.«

»Gut, ich werde nicht wichsen«, sagt er mit einem grausamen Grinsen auf seinen perfekten Lippen. »Wenn mein Schwanz Aufmerksamkeit braucht, wirst du sie ihm geben. Besser?«

»Das habe ich nicht gemeint.«

»Das ist nur fair«, erwidert er und grinst immer noch. »Jetzt zeig mir mal, wie du das angefasst hast, was mir gehört.«

Seine Worte lösen einen kleinen erotischen Schauer in mir aus. Ich schlucke die frechen Worte herunter, die herauszukommen drohen. Stattdessen gehorche ich und schiebe meine Hand in meine Jeans über meine Unterwäsche. Ich trage Unterwäsche, die zu dem BH passt, den er mir zu kaufen geraten hat, weiße Baumwollunterwäsche mit einer kleinen roten Rose auf der Vorderseite. Durch sie hindurch spüre ich, wie herrlich glatt sich meine Haut anfühlt, nachdem ich mir die Haare habe weglasern lassen.

Ein Zittern durchfährt mich, als ich mir vorstelle, wie er zum ersten Mal sieht, was ich getan habe.

»Mach weiter«, sagt er.

Ich beginne, meine Finger zu bewegen und mich selbst zu berühren, wie ich es neulich getan habe. Er hatte recht. Es fühlt sich so viel besser an, wenn nichts im Weg ist, meine Haut glatt und nackt. Ich beobachte, wie er mich beobachtet, seine dunklen Augen sind auf meine Hand fixiert, während sie sich bewegt. Die Hitze seines Blicks brennt sich in mich ein, lässt meine Arme erzittern und setzt sich in einem Schmerz zwischen meinen Schenkeln fest.

Ich spüre, wie mein Höschen feucht wird, und dann wandert mein Blick wieder an seinem Körper hinunter, und es wird noch feuchter. Diesmal lasse ich meine Augen weiter wandern, über seinen Gürtel zu dem langen, dicken Steg in seiner Hose. Mein Kitzler pocht, und plötzlich ist mein Höschen nass, und ich muss den Speichel schlucken, der sich in meinem Mund sammelt bei dem Gedanken an das, was er mit mir vorhatte.

»Steck einen Finger in dein Höschen«, sagt King mit heiserer Stimme.

Ich zucke mit den Augen von seiner Hose, meine

Wangen erröten vor Scham. Langsam ziehe ich mein Höschen beiseite und berühre meine nackte Haut, deren Lippen bereits von meiner Nässe glitschig sind. Ich atme tief ein, meine Knie pressen sich zusammen, mein Kitzler pocht, als meine Finger darüber streichen.

Kings Augen leuchten jetzt. »Sag mir, wie es sich anfühlt.«

»Nass«, hauche ich.

»Fühlt es sich gut an?«

»Ja.« Ich flüstere das Wort, meine Stimme zittert vor Scham, während ich schneller streichle und aufhören möchte, um diesen intimsten Akt vor ihm zu verbergen. Gleichzeitig weiß ich, dass es sich so gut anfühlt, so schmutzig, wenn ich es vor ihm tue.

»Gut«, sagt er. »Ich möchte, dass du dich genau daran erinnerst, wie es sich anfühlt, wenn du weißt, dass ich dich beobachte, denn von nun an wirst du dich nur noch mit meiner Erlaubnis berühren.«

Seine Befehle sind scharf und direkt, und das Gefühl, keine Wahl zu haben, ihm völlig ausgeliefert zu sein, macht mich auf demütigende Weise süchtig. Ich wiege meine Hüften, keuche nach Erleichterung und schiebe meinen Finger tiefer in meinen Schlitz.

»Das reicht«, bellt er, und die harte Schärfe seiner Worte durchbricht den Nebel der Erregung. Ich will nicht aufhören. Aber er ist unberechenbar, wenn er wütend ist, und ich will ihn jetzt nicht drängen. Die Frustration lässt mich fast schreien, als ich meine Hand aus meiner Jeans ziehe und den schweren Druck der Erregung zwischen meinen Schenkeln zurücklasse, der erfüllt werden will.

»Jetzt zieh deine Jeans aus.«

Ich greife mit den Fingern in den Hosenbund und lasse ihn über meine Hüften gleiten. Kings Augen verschlingen meine Hüften, sein Blick gleitet zwischen ihnen hin und her, mit einer Heftigkeit, die fast greifbar ist. Ich beuge mich, um meine Jeans auszuziehen, und meine Wangen werden heiß, als ich merke, dass er sehen kann, dass der weiße Stoff meines Höschens durchnässt ist und an meiner nackten Haut klebt.

Ich warte darauf, dass er etwas sagt, dass er mich dafür lobt, dass ich die Haare losgeworden bin. Mir wird klar, wie sehr ich mich nach seiner Anerkennung gesehnt habe, als er sie mir nicht gab.

»Dreh dich um«, befiehlt er.

Ich drehe mich zum Spiegel, aber ich kann meinen eigenen Augen nicht ins Gesicht sehen. Ich sollte das nicht mögen. Es sollte mich nicht anmachen, dass er mich beherrscht, dass er mich wie einen Besitz behandelt, ein Kind, ein Spielzeug, das er benutzt und seinem Willen unterwirft. Ich sollte es hassen.

»Zieh es aus«, sagt er.

Meine Finger zittern, und meine Scham brennt noch heißer, als ich mich bücke, um mein Höschen über meine Schenkel zu schieben, weil ich weiß, dass er mich beobachtet, wie ich mich bücke, alles sieht, genau sieht, wie feucht ich bin.

Als ich mich aufrichte, entweicht ein Keuchen meinen Lippen. King steht direkt hinter mir, seine dunklen Augen sind ein Inferno, als sie den meinen im Spiegel begegnen. Er schlingt seine Arme um mich, einen davon über meine Brüste, und drückt mich fest an sich. Seine Schulterwunde ist oberflächlich, ein langer Streifen quer über den Deltamuskel, der in den Muskel einschneidet, die Haut um ihn herum ist violett, während sich darunter Blut ansammelt. Als ob er seine Verletzung vergessen hätte, nimmt King meine Brustwarze zwischen seine Finger und beginnt sie zu drücken, während seine andere Hand zwischen meine glatten Schenkel taucht. »Wenn du kommen willst, werde ich dich so hart kommen lassen, dass deine Augen bluten«, verspricht er und spreizt meine äußeren Lippen, um das rosafarbene, feuchte Fleisch darin freizulegen. »Ist es das, was du brauchst, *piccola*?«

Er drückt meine Brustwarze, und mein Kitzler pocht sichtbar. Er lacht leise und packt meine Brustwarze noch fester, bis ich nicht mehr laut aufstöhnen kann. Ich schüttle nur leicht den Kopf über seine rauen Worte, die so gar nicht zu der Art und Weise passen, wie sein Mittelfinger langsam und sinnlich meine geschwollene Klitoris streichelt. Glitschige Nässe benetzt seine Finger, und er presst seine Hüften gegen meine, lässt mich spüren, wie hart er ist. Die Bedrohung durch seinen Schwanz lässt meine Knie zittern und mein Inneres sich zusammenkrampfen.

Ich beobachte ihn im Spiegel, wie gebannt von seinen Bewegungen, jede sanfte Berührung ein Hohn, jedes sanfte Streicheln eine Drohung mit Gewalt, während er meine Brustwarze mit quälender Kraft zerquetscht. Ich kann mir die Schmerzen nicht vorstellen, die er hat, als das Blut seinen Arm hinunterläuft, aber ich bin es, die schließlich bricht. Selbst als meine Hüften gegen seine Hand wippen und ich versuche, ihn zu erreichen, bevor ich um Gnade bettle, erinnert mich seine Qual an meiner Brustwarze daran, dass dies kein Spiel für ihn ist.

Schließlich halte ich es nicht mehr aus, und der Schmerz überwiegt das Vergnügen. »Hör auf«, keuche ich und stelle mich auf die Zehenspitzen, als ob das seinen strafenden Griff um meine arme, geprellte Brustwarze brechen würde. »Bitte, King.«

Er nimmt seine Hände von mir, schiebt eine nach oben und unter mein Haar, ergreift es und dreht mich mit einer Bewegung zu sich. Er drückt mich nach unten und zwingt mich auf die Knie.

»Jetzt wirst du meinen Schwanz lutschen«, sagt er. »Lass dir Zeit. Mach es schön langsam. Ich möchte diesen Mund lange Zeit spüren. Du tust gut daran, dich an diese Position zu gewöhnen, denn du wirst von nun an sehr oft hier sein.«

Ich starre auf den Grat in seiner Hose und schlucke schwer. Mir läuft das Wasser im Mund zusammen, und ich spüre, wie sich der dicke Druck zwischen meinen Beinen verstärkt bei dem Gedanken, ihn aus der Hose zu holen und ihn zum ersten Mal zu sehen. Ihn zu berühren. Seine Haut zu schmecken.

Ich greife mit zitternden Fingern nach oben, aber King packt mich an den Haaren und zieht meinen Kopf zurück, bis ich zu ihm aufschaue. »Denk nicht einmal daran, etwas zu versuchen, meine kleine Frau«, droht er. »Wenn du deine Zähne behalten willst, wirst du sie mir vom Leib halten. Verstanden?«

Ich schlucke und mein Herz springt mir in die Kehle. Warum habe ich geglaubt, ich könnte diesen Mann überlisten, ausmanövrieren oder gar entkommen? In dem Moment, als er mir den Ring an den Finger steckte, hätte er mir genauso gut eine Bärenfalle an den Fuß klemmen können. Und das ist nur die unvermeidliche Konsequenz, die Krönung meines ganzen ungezogenen Verhaltens.

Ich wusste, dass das passieren würde, wenn ich weitermachte, aber ich tat es trotzdem. Ich wusste, dass er ein Machtwort sprechen würde, dass er mich zwingen würde, seinen Willen zu befolgen. Vielleicht hatte er in unseren Flitterwochen recht. Vielleicht wollte ich das immer. Vielleicht ist das der Grund, warum ich heute Abend nicht härter gekämpft habe, warum ich nicht aufstehe und sofort aus dem Zimmer gehe. Ja, ich habe Angst davor, was er tun würde. Aber ein Teil von mir will auch jetzt noch wissen, ob ich ihn weiter drängen kann, ob ich ihn dazu bringen kann, mehr zu tun.

Als ich nach oben greife und seine Hose aufknöpfe, spüre ich, wie mein Herz nicht nur vor Angst, sondern auch vor Vorfreude rast. Langsam ziehe ich den Reißverschluss auf, während King über mir steht, groß und stolz, und auf mich herabschaut, als wäre ich eine Hure, eine Dienerin, deren einzige Aufgabe es ist, ihm Freude zu bereiten. Und das will ich auch.

Ich will die Scham, die in meinen Wangen brennt, das überwältigende Pochen in meiner Brust, das mich schwindelig macht, den Schmerz zwischen meinen Schenkeln. Ich greife in seine Hose, meine Finger zittern, zögernd. Ich weiß nicht, wie ich das machen soll. Ich weiß nur, dass ich vorsichtig sein muss, um es gut zu machen.

So lächerlich es auch ist, ich will gut sein. Ich will das nicht einmal tun, und doch möchte ich, dass er mich für gut hält. Was lächerlich ist, da ich es noch nie gemacht habe. Aber niemand will *darin* schlecht sein.

Ich rutsche auf meinen Knien hin und her und schaue zu ihm auf. Er sieht mich an, aber ich kann seinen Ausdruck nicht lesen. Ich kann nicht sagen, ob er immer noch wütend ist, ob dies immer noch eine Bestrafung ist. Ich weiß nur, dass es eine Strafe ist, die ich verdient habe, eine, die ich mir hart erarbeitet habe.

Ich atme tief ein und fahre mit einem Finger an der Spitze seiner Erektion entlang, um sie durch seine Boxershorts hindurch zu spüren. Ich schlucke und fühle mich plötzlich schwindlig vor Angst. Sein Schwanz ist hart und dick, und als ich ihm bis zum Ansatz folge, scheint er ewig lang zu sein.

Meine Kehle schnürt sich zusammen, und ich will aufstehen, aber Kings Finger halten immer noch mein Haar fest, und er lässt es nicht zu. »Was ist das Problem?«, knurrt er.

»Ich kann nicht«, gebe ich zu, und meine Augen schmerzen vor unverdauten Tränen. »Es ist zu groß.«

»Du wirst dich daran gewöhnen«, erwidert King, der natürlich kein Erbarmen mit mir hat, mit den Ängsten einer stummen Jungfrau.

Ich senke mein Gesicht, damit er es nicht sehen kann, und blinzle die Tränen zurück, die meine Sicht trüben. Ohne ein weiteres Wort des Protestes ziehe ich seinen Schwanz aus der Boxershorts. Ich beiße mir auf die Lippe und verkneife mir ein Keuchen. Ich habe noch nie einen im wirklichen Leben gesehen, noch nie einen berührt. Ich habe nur die in Pornoclips gesehen, die Lizzie Salvatore im Internet gefunden und mir geschickt hat, als ich das zugab. In natura sieht er riesig aus. Ich frage mich nur, wie zum Teufel dieses riesige Ding in meine winzige Öffnung passen soll.

Ich bin dankbar, dass er nur nach meinem Mund fragt. Ich beuge mich vor und schiebe den dicken Kopf hinein. Er pocht gegen meine zitternden Lippen, so heiß wie ein Tier und genauso wild. Tränen trüben meine Augen, als ich ihn weiter zurückschiebe und versuche, mich an all die Dinge zu erinnern, die Lizzie mir übers Schwanzlutschen erzählt hat. Ich fahre mit meiner Zunge über die Eichel und bin erstaunt, wie weich seine Haut ist, weicher als ich es mir vorgestellt habe. Etwas Warmes und Salziges breitet sich auf meiner Zunge aus, und ich ziehe mich zurück, weil ich mich frage, ob er schon kurz davor ist zu kommen.

»Mach weiter, *Carina*«, sagt er mit tiefer, heiserer Stimme, und seine Hand legt sich auf meinen Hinterkopf, statt in mein Haar zu greifen. »Genau so.«

Ich blicke zu King auf und stelle fest, dass seine Augen mich mit einer solchen Hitze, einer solchen Lust anstarren, dass mein Innerstes bebt. Mein Blick wandert an den geformten, festen Muskeln seines schlanken Körpers hinunter zu dem V des Muskels, der zu meinem Mund führt. Adern wölben sich in der Haut über seinem Schwanz, rau und männlich trotz seiner tadellosen Pflege.

Ich verdränge einen scharfen Stich der Eifersucht, als ich sehe, wie ordentlich er sich zurechtgemacht hat. Für wen hält er sich denn so in Schuss? Wir sind seit einem Monat verheiratet, davor waren wir sechs Monate verlobt. Natürlich war er nicht die ganze Zeit über zölibatär. Ich hasse es, dass es mich überhaupt interessiert, dass ich mich frage, ob er mit Frauen zusammen war, seit er mir sagte, er würde es nicht tun. Aber ich habe ihm gesagt, eine Geliebte zu nehmen, und ich kann nicht erwarten, dass er für immer wartet, nur weil ich gestört bin.

Ich konzentriere mich auf die Aufgabe und schiebe alle anderen Gedanken beiseite. Sein Haar ist kurz getrimmt, aber gerade so, dass es nicht sticht. Es ist weich in meiner Hand, als ich seinen Schwanz greife, ihn tiefer in meinen Mund schiebe und spüre, wie sich mein Mund köstlich ausdehnt, um ihn aufzunehmen. Er gibt ein kleines Stöhnen von sich, streichelt mein Haar, und das

Selena

Vergnügen kribbelt in mir. Ich mache meine Sache gut.

Und während ich weitermache, spüre ich, wie die Hitze in mir pulsiert, als ein weiterer kleiner Schwall salziger Flüssigkeit meine Zunge überzieht. Jetzt, wo ich aufgehört habe, mich dagegen zu wehren, akzeptiert habe, dass es passiert und ich es nicht aufhalten kann, lasse ich mich gehen. Ich lasse mich auf die beeindruckende Größe meines Mannes ein, auf meinen ersten Schwanz. Ich will ihn erforschen. Mir läuft das Wasser im Mund zusammen, während ich lecke und sauge, meine Zunge um ihn herumfährt wie um ein Eis am Stiel, ihn tief in meine Kehle sauge, die Spitze küsse und seinen Schaft entlangfahre.

Als mein Kiefer müde wird, setze ich mich wieder auf die Fersen. »Ich glaube nicht, dass ich mehr tun kann«, gebe ich zu.

King schaut mit kalten Augen auf mich herab. »Bist du gekommen?«

»Nein.«

»Als du dich selbst berührt hast, bist du da gekommen?«

»Ja, aber …«

»Wenn du dich selbst zum Kommen bringen kannst, kannst du auch mich zum Kommen bringen.«

»Ich glaube nicht, dass es so funktioniert«, murmele ich.

Kings Blick streift über meinen nackten Körper, und ich erschaudere. »Ich bringe dich zum Kommen«, sagt er. »Niemand sonst. Nicht einmal du. Das habe ich dir gesagt, und du hast mir nicht gehorcht. Also wirst du mich jetzt zum Kommen bringen. Wenn du es nicht mit dem Mund machen kannst, dann mach es mit deiner Möse.«

Ich schüttele den Kopf, mein Herz rast. »Nein, ich versuche es noch einmal.«

Er nimmt mein Haar wieder in die Hand und packt den Strang aus dunklen Strähnen hinter mir. »Auf Hände und Knie«, sagt er mit harter Stimme. »Ich will mir deine Fotze im Spiegel ansehen, während ich deinen Mund ficke.«

Ich sträube mich gegen die Obszönität seiner Worte, aber er zieht mich an den Haaren nach unten, und ich muss mich auf den Boden fallen lassen, wie er es verlangt. Er verschiebt uns so, dass er mich im Spiegel beobachten kann, dann senkt er seinen Schwanz in meinen Mund.

»Denk daran, was ich gesagt habe«, warnt er. »Ich würde es hassen, wenn du diese schönen weißen Zähne verlierst.«

Ohne auf eine Antwort zu warten, stößt er tief in meinen Mund. Sein Schwanz trifft meine Kehle und ich würge, Tränen steigen mir in die Augen. »Entspann deine Kehle«, befiehlt er. »Ich werde sie noch eine Weile ficken.«

Er stößt wieder in meinen Rachen, hält meine Haare fest, um meinen Kopf unter Kontrolle zu halten, während er meinen Mund weiterhin hart und tief fickt und meine schmerzende Kehle mit jedem bestrafenden Stoß ausplündert. Ich habe zu viel Angst zu würgen, aus Angst, dass er mir die Zähne ausschlägt, also konzentriere ich mich darauf, meine Kehle zu entspannen, auch wenn mir die Tränen über die Wangen laufen und sein Schwanz wieder und wieder in meine Kehle stößt und meinen Mund ohne Rücksicht auf meinen Komfort benutzt.

Schließlich zieht sich sein Griff schmerzhaft an meinen Haaren zusammen, sodass ein gedämpftes Wimmern aus meiner gequälten Kehle kommt. »Öffne deine Knie und spreize deine Fotze für mich«, knurrt er, seine Stimme kommt durch schweres Atmen.

Ich tue, was er sagt, der Kampf ist aus mir gewichen. Ich will einfach nur, dass es vorbei ist.

»Steck den Finger rein«, sagt er eine Minute später.

Ich lasse einen Finger durch meine Nässe gleiten und schiebe ihn in meinen Eingang. King stößt ein gutturales Grunzen aus und warme Flüssigkeit schießt in meinen Rachen, bis ich ersticke und sich mein ganzer Körper zusammenzieht. King holt aus, reißt meinen Kopf nach hinten und schießt den Rest seiner Ladung über mein Gesicht. Ich schnappe nach Luft, als klebriges, heißes

Sperma über mein Gesicht läuft und sich mit meinen Tränen vermischt. Ich sehe Blut an seiner Hand, und für eine Sekunde denke ich, dass es von meiner Kehle kommt. Es tut so weh, dass ich es glauben kann. Aber dann sehe ich, dass das Blut von seiner Schulter den ganzen Arm hinunter auf seine Hand gesickert ist.

»Mach das sauber«, sagt King und hält mich immer noch an den Haaren. Er zieht mein Gesicht zu seinem Unterleib und drückt seinen nassen Schwanz gegen meine Wange. Er ist immer noch hart, glitschig von Sperma und Spucke, und ich möchte das ganze verdammte Ding abbeißen, aber ich habe zu viel Angst, es überhaupt zu versuchen. Mein Gesicht brennt vor Demütigung und Hass, als ich mich hinknie und beginne, ihn sauber zu lecken. Ich fahre mit meiner Zunge die Ader am unteren Ende seines Schafts entlang, über die weiche Haut, die triefende Spitze.

»Alles«, sagt er und drückt meine Nase in den weichen Teppich aus kurzem Schamhaar am Ansatz seines Schwanzes. Ich fahre mit meiner Zunge darüber, über das bisschen weiße Sahne, das auf seine vollen Eier tropft. Schließlich zieht er mich zurück, lässt meine Haare los und zieht seine Hose hoch. Ich lasse mich vom Knien auf die Fersen sinken, stütze mich mit den Händen auf dem Boden ab und lasse mein Haar nach vorne fallen, während ich versuche, zu Atem zu kommen. Ich zittere unkontrolliert, aber King lässt mir keine Zeit, mich zu erholen. Er greift mit seinen Händen unter meine Arme, zieht mich auf die Beine und nimmt mich dann in seine Arme wie ein siegreicher Bräutigam. Er legt mich sanft auf das Bett, aber der Schreck durchzuckt mich. Ich verkrampfe mich, will mich wehren, aber er zieht nur die Decke über mich, beugt sich herunter und küsst mich zärtlich auf die Stirn.

»Mach dir keine Sorgen«, sagt er und streicht mir das Haar hinters Ohr. »Mit etwas Übung wirst du besser.«

Fünfzehn

Eliza

Ich werde ihn umbringen. Ich werde ihn verdammt noch mal umbringen. Ich vergrabe mein Gesicht im Kissen und beiße so fest ich kann hinein, um nicht zu schreien, aber ich stelle mir seinen Schwanz vor, während ich das tue. Ich habe nicht geplant, ihn heute zu ermorden, aber jetzt will ich es.

Eine Erschießung wäre allerdings nicht schrecklich genug für ihn. Er verdient es, gefoltert zu werden.

Fünf Minuten später, gerade als ich mich vor Demütigung und Wut fast leer geheult habe, öffnet sich die Tür, und King erscheint wieder. Er hält eine Tasse Tee auf einer Untertasse in der Hand, als wäre er der verdammte Prinz von England und nicht ein sadistischer Bastard. Er setzt sich auf die Bettkante und stellt die Untertasse auf dem Nachttisch ab. »Für deine Kehle«, meint er.

»Oh, jetzt schert es dich«, schnauze ich ihn an.

Er lächelt ein wenig und reicht mir die Tasse. Ich wische mir wütend über das Gesicht, lasse mich in die Kissen zurückfallen und nehme die Tasse besiegt entgegen. Irgendwie ist das schlimmer, als wenn er meinen Trotz unterdrückt. Mir danach Trost zu spenden, ist ein Schlag ins Gesicht.

Es fühlt sich aber gut an auf meinem geprellten, wunden Hals.

King zieht seine Schuhe aus und stellt sie ordentlich unter das Bett, bevor er die Beine hochschwingt und sich auf der anderen Seite der Matratze niederlässt. Er verschränkt die Arme über der Brust, und ich sehe, dass er sich einen Verband auf die Schulter geklebt hat, während er im anderen Zimmer war. Das Blut ist bereits durchgesickert.

»Du weißt, dass das nicht aufhört zu bluten, bis du es genäht hast«, sage ich ihm und starre mürrisch vor mich hin, um nicht in sein obszön schönes Gesicht schauen zu müssen. Es ist nicht fair, dass sich ein Monster hinter einem solchen Gesicht verstecken kann.

Er zuckt mit den Schultern. »Es könnte länger dauern, aber irgendwann wird es heilen.«

»Du weißt nicht, wie man es näht, oder?«, frage ich.

»Ich bin Rechtshänder«, erklärt er und beugt die Hand, die auf der Seite mit der verletzten Schulter liegt.

»Ich weiß, wie«, sage ich selbstgefällig. Es ist schön, einmal die Oberhand zu haben, auch wenn ich mich gerade für ihn erniedrigt habe. Dieses eine Mal weiß ich mehr als er, kann mehr als er tun. Und er kann einen Scheiß dagegen tun.

»Woher solltest du das wissen?«, hakt er nach.

Ich zucke mit den Schultern. »Ich tue es einfach.«

»Wie?«

»Wenn du aufhörst, ein stures Arschloch zu sein, und um Hilfe bittest, kann ich das vielleicht für dich erledigen«, erwidere ich und schaue zu ihm hinüber. So krank es auch ist, ich möchte, dass er sieht, dass ich etwas gut kann, dass er bewundert, wie geschickt ich Kugeln entfernen kann. Ich will, dass er sieht, dass ich keine kleine, gehorsame Ehefrau bin, dass ich auch stark bin.

King mustert mich eine Minute lang, bis ich mich vor Unbehagen winde und mir wünsche, ich hätte gar nichts über seinen Arm gesagt.

»Warum solltest du das tun?«, fragt er nach einer gefühlten Ewigkeit.

Ich seufze und stelle die Tasse auf den Nachttisch. »Weil du verletzt bist und ich ein sehr netter Mensch bin.«

King sieht mich einen weiteren langen Moment lang an, als würde er versuchen, mich zu durchschauen. »Du wirst mir etwas Gift ins Blut spritzen, während du mich zusammenflickst, nicht wahr?«

»Bring mich nicht auf dumme Gedanken.«

»Die Kugel steckt immer noch in meinem Bein.«

»Es ist scheiße, du zu sein.«

Er knirscht mit den Zähnen und starrt. »Kannst du mir helfen oder nicht?«

»Ich kann«, erwidere ich und nehme meinen Tee wieder in die Hand. »Ich weiß nicht, ob ich es tun werde. Du bittest nicht gerade freundlich, King.«

Seine Nasenflügel blähen sich auf, und dieses Mal bin ich froh, den Hass in seinen Augen zu sehen. Wenn er mich in den Wahnsinn treiben kann, ist es nur fair, dass ich das Gleiche tue.

»Würdest du bitte die verdammte Kugel aus meinem Bein holen?«, fragt er.

»Hm, ich denke schon«, sage ich. »Da du bitte gesagt hast.«

»Danke«, stößt er hervor, wobei die Worte mehr nach einem Fluch als nach Dankbarkeit klingen.

Ich lasse ihn schmoren, während ich mich wasche, mich anziehe und mein Operationsbesteck hole. Ich werde ihm nicht die ganze Wahrheit sagen. In der Wahrheit steckt Munition – dass ich nicht nur will, dass er mich bewundert, sondern dass ich es nicht ertragen kann, wenn jemand verletzt wird. Ich bin weicher, als es irgendjemand in diesem Geschäft sein sollte, und mehr noch, ich respektiere alle Männer, die die Arbeit tun, die jeden Tag getan werden muss. Widerwillig sogar King.

Er beobachtet mich misstrauisch, während ich meine Tasche öffne und meine Instrumente ausbreite. »Warum hast du so etwas?«

»Ich habe meinen Vater und seine Leute ständig zusammengeflickt«, antworte ich achselzuckend. »Ich meine, wir haben einen Arzt auf der Gehaltsliste. Ich bin nicht so gut. Aber ich kann kleine Sachen machen.« Während ich rede, lege ich ein Handtuch auf das Bett und lasse mich neben ihm auf die Knie fallen. Als ich den Verband an seiner Schulter abnehme, zeigt er keine Reaktion. Aber als ich beginne, die Wunde mit Alkohol zu reinigen, sehe ich, wie sich die Muskeln in seinem Kiefer anspannen und er die Zähne zusammenbeißt.

Offenbar ist er ja doch ein Mensch.

»Deshalb hast du es angeboten, nicht wahr?«, fragt er und starrt mit steinerner Miene geradeaus. »Du weißt, dass es verdammt wehtut.«

»Warum sonst sollte ich meinem Mann helfen, nachdem er angeschossen wurde?«

Diesmal erhalte ich als Antwort ein ganzes Grunzen.

»Hör mal, ich weiß, dass ich keine gute Ehefrau bin«, sage ich. »Ich bin nicht so egozentrisch, dass ich nicht weiß, dass ich schwer zu handhaben bin. Und auch wenn du ein erstklassiges Arschloch bist, bin ich sicher, dass du noch schlimmer sein könntest.«

Er schaut weg. »Wie?«

»Oh nein«, sage ich. »Ich bringe dich nicht auf irgendwelche Ideen.«

Sein Mundwinkel hebt sich ein klein wenig, und ich glaube, dass er vielleicht irgendwo tief in seinem Inneren Sinn für Humor hat.

»Es tut mir leid, dass du angeschossen wurdest«, spreche ich weiter. »Ich weiß, du wirst mir nicht glauben, aber ich hatte wirklich nichts damit zu tun.«

Er sagt kein Wort.

»Und es tut mir leid, dass ich mich nicht so verhalten habe, als ob wir gemeinsam drinhängen. Ich weiß, dass du es genauso hasst, mit mir verheiratet zu sein, wie ich mit dir. Es geht nicht nur um dich, King. Ich wollte das nie. Eine Ehefrau zu sein. Ich war mir sicher, du würdest versuchen, mich zu etwas zu machen, was ich nicht bin. Ich weiß, was Mafiafrauen ertragen müssen. Ich wollte nur sichergehen, dass du weißt, dass ich weder meine Freunde noch mein Leben aufgeben werde. Aber ich werde hier mehr tun. Ich wohne auch hier. Ich will, dass es mein Haus ist, *unser* Haus, nicht nur deins. Von jetzt an werde ich mich auch so verhalten.«

»Ich erwarte nicht, dass du das Dienstmädchen bist«, sagt er und beobachtet, wie ich den Faden durch seine Haut ziehe.

»Ich weiß«, erwidere ich. »Aber ich kann eines einstellen.«

»Ich dachte, du wüsstest nicht, wie.«

»Ich bin sicher, dass ich es herausfinden kann«, sage ich, verzurre die Enden des Fadens und lehne mich zurück. »So, alles erledigt.«

»Ja«, sagt er und blickt zum Fenster. »Danke.«

Ich kann vielleicht eine Wunde verbinden, aber ich kann nicht reparieren, was mit seinem Kopf los ist. Und das ist in Ordnung. Ich erwarte auch nicht, dass er mich heilt. Ich lächle bei diesem Gedanken. An mir ist viel zu viel falsch, als dass ich es in Ordnung bringen könnte.

»Warum lächelst du?«, fragt er nach einer Sekunde.

Ich werfe ihm einen kurzen Blick zu. Ich wusste nicht, dass er mich ansieht.

»Es ist nichts«, sage ich und schüttle den Kopf, während ich nach dem Verband greife, um die knorrigen Nähte zu bedecken. »Ich dachte nur, ich könnte dich reparieren, aber ich glaube nicht, dass das jemand kann.«

»Da hast du wahrscheinlich recht«, meint er nach einer Pause.

»Und das ist in Ordnung«, sage ich. »Ich werde nicht

versuchen, dich zu reparieren, wenn du nicht versuchst, mich zu reparieren. Abgemacht?«

Er zögert wieder und knirscht mit den Zähnen. Schließlich nickt er. »Abgemacht«, bestätigt er, aber er klingt nicht sehr glücklich darüber.

»Das hier wird eine Minute lang mehr wehtun, aber es wird nicht so lange dauern«, sage ich und greife nach der Nadelzange. »Leg dich hin.«

Er schwingt seine Beine auf das Bett und verschränkt die Arme vor der Brust. Ich stütze mich auf seine Schienbeine und beuge mich über die Kugel, die immer noch in seinem Schenkel steckt.

»Wir müssen uns nicht lieben«, fahre ich fort, während ich arbeite. »Aber wir müssen dafür sorgen, dass diese Ehe funktioniert. Es gibt für keinen von uns einen Ausweg. So funktioniert es. Es gibt keine Scheidung. Wir müssen im selben Haus zusammenleben. Aber wir müssen keine Feinde sein.«

»Worauf willst du hinaus?«

»Ich denke, dass wir vielleicht egoistisch waren«, sage ich. »Wir sind beide unglücklich, und wir hassen uns beide. Aber ich werde die Erste sein, die zugibt, dass ich nicht wirklich darüber nachgedacht habe, wie beschissen es für dich ist, mit mir zusammen zu sein, wenn du jemanden wie Bianca oder Lizzie hättest bekommen können.«

»Und was hättest du lieber bekommen?«, fragt er. »Jemanden, der sich von dir überrumpeln lässt?«

»Nun ja«, meine ich mit einem kleinen Lachen.

Er holt tief Luft, als ich das Ende des Geschosses treffe. Wir schweigen eine Minute lang, während ich vorsichtig nach der Kugel grabe, um sie zu fassen zu bekommen. »Ich weiß noch, wie ich das zum ersten Mal gemacht habe«, sage ich mit einem kleinen Lachen. »Ich muss ungefähr acht gewesen sein. Ich wachte mitten in der Nacht auf und hörte lautes Geschrei und Gebrüll, also ging ich nachsehen, was das alles sollte. Papi hat meinen Onkel reingeholt, und er hat geflucht wie … wie es keine Achtjährige hören sollte.« Ich breche ab und schüttle den Kopf.

King sagt nichts, also fahre ich fort.

»Er wurde in die Rückseite seines Beins geschossen, unterhalb des Knies. Ein paar andere Jungs waren auch da, aber sie konnten die Kugel nicht herausholen, weil Onkel Bert immer wieder um sich trat, als sie danach suchten. Aber dann sah Papa, dass ich wach war und dass ich das ganze Blut schon gesehen und das ganze Gefluche gehört hatte und nicht schreiend weggelaufen war. Und ich hatte winzige Finger, mit denen ich in das Einschussloch gelangen und die Kugel holen konnte, als es sonst niemand konnte.« Ich lache leise und lege die Kugel auf mein

Tablett. »Meine Mutter war so sauer, als sie es erfuhr.«

Es ist schon so lange her, dass ich an diese Nacht gedacht habe. Das Nähen von Verletzungen wurde irgendwann Teil meines Lebens, kurz nach der Trennung meiner Eltern.

King sagt nichts, aber ich weiß, dass er zuhört. Er beobachtet mich mit … etwas Neuem in seinen Augen. Respekt, vielleicht. Mir wird klar, dass dies das längste Gespräch ist, das ich mit meinem Mann über meine Erziehung geführt habe. Ich weiß auch nicht wirklich etwas über sein Leben. Plötzlich habe ich ein komisches Gefühl, weil ich diese Erinnerung mit ihm geteilt habe, so unpersönlich sie auch ist.

Ich bereite die Nadel vor, um die winzige Öffnung der Kugel zu vernähen. »Nur noch ein paar Stiche«, lasse ich ihn wissen. »Du kannst die Kugel als Andenken behalten. Ich habe gehört, das erste Mal angeschossen zu werden, soll unvergesslich sein.«

Ich blicke zu ihm auf und sehe, dass seine Augen glasig vor Schmerz sind. Er ist erstaunlich ruhig, wenn man bedenkt, welche Schmerzen er hat. Die Verletzungen sind ziemlich gering, aber sie müssen selbst höllisch wehtun. Ich respektiere ihn für seine stoische Reaktion. Ich habe ihm einmal gesagt, dass er sich meinen Respekt verdienen muss, aber ich habe nicht viel darüber nachgedacht, dass er mich respektiert. Ich nahm an, dass kein Mafioso seine Frau wirklich respektiert, aber King ist nicht wie die meisten Männer, die ich kenne. Ich bin stolz darauf, ihm helfen zu können und mir vielleicht seinen Respekt zu verdienen, so wie er sich meinen verdient hat. Es ist schwer, einen Mann nicht zu respektieren, der sich kaum regt, nachdem er angeschossen wurde.

Als ich die Nadel in ihn stoße, zuckt er zusammen, aber er sagt kein Wort. Als ich einen Blick auf ihn werfe, hat er seinen Kopf zurück auf das Kissen gelegt, die Augen geschlossen, die Nasenflügel gebläht.

»Soll ich den Mund halten?«, frage ich und setze einen weiteren Stich.

»Nein«, sagt er zerknirscht. »Rede weiter.«

Ich möchte ihn über sein Leben ausfragen, aber wahrscheinlich will er jetzt nicht reden, also versuche ich, mir etwas anderes zu überlegen. »Meine Freundin Bianca findet dich heiß«, erzähle ich und erinnere mich an ihre Sticheleien im Salon.

Dieser Gedanke bringt mich zu dem Gespräch, das ich mit meinem Vater am Telefon hatte, während ich dort war, was mich zu Kings Anschuldigung zurückführt.

»Ich weiß, dass du denkst, dass das eine Falle war, aber das liegt daran, dass jemand wollte, dass du das glaubst«, sage ich. »Jemand, der will, dass wir im Krieg bleiben.

Wenn es mein Vater gewesen wäre, hätte er mich rausgeholt, bevor etwas passiert wäre. Glaub mir, King. Er würde an mich denken.«

Daran habe ich keinen Zweifel. Er denkt immer an mich, selbst in dieser Ehe, die wie ein Fluch schien. Ich habe es anfangs vielleicht nicht gesehen, aber jetzt schon. Jetzt weiß ich, dass er mir gegeben hat, was ich brauchte, dass er nicht nur an ein Bündnis mit den Valentis gedacht hat, sondern an mein Glück. Er wollte nicht, dass ich mit fünfundzwanzig Jahren zur Witwe werde, also gab er mir einen jungen Mann. Er wollte nicht, dass ich immer im Herzen der Gefahr bin, wollte nicht, dass mein Mann in den gefährlichsten Positionen ist, also gab er mir einen Soldaten. Er wollte nicht, dass ich jemanden heirate, der gefühlskalt und emotionslos ist, also gab er mir jemanden, der neu in diesem Job ist.

Wer außer meinem Vater würde also die Valentis ausschalten wollen?

Nun, diese Antwort ist zu einfach. Jeder.

»Unsere Familien haben sich verbündet, aber das bedeutet nicht, dass die anderen Familien für immer friedlich sein werden«, fahre ich fort. »Oder es könnte eine der irischen oder russischen Organisationen gewesen sein. Und nach allem, was wir wissen, dachte jemand, dass sowohl Anthony als auch Al da drin waren. Sie könnten diese Kugeln für unsere beiden Familien bestimmt haben.«

King nickt und zieht die Stirn in Falten.

»Es könnte ein Zufall gewesen sein, jemand, der Al einfach reingehen sah und die Gelegenheit nutzte.«

»Es war kein Zufall«, presst King hervor. »Sie trugen Skimasken. Sie hatten Schalldämpfer. Es war vorsätzlich.«

Ich nicke und lege vorsichtig einen Verband über seine Wunde. »Will dich jemand tot sehen? Wenn wir das ausschließen können, wissen wir, dass sie wegen Al gekommen sind.«

King hält inne, seine Augen suchen meine. »Was hast du deinem Vater über mich erzählt?«

»Nichts«, erwidere ich und schaue ihn finster an, als das Schuldgefühl einsetzt. Er weiß, was ich gesagt habe. »Nur, dass du furchtbar warst und mich umbringen wolltest.«

Er schaut wieder zum Fenster. »Würde er mich deswegen verfolgen?«

Ich lehne mich auf meinen Fersen zurück. »Ja, wenn du mich tatsächlich getötet hast.«

»Du hast ihm gesagt, dass ich dich misshandelt habe.«

»Mein Vater will, dass wir uns arrangieren, so wie es deine Eltern sicher auch wollen. Er würde mich nie als Witwe zurücklassen. Er liebt mich, und er will das Beste für mich.«

»Es wäre vielleicht das Beste, deinen Mann loszuwerden«, murmelt er. »Vor allem, wenn er die Allianz beenden will.«

»Ich weiß, was die Leute über ihn sagen«, sage ich. »Dass er ein Monster ist und so weiter, aber das stimmt nicht. Ich meine, wenn es um Frauen geht, sind die Gerüchte vielleicht wahr. Aber was soll er denn machen, für den Rest seines Lebens im Zölibat leben, weil seine Frau nicht mit ihm reden will? Und vielleicht hatte er vorher seine kleinen Affären, aber es ist ja nicht so, dass sie glücklich waren. Es war arrangiert, genau wie das hier. Meine Mutter hat ihn nie geliebt, hat ihn nie gewollt.«

Wir starren uns eine lange Minute lang an, und mir wird klar, dass ich viel zu viel gesagt habe. Er muss das alles nicht über meine Familie wissen.

»Wie du«, spricht er leise. »Deshalb glaubst du, dass ich rumvögeln werde. Weil du mich nicht willst, so wie deine Mutter deinen Vater nicht wollte. Und genau das hat er getan.«

Ich hebe mein Kinn und blicke ihn an. »Er ist ein guter Vater, King. So gut, wie er unter den gegebenen Umständen sein konnte. Er hatte viele Freundinnen, ja, und er war vielleicht etwas jähzornig, aber er würde mich nie, nie anrühren. Und er würde meinen Mann nicht beseitigen, ohne es mir zu sagen.«

»Okay«, sagt er.

Eine Minute lang sitzen wir schweigend da, unser Wille kämpft gegeneinander. Ich möchte, dass er weiß, dass ich niemals lügen würde, dass mein Vater ein guter Mensch ist, auch wenn er ein gewalttätiges, jähzorniges Monster ist, wenn es um seine Arbeit geht. Aber niemals zu mir. Für mich war er der gestresste, überarbeitete Vater, der so viele Verpflichtungen hatte, dass er sich entscheiden musste, ob er mich abends bei weiteren Kindermädchen lassen oder mich mitnehmen wollte. Ich wollte mit ihm zusammen sein, und er hat mich geliebt, also hat er die Entscheidung getroffen, die vielleicht nicht ideal war, aber die mich glücklich gemacht hat.

Er entschied sich, mich mitzunehmen, daher die Pokerspiele und Krisensitzungen, um die Strategie zu besprechen, die Kugelentfernungen um zwei Uhr morgens und die Gewissheit, dass er mich nie und nimmer zurücklassen würde, wenn unsere Familien in den Krieg zögen. Er würde seine Leute nicht am helllichten Tag losschicken, um einen Auftrag zu erledigen. Er würde seine Männer auch nie ihre Gesichter mit Masken bedecken lassen. King mag nicht überzeugt sein, aber ich kann mit voller Überzeugung sagen, dass dies nicht das Werk meines Vaters war.

»Du kannst dich jetzt waschen«, sage ich. »Aber

versuch, sie ein paar Tage lang nicht nass zu machen.«

»Ich schätze, es ist gut, dass du mich verarztet hast«, meint King und schwingt seine Beine vom Bett. »Sonst hätte ich wahrscheinlich die Laken vollgeblutet.«

Das Bild setzt sich in meinem Kopf fest, die Kommentare, die die Leute über unsere Hochzeitsnacht gemacht haben. Ich bin diejenige, die auf die Laken bluten sollte. Vielleicht denkt er dasselbe, denn er geht schnell ins Bad, um sich sauber zu machen, während ich meine Sachen wegräume.

In der Tür zum Badezimmer bleibt er stehen und dreht sich um. »Eliza?«, fragt er.

»Hmm«, sage ich, ohne ihn anzusehen, während ich die blutigen Instrumente, die desinfiziert werden müssen, beiseitelege.

»Danke.«

Ich zucke mit den Schultern. »Das war nichts.«

Unsere Augen treffen sich, und sein dunkler Blick ist so intensiv, dass ich mich winde. »Es ist etwas.«

Dieses Mal bin ich diejenige, die wegschaut. Manchmal fühlt es sich so an, als ob diese Espresso-Augen direkt in meine Seele blicken.

Er zögert einen Moment, dann geht er ins Bad und schließt die Tür. Ich bin froh, dass er weg ist, dass er nicht sieht, wie ich die Augen schließe, um mich zu sammeln, dass er nicht das zitternde, flatternde Gefühl errät, das mein Inneres umkreist.

Es war ein langer Tag und ein noch längerer Abend, und ich beschließe, einfach ins Bett zu gehen und es hinter mir zu lassen. Kurze Zeit später kommt King aus dem Bad, nur mit einem Handtuch um die Hüften. Ich schließe meine Augen und tue so, als ob ich schlafe, aber heute Nacht schaue ich durch meine Wimpern. King ist nicht besonders verlegen, aber er zeigt sich auch nicht nackt vor mir. Ich habe seinen Schwanz nur einmal gesehen, und ich bin bereit für mehr. Nicht auf sexuelle Weise, wie damals, als er mir einen Orgasmus bescherte. Ich will ihn sehen, alles von ihm. Ich will ihn auf eine Art und Weise kennenlernen, wie ich es bisher nicht getan habe.

Sein Haar ist nass und sein Körper sauber, kleine Wassertröpfchen kleben an der Stelle, an der er sich gewaschen hat, und werden von dem goldenen Licht beleuchtet, das durch die offene Badezimmertür ins Schlafzimmer fällt. Er blickt mich an, als wolle er prüfen, ob ich schlafe, bevor er das Handtuch fallen lässt und sich der Kommode zuwendet. Er hat eine Narbe an der Seite, oberhalb der Hüfte, und wenn ich raten müsste, würde ich sagen, sie ist weniger als ein Jahr alt. Es sieht aus wie eine weitere Schusswunde, obwohl er mich nicht korrigiert hat, als ich sagte, dass es heute seine erste war. Das macht mich stutzig, denn ich dachte, er sei neu in diesem Job. Ich beobachte die Kurve seines Hinterns, wie schön muskulös er ist, die starken, schlanken Muskeln seiner Oberschenkel. Als er sich von der Kommode wegdreht, kann ich die Form seines Schwanzes sehen, der nach unten hängt, und das lässt ein Feuerwerk in meinem Bauch explodieren.

Ich hatte ihn in meinem Mund. Wärme schimmert durch meinen Unterleib, und mein Mund ist voller Speichel, wenn ich nur seine Form betrachte. Selbst wenn er nicht hart ist, kann ich sehen, dass er groß ist. Und nicht nur groß, sondern auch gut aussehend, ganz glatt und gerade und gut gepflegt. Ich wünschte, das Licht wäre an, damit ich mehr sehen könnte. Ich weiß, dass ich das nicht sollte, dass ich spioniere, aber es lässt mein Herz auf eine vertraute, aufregende Weise rasen. Ich muss mich zusammenreißen, um nicht enttäuscht zu seufzen, als er sich eine Jogginghose anzieht und sie über seinen verletzten Oberschenkel zieht.

Eine Minute später lässt er sich auf die Bettkante sinken und streicht mit seiner guten Hand mein Haar zurück. »Eliza?«, flüstert er. »Bist du wach?«

Ich bewege mich nicht, antworte nicht. Ich lasse meine Lider geschlossen, damit er kein Glitzern zwischen meinen Wimpern sehen kann. Mein Herz klopft so laut in meinen Ohren, dass ich denke, er würde es hören, er würde wissen, dass ich wach bin, dass ich ihn beobachtet habe, dass es in meinem Bauch von Schmetterlingen wimmelt und dass sich darunter Wärme ausbreitet. Ich möchte vor Frustration schreien. Ich will ihn, aber ich hasse ihn. Ich hasse, dass ich ihn will. Ich hasse, zu wollen, dass er mich will. Und mehr als das, dass er mich respektiert, bewundert, und lobt. Ich will seine Zustimmung. Auch wenn er vorhin die Kontrolle übernahm und mein Gesicht fickte, mich am Ende demütigte, indem er mich sein Sperma von ihm lecken ließ, es machte mich immer noch an. So abgefuckt bin ich nun mal.

Und abgesehen davon, hasse ich es, dass ich nicht einfach darum bitten kann, was ich will. Ich kann ihm nicht sagen, wie es mich anmacht, wenn er mir sagt, was ich tun soll, wenn er mich zwingt, es zu tun. Wenn ich es ihm sagen würde, würde er aufhören. Also muss ich ihn nur weiter reizen, ihn verärgern und ihn dazu bringen, mich noch mehr zu hassen, nur um zu bekommen, was ich will. Es ist nicht Freiheit oder dass er mich in Ruhe lässt. Es ist, dass er beweist, dass er sich kümmert, dass ich etwas wert bin. King sagte, ich sei wertlos, aber wenn ich es wäre, würde er es nicht weiter versuchen. Er würde nicht immer wieder zu mir zurückkommen, weil er nichts dafür kann, genauso wenig wie ich etwas dafür kann, dass ich auf ihn reagiere, mich nach ihm sehne.

Er steht einen langen Moment neben dem Bett und beobachtet mich, während ich so tue, als würde ich schlafen. Dann beugt er sich herunter und drückt seine Lippen sanft auf meine Stirn. »Es tut mir leid«, flüstert er. »Es tut mir alles so verdammt leid.«

Ich kann ihm nicht sagen, dass ich nicht will, dass es ihm leid tut, dass ich nicht will, dass er aufhört. Ich will nicht einmal, dass er sich schlecht fühlt, so wie er mich behandelt. Ich will mehr. Aber ich kann nicht darum bitten, zumindest nicht mit Worten. Ich erfahre nur, was ich brauche, wenn er es mir gibt, und vielleicht, wenn ich Glück habe, lernt er es auch. Ohne dass ich es ihm sagen muss, ohne dass ich ihn um das bitten muss, was ich will, ohne dass ich ihm meine verkorkste Vergangenheit mit ihren hässlichen Geheimnissen offenbaren muss, wird er lernen, ein guter Ehemann zu sein – und mich zu einer guten Ehefrau machen.

Sechzehn

King

»Ein paar von ihnen habe ich nicht gefunden«, sagt Little Al. »Sie haben ihre Namen nicht veröffentlicht, weil die Cops nicht mit ihren Familien gesprochen haben, aber wir haben ein paar Insiderinformationen, und drei von ihnen waren in den Nachrichten. Sie stammen aus der Bronx und waren offensichtlich nicht unsere Männer, was bedeutet, dass sie zu Anthony gehören.«

»Warum sollten sie uns angreifen, nachdem sie einen Heiratspakt geschlossen haben?«, frage ich. »Das ergibt keinen Sinn.«

Er zuckt mit den Schultern. »Das muss eine Falle gewesen sein. Sie haben versucht, Al zu kriegen. Ihr habt Glück, dass ihr lebend rausgekommen seid. Ihr beide.«

»Ja«, erwidere ich. »Sieht er sich die anderen Typen an?«

»Das macht keinen Sinn, wirklich. Sie sind aus Anthonys Gebiet.«

»Ich könnte es mir ansehen«, schlage ich vor. »Es muss doch einen Grund geben.«

»Ich kenne da drüben jemanden«, meint er. »Ich werde herumfragen. Aber Al glaubt, dass sie es sind, also hat es keinen Sinn.«

»Danke.« Ich bin in jeder Hinsicht im Nachteil, weil ich nicht hier aufgewachsen bin. Ich kenne niemanden außerhalb Manhattans, es sei denn, er ist mit mir verwandt. Aber wenigstens hat meine Familie Beziehungen – wir haben einen Friseur, einen Polizisten und einen Anwalt auf der Seite meines Vaters. Natürlich haben wir auch die ganze Valenti-Familie mütterlicherseits, einschließlich Little Al, der ein entfernter Cousin von mir ist.

Wir machen unsere Runde, sammeln Geld ein, brechen Finger und melden uns bei Onkel Al, bevor ich nach Hause fahre. Ich hasse es, dass ich meinen eigenen Pförtner fragen muss, ob jemand bei mir ist, aber ich will auch nicht mit einer Kugel in meinem Gehirn enden. Ich dachte, Eliza und ich hätten gestern Abend eine Art Frieden geschlossen, aber der heutige Tag hat das alles zunichte gemacht. Nun, da ich bestätigt habe, dass der Angriff höchstwahrscheinlich von den Pomponios ausging, weiß ich nicht, worauf ich mich zu Hause einlasse. Es wäre schön, wenn ich mich darauf verlassen könnte, dass meine eigene Frau auf meiner Seite ist, aber ich habe ihr keinen Grund gegeben, mich in der Nähe haben zu wollen. Ich sollte wohl froh sein, dass sie nicht kocht, so muss ich mich nicht jeden Abend fragen, ob mein Essen vergiftet ist.

Als ich frage, ob heute schon jemand da war, nickt der Pförtner. »Das Übliche.«

Ich habe den ganzen Weg bis zur Wohnung geschmort. Nach der letzten Nacht dachte ich, wir würden Fortschritte machen. Ich dachte, ich hätte ein wenig herausgefunden, was Eliza braucht, und dass sie es vielleicht auch akzeptieren würde. Sie hat sich nicht dagegen gewehrt, als ich mich ihr gegenüber aufgedrängt habe. Sie hatte mich zuvor gebeten, ihr nicht wehzutun, also tat ich es auch nicht, aber dieses Mal ließ ich ihr nicht den Vortritt. Sie war triefend nass, und danach belohnte sie mich, indem sie mit ihrem Fachwissen meine Schusswunden versorgte.

Vielleicht hat sie Bianca heute nach dem Mittagessen einfach mitgebracht. Sie ist definitiv eine der üblichen Verdächtigen.

Ich drehe den Schlüssel im Schloss und schiebe die Tür auf, nur um von einer Welle von ekelerregendem chemischen Geruch getroffen zu werden. Als ich das Wohnzimmer betrete, werde ich von dem üblichen, extravaganten Chaos begrüßt. Eliza liegt seitlich über einem Stuhl, das Kleid sitzt so hoch, dass ich ihren halben Hintern sehen kann. Ein Dutzend anderer Mädchen und ein paar Jungs sitzen auf Kissen oder auf der Couch, neben den meisten von ihnen stehen Weingläser. Sie haben in unserem Wohnzimmer etwas eingerichtet, das wie ein Salon aussieht.

Auf dem Couchtisch liegen überall Nagellackflaschen, Wattebäusche und Flaschen mit Entferner herum. Eine Flasche Nagellackentferner liegt umgestürzt in einer Flüssigkeitslache auf dem Hartholz. Blauer Nagellack ist über die Oberfläche des Couchtisches verschmiert, ein paar Tropfen laufen langsam am Edelstahlbein herunter. Lotionen, Kleber und ein Dutzend anderer Produkte liegen im Raum verstreut – kleine Schaumstoffdinger, mit denen sich Mädchen die Zehen abtrennen, Lavasteine, Packungen mit künstlichen Nägeln, etwas, das wie farbiger Sand aussieht, Salzpeelings, ätherische Öle und Dinge, die ich nicht zuordnen kann.

Musik dröhnt durch den Raum, während ich dastehe und denke, dass ich nicht gewinnen kann. Es hört nie auf. Dieses Mädchen wird mich zum Äußersten treiben. Nachdem ich den Tag damit verbracht habe, über die Schulter zu schauen, nicht zu wissen, ob jemand hinter mir her ist und einen weiteren Anschlag auf mein Leben verüben wird, nicht zu wissen, ob ich schnell genug reagieren kann, mit einem Oberschenkel, der bei jeder Bewegung schmerzt, als ob der Teufel selbst ihn aufstechen würde, und einem Verband auf meiner Schulter, komme ich nach Hause und sehe diesen Scheiß. Wie an jedem anderen verdammten Tag.

Sie verspricht, sich zu bessern, ein Dienstmädchen einzustellen, einen Beitrag zu leisten, nur um am nächsten Tag zu ihrer hedonistischen Extravaganz zurückzukehren, als wäre nichts geschehen. Jedes Mal, wenn wir einen Schritt nach vorne machen, wird dieser am nächsten Tag wieder zunichte gemacht, wenn sie in ihre Welt zurückkehrt, die Welt, in der sie eine verwöhnte Prinzessin ist, die sich um niemanden außer sich selbst schert.

Warum kann sie nicht zu einem ihrer Häuser gehen?

Natürlich würde das nicht funktionieren. Sie macht diesen Scheiß mit Absicht. Sie will, dass ich weiß, was sie vorhat. Sie beweist damit, dass ich ihr nicht sagen kann, was sie tun soll. Dass sie tun wird, was immer ihr verdammt nochmal gefällt. Sie wird ihr Wort nicht halten, und sie will, dass ich das weiß. Sie will, dass ich sie für eine schreckliche Ehefrau halte, damit ich nicht erwarte, dass sie ihre Rolle so erfüllt, wie es jeder andere tun würde. Sie will, dass ich Angst davor habe, was sie tun wird, welchen Einfluss sie auf ihren Vater hat, welche Macht sie in unserer Ehe ausübt.

Nun, scheiß drauf.

Wenn sie in meinem Haus ist, werde ich ihr sagen, was sie tun soll, und sie wird es verdammt noch mal tun. Ich werde für den Rest meines Lebens nicht mehr mit einem offenen Auge schlafen, weil ich meiner Frau nicht vertrauen kann, dass sie mich nicht umbringt, ich werde nicht mehr jedes Essen auswärts bestellen, damit sie mich nicht vergiftet. Dieser Scheiß geht schon viel zu lange so, und ich bin fertig damit.

Ich schreite hinüber und ziehe den Stecker aus der Wand, woraufhin die Musik mit einem dumpfen Schlag verstummt.

»Oh, nein«, meint Eliza und rollt mit den Augen. »Daddy ist zu Hause. Schätze, der Spaß ist jetzt vorbei, Mädels.«

Sie wirft mir einen frechen Blick zu, als wolle sie mich herausfordern, ihr zu widersprechen, sie vor anderen in die Schranken zu weisen. Sie denkt, mich interessiert, was ihre Freunde denken. Sie denkt, es sei mir scheißegal, ob ich ihr den Spaß verderbe. Aber das ist es nicht.

»Verpisst euch«, sage ich zu ihren Freunden, bevor ich mich zu ihr umdrehe. »Und du. Was zum Teufel soll das, Eliza?«

»Das nennt man Spaß«, erwidert sie und gestikuliert durch den Raum. »Du solltest es auch mal probieren.«

Bianca kichert in ihr Getränk, sie hat sich inzwischen an den Anblick gewöhnt.

»Ich habe dir gesagt, dass ich nicht mehr zu dieser Scheiße nach Hause kommen will.«

»Was wirst du tun?«, fragt Eliza und verdreht die Augen. »Du bist mein Ehemann. Du bist nicht mein Vater. Du kannst mir keinen Hausarrest geben.«

»Treib es nicht zu weit«, warne ich sie. Ich packe ihren Arm, ziehe sie hoch und zerre sie ins Schlafzimmer.

»Hör auf«, schreit sie und winkt ihren Freunden zu, als ob sie sie retten wollten. »Du tust mir weh!«

Bianca kichert immer noch in ihr Getränk, und die anderen sehen aus, als würden sie nur darauf warten, dass sie geht, damit sie über unseren Streit tratschen können. Keiner von ihnen sieht auch nur ein bisschen besorgt aus. Sie müssen Eliza so gut kennen, wie ich es langsam tue.

»Ihr seid besser alle weg, wenn ich mit ihr fertig bin«, warne ich die anderen, bevor ich Eliza durch unsere Schlafzimmertür schleppe und sie hinter uns zuschlage.

»Bist du verrückt?«, schreit sie. »Mein Vater wird dich umbringen, wenn du mich so behandelst!«

»Er hat es schon versucht, schon vergessen?«, belle ich. »Ich habe die die Schnauze voll von deinem Scheiß. Ich dachte, ich hätte mich gestern Abend klar ausgedrückt, aber anscheinend brauchst du eine härtere Lektion.«

»Was willst du dagegen tun?«, verhöhnt sie mich.

»Ich werde dich zu meiner Frau machen«, knurre ich. »Ich habe es satt, dass du dich wie ein bockiges Kind benimmst. Es wird Zeit, dass du eine Frau wirst.«

Ich stürme auf sie zu, die Wut pulsiert in meiner Stirn. Sie versucht, an mir vorbeizuhuschen, aber ich packe ihr um die Taille und werfe sie zurück aufs Bett. Ihr Kleid fliegt hoch, und der rote Spitzenschlüpfer darunter lässt meinen Kopf fast explodieren.

Hatte sie vor, nach ihrem kleinen Wellness-Tag auszugehen, oder wollte dieses Arschloch Tommy vorbeikommen, aber ich war zuerst da?

Ich stürze mich auf sie, bevor sie aufstehen kann. Sie versucht, ihr Kleid herunterzuziehen, aber ich halte ihre Hände fest. »Für wen zum Teufel trägst du das?«, frage ich, greife nach unten und packe ihren Slip im Schritt. Ich zerre ihn ihr vom Körper, reiße ihn ab und zerknülle ihn in meiner Hand.

»Niemand«, sagt sie und zappelt unter mir. »Die sind für mich. Und jetzt geh runter von mir. Meine Freunde werden es hören.«

»Lass sie zuhören«, beschließe ich und ziehe meinen Schwanz aus der Hose. »Dann wissen sie, dass du zu mir gehörst und nicht zu ihnen.«

Zwischen ihren nackten Schenkeln zu sein, ist zu viel.

Seitdem ich von unserer Verlobung erfahren habe, bin ich zölibatär wie ein verdammter Mönch. Ich bin fertig mit ihr. Wenn sie als meine Frau macht, was sie will, dann mache ich als ihr Mann, was ich will.

Ich spucke auf meine Hand und streiche damit über die Spitze meines Schwanzes, bevor ich ihn an ihrem Schlitz reibe und spüre, wie sie zittert, während sie für mich feucht wird. Ich ignoriere ihre Proteste und reiße ihr das Kleid über den Kopf, sodass ihr köstlicher kleiner Körper für mich entblößt ist und ihre rasierte Muschi voll zur Geltung kommt. Sie will das. Sie hat mich absichtlich gedrängt, weil sie wusste, dass wir an diesen Punkt kommen würden, wenn sie nicht aufhört. Sie hat mich auf die Probe gestellt, und sie hat meine Grenze gefunden. Sie will, dass ich die Kontrolle über sie übernehme, sie in ihre Schranken verweise, ihr Grenzen aufzeige, die sie nie hatte. Um das zu tun, muss ich ihr zeigen, was passiert, wenn sie mich zu weit treibt.

»Du bist meine Frau, Eliza«, knurre ich und drücke sie flach auf den Rücken. »Es ist an der Zeit, dass du nicht nur dem Namen nach eine bist.«

Ich habe unseren Familien versprochen, dass ich ihr Partygirl-Dasein beenden und ihr beibringen werde, wie man eine Ehefrau ist. Wir erfüllen heute Abend beide unsere Pflicht. Früher habe ich mich von ihr ablenken lassen, aber jetzt bin ich konzentriert. Ich gehorche meinen Bossen, und sie gehorcht mir. Es geht nicht um Liebe. Es geht um die Pflicht.

»Nein«, schreit sie, während sie sich unter mir verzweifelt wehrt. »Ich werde dir wieder einen blasen.«

»Ich will nicht deinen Mund«, sage ich, wickle den Spitzenschlüpfer auf und drücke ihn an ihr Gesicht. »Ich will deine Fotze. Sie gehört mir, und heute Abend werde ich sie mir nehmen.«

»Du bist zu groß«, schreit sie und wendet ihr Gesicht ab. »Ich bin winzig. Das wird nie passen.«

»Ich werde es passend machen«, knurre ich. »Ich werde meinen Schwanz so tief in dich hineinrammen, dass du keine Luft mehr bekommst, und dann werde ich dich so hart ficken, dass du nie wieder vergisst, wem du gehörst.«

»Bitte«, weint sie und ihre schönen Tränen glitzern in den Augen. »Ich gehöre doch schon zu dir. Du hast gesagt, ich kann mein eigenes Leben führen und tun, was ich will, wenn ich zu Hause bin.«

Ich weiß, dass sie Dinge verdreht und vortäuscht, um ihren Willen zu bekommen, und ich bin es leid, ihr ihre Freiheit zu lassen, nur um später dafür zu bezahlen. Ich habe es satt, darauf zu warten, das einzufordern, was mir die ganze Zeit gehörte. Es ist an der Zeit, dass sie akzeptiert, dass jeder Teil von ihr mir gehört – vor allem dieser.

»Du kannst ganz du selbst sein, aber deine Fotze gehört mir«, sage ich, nehme meinen Schwanz in die freie Hand und drücke die Spitze erbarmungslos in ihre jungfräulichen Öffnung.

»Du tust mir weh«, schreit sie und Tränen steigen ihr in die Augen.

»Ich sagte doch, dass ich nicht sanft bin.«

Ich ziehe mich aus ihr heraus und dringe erneut in sie ein, wobei ich fast den Verstand verliere bei dem exquisiten Gefühl, als ihr jungfräuliches Fleisch um meinen Schwanz anspannt. Diesmal schreit sie schockiert auf, und ich schiebe ihr den Slip zwischen die Lippen, um ihn in den Mund zu stopfen. Sie mag sich gegen mich wehren, aber ihre glitschige Fotze sagt mir, dass sie das will, auch wenn ihr sturer Verstand das nicht zugeben kann. Diesmal stoße ich ein wenig tiefer und zittere vor Anstrengung. Es ist so lange her, dass ich eine Frau gefickt habe, und ich will sie so sehr, dass mein Körper zu kommen droht, bevor ich überhaupt die Barriere in ihr durchbrochen habe. Aber ich werde sie nur einmal entjungfern, und ich bin mir verdammt sicher, dass es für immer sein wird.

»Fuck, bist du eng«, hauche ich, lasse meinen Schwanz

tiefer eindringen und öffne ihre unberührte Muschi für mein Eindringen. »Es fühlt sich so gut an.«

Sie bäumt sich unter mir auf und schreit hinter meiner Hand auf. Ich lasse ihr Gesicht los, lasse den Schlüpfer in ihrem Mund und stoße tiefer in die Frau, die meine Geduld jeden Tag auf die Probe gestellt hat, bis sie meine Grenze gefunden hat. Ich spiele ihr Spiel nicht mehr mit. Das ist es, was das hier für sie ist, ein Spiel, um zu sehen, ob sie mich zum Ausrasten bringen kann.

Nun, ihr Wunsch ist endlich in Erfüllung gegangen.

Mein Schwanz trifft auf die Barriere ihrer Jungfräulichkeit, und ich halte inne und spüre, wie sie sich köstlich um meine Spitze dehnt.

Ich ziehe mich einen Zentimeter zurück und stoße dann mit einem schnellen, scharfen Stoß zu, der ihre Jungfräulichkeit zerreißt. Sie kreischt und windet sich unter mir. Ich bin immer noch in ihr, streiche ihr Haar zurück und küsse ihre tränenverschmierten Augenlider.

»Gib mir diese hübschen kleinen Tränen«, singe ich. »Weine für mich, meine jungfräuliche Braut. Du kannst mir nichts vormachen. Du kannst es aushalten. Ich weiß, wie zäh du bist.«

Als sie ihre Hüften hebt und versucht, mich von sich zu stoßen, dringe ich tiefer in sie ein und beobachte, wie ihre hübschen Tränen fließen, als ich mir endlich nehme, was mir gehört, was mir die ganze Zeit gehört hat.

»So ist es gut, *piccola mia*«, flüstere ich. »Lass jetzt alles raus, denn du wirst dich daran gewöhnen. Da du daran erinnert werden musst, wem du gehörst, werde ich diese süße kleine Fotze von mir jede Nacht ficken, bis du aufhörst, dich dagegen zu wehren. Du wirst immer mir gehören. Du kannst es genauso gut akzeptieren und lernen, mich wie ein gutes Frauchen zu nehmen.«

Während ich spreche, stoße ich langsam gegen die Anspannung ihrer Wände. Mit jedem Zentimeter, den ich tiefer in ihre jungfräuliche Fotze eindringe, schreit sie wieder auf, öffnet ihr Fleisch zum ersten Mal und passt es an die Größe meines Schwanzes an. Ich tue ihr nicht unnötig weh, aber ich gebe auch ihren Tränen nicht nach. Ich gehe es langsam an, lasse sie sich anpassen, aber ich höre nicht auf, bis ich bis zum Anschlag in ihr drin bin und jeden Zentimeter von ihr bis in die Tiefe einnehme.

Sie ist so eng, so glitschig und heiß, dass ich kaum geradeaus sehen kann. »Das gehört mir«, knurre ich, ziehe mich zurück und stoße wieder tief in sie hinein. »Du gehörst mir. Verstehst du?«

Ich hole aus und stoße dann so tief in sie hinein, dass sie sich durch die Kraft meiner Hüften auf dem Bett bewegt. Ich umklammere ihre Hüften und halte sie in Position, damit sie den nächsten Stoß empfängt. Ich vergrabe meinen Schwanz bis zum Anschlag und reibe meinen Beckenknochen gegen ihre Klitoris. Sie gibt einen Laut von sich, gedämpft durch das Höschen, das immer noch in ihrem Mund steckt. Ihre Augen sind leuchtende Hasspfützen, als sie mich anstarrt. Ich stoße wieder in sie hinein und genieße es, wie sich ihre Augen vor Schreck weiten, wenn ich in ihr Innerstes stoße.

»Sieh dir an, wie du jeden Zentimeter von mir nimmst«, knurre ich und stoße erneut in ihre Tiefen. »So wie ich dich nehme. Ich gehöre dir, Eliza. Jeder Teil von mir gehört dir. Jeder Zentimeter. Genauso wie du mir gehörst.«

Ich habe endlich meinen Anspruch auf meine Braut erhoben. Sie gehört wirklich mir. Ihre Fotze, ihre Jungfräulichkeit, ihr Körper. Sie ist für mich aufbewahrt worden. Es ist kein Preis, den ich gewonnen habe, sondern eine Belohnung für alles, was ich durchgemacht habe. Es ist mein Recht, was mir versprochen wurde, weil ich es mit ihr ausgehalten habe. Ich habe ihr Zeit gegeben, sich an den Gedanken zu gewöhnen, zu ihren eigenen Bedingungen zu kommen, und das hat sie nicht getan. Jetzt lernt sie meine Bedingungen.

Das ist kein Spiel. Ich hätte gestern wegen ihrer kleinen Wutanfälle sterben können. Ich habe erkannt, wie real dies ist, wie real die Konsequenzen sind, wenn sie mich verachtet. Jetzt ist es an der Zeit, dass sie die gleiche Dosis Realität abbekommt, dass sie den Preis für ihren Verrat erfährt. Mehr noch, es ist an der Zeit, dass ich meinen Job erledige und ihr zeige, was es heißt, eine Mafiafrau zu sein.

Ich bewege mich schneller, beobachte, wie ihre Tränen fließen und ihre Zähne auf den Slip in ihrem Mund beißen. Ihre Muschi packt mich in ihrem glitschigen Schraubstock, und ich pumpe in sie hinein, bestrafe sie für ihren Widerstand mit jedem harten Stoß. Ich beweise ihr etwas, aber ich lasse mich auch endlich gehen, nehme mir, was mir gehört, ohne mir Gedanken über unsere Zukunft zu machen. Sie hasst mich bereits. Es macht keinen Unterschied, ob ich sie ficke oder nicht. Es macht keinen Unterschied, wie ich sie ficke. Also mache ich es so, wie ich es will, lasse meiner Wut und Frustration jedes Mal freien Lauf, wenn ich meinen Schwanz bis zum Anschlag in sie stoße.

Jeder Stoß bringt einen gedämpften Laut aus ihrer Kehle hervor, ihre süßen Schreie der Lust und des Schmerzes halten mich in Bewegung. Ich stoße in ihre heiße, glitschige Fotze, drücke nach oben, um zu sehen, wie mein Schwanz sie in Besitz nimmt, der Blutbeweis, dass sie ein Schatz ist, den nur ich jemals beanspruchen werde. Sie ist perfekt, die schönste Frau, die ich je gesehen habe, wie sie unter mir liegt, mit ausgebreiteten Haaren, glitzernden Tränen, die an ihren feuchten Wimpern kleben, und gerötetem Gesicht. Ihre vollen Lippen zittern um das rote Spitzenhöschen, das zwischen ihnen steckt, aber sie spuckt es nicht aus.

Endlich hat sie kapituliert.

Sie wusste, dass das geschehen würde. Sie weiß verdammt gut, wie sie mich provozieren kann, und wenn ihr die Konsequenzen nicht gefallen würden, würde sie nicht jeden gottverdammten Tag das Gleiche tun. Sie mag ihre falschen Tränen weinen, aber sie will es genauso sehr wie ich, sie will, dass ich sie in die Schranken weise und ihr zeige, wie man sich unterwirft. Sie will, dass ich ihr zeige, wie sehr ich sie will, wie sehr ich sie besitze. Sie will sehen, wie weit ich gehen werde, um sie zu beanspruchen, wie hart ich um sie kämpfen werde, dass ich niemals aufgeben und weggehen werde, so wie sie niemals nachgeben wird. Sie kann es nicht zugeben, aber sie braucht das genauso sehr wie ich. Sie muss, wenn nötig, mit Gewalt beansprucht werden, sie muss beherrscht und besessen werden.

Sie ist nicht mehr angespannt, kämpft nicht mehr dagegen an. Ihre Schenkel sind geöffnet, um meinen Anspruch zu empfangen, und ich beanspruche sie. Ich beanspruche das Geschenk, das mir die ganze Zeit zustand, das ich schon in der ersten Nacht hätte nehmen sollen. Ich stoße härter in sie, während sie lockerer und feuchter wird, bis ich sie ins Bett stoße und meinen Schwanz mit jedem brutalen Stoß bis zum Anschlag in ihre blutige Fotze treibe, bis ich mich nicht mehr zurückhalten kann. Ich stoße ein letztes Mal in sie hinein und halte sie fest, beanspruche die Tiefen ihrer Fotze mit meinem Schwanz und erhebe mit jeder Spermaspritze den endgültigen Anspruch in ihrem Körper. Sie gehört mir, um sie zu nehmen, zu ficken, zu bestrafen und zu besitzen, wie ich es für richtig halte. Sie ist kein eigenständiger Mensch. Keiner von uns ist das.

Wir sind Mann und Frau, ob wir es wollen oder nicht. Ich bin ein Soldat, der jeden Tag Menschen bricht, ob ich will oder nicht. Aber das ... Das ist es, was ich will. Wirklich zusammen zu sein, Mann und Frau nicht nur auf dem Papier, sondern im physischen Sinne, unsere Körper vereint, unsere Herzen schlagen gegeneinander, während ich auf ihr liege und die Nachwehen meines Orgasmus immer noch alle paar Sekunden einen Tropfen Sperma in ihren Gebärmutterhals pressen.

Schließlich reiße ich mich von ihr los und steige aus dem Bett. Bevor ich unter die Dusche gehe, um das Blut abzuwaschen, kehre ich zurück. »Jetzt, wo wir das hinter uns gebracht haben, wird es Zeit, dass ein Hausmädchen kommt und die Laken wechselt.«

Siebzehn

Eliza

Ich hasse ihn. Ich hasse ihn mit all der ohnmächtigen Wut, die durch meine Glieder brennt, mit jedem krachenden Schlag meines tornadoartigen Herzens, mit der hilflosen Wut aller Mafiafrauen, die jemals in die Knechtschaft der Ehe verkauft wurden. Und es gibt absolut nichts, was ich tun kann, um ihn aufzuhalten. Das hat er heute Abend bewiesen. Ich gehöre ihm, und er kann mit mir machen, was er will. Er gehört auch mir – meine Strafe, meine Folter, die ich ertragen muss.

Ich drehe mich um mich selbst, wütend über jede Träne, die er aus meinen Augen gedrängt hat, die Tränen, die immer noch meine Wangen tränken und auf das Kissen tropfen, wie das Sperma, das ich immer noch aus meinem zerstörten Körper tropfen spüre, das mit meinem Blut auf die Laken läuft. Ich will ihn töten, jeden Valenti, der meiner Familie je wehgetan hat, jeden Menschen, der mir je wehgetan hat. Ich will, dass sie alle ausgelöscht werden, verbrannt zu nicht mehr als einem Fleck in meiner Erinnerung.

Ich höre die Dusche laufen, aber ich rühre mich nicht. Es hat keinen Sinn. Ich bin gefangen, ein gebrochenes Tier in einem Käfig. Also liege ich einfach nur da und wüte, und ich weine. Ich weine um meine Mutter, um das, was sie ertragen musste, um mich in diese Welt zu bringen. Ich weine um meinen Bruder, der starb, bevor er jemand anderem diese Qualen zufügen konnte. Ich weine um mich selbst, um das, worauf ich mich für den Rest meines verdammten Lebens freuen muss.

Das Wasser wird abgestellt, und King kommt heraus, ganz feucht und in ein Handtuch gewickelt, stolz auf seine Eroberung. Er sieht mich an, sein Blick wandert von meiner zitternden, nackten Gestalt zu der Stelle hinter mir, wo er mich gefickt hat. Ich weiß, dass da Blut ist, aber ich schaue nicht hin. Es reicht, es zu spüren, die Zerstörung, die er in mir angerichtet hat, den Schmerz, wenn ich mich bewege, der sich anfühlt, als hätte er Rasierklingen in mir hinterlassen.

»Scheiße, El«, sagt er, kommt herüber und lässt sich neben mir auf das Bett sinken. Seine ganze Wut und Schadenfreude ist mit meinem Blut in der Dusche weggespült worden. Der Glückliche.

Ich sage kein Wort. Ich habe nicht einmal die Kraft,

meine Tränen zu verbergen. Er hat sie schon gesehen. Sie gefallen ihm. Der kranke Wichser mag es, wenn er weiß, dass er mir wehtut, dass ich wegen ihm weine.

Er dreht sich um und zieht die Decke über meine zusammengekauerte Gestalt. »Es tut mir leid. Ich hätte sanfter sein sollen.«

Ich antworte immer noch nicht. Was gibt es zu sagen?

Er streicht mein Haar zurück, dann hält er inne. Er hebt mein Kinn an und schiebt einen Finger in meinen Mund, um das nasse Spitzenhöschen herauszuziehen. Mit seinen Daumen trocknet er die Tränen von meinen Wangen, als könne er den Schmerz so einfach auslöschen. Es muss schön sein, glauben zu können, dass er weg ist, nur weil er ihn nicht sehen kann.

»Wie sehr habe ich dich verletzt, *piccola mia?*«

»Mir geht es gut«, sage ich.

»Ich werde es wiedergutmachen«, sagt er und klingt ein wenig verzweifelt, als würde es ihm wirklich leid tun. Als ob er erst jetzt begreift, dass ich nicht gespielt habe, dass es für mich kein Spiel war.

»Das kannst du nicht«, sage ich barsch. »Geh weg.«

»Lass mich dir ein so gutes Gefühl geben, wie du es mich fühlen lässt«, spricht er und setzt sich vor mir auf das Bett.

Ich sage nichts, denn es hat keinen Sinn. Ich habe so

sehr versucht, mein Leben in den Griff zu bekommen, etwas Eigenes zu haben, aber es war alles nur eine Illusion. Ich hatte nie die Kontrolle über irgendetwas, schon gar nicht über meinen eigenen Körper. Er gehörte nie mir. Er war immer das Eigentum anderer, und wenn ich versuchte, mich zu wehren, wurde er ihrem Willen unterworfen.

King kommt näher und zieht mich in seine warmen, starken Arme, deren Haut noch feucht von der Dusche ist. Er küsst meine Stirn und streicht mit seinen Daumen über mein Haar, bevor er mein Gesicht berührt und mein Kinn anhebt. Die Grausamkeit ist aus seinen Augen verschwunden, aber ich werde nie vergessen, dass er sie in sich hat, die Fähigkeit, auf diese Weise brutal zu mir zu sein.

»Lass mich dich in den Wahnsinn treiben, so wie es mit mir geschieht, wenn ich sehe, wie schön du bist«, flüstert er und nimmt meine Wange in seine Handfläche. »Wenn ich mich daran erinnere, dass du immer mir gehören wirst.«

Ich erschaudere bei seinen Worten, dem Versprechen, das sich wie eine Fessel um meinen Knöchel legt. Er küsst meine Wangen, meine Lippen, dann meine Kieferpartie, seine Hand legt sich auf meine Brust. Ein Kribbeln schießt durch mich, als sein Mund mein Ohr erreicht, aber mein Körper zittert zu sehr, um zu genießen, was er tut. Alles, woran ich denken kann, ist, was als nächstes kommt. Ich umklammere seine Schulter, meine Nägel graben sich ein.

»Was machst du da?«, flüstere ich, und Panik macht sich in meinem Bauch breit. Das hätte nicht passieren dürfen. Das denke ich immer und immer wieder. Was habe ich falsch gemacht? Ich habe nachgegeben. Ich habe ihm mich überlassen. Wie kann er immer noch weitermachen? Warum ist er noch nicht fertig?

»Ich will jeden Zentimeter von dir küssen«, murmelt er in meinen Nacken, seine Stimme ist tief und rau. »Ich will deine Muschi schmecken. Ich will dich immer und immer wieder kommen lassen, bis du dich nur noch daran erinnerst.«

Er stützt sein Gewicht auf einen Ellbogen und hinterlässt sanfte, warme Küsse auf meinem Hals, während seine andere Hand über meinen Arm, meine Seite und meinen Oberschenkel streicht. Sein schwerer Atem lässt mich erschaudern, während er meinen Hals küsst und mein Kinn hochdrückt.

Es fühlt sich gut an. Das tut es. Ich sage mir das immer wieder.

Ich kam mit dem Blasen gut zurecht, mit seinen Fingern, sogar mit dem Sex. Großartig, um genau zu sein. Er sagte nur gute Dinge. Und wenn ich das konnte, warum dann nicht auch das?

Ich kann es. Ich kann es tun. Ich lasse ihn sein Ding machen, er wandert meinen Körper hinunter, küsst meine Brüste. »Du bist so schön«, sagt er, und seine Hände sind überall, seine Worte, sein Verlangen. Ich ertrinke darin und kann nicht mehr auftauchen, also liege ich einfach nur da, während er ein leises Stöhnen von sich gibt, eine meiner weichen Brustwarzen in den Mund nimmt und sanft daran saugt. Mein Atem geht stoßweise, und mein Kitzler pocht als Reaktion. Er saugt fester, und ein kleines Wimmern entweicht meinen Lippen. Er streichelt meinen Bauch, geht tiefer, bis er den Rand meines nackten Hügels streift, der für ihn blank gelasert ist. Ich wusste, dass er mich ficken würde. Ich dachte, ich wäre bereit. Aber ich werde nie wirklich bereit sein.

Ich zucke zurück und bin schockiert von dem Pochen, das er mit jedem Saugen direkt in mein Inneres schickt. Ich wünschte, ich würde nichts spüren, aber ich kann mir nicht helfen. Er lässt meine Brustwarze los und bläst einen Luftstrom über meine nasse Haut, wobei er beobachtet, wie ein Schauer über meinen Körper läuft. Er muss das mögen, das Gefühl, dass er alles in Ordnung bringen kann, dass es nicht so schlimm war, weil mein Körper auf seine Berührung reagiert. Aber niemand kann mich in Ordnung bringen.

Er nimmt die andere Brustwarze in den Mund und stöhnt dabei, was es noch schlimmer macht. Ich spüre, wie sich Hitze und Nässe zwischen meinen Schenkeln sammeln, der Druck von vorhin kehrt mit voller Wucht zurück, das Blut pocht in meinem zerrissenen Fleisch und schwillt vor Erregung an.

Und dann stößt er mich wieder unter Wasser, weil es zu viel ist, was er tut und wie sehr er das will, wie sehr er es braucht … Wie kann er mehr wollen? Ich bin zerstört worden, habe ihm alles gegeben, und er macht immer noch weiter. Ich kann nicht damit umgehen, kann mich nicht dagegen wehren, also lasse ich mich auf den Grund sinken und wünsche mir, dass es so tief ist, dass er mich nicht berühren kann. Ich höre die Stimme, die mich verfolgt, verzerrt wie aus einem Horrorfilm, obwohl sie in Wirklichkeit eine freundliche Stimme mit einer stählernen Schärfe war.

Hab keine Angst vor deinem eigenen Körper, Eliza. Hab keine Angst vor deiner eigenen Lust.

Er lässt eine Hand zwischen meine Beine gleiten, seine Berührung ist so sanft und sicher, dass sie mir wieder Tränen in die Augen treibt. Ich drücke meine Augenlider zu und atme zittrig, als er meine Lippen öffnet und mit seinem Daumen langsam über meine Klitoris streicht. Sein Mund wandert zurück zu meiner anderen Brustwarze, wo er leckt und saugt und knabbert, bis mein ganzer Körper vor Hitze kribbelt und seine Finger von meiner Erregung glitschig sind.

Dann geht er tiefer, und sein Mund ist auf meinem Bauch, und ich zittere so stark, dass er es spüren muss, aber er hört nicht auf. Jedes Mal, wenn sein Daumen über die geschwollene Knospe meiner Klitoris gleitet, pocht sie als Antwort. Er schnippt mit seiner Zunge in meinen Bauchnabel und setzt sich dann auf, seine Hand immer noch zwischen meinen Beinen. Er spreizt meine Schenkel und kniet dort, schaut auf mich herab, die keine Jungfrau mehr ist. Ich schäme mich und versuche, meine Beine zu schließen, aber er drückt sie weiter auf, seine Nasenlöcher blähen sich und sein Blick wird glühend heiß.

»Du bist so verdammt perfekt«, haucht er und massiert meine Oberschenkel, um die Spannung zu lösen.

»Bin ich nicht«, flüstere ich, meine Lippen zittern, mein ganzer Körper ist kalt und zittert. Ich starre zu ihm hoch. Ich kann das Licht über mir sehen, verschwommen, wie durch Wasser.

Ich versuche, meine Knie zu schließen, aber er hält sie offen und rutscht auf dem Bett hinunter, sodass er zwischen meinen Beinen steht und mich aus wenigen Zentimetern Entfernung anstarrt.

»Lass mich dich anschauen«, murmelt er, seine

Stimme ist voller Lust. »Ich möchte mir deine frisch gefickte Fotze einprägen, damit ich es mir für immer vorstellen kann. Es ist das Schönste, was ich je gesehen habe.«

Ich winde mich, mein Gesicht erhitzt sich vor Scham, weil ich mich so schmutzig fühle, während er mir so nahe ist. Ich bin aufgerissen und kaputt, aus mir tropft Blut und Sperma.

»Bist du damit einverstanden?«, fragt er und sieht zu mir auf, wobei sich eine Falte zwischen seinen Augenbrauen bildet.

Natürlich bin ich nicht damit einverstanden, verdammt. Wie kann ich damit einverstanden sein? Ich ertrinke, schreie in meinem Kopf, aber wenn ich den Mund öffne, strömt das Wasser hinein, also nicke ich nur.

»Hast du das schon mal gemacht?« Er zieht meine Beine auf seine Schultern, lässt seine Hände von meinen Knöcheln an meinen Waden entlang gleiten und umfasst meine Knie, bevor er mit seinen Händen an der Vorderseite meiner Oberschenkel entlang fährt.

Ich habe nicht die Kraft, mir Sorgen zu machen, was er sagen wird, ob er böse sein wird. Ich nicke wieder.

»Gut«, sagt er und drückt meine Beine beruhigend zusammen. »Dann weißt du, dass es nicht wehtut. Ich werde dir nie wieder wehtun, Eliza. Das verspreche ich dir.

Entspann dich einfach und lass mich dir ein gutes Gefühl geben.«

Hab keine Angst vor deinem eigenen Körper, Eliza. Fürchte dich nicht vor deinem eigenen Vergnügen.

Es ist wie Hohn in meinem Kopf, die Rufe von hundert grausamen Tyrannen auf dem Spielplatz. Aber es gab nur einen Tyrannen, einen Tyrannen und eine Badewanne, und das Wasser war zu kalt, und ich kann nicht aufhören zu zittern.

Ich nicke.

King rutscht näher heran, spreizt meine Lippen und atmet tief ein. »Du riechst fantastisch«, sagt er mit heiserer Stimme.

Es ist nicht so schlimm, sage ich mir. Es fühlt sich gut an. Aber ich bin mir nicht sicher, denn ich bin nicht hier, ich bin woanders, und das gute Gefühl ist nicht mit meinem Gehirn verbunden, nur mit meinem Körper. King streicht mit seiner Fingerspitze über meine geschwollene Klitoris und murmelt wieder, wie schön ich bin, während er mich mit seinen Fingern öffnet.

»Was machst du da?« Ich schaffe es, mein ganzer Körper ist angespannt, auch wenn ich versuche, mein rasendes Herz und meine zitternden Glieder zu beruhigen.

»Ich schmecke meine Braut«, sagt er und vergräbt seine Zunge in meiner rohen Muschi.

Und ich ... *Zerspringe.*

Achtzehn

King

Eliza schießt unter mir hervor, als würde sie von etwas Unmenschlichem angetrieben werden. Ich weiß nicht einmal, wie sie sich aus meinem Griff befreien kann, nur dass ich in der einen Sekunde den ersten Geschmack meiner Frau genieße und einen Sekundenbruchteil später purzelt sie vom Bett. Sie dreht sich auf dem Absatz, um sich mir zuzuwenden, als sie den halben Raum durchquert hat, ihre Haltung ist defensiv und bereit, als ob sie in beide Richtungen davonlaufen könnte, wenn ich einen Muskel bewege. Sie starrt mich mit ihren unverständlichen Bourbon-Augen an, wild und animalisch und erfüllt von etwas, das man nur als instinktiven Schrecken bezeichnen kann.

»Wow«, sage ich, knie mich auf das Bett und halte beide Hände hoch. »Was ist denn hier los?«

Meine Worte scheinen sie ein wenig zur Vernunft zu bringen, und sie verschränkt ihre Arme über ihren Titten.

»Ich mag das nicht«, sagt sie und stößt die Worte zwischen heftigen Atemzügen hervor.

»Okay«, sage ich langsam. »Dann müssen wir es nicht tun. Jesus, Eliza. Du hättest etwas sagen können.«

»Als ob ich etwas gesagt hätte, als du mich gerade ficken wolltest?«

Ich schlucke und spüre, wie es mir in die Seele bläst. »Es tut mir leid«, sage ich noch einmal und lasse mich auf das Bett sinken. »Du hast ja recht. Ich wollte es nur besser machen.«

»Das macht es nicht besser«, sagt sie. »Es macht es schlimmer. Ich hasse das. *Ich hasse es.*«

Die Vehemenz in ihrer Stimme und die Grimmigkeit in ihren Augen sagen mir, dass sie nicht spielt, mich nicht testet. Ich habe es versaut, und ich weiß es. Endlich wird mir klar, welch schweres Verbrechen ich an meiner Frau begangen habe. In dem Moment, in dem ich wieder klar denken konnte, kamen Schuldgefühle auf, aber ich bin mir immer noch nicht sicher, wie sehr ich sie verletzt habe. Ich sollte sie dazu bringen, mir zu vertrauen, und nicht dafür sorgen, dass sie es nie tut. Ich weiß nicht, wann sie aufhörte zu spielen, wann es auch für sie real wurde. Ich weiß nur, dass ich es zu spät erkannt habe. Ich habe sie dazu gebracht, sich mir zu unterwerfen, ja, aber Unterwerfung, die erzwungen wird und nicht freiwillig erfolgt, ist überhaupt keine Unterwerfung. Es ist eine Niederlage.

»Was brauchst du?«, frage ich sie.

Ohne ein Wort zu sagen, geht sie ins Bad und schließt die Tür.

Mist. Ich habe es versaut, und dieses Mal weiß ich nicht, wie ich es wiedergutmachen kann. Eines weiß ich sicher – ich werde nicht weggehen. Sie kann versuchen, mich wegzustoßen, so viel sie will, aber ich bin hier, und ich mache wieder gut, was ich getan habe.

Ihre Einstellung macht mich wahnsinnig, aber ich will nicht, dass sie die Nerven verliert. Ich will nicht, dass sie besiegt wird. Ich bin nicht dazu bestimmt, gegen sie zu gewinnen. Wir sollen ein Team sein. Wir gewinnen und verlieren zusammen. Ihre Niederlage ist meine Niederlage. Ich soll der Mann sein, der die Kontrolle hat. Ich soll nicht die Kontrolle verlieren und sie verletzen und damit alle Fortschritte zunichte machen, die wir vielleicht gemacht haben. Das letzte Mal, als ich die Kontrolle verlor, war meine Schwester tot.

Ich denke an all die Filme, die ich gesehen habe, in denen sich jemand in einer Badewanne die Pulsadern aufschneidet, und ich weiß, dass ich sie nicht aus den Augen lassen werde, bis ich weiß, dass es ihr gut geht. Ich werde dafür kämpfen, um sie kämpfen, bis sie bereit ist, mit mir dafür zu kämpfen. Bis sie es als etwas ansieht, für das es sich zu kämpfen lohnt.

Ich drehe den Türknauf und trete ins Bad. Eliza wirbelt von ihrer Position vor dem Spiegel auf mich zu. »Raus hier!«

»Ich werde nicht gehen«, sage ich. »Ich weiß, ich habe Mist gebaut, Eliza. Ich werde es nicht wieder tun. Aber ich werde dich jetzt nicht allein lassen. Wenn ich es nicht wiedergutmachen kann, dann lass es mich besser machen.«

Ich stecke den Stöpsel in die Klauenfußwanne und drehe das Wasser auf.

Ihr Blick wandert zur Wanne und wieder zu mir. »Glaubst du, ein Bad wird es besser machen?«

»Es wird es nicht schlimmer machen«, sage ich. »Sprich mit mir, Eliza. Sag mir, was ich tun kann, um das in Ordnung zu bringen. Um dir zu zeigen, dass es mir leid tut.«

Sie blinzelt mich ein paar Mal an, als hätte sie das nicht erwartet. Und warum sollte sie auch? Sie hat mich schon gehasst, und jetzt weiß sie genau, was für ein Arschloch ich bin.

»Wofür entschuldigst du dich?«, fragt sie und verengt die Augen.

»Dafür, dass ich dich gefickt habe, obwohl ich wusste, dass du es nicht wolltest.«

Sie starrt mich eine Minute lang an, dann sinken ihre Schultern. »Das kannst du nicht ändern, King.«

Was zum Teufel ist los mit mir? Ja, es ist schon eine Weile her, dass ich Sex hatte, und ich war verdammt frustriert, dass ich meine Frau nicht ficken kann, aber das ist keine Entschuldigung. Es ging ihr offensichtlich nicht gut. Ich redete mir ein, dass sie es wollte, aber wollte sie es wirklich?

Das war die absolut schlechteste Art und Weise, wie ich es hätte angehen können. Ich wusste bereits, dass sie Angst vor Sex hatte, und ihre Jungfräulichkeit so grob zu nehmen, wird daran nichts ändern. Ich hätte sie wie eine Prinzessin behandeln sollen, wie etwas Kostbares, denn das ist sie ja auch. Ich habe schon öfter beim Sex Mist gebaut, aber nicht so. Wenn ich anfange, daran zu zweifeln, muss ich mir nur noch einmal ihre Reaktion vor Augen führen. Sie schrie fast hinter dem Stoff, mit dem ich sie dämpfte, als ich in sie eindrang. Sie weinte die ganze Zeit. Als es vorbei war, konnte sie gar nicht schnell genug wegkommen.

Die Fehler, die ich im Suff verbrochen habe oder die verheirateten Frauen, die aufwachten und mit einem Blick auf mich feststellten, dass sie ihre Ehe für einen Hauch von Jugend ruiniert hatten, waren schlimm genug.

Okay, ich war schon immer ein Vollidiot, nicht nur

heute.

Aber diese Frau …

Das ist meine Frau, und ich habe sie behandelt wie … wie einen Feind.

Gerade als wir anfingen, eine Art Durchbruch zu erzielen, habe ich es geschafft, es sofort wieder zu versauen. Denn sie hat recht. Es gibt kein Zurück mehr. Ich habe ihre Jungfräulichkeit genommen, etwas, das sie nie wieder zurückbekommen kann, und ich habe es für mich beansprucht, ohne Rücksicht auf sie.

Ich fahre mir mit der Hand durch die Haare, während ich auf dem Wannenrand sitze und beobachte, wie sie sich mit einem Taschentuch zwischen ihren Beinen abtupft. Es kommt rot heraus. Ich kann mein Gesicht im Spiegel hinter ihr sehen. In meinem Mund fließt Blut wie bei einem verdammten Kannibalen, weil ich meine Zunge so tief in ihre Möse gesteckt habe. Aber ich will es nicht wegspülen, um den einzigen Geschmack von ihr zu löschen, den ich wahrscheinlich jemals bekommen werde. Es war nicht genug.

Mir wird langsam klar, dass ich nie genug von ihr bekommen werde. Es jetzt zu wissen, wenn sie mit mir fertig ist, ist eine zu grausame Qual, selbst für jemanden wie mich.

»Steig in die Wanne«, sage ich und stelle das Wasser

ab, als sie voll genug ist.

Sie sieht mir im Spiegel in die Augen, ihr Ausdruck ist zurückhaltend. »Du wirst mich nicht anfassen?«

»Ich verspreche es. Wenn du nicht willst, steige ich gar nicht erst ein.«

Sie nickt, und zu meiner Erleichterung steigt sie in die Wanne. Dann sackt sie in sich zusammen und lässt sich in das warme Wasser gleiten. Ihr ganzer Körper sieht besiegt aus, kleiner und zerbrechlicher als zuvor, als hätte ich den Geist gebrochen, der sie beseelt hat. Mir dreht sich der Magen um, und ich weiß, dass sie recht hat. Ich kann das, was ich getan habe, nicht ungeschehen machen, kann es nicht zurücknehmen, kann es nicht in Ordnung bringen. Es ist nicht fair von mir, sie zu fragen, wie ich den Schaden wiedergutmachen kann. Ich habe es versaut. Ich muss es selbst herausfinden, herausfinden, wie ich nach einer solchen Verletzung weitermachen kann. Die Wahrheit ist, dass es kein Vorwärtskommen gibt. Wir werden hier für immer festsitzen.

Ein warmes Bad, um sie zu entspannen und den Schmerz zu lindern, ist so unzureichend, dass es fast beleidigend ist.

Sie sitzt in der Wanne und starrt unglücklich auf die ersten roten Strudel, die sich durch das Wasser ziehen. »Ich bin einfach … Ich habe es vermasselt, King.«

Ich hocke neben der Wanne, aber ich berühre sie nicht. Dieses Recht habe ich verloren, als ich sie gezwungen habe, mich zu nehmen, als sie noch nicht bereit war. »Das ist nicht wahr«, versichere ich ihr. »Ich bin derjenige, der es vermasselt hat.«

»Ja, vielleicht«, sagt sie leise. »Aber ich wäre nie bereit gewesen. Es war die einzige Möglichkeit.«

»Ich verstehe das nicht.«

»Ich … mag es nicht, wenn man mich berührt.«

»Irgendwo?«, frage ich.

»Nicht, wenn es dorthin führt«, erklärt sie.

»Du hast gesagt, dass du deswegen gelogen hast«, erinnere ich sie. »In unseren Flitterwochen hast du gesagt, du hättest das erfunden.«

»Ich sagte, dass ich lüge, wenn ich sage, dass ich diese Gefühle nicht habe«, korrigiert sie.

»Du hast also sexuelle Gefühle, aber du willst keinen Sex oder gar, dass ich dich lecke?«

Sie schüttelt den Kopf und murmelt ins Wasser. »Das ist noch schlimmer.«

Es ist eine Sache, wenn sie es mag, gezwungen zu werden, wenn es Teil des Spiels ist, so wie ich es dachte. Meine Brüder sind letztes Jahr mit so einem Mädchen ausgegangen. Aber sie sagt, sie will es gar nicht. Ich weiß nicht, was ich sagen soll, was ich davon halten soll. Ich wusste, dass sie Angst vor Sex hat, aber das ist etwas anderes. Wie kann ein Mädchen es nicht mögen, wenn ihre Muschi geleckt wird? Ich meine, wenn sie mich hasst, verstehe ich, dass sie nicht will, dass *ich* sie anfasse, aber ich kann nicht leugnen, dass es sich gut anfühlt, wenn mein Schwanz gelutscht wird. Das ist Biologie. Ich habe viele Mädchen gefickt, die mir egal waren – weil es sich gut anfühlt.

Und ich habe sie schon oft zum Kommen gebracht, sie oft feucht gemacht. Was ist also das Problem?

Wir sitzen eine Minute lang schweigend da.

»Ich verstehe, dass ich dir wehgetan habe«, sage ich. »Aber oral tut es nicht weh.«

»Es tut mir leid«, meint sie, nimmt eine Flasche mit Schaumbad und schüttet etwas davon in die Wanne. Ich drehe das Wasser auf, damit sie sich nicht bewegen muss.

»Können wir darüber reden?«, frage ich.

»Ich werde meine Meinung nicht ändern, King. Ich hasse es und ich werde es immer hassen. Ich werde dich das nur tun lassen, wenn ich keine andere Wahl habe.«

»So wie heute«, sehe ich ein und schlucke den Knoten in meinem Hals hinunter.

Sie sinkt zurück ins Wasser. »Mir ist es lieber, du tust das, was du heute getan hast, als dass du mich zwingst, das andere zu tun.«

»Wenn du es so sehr hasst ... Du hast gesagt, du hast es schon mal gemacht. Weißt du daher, dass du es nicht magst?«

Sie schluckt und bewegt die Schaumblasen, um sich damit in der Wanne zu bedecken. »Ja.«

»Weil ... Du es damals auch nicht wolltest«, denke ich. »Jemand hat dich gezwungen.«

Sie nimmt einen langen, zittrigen Atemzug.

»Wer war es?«, frage ich, und meine Stimme ist so ruhig und gelassen, dass sie niemals die mörderische Wut erraten würde, die mein Herz beherrscht. Wenn meine Mutter bezweifelte, dass ich zu einem Mord fähig war, konnte ich ihr jetzt eine klare Antwort geben.

Eliza schüttelt den Kopf. »Das ist nicht wichtig«, flüstert sie. »Ich will nicht, dass du etwas tust. Deshalb habe ich es dir nicht gesagt.«

»Du hast dich also einfach von mir ficken lassen, obwohl du es nicht wolltest, wie irgendein anderes Arschloch? Du hättest es mir nicht vorher sagen können, deshalb bist du so sauer darüber?«

»Ich habe dich nicht gelassen«, flüstert sie, und eine Träne fällt von ihren Wimpern ins Wasser.

Die Scham, die durch meine Adern brennt, ist wie Gift, wie ich es noch nie gefühlt habe, nicht einmal, als wir von der Party zurückkamen und sahen, dass meine

Schwester weg war. Ich habe Eliza nicht nur im Stich gelassen. Ich habe sie aktiv zerstört.

Meine Hand ballt sich zu einer Faust, aber ich lasse die andere entspannt, während ich über den Wannenrand greife, um ihre Hand sanft zu nehmen. Sie weint leise, aber sie zieht sich nicht zurück. Ich weiß nicht, ob es das letzte Mal war, dass ich ihre Hand gehalten habe, also lasse ich sie nicht los. Sie fühlt sich so klein, so zart an in meiner Hand. Am liebsten würde ich jeden niedermetzeln, der ihr jemals wehgetan hat.

»Wer hat dich angefasst?«, frage ich, meine Stimme ist leise und bedrohlicher, als ich es beabsichtigt habe.

»Das ist nicht wichtig«, erwidert sie und wischt sich mit der freien Hand über die Wangen. »Ich war noch Jungfrau für dich. Das weißt du. Du hast es gespürt. Ich habe nicht gelogen. Schau mal.« Sie zeigt auf das blutige Wasser, weil ich sie so grob gefickt habe, ohne zu wissen, dass sie etwas anderes ist als eine Göre, die ein wenig grobe Behandlung braucht, um sie in die Schranken zu weisen.

Ich wäge meine Worte sorgfältig ab. »Glaubst du wirklich, dass mich das im Moment interessiert?«

Ich möchte jemanden umbringen, aber ganz oben auf der Liste der Leute, die sie verletzt haben, stehe ich. Was ich getan habe, ist tausendmal schlimmer als irgendein Arschloch, das sie vernascht hat, als sie es nicht wollte. Das

Blut im Wasser ist ein Beweis dafür, wie sehr sie es nicht wollte, wie sehr ich es versaut habe. Es hat nicht nur die Wäsche in unserem Zimmer befleckt. Es ist ein Fleck auf uns, auf unserer Bindung. Ich habe sie nicht nur vergewaltigt. Ich habe sie verletzt.

Dieses Blut ist ein Fleck auf meiner verdammten Seele.

Sie sieht mich an und dann weg. »Ich wollte nur, dass du es weißt. Du hast immer noch jemanden, der noch nie gefickt wurde, so wie es dir versprochen wurde. Sie haben nur … andere Sachen gemacht.«

Mein Herz hämmert vor Wut in mir. »Du sagst mir besser, wer dir das angetan hat, damit ich mich um ihn kümmern kann.«

Sie.

Scheiße. Sie sagte »*sie*«.

»Das kannst du nicht«, erklärt sie und zieht ihre Hand aus meiner. »Es gibt nichts, was du tun kannst. Es ist schon lange her, und es wurde bereits erledigt.«

»Du hast es deinem Vater gesagt?«

Sie sagt kein Wort.

Scheiße. Mein Herz gefriert in meiner Brust, und ich erinnere mich an meinen früheren Verdacht. »Es war dein Vater«, sage ich schlicht und einfach.

»Nein«, erwidert sie schnell.

Zu schnell. Zu nachdrücklich.

Wer sonst hätte Zugang zu ihr … *und* hätte keine Angst davor, was Anthony Pomponio tun würde?

»Hör zu, King«, sagt sie und wendet mir endlich ihr Gesicht zu. »Es tut mir leid, dass du eine Frau hast, die kaputt ist, aber ich habe es dir nicht gesagt, weil ich nicht wollte, dass du es weißt und genau so reagierst. Ich hätte es dir gar nicht gesagt, wenn ich nicht so ausgeflippt wäre und es verraten hätte. Ich hätte es einfach wie eine gute Ehefrau ertragen und den Mund gehalten, so wie ich es getan habe, als du mich gefickt hast. So sehr wollte ich nicht, dass du es erfährst. Also bitte, bitte respektiere meinen Wunsch und lass es einfach sein. Ich will keine Rache. Ich will nicht darüber reden. Ich will vergessen, dass es passiert ist, und mit meinem Leben weitermachen. *Bitte.*«

Ich weiß nicht, was ich ihr sagen soll. Ich kann es nicht einfach vergessen. Ich kann es nicht auf sich beruhen lassen und so tun, als wüsste ich es nicht, besonders nach dem, was ich ihr heute Abend angetan habe. Aber es ist ihr Körper, ihre Erfahrung, und ich habe ihr schon genug angetan. Ich habe kein Recht, etwas anderes zu verlangen. Ich muss ihre Wünsche respektieren, auch wenn es sich bis ins Innerste meiner Knochen falsch anfühlt.

»Okay«, gebe ich mich schließlich geschlagen.

Sie schüttelt den Kopf. »Ich werde meine Pflicht gegenüber der Familie erfüllen. Ich weiß, dass wir ein Baby bekommen müssen. Vielleicht hat es dieses Mal geklappt, und wenn nicht, werde ich einen Weg finden, es zu überstehen, falls es wieder passiert. Vielleicht betrinke ich mich einfach so sehr, dass ich es gar nicht merke.«

»Das werde ich nicht tun«, erkläre ich und richte meine Position so aus, dass ich auf den Fliesen knie. Ich genieße den Schmerz in meinen Knien, der mich daran erinnert, dass ich sie so viel schlimmer verletzt habe. Aber sie hat mir nicht wehgetan. Sie hat sich immer nur wie eine Göre benommen. Ich habe es versaut und muss jetzt mit den Konsequenzen leben. Ich bin froh, als sie einen Berg von Schaumblasen über ihren Körper fegt, damit ich sie nicht mehr sehen kann. Der Anblick erinnert mich nur daran, was ich nie wieder haben kann. Es erinnert mich daran, was ihr jemand genommen hat, und was ich ihr genommen habe, was noch viel verheerender ist.

Vielleicht ist es noch nicht zu spät. Vielleicht kann ich es immer noch wiedergutmachen.

»Darf ich dazukommen?«, frage ich. »Ich werde dich nicht anfassen. Ich werde dich nicht zwingen, etwas zu tun, was du nicht willst, Eliza. Nie wieder. Egal was passiert. Es ist mir egal, wie du dich verhältst, oder was die Familien erwarten. Ich werde das wiedergutmachen, egal wie lange es dauert. Ich weiß, dass du mir vielleicht nie vertrauen wirst, aber ich werde den Rest meines Lebens daran arbeiten, dir zu beweisen, dass du bei mir sicher bist. Dass ich dir nie wieder wehtun werde.«

Sie sieht zu mir auf, ihre Augen sind fragend und verletzlich. »Versprochen?«

»Ich verspreche es.« Ich beuge mich vor und küsse ihre Stirn.

»Was passiert, wenn sie nach einem Baby fragen?«, flüstert sie.

»Wir sagen ihnen, dass wir es versuchen. Und wenn das nicht funktioniert, können wir ihnen sagen, dass du nicht schwanger werden konntest. Solange wir verheiratet sind, sind die Familien vereint. Ein Baby würde helfen, das zu festigen, aber auch ohne Baby haben sie uns.« Ich drücke ihre Hand, und sie nickt, wobei ihr eine Träne über die Wange rinnt.

»Danke«, flüstert sie.

Ich klettere über den Wannenrand und sinke zu ihr ins Wasser. Anstatt zum anderen Ende zu rutschen, öffne ich meine Arme und werfe ihr einen fragenden Blick zu. Sie schluckt, dann rutscht sie langsam rüber und macht mir Platz. Ich sinke neben ihr nieder und ziehe sie in meinen Schoß. Sie spannt sich an, und ich schmiege mich an ihren Körper und küsse ihren Nacken. »Kann ich dich einfach nur festhalten?« frage ich. »Ich will nichts anderes.«

»Okay«, flüstert sie, und ich spüre, wie sie sich zu entspannen beginnt. Ich halte sie sanft, wie ein zerbrechliches Wesen, obwohl ich weiß, dass sie das nicht will. Niemand will auf diese Weise betrachtet werden. Aber das Brennen meiner Wut hat sich in etwas Warmes und heftig Beschützendes abgekühlt, und ich halte meine Arme um sie, als ob ich sie vor mir selbst beschützen könnte, nach dem, was ich ihr angetan habe.

Ich weiß nicht, wann ich aufhörte zu denken, dass ich mich nie für dieses Mädchen interessieren würde. Vielleicht geschah es irgendwann während der Flitterwochen, als ich die Sommersprossen auf ihrer Haut zählte, neidisch beobachtete, wie sie über die Witze aller lachte, nur nicht über meine, und bewunderte, wie furchtlos sie von einer Klippe ins Wasser sprang. Vielleicht war es in den Wochen danach, als ich mir ihren Gehorsam verdiente, sie mit einem Löffel fütterte, ihn sauber leckte, nachdem ich in ihr war. Vielleicht war es, als sie mich genäht hat, nachdem ich ihre Unterwerfung auf den Knien gefordert hatte. Oder vielleicht war es heute Abend, als ich in ihr kam und dann die Risse in ihrer Rüstung sah, die meinen so ähnlich sind, auch wenn die Ursachen für unsere Gebrochenheit so ganz unterschiedlich sind. Selbst wenn ich heute Nacht die Risse in ihre Rüstung gemacht habe, die mich zu dem wahren Mädchen in der Göre durchblicken lassen.

Ich weiß nur, dass ich das Gelübde, das ich vor dem Altar abgelegt habe, bereits gebrochen habe. Nicht das ihr gegenüber, sondern das mir gegenüber. Ich habe versprochen, sie mich nicht lieben zu lassen, aber ich habe vergessen, mich um mein eigenes dummes Herz zu kümmern.

Meine Schwester hat mir einmal gesagt, dass ich ein guter Vater sein würde, weil ich die Menschen beschützen und mich um sie kümmern möchte. Vielleicht werde ich nie ein Vater sein, aber der andere Teil ist wahr. Ich habe nicht darum gebeten, aber ich bin mit einem Instinkt verflucht, der das Leben, an das ich gebunden bin, noch gefährlicher macht.

Ich weiß, wie es ist, verletzt zu werden, und wenn ich sehe, wie jemand verletzt wird, möchte ich diesen Schmerz lindern. Es bindet mich auf eine Weise an sie, die nichts mit dem Gelübde zu tun hat, welches ich Eliza gegeben habe, oder mit den Ringen, die wir uns an die Finger gesteckt haben. Ich kann nicht anders, als mich um das zu kümmern, was mir gehört, und ich werde bis ans Ende der Welt gehen, um es zu schützen. Und der Instinkt ist nicht nur für die Familie, für ein Mädchen, das zu beschützen ich geschworen habe. Es geht um mehr als das. Sie hat meine Schwäche entdeckt. Wenn ich weiß, dass ein Mädchen leidet, erwacht etwas Ursprüngliches in mir, ein Instinkt, sie zu beschützen, für sie zu sorgen, sie zu heilen, selbst wenn ich derjenige bin, der den Schaden verursacht hat.

Ich weiß, wie gefährlich das ist, nicht nur, weil jemand sie mir wegnehmen könnte, sondern weil ich sie nicht vor all den Verletzungen schützen kann, die damit einhergehen, die Frau eines Mafiamitglieds zu sein. Ich kann ihr nicht versprechen, dass ich immer für sie da sein werde. Ich war in der Vergangenheit nicht da, um sie zu beschützen, als sie verletzt wurde, und ich kann sie auch jetzt nicht vor den Auswirkungen ihrer Vergangenheit auf ihr Leben schützen. Die Wahrheit ist, ich kann nicht einmal versprechen, dass ich sie beschützen werde, wenn ich hier bin. Ich habe schon einmal versagt. Wie kann sie mir vertrauen, dass ich mich um sie kümmere, wenn das letzte Mädchen, das ich beschützen sollte, tot ist?

Schlimmer noch, ich habe dafür gesorgt, dass sie mir niemals vertrauen kann. Dass ich sie nicht vor dem Monster in ihrem eigenen Haus beschützen werde. Ich habe nicht verdient, was ich mir von ihr genommen habe. Ich habe mich der Frau unwürdig erwiesen, die die Familien für mich ausgesucht haben, die sie mir anvertraut haben. Ich habe sie nicht beschützt und gehegt. Ich habe die Kontrolle über sie und über mich selbst verloren. Ich habe sie ruiniert, sie auf eine Weise verletzt, die niemals geheilt werden kann. Und dafür kann ich nicht einmal um Vergebung bitten.

Neunzehn

King

Ich stehe in der Küche und blicke auf unser Viertel, als ich Schritte hinter mir höre. Die Augustsonne steht trüb im Osten, die Hitze ist selbst um acht Uhr morgens über den Häusern sichtbar, aber ich wende mich ab, überrascht, dass Eliza so früh auf ist. Normalerweise schläft sie aus. Andererseits ist sie gestern Abend früh ins Bett gegangen und hat sich nach unserem Bad hingelegt. Ich lag die ganze Nacht wach, gequält von Schuldgefühlen, unfähig, meine Gedanken abzuschalten und im Schlaf Ruhe zu finden.

Eliza nimmt die Kaffeekanne und gießt den Kaffee in eine der winzigen Teetassen, die wir zu unserer Hochzeit bekommen haben. »Ich werde heute ein Dienstmädchen einstellen«, sagt sie und deutet in der Küche herum, die ich irgendwann mitten in der Nacht aufgeräumt habe, als ich es nicht mehr ertragen konnte, neben ihr zu liegen.

»Bist du deshalb schon so früh wach?«

Selena

»Du arbeitest heute?«, fragt sie und beobachtet, wie ich meine Krawatte zurechtrücke. Es ist zu heiß für diesen Scheiß, selbst wenn die Klimaanlage läuft. In der Bronx gibt es nicht genug Klimaanlagen, um eine Penthouse-Wohnung an einem Tag wie heute zu kühlen.

»Brauchst du mich für etwas?« erkundige ich mich.

»Nein«, meint sie.

Natürlich braucht sie mich nicht. Ich habe sie gestern Abend verdammt noch mal überwältigt und mir genommen, was mir gehört, ohne Rücksicht auf ihr Wohlergehen. Ich hätte vorsichtiger sein müssen, zumindest sanft. Ich wusste, dass etwas mit ihr nicht stimmte, dass sie ein Trauma haben musste, dass etwas hinter ihrem Verhalten steckte. Aber ich habe mich von ihrer frechen Art anstacheln lassen, dachte, ich könnte es aus ihr herausvögeln.

»Ich arbeite jeden Tag«, sage ich. »Möchtest du, dass ich dir bei deinem Vorstellungsgespräch für die Stelle als Hausmädchen helfe?«

»Ich überlege mir was«, erklärt sie. »Ich treffe mich sowieso mit Bianca zum Mittagessen. Ich muss sie wegen etwas fragen.«

Ich beobachte, wie sie einen Schluck Kaffee nimmt und ihre cognacfarbenen Augen meine über den Tassenrand hinweg treffen. Sie lächelt schüchtern, und ein

Hauch von Schuldgefühlen macht sich in mir breit. Als wir gestern Abend ins Bett gingen, blieb ich auf der Seite liegen, mit einem Ozean von Raum zwischen uns. Ich wollte sie wieder in den Arm nehmen, aber ich habe sie nicht danach gefragt. Ich weiß, dass ich dieses Recht nicht mehr habe.

Anstatt sie in den Arm zu nehmen, liege ich also allein da und denke darüber nach, was sie gesagt hat, dass ich mir eine Frau für nebenbei suchen soll. Ich weiß, dass ich frustriert bin, weil ich keinen Sex habe, aber ich werde keine Prostituierte anheuern, als ob das dasselbe wäre wie ein Dienstmädchen zu engagieren. Nicht, wenn meine Frau neben mir schläft. Aber ich kann sie nicht zwingen, etwas zu tun, was sie nicht will. Das werde ich nie wieder tun.

Wenn ich mein Versprechen an mich selbst gehalten hätte, nichts für sie zu empfinden, wäre es vielleicht einfacher. Ich würde nicht mehr von ihr wollen als das, was eine Hure mir geben könnte, mehr als die Erfüllung eines Grundbedürfnisses.

Ich sollte nicht mehr brauchen. Aber ich tue es.

Und das Beschissene daran ist, dass ich es nie bekommen werde. Nicht von ihr. Aber ich kann mir nicht einmal vorstellen, mir eine Geliebte zu nehmen, weil meine Frau missbraucht wurde. Also ist das Zölibat wohl meine Buße für das, was ich ihr angetan habe. Wenn ich ein besserer Mann wäre, würde ich ewig warten, mit nichts als Geduld und Verständnis. Ich möchte dieser Mann sein. Aber in Wahrheit will ich meine Frau ficken. Einmal war nicht genug. Ich will sie jede Nacht. Aber nicht so, wie ich es letzte Nacht getan habe. Nicht so, wie es sein würde, wenn sie einwilligen würde, wie sie es danach tat, als ich versuchte, sie zu lecken.

Ich will nicht, dass sie steif wie ein Brett daliegt und zittert und sich von mir anmachen lässt, als wäre sie eine Aufblaspuppe. Ich will, dass sie mich will. Ich will, dass sie mich packt, wenn ich zur Tür hereinkomme, und mir die Kleider vom Leib reißt. Ich will sie zu Boden werfen und sie nehmen, sie mit meinem Namen auf den Lippen und meinem Schwanz so tief in ihr kommen lassen, dass sie sich nicht mehr an ihren eigenen erinnern kann. Ich will, dass sie die Kontrolle verliert und für mich kommt, wie sie es auf Bora Bora getan hat, bevor ich es wusste.

Und dann fühle ich mich wie ein Stück Scheiße, weil ich diese Dinge von einem Mädchen haben will, dem diese Dinge gestohlen worden sind. Ich habe es ihr weggenommen und ich habe kein Recht zu erwarten, dass sie es nach dieser Verletzung jemals freiwillig hergibt.

»Was?«, fragt sie und holt mich in die Realität zurück. Mir wird klar, dass ich zwei Minuten lang durch sie hindurchgestarrt habe.

»Viel Spaß heute«, sage ich. Ich stelle meine Tasse in die Spüle und wende mich ab, aber ihre Arme schlingen sich um mich, bevor ich einen Schritt machen kann.

Sie lässt ihre Tasse in die Spüle fallen, der Kaffee spritzt gegen den Edelstahl, während sie mich fest an sich drückt, als ob sie glaubt, sie könnte mich mit ihren kleinen Armen zerquetschen.

Sie sagte, sie mag keine Berührungen. Was bedeutet das? Ich überlasse es ihr, die Bedingungen festzulegen, und stehe da, während sie mich umarmt. Sie drückt ihre Wange an meinen Rücken. »Sei vorsichtig«, flüstert sie.

Ich löse ihre Arme, drehe mich zu ihr und lege meine Arme sanft um sie, damit sie sich zurückziehen kann, wenn sie will. »Das werde ich.«

Eliza stellt sich auf die Zehenspitzen, hebt ihr Gesicht zu mir und legt einen Arm um meinen Hals. Sie zieht mich zu einem Kuss herunter, und ich bin so überrascht, dass ich nicht einmal eine Sekunde lang reagiere. Sie will sich gerade wieder auf die Fersen fallen lassen, als ich sie fester an mich drücke, ihren Kopf in meine Handfläche stütze und sie noch fester küsse. Ich will sie so sehr, dass ich glaube, mit einem einzigen Kuss zu explodieren, und ich muss mich zügeln, um sie nicht mit dem Rücken gegen den Tisch zu drücken, ihre Beine zu spreizen und sie zu verschlingen. Ich schwöre, ich kann sie immer noch schmecken, diesen einen Leckerbissen, den ich gestern Abend bekommen habe.

Stattdessen küsse ich sie sanft, drücke meine Lippen auf ihre weichen, und verdammt, sie ist so weich, so zart, dass es mich schmerzt. Ich möchte sie wie eine zerbrechliche Blume halten, ihre Blütenblätter nie wieder verletzen. Als sie ihre Lippen öffnet, möchte ich sie fast nicht tiefer schmecken. Das würde es nur noch schlimmer machen.

Aber ich bin schwach, und ich schiebe meine Zunge zwischen ihre Lippen und nehme alles, was sie mir gibt. Sie zittert gegen meinen Körper, und ich ziehe sie näher an mich heran, obwohl sie sich bereits an mich schmiegt. Ich spüre, wie ihre weichen Titten bei jedem Atemzug gegen meinen Bauch drücken, ihr Puls flattert wie eine Motte, die sich an einer Fensterscheibe verfängt, als mein Daumen ihren Hals streichelt. Sie gibt einen leisen Laut der Lust in meinen Mund, halbwegs zwischen einem Stöhnen und einem Wimmern, und ich möchte verdammt noch mal sterben.

Sie bricht ab und ihre Augen weiten sich. »Du bist hart«, flüstert sie.

Ich fluche und stoße mich so schnell von ihr ab, dass sie zurückstolpert und sich an der Tischkante festhält. Sie starrt mich an wie … Nun, als wäre ich das Arschloch, das sie gezwungen hat, meinen Schwanz zu nehmen, als er das letzte Mal hart war.

Ich lasse mich mit dem Rücken gegen den Tresen sinken, fahre mir mit beiden Händen durch die Haare und halte sie fest, drücke die Augen zu und versuche, meinen pochenden Ständer unter Kontrolle zu bringen. Ich hätte nie zulassen dürfen, dass ich ihren Kuss erwidere. Ich hätte wissen müssen, dass sie mich in den Wahnsinn treibt, wenn sie mich berührt. Sie verdient einen anderen, einen besseren, einen, der sich beherrschen kann und sich nicht wie der geile Teenager aufführt, der er ist.

»Das war nichts *Schlimmes*«, erklärt sie. »Ich war nur überrascht. Das muss dir nicht peinlich sein.«

»Ich schäme mich nicht«, erwidere ich und hebe den Kopf. Beschämt, ja. Nicht peinlich berührt.

»Tust du nicht?«

»Und warum solltest du überrascht sein?« Ich fahre fort, zu wütend auf mich selbst, um mich zurückzuhalten. »Ich hatte seit Monaten keinen Sex mehr, und ich schlafe jede Nacht neben dir, und du bist die schönste, begehrenswerteste, unwiderstehlichste Frau, die ich je gesehen habe. Ich habe dich einmal gefickt, und ich kann dich nie wieder haben. Also ja, dich zu küssen macht mich hart, und wenn mich das zu einem verdammten Monster macht, dann bin ich das auch.«

Sie starrt mich noch eine Minute an, die Luft ist so still zwischen uns, dass ich das Hupen eines Autos auf der Straße unter uns hören kann, das Bellen eines Hundes, das Schreien von jemandem. »Willst du mich immer noch?«, fragt sie schließlich. »Auf diese Weise? Wie ist das möglich?«

»Hast du nicht gehört, dass du ein Monster geheiratet hast?«, frage ich und stoße mich von der Theke ab.

»Es ist nur … Nach dem, was ich dir gesagt habe, hätte ich nicht gedacht, dass du mich so sehen würdest. Du sahst mich an, als wäre ich beschädigte Ware. Etwas, das man bemitleiden muss. Nicht …«

»Nicht wie etwas, dass ich ficken will?«, frage ich.

Sie schluckt und senkt ihren Blick.

»Das ist dir *passiert*, aber das bist nicht du«, erkläre ich. »Das ändert nichts daran, wie sehr ich dich will. Das tut mir leid. Du willst nicht das Sexobjekt von irgendjemandem sein. Ich weiß, wenn ich dich so sehe, bin ich nicht besser als die Leute, die dir das angetan haben, aber du weißt bereits, dass ich das nicht bin. Ich habe das Gleiche und Schlimmeres erst letzte Nacht getan.«

Sie starrt mich mit diesen klaren, whiskeyfarbenen Augen an, die ganz groß und schockiert sind, als würde sie gerade erkennen, womit sie es den Rest ihres Lebens zu tun hat. Ich halte es nicht mehr aus, wende mich ab und gehe in unser Schlafzimmer. Ich nehme meine Pistole, überprüfe die Kammer und die Sicherung und stecke sie in meinen Gürtel. Als ich mich umdrehe, steht Eliza in der Tür.

Ich will sie nicht beiseite schieben, aber ich kann nicht hier mit ihr sein. Ich dachte, ich könnte ein besserer Mann sein, dass ich diesen Job machen und trotzdem ein guter Mann sein könnte. Aber jetzt weiß ich, dass ein guter Mann zu sein nichts mit diesem Job zu tun hat. Ich dachte, die Summe des Wertes eines Mannes bestünde darin, ob er sich öfter für das Richtige oder das Falsche entscheidet, aber vielleicht ist das nicht der Fall. Vielleicht ist es ein einziger Moment, eine einzige Entscheidung. Die Entscheidung, seine Frau zu verletzen. Die Entscheidung zu bleiben, obwohl man weiß, dass man nichts anderes sein kann als das, was man ist, oder wegzugehen, bevor man jemanden verletzt, der schon mehr verletzt ist, als es irgendjemand sein sollte.

Wir stehen da und starren uns eine lange Minute lang an. Meine Brust zieht sich zusammen, meine Kehle, meine Selbstbeherrschung. Ich habe mich für eine Minute verloren, habe nicht mehr gewusst, was ich tun muss.

»Sag etwas«, sagt sie leise, mit einem Hauch von Flehen in der Stimme.

»Ich gehe zur Arbeit«, erwidere ich. »Wenn ich nach Hause komme, solltest du weg sein.«

»Was?«, fragt sie und ihre Augen weiten sich vor Schock und … Schmerz.

Ich schlucke, bevor ich die Worte herauspressen kann. Niemand hat je behauptet, das Richtige zu tun sei einfach. Normalerweise ist das Gegenteil der Fall.

»Du solltest nach Hause gehen«, sage ich.

»Ich bin zu Hause.«

»Zurück zu deinem Vater. Ich habe dich verletzt, Eliza. Du hast es selbst gesagt. Ich kann es nicht wiedergutmachen. Dafür ist es zu spät. Wenn er nicht derjenige ist, der dir zuvor wehgetan hat, bist du dort am sichersten. Du solltest nicht hier sein. Ich bin nicht sicher.«

»Du irrst dich«, sagt sie und betritt den Raum.

Ich entferne mich und gehe auf die Tür zu. Aber dann bleibe ich stehen. Ich werde nicht wie ein Feigling davonlaufen. »Es tut mir leid«, erkläre ich und schaue sie direkt an. »Ich dachte, ich könnte der Mann sein, den du verdienst. Du verdienst jemanden, der nur an dich denkt und nicht an sich selbst. Aber ich bin nicht dieser Mann.«

»Ich habe nie um einen Heiligen gebeten«, erwidert sie. »Und sag mir nicht, was ich verdiene.«

»Du verdienst Liebe.«

»Und das kannst du nicht?«, fragt sie.

Es ist die Hoffnung in ihrer Stimme, ihren Augen, die mich vernichtet. Ich habe ihr versprochen, sie nie zu verletzen, indem ich ihr erlaube, mich zu lieben. Letzte Nacht habe ich sie auf eine andere Art und Weise verletzt, und ich werde Liebe nicht zu der Liste der Arten hinzufügen, wie ich ihr Unrecht getan habe. Es ist Zeit, damit aufzuhören, bevor ich sie noch mehr verletze. Denn das werde ich. Ich presse meine Lippen aufeinander, mein Brustbein schmerzt, als hätte ich gerade einen Schlag abbekommen, und ich schüttle den Kopf. »Nein.«

Sie starrt mich an. »Nicht einmal, wenn ich könnte?«

»Sag deinem Vater, dass du eine Annullierung willst«, trage ich ihr auf. »Sag ihm, dass ich ihn nicht hochbekomme, oder was immer du sagen musst, um da rauszukommen. Al ist mir etwas schuldig, also wird er damit einverstanden sein. Er wird einen andere finden, einen, der besser zu dir passt, sodass die Familien immer noch vereint sein werden. Und es wird so sein, als wäre das nie passiert.«

Sie öffnet den Mund, als wolle sie etwas sagen, aber dann schließt sie ihn wieder. Sie blinzelt ein paar Mal, schluckt, dann nickt sie. »Okay. Wenn du das willst.«

Das ist das Letzte, was ich will, aber es ist das, was sie braucht. Am liebsten würde ich den Abstand zwischen uns verringern, sie in meine Arme nehmen und sie küssen.

Aber was dann? Dann will ich mehr, und ich kann es nicht haben. Ich werde mich dafür schämen, wie sehr ich sie nach dem, was ich getan habe, begehre, und sie wird sich schlecht fühlen, weil sie es nicht geben kann, und ich werde mich noch mehr hassen. Ich habe so oft Mist gebaut, aber ich will nicht mehr derselbe Mann sein wie vor sechs Monaten. Ich will aus meinen Fehlern lernen, klarer sehen. Ich konnte meine Schwester nicht retten. Ich konnte Eliza nicht davor bewahren, was ihr passiert ist, bevor wir uns trafen. Ich habe sie letzte Nacht nicht gerettet.

Ich habe sie angegriffen.

Aber ich kann sie jetzt retten. Ich kann sie vor mir selbst retten.

Ich stehe eine Minute lang da und weiß nicht, was ich tun soll, wie ich mich verabschieden soll. Oder vielleicht ist die Wahrheit, dass ich mich überhaupt nicht verabschieden will. Ich habe mich noch nie so um ein Mädchen gesorgt, wie ich mich um sie sorge.

Schließlich reiche ich ihr die Hand. »Es war mir eine Ehre, dein Mann zu sein.«

Eliza starrt auf meine Hand, dann wendet sie ihr Gesicht dem meinen zu, ihre Augen blitzen in der vertrauten Weise, die mich mit Erleichterung erfüllt, obwohl sie mich zuvor immer in den Wahnsinn getrieben hat. Ich wollte ihren Geist nicht brechen, sie nicht in jemand anderen verwandeln. Ich wollte sie nur für mich beanspruchen, sie daran erinnern, dass sie mir gehört, dass sie nicht tun kann, was sie verdammt noch mal will. Aber ich habe es zu weit getrieben. Zu wissen, dass sie immer noch einen gewissen Kampfgeist hat, beruhigt mich. Ich weiß, dass ich die richtige Entscheidung getroffen habe, dass sie stark genug ist, um weiterzumachen, dass sie ohne mich zurechtkommen wird. Und Al wird es besser wissen, als mich wieder für eine so wichtige Aufgabe einzusetzen. Ich bin zu jung, um mit einer so wichtigen Aufgabe betraut zu werden, mit etwas so Wertvollem wie Eliza Pomponio.

»Willst du mich jetzt verarschen?«, fordert sie. »Du willst einen *Händedruck?*«

Ich lasse meine Hand fallen.

»Weißt du was?«, sagt sie. »Fick dich, King. Es geht nicht darum, was ich verdiene. Es geht darum, dass du nicht überleben kannst, ohne jemanden zu haben, in den du deinen Schwanz stecken kannst, und jetzt, wo du es versaut hast, kannst du ihn nicht in mich stecken, weil du dich zu schuldig fühlst. Aber ich habe dir die ganze Zeit gesagt, dass ich nicht will, dass das ein Teil unserer Ehe wird. Ich habe dir gesagt, dass ich keinen Sex mag. Ich habe dir gesagt, du sollst dir eine Geliebte suchen. Es ist nicht meine Schuld, dass du zu stolz bist.«

Selena

Meine eigene Wut steigt, aber ich halte meinen Mund. Das ist meine verdammte Schuld. Nicht für das, was ich letzte Nacht getan habe, sondern dafür, dass ich mich in sie verliebt habe. Es sollte mich nicht kümmern. Aber ich habe mein eigenes Herz nicht geschützt, und jetzt bezahle ich verdammt noch mal dafür. Mein einziger Trost ist, dass sie kaum Anzeichen zeigt, diese Gefühle zu erwidern. Ich kann den Schmerz ertragen, wenn ich weiß, dass ich das Richtige für sie getan habe.

»Du hast recht«, erwidere ich. »Du hast mit allem recht.«

»Pah«, sagt sie, schnappt sich einen Schuh vom Boden und schleudert ihn nach mir, wobei sie meinen Kopf nur knapp verfehlt. »Du bist unmöglich.«

Ich ziehe meinen Ehering ab und lege ihn sanft auf ihren Schminktisch. »Auf Wiedersehen, Eliza.«

Ich drehe mich um und gehe aus dem Schlafzimmer. Ich höre, wie ein weiterer Schuh gegen die Wand knallt, und sie schreit mir hinterher: »Keine Sorge, wenn du nach Hause kommst, bin ich weg, und du musst dich nie wieder mit meinem Scheiß beschäftigen!«

Ich schließe meine Augen und atme tief durch. »Das wäre wahrscheinlich das Beste.«

Eine Lampe fliegt aus der Schlafzimmertür und kracht neben mir auf den Boden. Ich zucke zusammen, weil mir jeder Instinkt sagt, ich solle mich umdrehen, zurückgehen und ihr sagen, dass ich mit allem von ihr umgehen kann, mit dem Schaden und dem Verrückten, der Göre und dem wilden Mädchen. Dass wir es gemeinsam durchstehen werden. Dass alles wieder in Ordnung kommt, dass es nicht ihre Schuld ist. Dass ich nach der letzten Nacht den Rest meines Lebens damit verbringen werde, das wiedergutzumachen, was ich getan habe.

Aber hier geht es nicht darum, was ich will. Es geht um die Tatsache, dass ich versage, und es ist besser, es jetzt hinter sich zu bringen, als zu warten, bis sie sich sorgt. Ich werde nie der Ehemann sein, den sie sich wünscht, einer, der in einer Ehe zufrieden ist, in der wir zwei getrennte Leben führen. Ich werde nie ein Ehemann sein, der froh ist, wenn wir uns einmal am Tag über den Weg laufen, weil er kein Interesse an ihr als Person hat. Darin habe ich bereits versagt. Sie wurde gezwungen, meine Frau zu werden, aber sie wollte das nie, wollte mich nie. Ich sollte sie umstimmen, aber ich habe nur bewiesen, dass sie von Anfang an allen Grund hatte, mir nicht zu vertrauen.

Ich will sie, und ich werde nie aufhören, sie zu wollen, und das ist für uns beide gefährlich. Ich kann damit umgehen, mich selbst in Gefahr zu bringen. Ich tue das jeden Tag. Aber ich kann sie nicht in Gefahr bringen. Das

Selena

Mindeste, was ich tun kann, ist, sie aus der Gefahrenzone zu bringen, und das bedeutet, sie das Leben leben zu lassen, das sie immer wollte – ein Leben ohne mich darin.

Zwanzig

Eliza

Mit einem Wutschrei werfe ich die andere Lampe aus der Schlafzimmertür ins Wohnzimmer, als ich höre, wie sich die Haustür schließt. Er ist gegangen. Er hat mich verdammt noch mal verlassen. Nach allem, was er getan hat, sollte ich diejenige sein, die geht. Ich schnappe mir seine Schuhe, die er fein säuberlich unter der Bettkante aufgereiht hat, als wäre er beim Militär und nicht in seinem eigenen verdammten Zuhause, und schleudere sie gegen die Wand, den Spiegel über der Kommode. Der Spiegel kippt und reflektiert die Oberfläche der Kommode, wo sein Ehering wie eine Anklage liegt.

Es ist vorbei. Ich sollte glücklich sein. Ich bin endlich frei.

Ich schnappe ihn mir und schleudere ihn gegen den Spiegel. Er prallt ab, macht kaum ein Geräusch. Die Wut kocht in mir hoch. Ich öffne den Mund und brülle meine Wut heraus. Ich greife nach dem Rand des umgekippten

Spiegels und werfe ihn mit aller Kraft hoch. Er schwankt und kippt dann mit einem splitternden Aufprall auf den Boden. Ich springe zurück, aber es erfüllt mich mit einer schadenfrohen Genugtuung. Ein hysterisches Lachen kocht in mir hoch. Ich greife den Holzrahmen und trete das Glas heraus, ohne die Schnitte an meinen nackten Zehen zu spüren.

Ich habe es versucht. Sogar heute Morgen, nach dem, was er letzte Nacht getan hat, habe ich nett gespielt. Ich habe versucht, ihn zu besänftigen, indem ich ihm sagte, ich würde ein Dienstmädchen einstellen und habe ihm sogar einen Abschiedskuss geben. Denn die Wahrheit ist, dass er nur das getan hat, was jeder andere Mann auch tun würde. Ich wusste es, aber ich wusste auch, dass er anders war, und das machte mich wütend. Es machte mich wütend, dass er so über allem stand, dass er dachte, er sei besser als ich und alle anderen. Er hat mich in Ruhe gelassen, und wenn er mich angefasst hat, war er verdammt gut darin. Das ist nicht fair.

Ich schlage den Rahmen des Spiegels immer wieder auf den Boden und zertrümmere die Glasscherben, bis das Holz splittert und knackt und nur noch ein langes Stück des Rahmens übrig ist. Ich bin zu wütend, um mich darum zu kümmern, dass ich Glas zwischen den Füßen habe. Ich stapfe über den Boden und beiße die Zähne gegen den

Schmerz zusammen, als mich neue Scherben schneiden.

Es ist, als würde man über heiße Kohlen gehen. Geist über Materie. Ich kontrolliere meinen Körper. Nur ich. Nicht er. Nicht das Gesicht in meinen Albträumen, meine Erinnerungen, verzerrt durch das Wasser wie in einem Spiegelkabinett.

Ich betrachte mich im Spiegel über meiner Frisierkommode. Ich sehe wahnsinnig aus, mein Haar ist ein wildes Gewirr, mein Gesicht ist vor Anstrengung gerötet, mein Blick ist verzweifelt und derangiert. Ich weiche zurück, schwinge das Holz wie einen Baseballschläger und zerschlage den Spiegel über meiner Frisierkommode. Glas regnet über das Make-up, das auf der Oberfläche verstreut liegt. Ich hole noch einmal aus und lasse die Nagellackflaschen durch die Gegend fliegen. King muss sie irgendwann letzte Nacht aus dem anderen Zimmer geholt haben, nachdem ich eingeschlafen war. Mit einem weiteren Schwung räume ich das Oberteil des Waschtischs ab. Dann hebe ich den Stuhl auf, schlage ihn auf den Boden und stoße einen Urschrei aus Schmerz und Wut aus. Wie konnte er mich bloß verlassen?

Alle gehen. Zuerst mein Bruder, dann meine Mutter, dann jedes einzelne Kindermädchen, das ich je hatte, bis auf Sylvia, dann mein eigener Mann. Die einzige Person, die mich nie verlassen hat, ist mein Vater.

Als der Stuhl zerstört ist und mir die Kehle vom Brüllen wehtut, sinke ich in die Spiegelscherben auf dem Boden und lasse den Tränen freien Lauf. Es ist alles so verdammt beschissen.

Meine Füße bluten. Zwischen meinen Beinen schmerzt es noch immer schockierend von Kings grober Behandlung. Und meine Brust fühlt sich hohl und heiß zugleich an, rau und schmerzhaft.

Ich habe das getan. Es ist nicht seine Schuld. Es ist meine.

Die Wahrheit ist, dass ich nicht nur wusste, dass es passieren würde. Ich wollte, dass es passiert. Nicht weil ich Sex wollte, sondern weil ich mir einfach beweisen musste, dass er nichts Besonderes ist, dass er genauso ist wie jeder andere Kerl. Ich musste gewinnen, um mir selbst zu beweisen, dass er nicht besser ist als ich oder irgendjemand anders. Er ist ein gewöhnlicher Mann, mit gewöhnlichen Bedürfnissen, nicht jemand, der zu gut ist, um eine Geliebte zu haben, obwohl ich ihm mich nicht überlassen will.

Ich habe ihn gedrängt, weil ich wollte, dass er einknickt. Ich wollte, dass er mich nimmt, um es hinter sich zu bringen. Ich wollte, dass er mich nimmt, damit ich nicht selbst nachgeben muss, damit ich nichts Beängstigendes fühlen muss. Ich war sauer, dass er mich immer wieder dazu brachte, die Kontrolle zu verlieren, mich immer wieder dazu brachte, ihn zu wollen, während er die volle Kontrolle behielt. Jetzt war ich an der Reihe, ihn bis zum Äußersten zu treiben, wie er es mit mir in den Flitterwochen und auf dem Tisch getan hatte. Es war mir egal, ob es wehtat. Ich weiß, dass es keinen Sinn macht, aber irgendwie gab es mir das Gefühl, dass ich die Macht hatte, wenn ich ihn dazu brachte, die Kontrolle zu verlieren, selbst wenn er die Kontrolle über mich hatte und mit mir machte, was er wollte.

Wenn er mich gewaltsam entführen würde, könnte ich ihn weiter hassen. Ich würde einen Grund haben.

Ich habe einen Grund. Ich habe so viele Gründe, also warum tut es so verdammt weh, dass er gegangen ist?

Die Dinge fingen gerade an, besser zwischen uns zu werden. Ich dachte, dass wir in der letzten Nacht wirklich einen Moment hatten, als er zuließ, dass ich mich um ihn kümmerte. Aber dann musste ich ihn am nächsten Tag schubsen, denn ich fand es toll, was er in der Nacht zuvor mit mir gemacht hat, als ich ihn geschubst habe.

Schlimmer als alles, was er getan hat, ist das Geheimnis, das ich erzählt habe. Es ist die Wahrheit, aber es ist eine Wahrheit, mit der kein Mann umgehen kann. Warum habe ich es ihm erzählt? Ich habe es nie jemandem erzählt. Ich wollte nicht, dass es jemand erfährt, dass man mich anders sieht. Deshalb ist er wirklich gegangen. Natürlich ist es das. Keiner will das über seine Frau wissen. Vielleicht hielt er mich nicht mal für eine Jungfrau. Ist er gegangen, weil er sich betrogen fühlte, weil er doch keine unberührte Frau bekommen hat? Oder weil er denkt, dass ich auf die schlimmste vorstellbare Weise befleckt und vernarbt bin? Oder weil er erkannt hat, dass er zu einem Leben ohne Sex verdammt ist?

Jetzt ist er weggelaufen, um wahrscheinlich eine Schlampe zu finden, die ihn ständig ficken will und ihm das Gefühl gibt, wieder ein Mann zu sein.

Ich weiß, das ist total unfair. Ein Mädchen, das ihn ficken will, ist keine Schlampe, sie ist normal. Ich nenne Mädchen nur so, damit ich mich selbst besser fühle, anstatt mich als kaputt zu empfinden, weil ich nicht das tun kann, was sie können. Die Wahrheit ist, ich bin verdammt eifersüchtig auf Mädchen wie Lizzie. Ich meine, schau dir meinen Mann an. Es ist so unfair. Wenn ich mich daran erinnere, wie ich vor ihm kniete und seinen Körper ansah … Es war, als wäre eine Art Marmorstatue zum Leben erwacht. Welches Mädchen würde ihn nicht den ganzen Tag ficken wollen, jeden Tag? Sogar ich wollte ihn halbwegs ficken, und ich wollte noch nie jemanden ficken. Vor ihm wurde ich noch nie feucht für einen Typen.

Sicher, ich habe in der High-School mit einer Reihe

von Jungs rumgemacht, aber es ging nicht darum, erregt zu werden. Es ging um den Rausch, Nein zu sagen, zu wissen, dass ich dieses Mal die Kontrolle hatte. Wenn ich Jungs küsste, konnte ich das erforschen und wusste, dass ich sicher war, dass ich ein Sicherheitsnetz in Form eines zweihundert Pfund schweren Bodyguards mit einer Waffe hatte, falls jemand nicht aufhören wollte.

Aber King ... Gott, was ist nur los mit mir? Ich hatte einen guten Mann, besser als jeder andere, den ich hätte kriegen können.

Kein Wunder, dass er da raus will. Er verdient eine Frau, die ihn ficken will, eine, die sich von ihm ficken lässt, nicht so eine frigide Irre wie mich. Ich konnte mich nicht damit abfinden, dass mein Vater mich mit einem jungen, heißen Kerl verheiratet hat. Ich habe nicht versucht, es zum Laufen zu bringen. Ich musste etwas beweisen – dass ich die Kontrolle hatte, nicht er. Aber das habe ich nicht getan. Ich war eine totale Schlampe und habe mich wie eine Göre benommen und ihn absichtlich nicht respektiert.

Aber nicht alles ist meine Schuld. Er hat mehr Scheiße gebaut als ich.

Er hat mich verletzt. Er verdient es, dafür zu leiden. Er verdient die ganze Schuld, nicht ich.

Er ist derjenige, der zu weit gegangen ist. Er hat mich

ohne Gewissensbisse genommen. Er war nicht zärtlich. Er wusste, dass es wehtun würde, und es war ihm egal.

Und nachdem er mich ruiniert hat, geht er jetzt weg.

Vielleicht wusste ich auch schon immer, dass er das tun würde. Ein Teil von mir hat die ganze Zeit darauf gewartet. Nicht, damit ich frei sein konnte – in Wahrheit, was brauche ich schon Freiheit? Um zu feiern und mich zu betrinken? Sondern weil ich wusste, dass er nicht bleiben würde. Wenn meine eigene Mutter nicht bleiben würde, warum sollte es dann jemand anderes tun?

Ich sitze eine Weile da und pule mir das Glas von den Füßen. Dann ziehe ich mich an, ohne mich heute zu schminken. Als ich mich bücke, um einen Schuh herauszuholen, sehe ich den Ehering inmitten der Spiegelscherben auf dem Boden glänzen. Ich bin so wütend, dass ich nicht mehr klar denken kann, als ich ihn sehe. Wie kann er es wagen, mich rauszuschmeißen?

Ich schüttle meinen Schuh aus, um Glassplitter zu vermeiden, und ziehe ihn dann an, bevor ich den Ring aufhebe.

Ich hätte diejenige sein sollen, die meinen Ring abnimmt. Ich hätte diejenige sein sollen, die geht. Nach dem, was er getan hat, hat er die Dreistigkeit, *mir* zu sagen, ich soll gehen? Selbst nach dem, was er getan hat, wollte ich es schaffen. Ich wollte heute ein Dienstmädchen einstellen.

Nun, scheiß drauf. Er kann diesen Schlamassel selbst bereinigen. Was seinen Ring angeht, er wollte ihn nicht.

Ich stürme ins Badezimmer, werfe ihn in die Toilette und spüle.

Noch immer nicht zufrieden, stürme ich durch die Wohnung und werfe wieder mit allem möglichen Scheiß um mich, bis ich zu erschöpft bin, um weiterzumachen. Wenn King will, dass ich verschwinde, gut. Ich werde seinen verdammten Arsch verlassen, so wie er es will. Natürlich ist es das, was er will. Er will jemanden wie Lizzie, die weiß, was sie tut, die ihren Körper und ihre Sexualität beherrscht und ihn darin ertränkt. Also lass ihn sie finden. Ich bin verdammt noch mal fertig.

Ich packe meine Taschen und werfe alles hinein, ohne es zu falten. Mein Hochzeitskleid lasse ich im Schrank. Soll er es doch für den Rest seines Lebens ansehen, so wie ich heute seinen Ring ansehen musste.

Ich werde von einem Klopfen aufgeschreckt, und als ich auf die Uhr schaue, stelle ich fest, dass es bereits Zeit für meine Verabredung zum Mittagessen mit Bianca ist. Das hatte ich ganz vergessen. Ich seufze und öffne die Tür.

Sie stolziert mit ihrer Tasche am Handgelenk und klackenden Absätzen auf dem Boden herein, um kurz darauf wieder stehen zu bleiben. »Verdammt«, sagt sie und blickt in die Küche, wo ich mit großem Vergnügen jedes einzelne Teil des Hochzeitsgeschirrs zertrümmert habe, das wir bekommen haben. Wenn er die Braut nicht will, dann behält er auch nicht die Geschenke. »Ist hier letzte Nacht ein Hurrikan durchgezogen, oder haben du und dein leckerer Mann es auf allen Oberflächen in der Wohnung getrieben?«

Ich schnaube. »Wohl kaum. Wir haben uns geprügelt.«

»Versöhnungssex also?«, fragt sie und wackelt mit den Augenbrauen. »Wie geht es ihm eigentlich?«

»Ein absoluter Rohling«, antworte ich und bin zufrieden, dass ich die Wahrheit sage. Ich wusste immer, dass er das sein würde, und ich hatte recht. Ich wollte ihm etwas beweisen, und das habe ich getan. Das bedeutet, dass ich am Ende gewonnen habe, auch wenn er derjenige ist, der es beendet hat.

Ich werde nicht über diesen Teil nachdenken.

»So schlimm?«, fragt Bianca und sieht erfreut aus. »Ooh, lass uns seine Kleidung verbrennen.«

»Verlockend«, erwidere ich. »Aber ich kann das nicht tun.«

»Warum nicht?«, will sie wissen. »Was ist passiert? Hast *du* Mist gebaut?«

Ich schaue in ihr gespanntes Gesicht, nur darauf

wartend, den neuesten Klatsch zu erfahren, und ich weiß, dass ich es ihr nicht sagen kann. Bianca ist nicht die Art von Freundin, der man seine dunkelsten Geheimnisse erzählt. Und obwohl ich es King nicht erzählen wollte, habe ich es getan. Und irgendwie brachte uns das näher zusammen.

Das dachte ich zumindest.

In Wahrheit hat ihn das nur abgeschreckt. Ich hatte erwartet, dass er mich für gestört halten würde, dass er mich sogar so sehr bemitleiden würde, dass er nicht mehr sexy an mich denken könnte, weil er jedes Mal, wenn er es versuchte, nur daran dachte, wie ich seinerzeit belästigt worden bin und so seine Lust verlor. Ich hätte nicht gedacht, dass er mich ganz verlassen würde. Ich habe auch nicht erwartet, dass er mich noch will. Aber heute Morgen tat er es. Ich habe es gespürt, als er mich geküsst hat, und Gott … Ein kleiner Schauer durchfährt mich, als ich mich daran erinnerte, wie er mich letzte Nacht gepfählt hat.

Aber ich kann Bianca auf keinen Fall etwas davon erzählen.

Ich kann ihr nicht sagen, dass ich meine Meinung geändert habe, dass es nicht das Beste auf der Welt ist, allein zu sein. Jetzt, wo er mir die Freiheit geschenkt hat, die ich die ganze Zeit wollte, schmeckt es nur noch bitter. Ich habe mir eingeredet, dass ich das wollte, eine junge

Witwe zu sein, frei von allen Verpflichtungen. Aber vielleicht war das alles nur ein Vorwand, um die Leute auf Abstand zu halten, um niemanden an die Wahrheit heranzulassen.

Jetzt, wo es jemand weiß … In gewisser Weise war ich erleichtert. Als er mich gestern Abend in der Badewanne festhielt, bis das Wasser so kalt wurde, dass wir beide zitterten, als er nicht versuchte, mich zu berühren oder zu bedrängen, fühlte ich mich ihm näher als je zuvor bei jemandem. Einen Moment lang musste ich die Last nicht allein tragen. Einen Moment lang kannte jemand sogar die schlimmsten Seiten von mir, und er half mir, den Himmel zu bewahren.

Bis er verdammt noch mal abgehauen ist, und mich damit allein gelassen hat. Erst jetzt wird mir klar, wie schwer es all die Jahre war, dass ich schwach wurde, langsam unter dem Gewicht zusammenbrach. Ich hatte mich die ganze Zeit geirrt. Ich brauchte Hilfe, nicht Freiheit. Ich brauchte jemanden, der es akzeptiert, der mich trotzdem liebt.

Jetzt habe ich alles, was ich mir jemals gewünscht habe, alles, wofür ich gekämpft habe. Er hat mir einen Ausweg gezeigt. Ich stehe am Rande der Freiheit, aber sie sieht nicht mehr wie das Endziel aus. Sie sieht erschreckend und isolierend aus. Das ist nicht mehr das, was ich will.

Aber das habe ich erst zu spät erkannt.

»Ja, ich habe Mist gebaut«, sage ich zu Bianca. »Das haben wir beide. Vor allem er.«

Ich füge den Rest nicht hinzu, dass ich es King nie hätte sagen sollen, dass ich es einfach hätte hinnehmen sollen und mich für den Rest meines Lebens jede Nacht von ihm ficken lassen sollen. Hätte ich es ihm nie gesagt, ihn nie einen Teil dieser Last von mir nehmen lassen, hätte ich nie gemerkt, dass es mich erdrückte. Ich hätte für immer so weitergemacht, ohne groß darüber nachzudenken.

Aber was dann?

»Was hast du gemacht?«, hakt Bianca nach. Sie sieht anders aus, nicht so eifrig und eher … zurückhaltend. Und das ist der Grund, warum ich ihr nichts anvertrauen kann. Ich weiß nie, wann sie eine Freundin ist und wann sie etwas gegen mich verwenden wird.

»Wir sind einfach so verschieden«, erkläre ich und weiß, wie lahm das klingt, wenn sie die Verwüstung um uns herum sehen kann. Das liegt nicht an irgendeiner unüberbrückbaren Differenz.

»Ihr habt vielleicht mehr gemeinsam, als ihr denkt«, sagt Bianca und geht zur Couch hinüber.

Das bringt mich zum Schnauben. »Was zum

Beispiel?«

»Zunächst einmal habt ihr beide ein totes Geschwisterkind. Seine Schwester«, sagt sie.

Manch einer mag eine solche Bemerkung als unsensibel bezeichnen, aber wenn man so aufgewachsen ist wie wir, dann ist das einfach so, wie es ist. Es hat keinen Sinn, sich um die Wahrheit herumzudrücken. Wir alle haben Menschen verloren, die uns etwas bedeuten, und viele von uns haben Angehörige verloren. Was bedeutet, dass es kaum etwas ist, worüber ich mich mit meinem neuen Mann anfreunden kann.

Trotzdem kommt die Eifersucht zum Vorschein, wenn ich daran denke, dass er ihr etwas Schmerzliches aus seiner Vergangenheit erzählt hat. Wann haben sie darüber gesprochen? Und warum hat er nicht mit mir darüber geredet?

»Hat er dir das gesagt?«, frage ich.

Bianca zuckt mit den Schultern. »Du wärst überrascht, was man durch das Lesen der Nachrichten alles erfahren kann.«

Ich will nicht interessiert sein, aber das ist nicht mehr so. Ich will alles über meinen wahnsinnig stolzen, sturen Mann wissen. Ich wünschte nur, er hätte es mir gesagt. Ich habe ihm vorgeworfen, dass er seine Hausaufgaben nicht gemacht hat, aber um ehrlich zu sein, weiß ich gar nichts über ihn. Ich kann es ihm nicht verübeln, dass er mir etwas Persönliches verschweigt. Ich habe es ihm nicht gerade leicht gemacht, mit mir zu reden. Ich war zu sehr damit beschäftigt, eine Göre zu sein und ihn zu provozieren, als dass er mir irgendetwas hätte anvertrauen können. Ich hätte es ihm ins Gesicht zurückgeschleudert.

»Wie ist sie gestorben?«, frage ich.

»Ich vermute, sie ist bei einer Überschwemmung ertrunken«, sagt Bianca, öffnet ihre Puderdose und untersucht ihren Lippenstift. »Man hat ihre Leiche nie gefunden.«

»Wann war das?«

»Irgendwann dieses Jahr«, sagt sie. »Ich weiß nicht mehr, wann. Ich kann nicht glauben, dass er es dir nicht erzählt hat.«

Sie klappt den Spiegel zu und schaut selbstgefällig, als ob er es ihr gesagt hätte und sie nicht *meinen* Mann im Internet stalken würde. Ich möchte ihr den schmierigen Lipgloss aus dem Gesicht klatschen, aber ich bin zu sehr mit Gedanken an King beschäftigt. Ich weiß noch, wie ich mich nach dem Tod meines Bruders gefühlt habe. Wie betäubt ich war, als stünde ich monatelang unter Schock. Das heißt, King trauert wahrscheinlich immer noch, und anstatt für ihn da zu sein, war ich eine totale Göre. Und nicht nur eine Göre, sondern so hasserfüllt, dass er tatsächlich glaubt, ich könnte einen Anschlag auf ihn arrangieren.

Bis jetzt hat es mich nicht interessiert. Ich wollte nicht mit ihm reden oder ihn kennenlernen. Ich wollte nicht riskieren, ihm näher zu kommen. Aber das ist jetzt alles vorbei. Jetzt, wo ich ihm meine schmutzigen Geheimnisse anvertraut habe, gibt es kein Zurück mehr. Und es gibt keine Möglichkeit, sich von jemandem zu distanzieren, nachdem man ihm so etwas erzählt hat, etwas, das man sein Leben lang versteckt, kompensiert und ignoriert hat. Etwas, das man nie jemandem erzählt hat. Ich habe meine Seele offenbart, meine Scham, meine Gebrochenheit. Ich weiß nicht einmal, warum ich es ihm gesagt habe. Vielleicht erkannte ein Teil von mir eine Gebrochenheit in ihm, und es rief mir zu, dass wir gleich sind, dass man ihm das anvertrauen kann, dass er es ertragen kann.

Aber ich habe mich geirrt, und er ist weg. Und es ist Zeit, dass ich hier auch verschwinde.

»Was ist mit den Taschen?«, fragt Bianca, als ich sie holen will.

»Ich fahre für ein paar Tage nach Hause.«

»So schlimm?«, hakt sie wieder einmal nach und kann ihre Freude darüber, dass meine Ehe nach nur wenigen Monaten in die Brüche geht, kaum verbergen.

»Ja«, gebe ich zu. »Vielleicht muss ich heute das

Mittagessen ausfallen lassen.«

Sie seufzt. »Ernsthaft? Ich bin den ganzen Weg in die Bronx gekommen, um dich zu sehen.«

»Tut mir leid«, sage ich, obwohl dem nicht so ist. Ich hatte die Partys und den Klatsch sowieso satt, aber jetzt hat es jeden Reiz verloren. Ich mache mir zu viele Gedanken darüber, dass mein Mann mich verlassen könnte, als dass ich darüber nachdenken könnte, wo wir am exklusivsten essen gehen könnten, um relevant zu bleiben. Es ist mir scheißegal, ob ich relevant bin. Ich will meine Ehe zurück. Die Erkenntnis erschüttert mich. Werde ich zu einer dieser jämmerlichen Frauen, die wir hassen? Diejenigen, die ihre Männer wie Sklaven bedienen?

»Ist schon gut«, meint Bianca verärgert. »Es würde sowieso ewig dauern, bis du fertig bist.«

»Wir machen das an einem anderen Tag, okay?«

»Ich muss sowieso etwas für meinen Vater besorgen«, sagt sie abweisend. »Aber wenn du dich in eine dieser langweiligen alten Hausfrauen verwandelst, die nie ausgehen, erzähle ich allen, dass du dich versteckst, weil du fett geworden bist und Dehnungsstreifen am ganzen Hintern hast.«

Beste Freundinnen bis zum Schluss.

Als sie weg ist, sitze ich noch ein paar Minuten da und

arbeite daran, nicht zusammenzubrechen. Ich weiß nicht, warum mir diese blöde Wohnung wichtig ist. Es ist nicht mein Zuhause. Es ist Kings. Er hat sie für uns gekauft, ein neuer Ort, den wir zu unserem gemeinsamen Zuhause machen können. Aber jetzt kann ich nicht aufhören, ihn zu sehen, wie er seinen Ring abnimmt, ihn so sorgfältig auf die Kommode legt und hinausgeht.

Ich habe keine Tränen mehr. Es gibt niemanden, um den ich weinen kann. Niemand außer mir und der kleinen Stimme in mir, die sagt, dass wir wussten, dass dies kommen würde, dass ich auf niemanden zählen kann, der bleibt. Es gibt nur uns, nur mich und meine Dämonen.

Schließlich packe ich meine Sachen und verlasse Kings Wohnung und meine Ehe. Ich verlasse seine Wohnung so kaputt wie unser gemeinsames Leben. Vielleicht hatte er recht. Vielleicht ist es so das Beste. Ich fing an, Gefühle für ihn zu haben, und das kann ich mir nicht leisten. Es wäre ihm gegenüber nicht fair. Ich würde eifersüchtig werden, wenn er eine andere Frau findet, und ich kann mich ihm nicht so hingeben, wie er es verdient. Zu gehen ist das Beste, was ich tun kann, wenn mir wirklich etwas an ihm liegt. Er verdient mehr als eine gebrochene Frau, die seine Jugend, seine Blütezeit, seine Schönheit vergeudet. Sein Herz.

Ich rufe den Fahrer und fahre mit dem Aufzug in die

Lobby. Ich denke an King, wie er nach Hause kommt und die durchwühlte, leere Wohnung betritt. Wird er für den Bruchteil einer Sekunde, bevor er es begreift, denken, dass ich nur mit meinen Freunden unterwegs bin, wie immer? Ich war absichtlich egoistisch. Ich werfe ihm nicht vor, dass er mich loswerden will. Aber ich weiß, wie es sich anfühlt, eine Schublade zu öffnen, in der sich die Kleidung von jemandem befand, den man liebt, und sie dann leer vorzufinden. Man starrt hinein und kann es nicht recht glauben, obwohl man weiß, dass sie weg sind.

Es ist ja nicht so, dass King mich liebt. Er hat deutlich gemacht, dass er das nicht kann und nicht will. Dass ich für ihn nichts weiter als ein Geschäft war, ein Weg, seine Karriere voranzutreiben. Ich war sein Besitz, und er sorgte dafür, dass ich das wusste, indem er mich jedes Mal in die Schranken wies, wenn ich versuchte, zu rebellieren, und mich dann wie Müll wegwarf, wenn er herausfand, dass ich fehlerhaft war.

»Sind Sie bereit, Miss?«, fragt der Fahrer und steigt aus dem Auto. Er legt meine Taschen in den Kofferraum. Ich schaue zu, wie betäubt. Ich frage mich, ob meine Mutter sich so gefühlt hat, als sie uns verlassen hat.

»Ich bin bereit.« Ich steige ins Auto und werfe einen letzten Blick auf das Gebäude, das den Sommer über mein Zuhause war. Ich habe meine Freiheit gewonnen, aber ich fühle mich nicht triumphierend. Ich fühle mich besiegt.

Ich habe mir immer vorgestellt, dass meine Mutter glücklich war, voller Hoffnungen und Träume, ein Leben voller Verheißungen vor sich hatte, als sie winkend und lächelnd in ihr neues, glänzendes Leben voller Ruhm und Aufregung fuhr. Wie konnte sie das nur tun? Und das nicht nur ihrem Mann, sondern auch ihrer Tochter gegenüber?

»Wohin, Miss?«, fragt der Fahrer. Sein Blick in den Spiegel ist mitfühlend.

Ich setze mich aufrecht hin, atme tief durch und versuche, nicht wie ein Versager auszusehen, der in einer Niederlage nach Hause kriecht. Das ist das Beste. Wenn ich geblieben wäre, hätte King Fragen gestellt.

Ich will nicht, dass er in der Vergangenheit wühlt. Ich will nicht, dass er denkt, er könne eine Art Held sein und mich vor mir selbst retten. Ich will, dass er es in Ruhe lässt, dass er so tut, als wäre es nie passiert, so wie ich es tue. Aber zum ersten Mal wünsche ich mir, dass ich ihn besser kennen würde, dass ich nicht die letzten Monate damit verbracht hätte, mich so weit wie möglich von ihm zu distanzieren, ihn auszusperren, ihm zu sagen, dass ich ihn hasse, dass ich ihn nicht kennen will.

Denn jetzt kenne ich ihn nicht, und ich muss es wissen. Ich muss wissen, was er denkt, plant, fühlt. Wird er meinem Vater erzählen, was ich ihm erzählt habe? Wird er ihm sagen, wie er es herausgefunden hat, was er letzte Nacht mit mir gemacht hat? Wer wird am Ende tot sein, weil ich keine Ehefrau sein konnte, meinen Mund nicht halten konnte, keinen Frieden zwischen den Familien stiften konnte?

Und noch etwas Persönliches: Ich möchte wissen, was sich in den Tiefen dieser tiefen, grüblerischen Augen abspielt, welcher Schmerz zurückgespiegelt wurde, als ich den meinen teilte. Ging es um seine Schwester, von der ich nicht einmal wusste, dass sie tot ist? Das ist das Allerwichtigste, etwas Großes in seinem Leben, das ich hätte wissen müssen. Ich sah seine Brüder bei der Hochzeit und beneidete sie um ihre Nähe, und ich glaube, jemand erwähnte sogar etwas von einer Schwester: »Schade, dass sie nicht hier sein konnte.« Aber ich war so in meine eigenen Sorgen vertieft, dass ich nicht gefragt habe. Ich wollte es gar nicht wissen.

Jetzt wünschte ich, ich hätte es getan. Ich wünschte, ich hätte ihn besser gekannt, ihn gefragt, was er will, versucht, ihm eine Art Ehefrau zu sein. Ich wünschte, ich wüsste, wie er mich jetzt sieht, ob er nicht anders kann, als sich von mir und meinem beschissenen Trauma abgestoßen zu fühlen. Noch beschissener ist, dass ich jetzt weiß, dass er mich nicht mehr als seine kleine sexy Ehefrau sehen wird, und das ist alles, was ich will. Ich will, dass er mich will, dass er mich immer noch für begehrenswert und fickbar hält, anstatt für zart und kaputt.

Was lächerlich ist, da ich nicht wollte, dass er mich als sexy oder fickbar ansieht, bevor er es weiß.

Dafür ist es jetzt allerdings zu spät. Was geschehen ist, ist geschehen. Er hat getan, was er getan hat, und dieser Schaden kann nicht rückgängig gemacht werden. Ich habe meinen Mund aufgemacht und ihn reingelassen, und das kann ich nicht rückgängig machen. Alles, was ich tun kann, ist, beschämt nach Hause zu kriechen und Papa anzuflehen, mich bleiben zu lassen, Mitleid mit mir zu haben und mir vielleicht einen neuen Ehemann zu suchen, von dem ich weiß, dass er nicht halb so geduldig oder verständnisvoll ist wie King es war.

Einundzwanzig

King

»Bist du bereit?«, fragt Onkel Al und zieht mich in den Raum, in dem ich seine Männer zum ersten Mal traf, den Raum, in dem ich den Eid ablegte.

Ich bin nicht bereit. Wie könnte ich bereit sein? Mein Kopf ist seit einer Woche durcheinander, seit dem Abend, als ich nach Hause kam und die Wohnung völlig verwüstet vorfand und meine Frau weg war. Aber ich bin bereit, mich für ein paar Stunden von ihr abzulenken, und das muss mir genügen. Ich fange an, meinen Vater besser zu verstehen, zu wissen, was einen Mann dazu bringt, sich so zielstrebig in seine Arbeit zu stürzen.

»Ja, Sir«, sage ich zum Don.

»Ist deine Schulter gut verheilt?«

»Ja«, sage ich und drehe meinen Arm. »So gut wie neu.«

Al betritt den Raum und deutet mir, ihm zu folgen. Um den Tisch herum sitzen fünf seiner bewährten Männer

351

und sein Consigliere. Daneben steht ein Mann in der Ecke wie eine sechseinhalb Fuß hohe Marmorstatue, die vom Kinn bis zu den Handrücken tätowiert ist und die Hände vor sich gekreuzt hält, während er mit leeren Augen in den Raum starrt.

»Was ist los?«, frage ich Al und wende mich von dem nervtötenden Riesen ab. Plötzlich geht mir durch den Kopf, was Little Al mir über den Angriff auf *Jean-Jean* erzählt hat. Meine Kehle schnürt sich zusammen, als ich daran denke, wie leicht jemand meinen Namen in den Raum werfen könnte, und ich würde über die Planke gehen. Aber das ist dumm. Warum sollte ich einen Hinterhalt vorbereiten, vor allem einen, bei dem auch ich hätte getötet werden können? Es sei denn, jemand hat es so aussehen lassen, als wäre das meine Tarnung gewesen. In diesem Geschäft kann man nie jemandem trauen.

Und dann ist da noch die Kleinigkeit, dass ich den Pakt mit den Pomponios gebrochen habe. Eliza ist nach Hause gegangen. Sie muss ihrem Vater inzwischen erzählt haben, was passiert ist. Ich habe sie verletzt. Ich habe bei meinem Auftrag versagt. Das könnte sehr wohl meine Hinrichtung sein. Ich habe mich bereits damit abgefunden, aber mein Herz beschleunigt sich noch immer bei der plötzlichen Erkenntnis, dass der Tag gekommen ist.

»Wir werden Luciani einen Besuch abstatten«, erklärt

Al. »Normalerweise würde ich keinen Neuling mitnehmen, aber da du angeschossen wurdest, möchtest du vielleicht sehen, wie der Gerechtigkeit Genüge getan wird.«

»Luciani?«, wiederhole ich und denke an den kaltblütigen Mafiaboss von unserer Hochzeit. Derjenige, dessen Tochter jeden Nachmittag in meiner Wohnung mit meiner Frau verbrachte, bis sie mich verließ.

»Wir haben Informationen, dass er vor dem Deal mit den Pomponios auf beiden Seiten gearbeitet hat«, sagt er. »Auch andere Familien könnten vom Krieg profitiert haben. Aber wir wissen, dass er profitiert hat, und das ist ein gutes Motiv, um zu versuchen, den Frieden zu stören, bevor er geschlossen werden konnte.«

»Es waren nicht Anthonys Männer?«, frage ich, aus irgendeinem Grund erleichtert, dass es nicht Elizas Familie war, auch wenn es jetzt keine Rolle mehr spielt.

»Die Schützen waren angeheuerte Männer, alle aus der Bronx. Sie ließen es so aussehen, als wären sie Anthonys Männer. Wer auch immer das arrangiert hat, wollte den Krieg neu beginnen.«

Ich nicke und lasse die Schultern hängen. »Eliza hat am Tag des Überfalls mit Lucianis Tochter zu Mittag gegessen. Sie muss geredet haben.«

Ich will nicht, dass Eliza in Gefahr gerät, aber ich werde meine Rolle in dieser Sache nicht vor Al verheimlichen. Ich bin dankbar, dass mein Kopf heute nicht auf dem Hackklotz liegt, aber wenn ich lüge, wird er es.

»Ein Grund mehr, Luciani zu verdächtigen«, sagt Als Consigliere.

Ich frage mich, was Eliza ihrem Vater gesagt hat, als sie zu ihm nach Hause kam, warum ich die Strafe noch nicht auf mich genommen habe. Natürlich ist die Heirat nicht der einzige Grund für den Frieden zwischen den Familien, aber sie ist ein Symbol des guten Willens, und jetzt ist dieses Symbol weg. Es ist der erste Faden, der sich auflöst, und ich frage mich, was sie jetzt tun werden. Werden sie für Eliza einen anderen Ehemann finden, oder werden sie sie als ruiniert betrachten, weil ich sie gefickt habe?

Der Gedanke daran lässt ein Messer der Schuld tief in meinem Bauch aufsteigen. Ich hätte sie nie anfassen dürfen. Dann hätte sie wieder heiraten und von vorne anfangen können. Jetzt weiß ich nicht, was sie mit ihr machen werden. Ich hoffe, ich habe ihr nicht die Aussichten verdorben und sie daran gehindert, einen anderen zu finden. Allein der Gedanke, dass ein anderer sie heiraten könnte, bringt mich dazu, ihn und seine ganze Familie vernichten zu wollen. Aber ich weiß, dass ich sie einen anderen finden lassen muss, einen sauberen

Schlussstrich ziehen muss, wie sie es getan hat. Vielleicht wird sie gar nicht verheiratet, und sie bekommt endlich die Freiheit, die sie so sehr wollte.

»Das ist Divo Bertinelli«, erklärt Al, der den Blick auf den Riesen richtet, aber nicht auf ihn zugeht. »Er wird sich uns anschließen.«

Bei dieser kleinen Geste wird mir klar, dass selbst der große Al Valenti sich in der Präsenz diesen Mannes unwohl fühlt. Zwar habe ich von ihm gehört, aber ihn nie getroffen. Sein Name eilt ihm voraus, denn Little Al und die anderen nennen ihn mit seinem Spitznamen *Il Diavolo*. Wenn es mein Job ist, Finger zu brechen, ist es seiner, Hälse zu brechen. Seine Spezialität ist es, Männer zum Reden zu bringen, also macht es Sinn, dass er mitkommt, denn wir wissen immer noch nicht, wer Luciani und seinen Männern den Tipp gegeben hat. Wenn Al selbst hinter Lou Luciani her ist, muss er genug Informationen gefunden haben, um sicher zu sein, dass die Männer, die uns in den Hinterhalt gelockt haben, von Biancas Familie geschickt wurden, angeheuerte Schläger, die es nicht lebend herausschaffen oder uns zu ihnen zurückführen sollten, wenn sie versagen.

Von den acht Männern, die Luciani einen Besuch abstatten, bin ich bei Weitem der Jüngste, obwohl Il Diavolos Alter schwer zu erraten ist. Die Tätowierungen und der verhärmte Gesichtsausdruck lassen ihn älter aussehen, als er wahrscheinlich ist. Der Rest der Männer ist zwischen dreißig und fünfzig, allesamt erfahrene Veteranen, denen Al sein Leben anvertraut.

»Lous Haus hat vier Wachen«, beginnt Al, nimmt ein Blatt Papier vom Tisch und macht ein paar schnelle Striche, um das Haus zu skizzieren, wobei er auf den Hinter- und Vordereingang zeigt. Das Haus ist ein Reihenhaus, erklärt er, also gibt es keine Möglichkeit, durch ein Seitenfenster einzusteigen. Ein paar Minuten später sind wir alle angeschnallt und steigen in zwei schwarze Geländewagen ein. Al nimmt den Beifahrersitz des einen, ein anderer seiner Männer fährt, während Il Diavolo und ich hinten sitzen. Die Konversation beschränkt sich auf ein paar kleine Kommentare.

Wir erreichen das Gebäude von Luciani ohne Probleme. Es handelt sich um ein dreistöckiges Reihenhaus, das sich bis zur Straße erstreckt, wobei jedes Haus eine andere Farbe hat. An der Vorderseite des Gebäudes befindet sich ein kleiner schmiedeeiserner Zaun mit gewölbten Toren, die zu den Stufen führen, die zum Eingang auf der zweiten Ebene führen. Lucianis Haus zeichnet sich durch eine graue Fassade und dicke, hölzerne Doppeltüren ohne Fenster aus. Ein Mann steht draußen, aber wir bleiben nicht stehen. Wir folgen der Straße und kehren um zur Rückseite des Gebäudes.

Ein Wachmann steht außerhalb des Zauns, und als er uns sieht, greift er nach seinem Funkgerät. Al erwischt ihn, bevor er den Knopf zum Rufen drücken kann, wobei seine Waffe mit dem Schalldämpfer ein leises *pffft von sich* gibt. Dann steigen wir alle aus dem Fahrzeug aus und rasen durch das Tor auf eine schiefergeflieste Terrasse mit einer Rasenfläche, einer Feuerstelle und zwei riesigen, in das Mauerwerk eingebauten Grills. Der Eingang auf der Rückseite des Gebäudes ist ebenerdig, aber es gibt eine Treppe zu einer Terrasse im zweiten Stock mit einem zweiten Eingang. Die Terrasse schützt uns teilweise vor den Blicken der zweiten Etage, aber die dritte Etage bietet uns die Möglichkeit, zuzugreifen. Durch die großen Fenster sind wir gut zu sehen – sowohl für Luciani als auch für die Bewohner der angrenzenden Häuser auf beiden Seiten.

Sie haben noch nicht bemerkt, dass wir ihre Deckung durchbrochen haben, sonst würden sie schon schießen. Als Männer verteilen sich wie angewiesen in Paaren. Al und drei seiner Männer gehen durch die Hintertür, während ich Il Diavolo mit zwei weiteren Männern die Eisentreppe hinauf in den zweiten Stock folge. Gerade als mein Fuß die Terrasse berührt, höre ich den dumpfen

Schuss aus einem schallgedämpften Gewehr, und eine Kugel prallt auf der Treppe hinter mir ab.

»Scheiße«, murmle ich, ziehe meine eigene Waffe und ziele nach oben. Die Terrasse ist ungeschützt, was bedeutet, dass ich alles bin, was zwischen dem Schützen und den drei anderen Leben steht, die in diesem Moment in Gefahr sind. Mein Blick streift die Fenster im Stockwerk über uns, die alle geschlossen sind.

»Keine Feuertreppe«, sage ich leise zu den anderen und schaue auf das oberste Stockwerk. »Die haben einen Dachzugang.«

Ein weiterer Schuss ertönt, und ich sehe gerade noch den Kopf des Schützen, der sich zurückduckt, bevor ich einen Schuss abgeben kann. Aber ich kenne jetzt seine Position, also warte ich. Einer unserer Männer flucht wie wild, und ich weiß, dass er getroffen wurde. Il Diavolo rennt in der Hocke über die Terrasse, bevor er die Schulter senkt und gegen das dicke Glas kracht. Es zersplittert, regnet um ihn herum und knirscht unter seinen Stiefeln, als er sich hineinduckt. Ein anderer Kerl folgt, dann der letzte, fluchend und aus dem Arm blutend, wo er getroffen wurde. Für ein paar Sekunden bin ich allein.

Ich warte schweigend, das Adrenalin schießt mit jedem Herzschlag durch mich hindurch. Als der Kopf über den Rand des Daches ragt, gebe ich einen weiteren

Schuss ab. Ich höre, wie der Schuss eintrifft, den Aufschrei, der ihn begleitet, und der Kerl sackt auf dem Dach zusammen. Ich haue ab und gehe in Deckung. Aus irgendeinem Grund habe ich Schlafzimmer erwartet, aber dies ist die Eingangsebene von der Vorderseite des Gebäudes, also bin ich in einem langen Wohnzimmer mit einer freiliegenden Ziegelwand und einer Küche am anderen Ende des offenen Grundrisses.

Zumindest sind die Versteckmöglichkeiten dadurch eingeschränkt. Der Raum ist leer, aber ich höre die Schreie der Männer im Erdgeschoss und Schießereien. Il Diavolo erscheint aus einer Tür am anderen Ende der Küche und gibt mir ein Zeichen, ihm zu folgen. Ich laufe durch das lange, mit Stühlen vollgestopfte Wohnzimmer und zucke zusammen, als die Holzdielen unter meinen Füßen knarren. Aber es ist ja nicht so, als wären wir jetzt heimlich unterwegs. Ich ducke mich durch die weiß gefliese Küche mit den weiß-schwarzen Marmorarbeitsflächen und schleiche durch die Türen in einen kleinen Eingangsflur. Ein Wachmann liegt mit dem Gesicht nach unten auf dem Boden, eine rote Lache breitet sich auf den weißen Fliesen aus. Von hier aus haben wir Zugang zur Vordertür und zur Treppe.

Il Diavolo wendet sich der Treppe zu und richtet seine Waffe vor sich aus, während er mit dem Rücken an die Wand gelehnt hinaufschleicht. Ich folge ihm nach oben und decke die Treppe hinter uns ab. Das Haus ist plötzlich still, die Schüsse sind unten verstummt. Ich weiß nicht, ob sie die Lucianis schon erwischt haben, aber wir müssen auf jeden Fall das obere Stockwerk überprüfen. Wir wissen nicht, wie viele Leute überhaupt im Haus waren.

Wir erreichen einen kleinen Absatz, und Il Diavolo fährt den Schalldämpfer seines Gewehrs ein paar Zentimeter über die Ecke hinaus. Nichts. Er schiebt sich vor und schaut sich um. Ein Schuss ertönt, und er zuckt zurück. Die Kugel versinkt in der Wand hinter uns. Ich höre ein Knarren und richte meine Waffe auf den Fuß der Treppe. Ein Typ duckt sich, seine Waffe zielt direkt auf mich. Ich schieße fast, doch in letzter Sekunde wird mir klar, dass es einer von uns ist. Ich drehe mich zu Il Diavolo um, der sich an der Ecke vorbeidrückt und einen Schuss nach dem anderen abgibt.

Er duckt sich zurück in den Flur. »Gib mir Deckung«, sagt er und hält an, um ein weiteres Magazin in seine Waffe zu schieben. Sekunden später winkt er mich nach vorne. Gemeinsam betreten wir einen zweiten Küchenbereich. Ein Mann liegt zusammengekauert über dem Tresen, zwei weitere liegen auf dem Boden. Links ist eine kleine Nische, die leer ist. Rechts können wir in ein Badezimmer sehen und dahinter zwei geschlossene Türen.

Wir biegen in diese Richtung ab, aber ein leises Rascheln hinter uns erregt Il Diavolos Aufmerksamkeit. Er wirbelt herum und schießt, ohne überhaupt richtig zielen zu können, und mein erster Gedanke ist, dass er den Kerl erschossen hat, der hinter mir auftaucht – einen von Valentis Leuten. Doch als ich mich umdrehe, ertönt ein durchdringender Schrei in meinen Ohren. Der Valenti-Typ liegt auf dem Boden, und eine hübsche Frau um die Vierzig kauert hinter dem Schaukelstuhl im Wohnzimmer und hält sich den Mund zu.

Il Diavolo zielt und schießt, bevor ich ein Wort sagen kann, und alles, was ich denken kann, ist, dass ich der Nächste bin, dass er alle Zeugen dafür ausschalten wird, dass er einen unserer Männer getötet hat. Der Schrei der Frau wird unterbrochen, und ihr Körper prallt gegen die Wand hinter ihr, bevor er seitlich auf den Boden rutscht und eine Blutspur hinterlässt.

»Wir bringen alle um?«, stoße ich aus. »Sogar die Frauen?«

Il Diavolo schreitet in die Stube, stößt einen Stuhl beiseite und zerrt die Leiche an den Haaren hoch. Eine Pistole fällt von ihrem Schoß auf den Boden, und ich sehe das Loch in der Armlehne. Es dauert eine Sekunde, bis ich alle Informationen zusammengesetzt habe. *Sie* hat Valentis Mann erschossen. Il Diavolo schoss auf sie durch den

Stuhl, sie schrie und ließ die Waffe fallen. Und dann tötete er sie.

Die Art und Weise, wie er ihren Körper wie einen Müllsack beiseite wirft und an mir vorbeischreitet, dreht mir den Magen um, aber wenigstens weiß ich, dass wir keine unschuldigen Zeugen töten. Il Diavolo gibt ein angewidertes Grunzen von sich, bevor er auf die geschlossenen Schlafzimmertüren zugeht.

Keiner von beiden gibt einen Laut von sich. »Gib mir Deckung«, befiehlt Il Diavolo, bevor er die linke Tür aufschwingt.

Ein Mädchen kniet vor einem Safe und stopft Geldbündel in eine Reisetasche. Ich erkenne Bianca an ihrem gewellten Haar, aber sie dreht sich nicht um, um ihr Gesicht zu zeigen, bis Il Diavolo in den Raum schreitet. Er packt sie an den Haaren und reißt sie nach hinten, sodass sie sich auf dem Boden wälzt. »Sieh dir das an«, sagt er und ein grausames Grinsen umspielt seine Lippen. »Das ist die vorlaute Schlampe, wegen der du angeschossen wurdest.«

»Ich habe nichts getan«, erwidert Bianca mit trotzigem Tonfall, während sie sich mühsam erhebt, während Il Diavolo sie rückwärts über den Boden schleift und ihr Körper schleift über das Parkett.

»Willst du ihr die Zunge herausschneiden?«, fragt er

mich und schiebt ihren Kopf zu mir.

»Nicht jetzt«, erwidere ich. »Wir brauchen noch Luciani.«

»Wo ist dein Vater?« Il Diavolo bellt Bianca an und schüttelt sie am Kopf. Er hält sie an den Haaren fest, während sie sich windet und versucht, seine Hand loszureißen.

»Ich werde euch Monstern nicht meinen Vater ausliefern«, faucht sie. »Ihr könnt mich vorher töten!«

»Er ist in diesem Zimmer, nicht wahr?«, fragt Il Diavolo mit einem triumphierenden Schimmer in den Augen, während er Bianca auf die Beine zerrt. Gegen seine riesige Gestalt sieht sie aus wie eine Puppe, als er sie vor sich hält.

Wie als Antwort zersplittert ein Kugelhagel die Tür von innen.

»Wenn du deine Tochter nicht treffen willst, hör auf zu schießen«, ruft Il Diavolo und duckt sich in das angrenzende Schlafzimmer zurück.

»Ihr Hurensöhne wollt mich reinlegen«, schreit Luciani. »Ihr habt meine Tochter nicht. Ich habe ihr gesagt, sie soll verschwinden.«

»Sag ihm, dass du hier bist, oder ich erlöse dich auf der Stelle von deinem Elend«, sagt Il Diavolo und drückt Bianca den Schalldämpfer der Pistole an die Kehle, während er sie immer noch an seine Brust presst.

Zum ersten Mal steht ihr die Angst ins Gesicht geschrieben, als würde sie erst jetzt begreifen, dass es wirklich so ist. Sie kann durch die offene Tür auf die Handvoll Leichen blicken, die in der Küche verteilt sind.

»Ich bin hier, Papi«, ruft sie. »Ich wollte Geld aus dem Safe holen. Sie haben mich erwischt.«

»Braves Mädchen«, knurrt Il Diavolo und schiebt sie vor sich her, während er sich dem Schlafzimmer zuwendet. Ich trete vor, trete den Rest der Tür ein und springe zur Seite. Es kommen keine Kugeln. Il Diavolo tritt durch die Tür, Bianca immer noch vor sich haltend, die Mündung seiner Waffe drückt ihr Kinn nach oben, während er sie ihr an die Kehle drückt. Ich trete hinter ihm ein, mit erhobener Waffe.

Der Raum ist klein, wahrscheinlich als Schlafzimmer gedacht, aber er ist als Büro eingerichtet, mit einem dicken Ledersessel in der Nähe des Fensters und einem schweren Schreibtisch aus Nussbaumholz zu unserer Linken. Lou Luciani sitzt in dem Sessel, ein automatisches Gewehr liegt auf seinem Schoß. Bianca fängt an zu schluchzen und würgt Entschuldigungen an ihren Vater heraus. Ich lehne mich um meinen Partner herum und ziele vorsichtig auf den Mann, der in dem Sessel sitzt. Während seine Augen auf seine Tochter gerichtet sind, drücke ich den Abzug.

Die Kugel bohrt sich in seinen dicken Oberkörper, und er flucht wild.

»Papa«, schreit Bianca und windet sich in Diavolos Armen.

»Halt die Klappe und hör auf zu zappeln, wenn du nicht willst, dass mein Finger am Abzug abrutscht«, warnt Diavolo und drückt sie, bis sie wimmert.

»Sie hat nichts damit zu tun«, sagt Luciani, in seiner Stimme schwingt ein Jersey-Akzent mit, der von Panik durchzogen ist. »Lasst sie gehen und ich lege die Waffe weg. Seht ihr?«

Er hebt beide Hände und lässt die Waffe in seinem Schoß liegen.

»Glaubst du, wir vertrauen dir?«, frage ich, die Glock in der Hand haltend, einen Finger am Abzug und den Lauf auf sein Gesicht gerichtet, während ich durch den Raum schreite.

»Töte ihn noch nicht«, sagt Il Diavolo hinter mir.

Das stimmt. Tote Menschen reden nicht.

»Woher wusstest du, wo wir an diesem Tag sein würden?«, frage ich und drücke Luciani die Pistole an die Schläfe.

Er stürzt sich aus dem Stuhl, seine Arme umklammern meinen Oberkörper, während er mich zu Boden wirft. Mein Finger verkrampft sich am Abzug und schickt eine Kugel an die Decke, als ich auf dem Boden aufschlage, wobei mir die Luft von dem größeren Mann aus den Lungen gestoßen wird. Ich drücke ihm den Gewehrkolben an die Schläfe, woraufhin er stöhnend auf mir zusammensackt. Ich hebe ihn hoch und durchsuche ihn schnell, werfe seine Pistole in die Ecke und stoße das Gewehr weg.

»Töte mich nicht«, keucht er, als ich ihn auf den Rücken drehe und die Mündung meiner Waffe an die Unterseite seines Kinns drücke. Ich packe seine Krawatte und ziehe sein Gesicht nach oben. Von der Stelle, an der ich ihn geschlagen habe, rinnt Blut über sein Gesicht, und seine Augen sind klein und tränenüberströmt, während sie in seinem Kopf kreisen.

Selbst die mächtigsten Männer werden in einem solchen Moment auf ein Nichts reduziert, so ähnlich wie die, die ich jeden Tag mit Little Al sehe. Lou Luciani mag ein hinterhältiger Bastard sein, und er mag versucht haben, mich zu töten, aber zumindest liebt er seine Tochter. So sehr, dass er sein Leben für sie aufgibt und uns zu ihm gehen lässt. Er muss wissen, dass es vorbei ist. Er mag am helllichten Tag einen schlampigen Überfall ausgeführt haben, aber er ist nicht dumm und er ist nicht herzlos. Es gibt schlimmere Menschen auf der Welt.

»Beantworte die verdammte Frage«, fordere ich ihn

auf.

»Ich bin keine Ratte«, spuckt er zurück, seine Lippen sind mit Speichel beschmiert und er zittert, als er versucht, die Worte herauszubringen.

Il Diavolo dreht Bianca und drückt sie mit dem Gesicht nach unten auf den Nussbaumschreibtisch, reißt ihren Rock hoch und drückt die Mündung seiner Waffe gegen ihr Höschen. »Beantworte die verdammte Frage, oder wir wissen, dass deine Tochter die Ratte ist«, bellt er.

Bianca stößt einen Schluchzer aus, ihr Schrecken ist spürbar, während sie sich auf dem Tisch windet und um Gnade fleht.

»Rühr meine Tochter nicht an, du kranker Mistkerl«, schreit Lou und bäumt sich unter mir auf.

Il Diavolo zieht ihre Unterwäsche beiseite und reibt die Spitze des Schalldämpfers an ihrem Eingang, während seine andere Hand flach auf ihrem Rücken liegt und sie festhält. »Oh, aber ich wette, sie wurde noch nie berührt«, stichelt er. »Es ist eine Schande, eine gute, jungfräuliche Muschi zu verschwenden.«

»Ist das nötig?«, knurre ich und blicke zu ihm hinüber, während ich darum ringe, Luciani am Boden zu halten. Wenn ich glauben würde, dass ich Lou loslassen könnte, ohne dass er zu seinen Waffen greift, würde ich den Teufel selbst zur Strecke bringen. Aber wenn ich das täte, würde

Selena

Lou mich töten, und Eliza würde als Witwe zurückbleiben, und das ist eine Sache, von der ich versprochen habe, sie nie zu tun. Ich mag nicht mehr lange ihr Mann sein, aber bis wir die Scheidungspapiere unterschreiben, bin ich für sie verantwortlich.

Ich könnte Lou töten und Il Diavolo verfolgen, aber dann würde ich nie herausfinden, wer ihm den Tipp gegeben hat, und die Schuld würde auf Bianca fallen, ob sie nun schuldig ist oder nicht.

Außerdem will ich gar nicht daran denken, was dieser Kerl mir antun wird, wenn ich versuche, ihn auszuschalten und dabei versage. Und selbst wenn ich Erfolg habe, ist es keine Frage, dass ich Eliza dann als Witwe zurücklasse. Wenn ich einen unserer eigenen Männer töte, noch dazu aus Als engstem Kreis, um einen Feind zu schützen, der für den Anschlag auf Als Leben verantwortlich sein könnte …

Ich zwinge mich, Lucianis Kehle festzuhalten, meine Finger graben sich in sein Fleisch, während ich mich auf seine Brust knie, die Waffe immer noch an sein Kinn gedrückt. Dieses Arschloch muss reden, und zwar schnell.

»Bitte«, schluchzt Bianca. »Ich habe niemandem etwas gesagt.«

Il Diavolo grinst Luciani an, der in meinem Griff durchdreht, und drückt die Spitze des Schalldämpfers in

Biancas Loch. »Du hast noch eine Chance zu reden, oder ich schieße und ficke diese enge kleine Fotze, während sie verblutet.«

Ich ramme die Waffe in Lucianis Halsschlagader. »Du wirst sowieso sterben«, schnauze ich. »Wenn du deine Tochter liebst, redest du besser sofort.«

»Es war Al«, heult er mit panischer Stimme, während er versucht, aufzustehen, um zu seiner Tochter zu gehen. »Der kleine Al De Luca. Er hat mir einen Tipp gegeben.«

Ich drücke ab und springe auf, packe Il Diavolo und stoße ihn. Er grinst mich an und zieht die Spitze des Schalldämpfers aus Bianca heraus, die unkontrolliert schluchzend auf dem Schreibtisch liegt.

»Funktioniert wie ein Zauber«, meint er und wischt die Waffe an seiner Hose ab. »Schade, dass er geredet hat. Ich hätte nichts gegen ein paar Minuten in dieser Schlampe. Sie ist eng.«

Ich ziehe Bianca auf die Beine, und sie bricht in meinen Armen zusammen, klammert sich an mich, als wäre ich eine Art Retter, und ihr Körper krampft vor Schluchzen. »Wir sollten Onkel Al suchen«, schlage ich vor.

»Nimm sie mit«, sagt Il Diavolo und deutet mir mit seiner Pistole an, ihm zu folgen, während er zur Tür geht. »Dem Sieger gehört die Beute, nicht wahr?«

Ich folge ihm nach draußen, Bianca hängt an meinem Hals. »Was werdet ihr mit mir machen?«, jammert sie, als wir die Treppe hinuntergehen.

»Nichts«, sage ich fest.

»Al kann dich behalten, bis wir die Geschichte deines Vaters überprüft haben«, meint Il Diavolo. »Wenn er gelogen hat, wirst du sterben wie der Rest deiner Familie. Wenn er die Wahrheit gesagt hat … dann bist du Als Problem. Vielleicht lässt er dich in einem seiner Clubs arbeiten, bis du das abbezahlt hast, was Lou ihm schuldet.«

Verdammt. Luciani schuldete ihm Geld. Kein Wunder, dass er versucht hat, uns auszuschalten. Er dachte wohl, seine Schulden würden getilgt, wenn er eine der anderen Familien loswird.

Die übrigen Männer versammeln sich in dem kleinen umzäunten Hof. Al blutet aus einer Wunde an der Wange, aber ansonsten geht es ihm gut. Drei der Männer wurden getötet, ein weiterer ist schwer verletzt. Il Diavolo hat eine Schnittwunde an der Seite, die ich nicht einmal bemerkt habe, da er keine Reaktion zeigte, als er sie bekam. Der Rest von uns kam ohne Verletzungen davon. Wir stapeln uns in den Geländewagen, weil wir schnell weg wollen, bevor weitere Luciani-Männer auftauchen. Mit dem abgeschlagenen Kopf wird entweder die Familie untergehen oder, was wahrscheinlicher ist, jemand wird sich erheben, um sofort seinen Platz einzunehmen, und wir wollen nicht dabei sein, wenn ein Haufen durstiger Erben auftaucht, um sich zu duellieren.

Ich lande in einem Auto mit Al, Il Diavolo und Bianca, die verstummt ist und aus dem Fenster starrt, wobei ihr die Wimperntusche von den leeren Augen über die Wangen läuft. Sie steht wahrscheinlich unter Schock.

»Musst du dir das ansehen?«, fragt Al Il Diavolo, der vorne neben ihm sitzt.

»Ich komme nachher in der Fleischerei vorbei«, antwortet Il Diavolo.

Wir besprechen die Ergebnisse erst, als wir wieder bei Onkel Al sind. Seine Haushälterin nimmt Bianca mit, um sie sauber zu machen, nehme ich an, und der Rest von uns geht in seine Büroräume im Erdgeschoss. Als wir alle mit dem Consigliere um den Tisch sitzen, ergreift Al das Wort.

»Welche Informationen habt ihr von dem verstorbenen Luciani erhalten?«, fragt er und bekreuzigt sich.

Ich warte darauf, dass Il Diavolo etwas sagt, aber er deutet mit einer riesigen Hand auf mich, während er mit der anderen ein Handtuch an seine Seite hält. »Das ist dein Moment, Neuling«, sagt er. »Sag es ihm.«

Ich räuspere mich, weil ich diese Nachricht nicht

überbringen will und mich frage, ob es sich hier um eine Situation handelt, in der der Bote erschossen wird, und Il Diavolo das weiß und nicht derjenige sein will, der Al erzählt, dass sein geliebter Enkel sich verschworen hat, ihn zu töten.

»Er sagte, Little Al habe ihm einen Tipp gegeben«, sage ich leise.

Onkel Al zuckt nicht einmal mit der Wimper.

»Es tut mir leid, Sir«, füge ich hinzu.

»Wusstest du davon?«, fragt er.

Mir läuft es kalt den Rücken runter. Ich bin der Partner von Little Al. Natürlich fällt der Verdacht auf mich. »Nein, Sir.«

»Dann entschuldige dich nicht. Er hat das Treffen arrangiert und war nicht da, als die Schüsse fielen. Du bist in letzter Minute dazugekommen und hast für mich eine Kugel gefangen.« Er mustert mich kurz, dann kippt er sein Kinn. »Ich werde ihn dir überlassen.«

Ich nicke und schlucke den Protest hinunter. Es ist eine Sache, den Bastard zu erschießen, der versucht hat, mich zu töten und die Familie meiner Frau gegen uns auszuspielen. Luciani ist eine andere Familie. Little Al ist ein Valenti. Und er gehört nicht nur zur Familie, er ist mein Partner. Sicher, er ist eine Art Werkzeug, aber wir haben in den letzten drei Monaten, seit meinem ersten Tag im

Job, als Team gearbeitet. Es hätte genauso gut mein ganzes Leben sein können. Ich bin gewachsen, habe gelernt und bin abgehärtet, um ein Mann zu werden, der seine Arbeit erledigt, der tut, was er zum Überleben braucht. Viel davon verdanke ich Little Al.

Er hat mich gut unterwiesen.

Also nutze ich, was er mich gelehrt hat. Ich gebe die einzige Antwort, die mich einen weiteren Tag leben lässt, gehe nach Hause in meine leere Wohnung und versuche, morgen ein besserer Mensch zu sein: »Ja, Sir.«

»Er geht nicht ans Telefon«, meint der Consigliere mit einem Stirnrunzeln. »Ich werde es bei seiner Frau versuchen.«

Einer der Männer am Tisch grunzt. »Meinst du, jemand hat ihm einen Tipp gegeben?«

»Wir haben niemanden am Leben gelassen, um ihn zu warnen«, sagt Joey One-Eye.

»Hat jemand Biancas Telefon mitgenommen?«, frage ich.

Es herrscht einen langen Moment gespannte Stille, während der Consigliere Mrs. De Luca anruft. Nach einem kurzen Gespräch legt er auf und schüttelt den Kopf. »Sie sagt, er sei heute früh abgereist und sie habe seitdem nichts mehr von ihm gehört.«

»Dieser Mistkerl«, flucht Onkel Al leise. »Er war bei der Planung dabei, um Luciani auszuschalten. Er muss gewusst haben, dass er reden würde, und ist abgehauen wie der Feigling, der er ist.«

»Er wird sich bedeckt halten und abwarten, ob wir Erfolg haben«, sagt der Consigliere.

»Soll ich ihn finden?«, fragt Il Diavolo mit tiefer, dröhnender Stimme.

»Wir werden ihn schon finden«, erwidert Al und zieht eine Grimasse. »Er ist eine Bedrohung, die beseitigt werden muss.«

Als wir nach ein paar Minuten Diskussion den Raum verlassen, legt Al mir noch eine Hand auf die Schulter, um mich zu beruhigen, nachdem alle gegangen sind. »Ein Bruder, der einen Bruder tötet, ist ein ganz normaler Tag im Leben«, sagt er. »Du schienst da drin ein wenig erschüttert zu sein. Das ist nur ein Geschäft, mein Sohn.«

»Ich weiß.«

»Gut«, sagt er. »Du hattest genug Aufregung für heute. Geh nach Hause zu deiner Frau.«

»Danke«, erwidere ich und schaffe es gerade noch, nicht zu stottern. Er weiß nicht, dass sie gegangen ist. Ich bin mir nicht sicher, ob das gut ist oder nicht.

Al wirft mir einen langen, scharfsinnigen Blick zu. »Läuft es jetzt besser?«

Ich zögere, und dann, weil er der Einzige ist, mit dem ich darüber reden kann, bleibe ich noch eine Minute länger. »Kann ich dich um einen Rat bitten?«

»Sicher«, sagt er. »Braucht das einen Drink?«

Er schenkt ein paar Gläser Whiskey aus einer Karaffe auf dem Spirituosenwagen in der Ecke ein.

»Ich habe es versaut«, gebe ich zu. »Sie ist schon seit einer Woche wieder bei ihrem Vater.«

Die Scham drückt auf jedes Glied meines Körpers, während ich dastehe und jemandem, den ich bewundere, den schlimmsten Fehler meines Lebens eingestehe.

»Du hast sie geschlagen?«, erkundigt Al sich und blinzelt mich über den Rand seines Glases hinweg an.

»Nein«, entgegne ich. »Ich habe Schlimmeres getan. Sie ist … eigensinnig. Ich habe die Fassung verloren und sie … gezwungen, sich zu fügen.«

Ich schlucke den üblen Geschmack in meinem Mund mit einem Schluck brennenden Alkohols hinunter. Ich kann diesen Mann nicht einmal ansehen, während ich ihm erzähle, was ich getan habe. Aber es betrifft ihn, irgendwie. Unsere Ehe betrifft jeden in den beiden Familien Valenti und Pomponio.

Al nickt langsam, lässt sich in seinen Stuhl zurücksinken, lehnt sich zurück, schwenkt den Schnaps in seinem Glas und beobachtet mich. »Ich verstehe«, sinniert er.

Es folgt die längste Minute meines Lebens, der Raum ist still, während ich auf sein Urteil warte.

»Es tut mir leid«, sage ich schließlich.

»Du wirst es überstehen«, meint er. »Es gibt keine andere Möglichkeit, King. Du musst vielleicht härter arbeiten, um dir ihre Unterwerfung zu verdienen, aber wenn du ihr zeigst, dass du würdig bist … Unterwerfung wird verdient, nicht genommen.«

»Was, wenn sie das nicht will? Sie will nicht dominiert werden. Sie will in allem ihren eigenen Weg gehen.«

»Das kann man lernen«, sagt Al. »Du wirst einen Weg finden, ihr beizubringen, sich zu unterwerfen und es bereitwillig zu tun, es zu wollen. Aber es ist ein Gleichgewicht, niemals erzwungen. Sie muss bekommen, was sie am meisten braucht, wenn du willst, was du am meisten brauchst.«

»Dann befinden wir uns wohl in einer Sackgasse«, gestehe ich. »Wir brauchen beide dasselbe.«

»Du wirst aber einen Weg finden, die Dinge zu regeln. Das ist dein Job.«

»Ja, Sir«, sage ich, und das Gewicht in mir wird immer schwerer. Es gibt keine Scheidung, auch dann nicht, wenn es nie eine richtige Ehe gegeben hat. Meine lebenslange Aufgabe war es, die Familien zusammenzubringen, und ich habe versagt, aber er lässt mich nicht vom Haken. Das Problem ist, dass ich es *nicht* wert bin, dass sie sich mir unterwirft. Wenn ich es wäre, hätte sie es freiwillig getan.

Ich weiß nicht, was ich tun kann, um das zu ändern. Sie ist schon weg. Wir werden also weitermachen wie bisher, nur dass sie nicht mehr bei mir wohnt. Es wird nicht so anders sein. Eigentlich sollte ich dankbar sein. Wenn wir nicht nebeneinander schlafen und nicht einmal miteinander schreiben, können keine Gefühle aufkommen. Ich werde der einsame Soldat sein, den ich mir vorstellte, als ich den Valentis beitrat, bevor Al mir sagte, dass mein Schicksal an das ihre gebunden ist. Sie wird mir egal sein, und deshalb wird sie auch nicht in Gefahr geraten.

Ich danke Onkel Al für seinen Rat und sein Vertrauen in mich, und dann gehe ich. Während ich nach Hause fahre, denke ich daran, was Little Al getan hat, wie sehr es wehtun muss, von der eigenen Familie verraten zu werden – und zwar nicht nur von der erweiterten Familie oder von Leuten, die für einen arbeiten, sondern vom eigenen Enkel, den man zu seinem Nachfolger aufgebaut hat. Onkel Al zeigt es vielleicht nicht, aber er muss das hassen. Das heißt, wenn ich meine Loyalität zu ihm zeigen will, muss ich den Kerl töten, der ihn verraten hat.

Ich dachte, einen Fremden zu erschießen, wäre das

Schwerste, was ich je tun müsste, aber das hier ist noch viel schwerer. Ich hasse Little Al nicht. Und er ist kein Fremder, dessen Gesicht ich vorgeben kann, nicht zu sehen, wenn ich nachts nicht schlafen kann. Er ist ein Freund. Ich weiß nicht, wie ich das durchziehen soll. Aber ich werde einen Weg finden. Ich habe schon bei Eliza versagt, meinen ersten Auftrag endgültig vermasselt. Dies ist wahrscheinlich die letzte Chance, die ich bekomme. Mein zweiter Schlag.

Es ist an der Zeit, dass ich das Gelernte in die Tat umsetze. Das wird mich entscheiden, ob ich ins Grab oder in Onkel Als inneren Kreis komme. Und mehr als das, es wird mir selbst etwas beweisen. Ich muss wissen, ob ich in diesem Leben überleben kann, wenn es nicht nur um einfache Jobs geht, oder ob ich in der heißen Phase versage. Ich muss beweisen, dass ich das Richtige tun kann, auch wenn es schwer ist. Ich dachte, ich hätte mit Eliza das Richtige getan, als ich sie gehen ließ, aber jetzt bin ich mir nicht mehr sicher. Dieses Mal bin ich mir sicher.

Es gibt keinen einfachen Ausweg aus dieser Sache. Die Mafia-Regeln sind klar. Er hat sie gebrochen. Er kannte die Risiken und die Konsequenzen. Die sind auch klar. Es mag mein Job gewesen sein, mich um das Leben meines Partners zu sorgen, als wir noch Seite an Seite arbeiteten, aber er ist nicht mehr mein Partner. Er ist der gefallene Erbe dieses Imperiums. Er hat sich entschieden, wo seine Loyalität hingeht, und ich entscheide, wo meine hingeht. Er hat sich sein eigenes Grab geschaufelt, und es ist meine Aufgabe, dafür zu sorgen, dass er darin liegen wird – und zwar für immer.

Zweiundzwanzig

Eliza

Ein Klopfen an meiner Tür unterbricht meinen trüben Abend.

»Da ist jemand, der dich sehen will«, sagt Sylvia und steckt ihren Kopf in mein Zimmer.

»Wer ist es?«

»Komm und sieh«, meint sie mit einem wissenden Lächeln auf den Lippen.

Ich seufze und steige aus dem Bett. Ich bin mir sicher, dass es Bianca ist, und sie wird mir wahrscheinlich sagen, dass ich wie eine Schlampe aussehe. Um fair zu sein, ich trage eine Jogginghose und ein T-Shirt ohne BH, und mein Haar ist kaum in einem unordentlichen Dutt untergebracht. Als sie mich das letzte Mal sah, trug ich wenigstens Jeans, und sie sagte mir trotzdem, dass ich ewig brauchen würde, um mich für die Verabredung zum Mittagessen zurechtzumachen, die ich abgesagt hatte. Seitdem habe ich keine Lust mehr, mich mit anderen zu treffen, aber ich weiß, dass ich für sie da sein muss, da ihr Vater gerade ermordet wurde und ihre Familie in Trümmern liegt. Ich sollte mich darüber freuen – das würde sie auch, wenn die Situation andersherum wäre –, aber ich kann die Grausamkeit nicht aufbringen.

»Willst du dich nicht umziehen?«, fragt Sylvia, als ich an ihr vorbei in den Flur gehe.

»Nein«, erwidere ich. »Sie wird mich einfach in meinem natürlichen Zustand sehen müssen.«

Ich bin auf halbem Weg die Treppe hinunter, bevor mein Besucher in Sicht kommt. Nicht Bianca.

Mein Ehemann.

Mein Magen macht eine komische Drehung, und meine Kehle schnürt sich zu. Plötzlich wünsche ich mir, ich hätte mich zurechtgemacht. Aber er hat mich schon gesehen, also ist es zu spät, um zurückzulaufen und mich frisch zu machen. Wenigstens habe ich heute Morgen geduscht, also bin ich nicht völlig verwildert. Ich bleibe auf der Treppe stehen und atme tief durch, mein Puls flattert in meinem Hals.

»Was machst du hier?«, frage ich und steige langsam hinunter, bis ich die unterste Stufe erreiche.

»Ich bin hier, um dich zu umgarnen«, antwortet King mit einem kleinen Lächeln.

»Was?«, frage ich und erkenne die Worte wieder, die

ich ihm bei unserem ersten Treffen an den Kopf geworfen habe.

Er wackelt auf seinen Füßen und sieht genauso steif und unbehaglich aus wie an diesem Tag. »Ich habe es versaut«, gesteht er. »Das weiß ich, und ich weiß, dass ich nicht um Vergebung bitten kann. Ich dachte, dich nach Hause gehen zu lassen und dir deine Freiheit zu geben, wäre der beste Weg, dich vor mir und meinen …«

Er blickt hinter mich, und ich weiß, dass Sylvia dort ist. Ich bin seltsam stolz auf sie, dass sie zu mir hält. Ich habe ihr und Papa nicht genau gesagt, was passiert ist, aber sie haben mich bleiben lassen. Sie sind misstrauisch in meiner Nähe, als ob sie warten würden, dass ich etwas erzähle, aber sie haben mich nicht zur Rede gestellt.

Schließlich sind die Pomponios die am wenigsten traditionelle Familie. Mein Vater ist der Mann, der zuließ, dass seine Frau ihn verließ. Er ist wahrscheinlich der einzige Don in New York, der mich nicht zwingen würde, zu meinem Mann zurückzukehren.

King räuspert sich und schaut wieder zu mir. Ich weiß, dass er will, dass ich die Geliebte meines Vaters wegschicke, aber ich tue es nicht. Ich werde es ihm nicht leicht machen. Er hat eine Grenze überschritten und mein Vertrauen missbraucht. Wenn ich möchte, dass jemand bei unseren Besuchen anwesend ist, werde ich das tun.

»Ich wollte dich sehen«, erklärt er. »Es war falsch von mir, dich so zu behandeln, das weiß ich. Aber du bist immer noch meine Frau, und ich möchte, dass du weißt, dass ich unser Ehegelübde immer noch in Ehren halte. Ich werde es nie wieder brechen.«

»Du hast unser Gelübde gebrochen?«, frage ich und mein Herz zerreißt in meiner Brust. Ich nehme es ihm nicht übel, wenn er an dem Tag, an dem ich gegangen bin, zu einer Hure gegangen ist, oder irgendwann danach, aber es zerdrückt mich immer noch innerlich.

»Ich habe dich nicht geehrt«, sagt er. »In dieser Nacht … In der Nacht, in der ich dich gezwungen habe, dich zu unterwerfen. Das hätte ich nie tun dürfen. Ich hätte dich wie die Prinzessin behandeln sollen, die du bist. Von jetzt an werde ich das tun. Ich werde dich nicht bitten, nach Hause zu kommen, aber ich hoffe, dass ich mir eines Tages dein Vertrauen verdienen kann, und du es dann tust.«

Ich schlucke schwer, Erleichterung mischt sich mit einem anderen Gefühl, das zu gefährlich ist, um es zu benennen, das in meinem Herzen anschwillt und mich dazu bringt, mich zu setzen. »Deshalb bist du gekommen?«

»Ja«, sagt er. »Ich möchte es noch einmal versuchen. Ich werde alles tun, was nötig ist, Eliza. Und wenn das bedeutet, ein Jahr zu warten, oder zehn Jahre, oder für immer, ich werde es tun. Ich werde dich nicht aufgeben.

Ich werde dich nicht verlassen, wie es deine Mutter getan hat.«

Ein Kloß steigt in meinem Hals auf, und anstatt mich zu wehren, möchte ich weinen. Ich winke Sylvia weg und führe King in die Bar. Aber ich will mich heute nicht betrinken. Ich hole mir ein Mineralwasser aus dem Kühlschrank und reiche King auch eins. Er zögert und setzt sich erst, als ich auf einen der Barhocker rutsche und den neben mir streichle. »Ich weiß nicht, ob ich dir wieder vertrauen kann«, sage ich. »Du hast gesagt, du würdest mich nie verletzen, und du hast es getan. Nicht nur in dieser Nacht, sondern auch am nächsten Tag. Ich weiß nicht, ob ich jemals vergessen werde, deinen Ehering dort liegen zu sehen.«

»Ich weiß«, sagt er und sieht so unglücklich aus, dass es in meiner Brust schmerzt. »Aber ich habe nie aufgehört, dein Mann sein zu wollen. Ich wollte dich nur beschützen.«

»Wovor?«, frage ich. »Du kannst mich nicht vor der Vergangenheit schützen.«

»Vor mir«, erklärt er und sieht mich an, als ob ich etwas übersehen würde.

»Ich dachte … ich dachte, du wärst gegangen wegen dem, was ich dir gesagt habe.«

Er weicht zurück. »Was? Nein. Eliza, ich bat dich zu gehen, weil ich dich verletzt habe. Weil ich nicht wusste, ob man mir vertrauen kann, dass ich es nicht wieder tue. Aber ich schwöre dir, ich werde es nicht tun. Ich will, dass du meine Frau bist, El. Selbst wenn es nur darum geht, mit mir in der Öffentlichkeit zu essen, und ich dich nie wieder anfassen werde.«

»Es war nicht, weil du mich für beschädigte Ware hältst?«, hake ich nach, meine Stimme kaum mehr als ein Flüstern.

»Natürlich nicht«, erwidert er und greift nach meiner Hand, die am Rand der Bar liegt. Er zögert, dann legt er seine Hand auf meine. »Ich habe es dir gesagt. Das ist mit dir passiert. Es macht dich nicht aus.«

Aber er hat Unrecht. Es definiert mich wirklich. Es hat mein ganzes Leben geprägt.

»Was passiert jetzt?«, frage ich.

»Darf ich dich zu einem Date ausführen?«, fragt er. »Wir können uns kennenlernen, wie wir es von Anfang an hätten tun sollen.«

»Du willst … mit mir ausgehen?«

»Ja«, sagt er. »Aber ich werde tun, was dir ein angenehmes Gefühl gibt.«

Ich beobachte ihn eine Minute lang aus dem Augenwinkel. »Warum?«, will ich schließlich wissen.

»Was meinst du?«

»Warum solltest du mit deiner Frau ausgehen wollen?

Du hast mich doch schon. Wir sind verheiratet. Du hast mich gefickt.«

»Weil ich meine Frau kennenlernen möchte«, sagt er. »Und ja, ich hoffe, dass du eines Tages nach Hause kommen willst. Ich werde nicht so tun, als sei das nicht das Ziel. Aber ich bin bereit, alles zu tun, was nötig ist, und so lange zu warten, wie du brauchst, bis es so weit ist.«

»Du willst mich nur ausführen und mich dann hier absetzen?«, frage ich vorsichtig.

»So funktionieren Dates normalerweise«, sagt er. »Es sei denn, du willst etwas anderes. Ich möchte, dass du glücklich bist. Aber ich werde dich nicht aufgeben, El. Niemals.«

»Okay«, willige ich ein und nicke. »Wenn du mich wirklich respektierst und langsam vorgehst.«

»Das werde ich«, sagt er sofort.

»Danke«, erwidere ich. »Und wenn du vorher Erleichterung brauchst …«

»Wenn du mir noch einmal sagst, ich soll mir eine Tussi suchen, tätowiere ich mir ein Stoppschild auf die Stirn mit dem Wort *Cumare*.«

Ich kann nicht anders, als darüber zu kichern, und die Spannung zwischen uns lässt nach. »Ich wollte sagen, ich könnte dir ein oder zwei Bilder schicken«, sage ich und nippe an meinem Getränk. »Du hast deine Chance auf eine

Geliebte verloren, als du mich genommen hast.«

»Das ist fair«, meint er, rutscht vom Barhocker und beugt sich vor, um mich auf die Stirn zu küssen. »Ich hole dich am Freitag um acht ab.«

Und so fing ich an, mich mit meinem Ehemann zu verabreden.

Einen Monat lang geht King zweimal pro Woche mit mir aus, zum Essen, zu Shows, Konzerten, Galerien, ins Kino und sogar in einen Club. Manchmal kann ich vergessen, was er getan hat, und wir haben einfach Spaß zusammen. Es ist wirklich das Beste aus beiden Welten – ich behalte meine Freiheit, aber ich habe auch einen Partner. Ich muss ihm nicht gehorchen, aber ich habe jemanden, mit dem ich etwas unternehmen kann, einen Mann, der mich will, der mir das Gefühl gibt, schön und sexy und begehrt zu sein, ohne mich unter Druck zu setzen. Wir küssen uns im Auto, als er mich absetzt, und machen dann miteinander rum, aber ich lade ihn nie ein, mit reinzukommen. Manchmal schicke ich ihm Nacktbilder, um ihn zu necken, nachdem er mich abgesetzt hat, aber er drängt mich nicht.

Ich weiß, dass ich nach Hause gehen sollte, aber es macht mir zu viel Spaß, und ich habe Angst, dass er wieder zu seinem dominanten Wesen zurückkehrt und ich das zu sehr will. Ich will nicht aus den Augen verlieren, wer ich

Selena

bin, und in unserer Ehe verschwinden. Er ist geduldig, aber ich weiß, dass er es nicht ewig sein wird, also genieße ich die Flitterwochen und lebe sie so, wie ich meine Partytage vor der Hochzeit gelebt habe – ich stürze mich mit beiden Füßen hinein und gebe mich voll und ganz hin. Wenn er nicht da ist, nehme ich den Mut zusammen, etwas zu tun, von dem ich weiß, dass ich es tun muss, bevor ich eine gute Ehefrau sein kann.

Dreiundzwanzig

King

Es ist schon seltsam, ein Single, aber doch verheirateter Mann in New York zu sein. Ich gehe nicht mehr auf Partys wie zu High-School-Zeiten, aber ich habe auch keine Familie, zu der ich nach Hause gehen kann. Ich bin ein Junggeselle, aber doch keiner. Bis jetzt habe ich nur ein paar Monate vor der Hochzeit allein gelebt. Davor hatte ich meine Brüder, um die ich mich kümmern musste. Das hinterlässt eine Leere, eine Unruhe, als ob ich kein Ziel hätte. Ich weiß aber, dass es gut für mich ist. Mama sagte, sie sei vom Haus ihres Vaters zum Haus ihres Mannes gezogen. Für mich ist es nicht viel anders. Da ich so jung geheiratet habe, war ich nie wirklich auf mich allein gestellt.

Aber ich bin für diese Art von Leben nicht geschaffen, und das wird mir bald klar. Ich will Eliza zu Hause haben. Ich mache mir Sorgen um meine Brüder, darüber, was sie unten in Arkansas machen und darüber, dass sie sich zurückgezogen haben und nicht mehr so viel mit mir reden wie früher. Ich brauche jemanden, um den ich mich kümmern kann, jemanden, in den ich meine Energie stecken kann. Wenn ich so jemanden nicht habe, arbeite ich meistens bis weit nach Einbruch der Dunkelheit. Al hat mir einen neuen Partner gegeben, und wir wollen uns beide beweisen.

Mit Eliza ist es anfangs etwas schwierig, aber je besser wir uns kennenlernen, desto angenehmer wird es. Ich möchte mich um sie kümmern, aber sie lässt mich nicht, und ich weiß nie, wann ich sie verärgern werde und was sie tun wird, wenn das passiert. Sie lernt jedoch, mir ihren Körper anzuvertrauen, auch wenn es nur kleine Schritte sind. Damit habe ich kein Problem. Sie ist das Warten wert.

Wenn ich sie in den Club mitnehme, tanzt sie sogar mit mir und reibt sich an mir, bis ich bereit bin, sie direkt auf der Tanzfläche zu nehmen. Aber das kann ich natürlich nicht tun. Ich bin respektvoll, und dieses Mal flippt sie nicht wegen meines Ständers aus. Sie reibt sich an ihm, als wäre es ihr einziger Lebensinhalt, mich zu reizen.

Ich dränge sie nicht zu mehr. Durch das, was ihr als Kind widerfahren ist, und durch mein übergriffiges Verhalten hat sie wenig Vertrauen. Es macht mir nichts aus, zu warten. Sie ist es wert. Ich werde weiterhin für sie da sein und ihr zeigen, dass ich sie nicht wieder verletzen werde. Irgendwann wird sie lernen, dass ich zu meinem Wort stehe, dass sie ihren Schutz aufgeben und sich von mir heilen lassen kann. Ich habe vielleicht das letzte Mädchen, um das ich mich kümmern musste, im Stich gelassen, aber das wird nicht wieder passieren.

Dieses Mal werde ich sie retten.

Wir geben uns jedes Mal einen Gute-Nacht-Kuss, aber mehr passiert nicht. Es ist komisch, dass ich jetzt, wo der Sex vom Tisch ist, andere Dinge wahrnehme. Wenn ich weiß, dass er später nicht kommt, kann ich mich entspannen und neben der sexuellen Lust auch körperliche Lust empfinden. Es ist fast noch tiefer, das Vergnügen, das ich empfinde, wenn ihr weicher, kleiner Körper sich auf dem Vordersitz an meinen schmiegt; die Wärme und das Gewicht ihres Kopfes, wenn sie auf meinem Arm ruht, während ich sie im Auto schwindlig küsse; die butterweiche Glätte ihrer Haut unter meinen schwieligen Händen. Sie zu berühren fühlt sich verdammt gut an, egal wo es ist oder wohin es führt.

Schließlich beginnt sie, mich nach unseren Verabredungen zu sich einzuladen.

Ich war noch nie egoistisch genug, um zu kommen, ohne dafür zu sorgen, dass auch die Frau kommt. Ich dachte, das bedeutet, dass ich kein egoistischer Liebhaber bin, aber bei Eliza merke ich, dass das nicht stimmt. Einem Mädchen einen Orgasmus zu verschaffen, war für mich immer eine Frage des Stolzes. Ich habe es für mein Ego getan, um zu beweisen, dass ich ein guter Liebhaber bin. Oder weil ich wusste, dass sie ihren Freundinnen erzählen würde, dass ich gut im Bett bin. Aber ich habe es immer noch für mich selbst getan.

Bei Eliza denke ich nicht an mich. Sie bringt mich dazu, die Dinge langsam anzugehen, nur an sie zu denken – was sie will, was sie braucht, was sich für sie gut anfühlt und was wieder Schmerz auslösen könnte.

Ein paar Wochen lang gehen wir es langsam an, und es ist schwer, Fortschritte zu sehen, aber wir sind so intim, wie es ihr angenehm ist. Wir küssen uns, und ich lasse sie meinen Körper erkunden, was ihr so gut gefällt, dass es mir zu Kopf steigt. Ich war noch nie mit einem Mädchen zusammen, das so schmerzhaft unschuldig war, so neugierig, so fasziniert von meinem Körper, nicht nur von meinem Schwanz. Vielleicht waren die Mädchen, mit denen ich bisher zusammen war, genauso egoistisch wie ich. Wir haben beide immer nur daran gedacht, wie wir kommen.

Aber daran denkt Eliza nicht. Wann immer sie in die Nähe kommt, erstarrt sie und zieht sich zurück. Sie scheint mehr an mir interessiert zu sein, was ich zugegebenermaßen verdammt heiß finde. Sie ist fasziniert von Dingen, denen sonst niemand Beachtung schenkt, wie zum Beispiel der Tatsache, dass Männer es mögen, wenn man mit ihren Brustwarzen spielt, oder wie man meine Eier anfasst. Sie mag es, ihren Kopf auf meinen Bauch zu legen und meinen Schwanz anzufeuchten und zu beobachten, wie er hart wird. Und sie scheint sehr darauf bedacht zu sein, sowohl beim Blasen als auch beim Handjob zu brillieren.

Trotzdem ist es frustrierend. Ich möchte sie so berühren, wie sie mich berührt, mit Freiheit und Staunen. Ich möchte sie aufspreizen und meine Finger in ihre heiße kleine Muschi stecken und sie nach mehr stöhnen lassen. Ich will sie schmecken, sie mit meiner Zunge ficken, bis ich sie zum Äußersten treibe, und ich will spüren, wie sie die Kontrolle verliert und gegen meinen Mund kommt. Und ich will sie hart und tief ficken, in ihr abspritzen, während sie meinen Namen schreit.

Aber davon sind wir noch weit entfernt. Stattdessen verbringe ich viel Zeit mit den Nacktfotos, die sie mir schickt.

Eines Abends, nach einer Halloween-Party, kommen wir im Haus ihres Vaters an und stolpern hinein, beide ein wenig beschwipst.

»Komm her, meine Braut«, fordere ich sie auf und

nehme sie mit einem Knurren in die Arme.

Sie gibt einen kleinen Schrei von sich und strampelt mit den Beinen, aber sie lacht, während sie ihre Arme um meinen Hals schlingt und sich hochbeugt, um mich zu küssen.

»Pssst«, sage ich. »Ich bin zwar dein Mann, aber ich will nicht, dass dein Vater aufwacht und hört, was ich mit seiner Tochter mache.«

Sie kichert und vergräbt ihr Gesicht in meinem Nacken, küsst und leckt und macht mich verrückt, während ich sie die Treppe zu ihrem Schlafzimmer hochtrage und sie auf das Bett lege.

Eliza stößt ihre roten Pumps ab und schlängelt sich aus ihrem Dorothy-Kleid, wirft es auf den Stuhl nebenan und zieht ihren BH aus. Ihre Titten gehören mir, also drücke ich sie zurück und sauge erst an der einen, dann an der anderen, lasse meine Hände über die unglaublich glatte Haut gleiten, bis sie keucht und sich gegen mich windet. Ich bewege mich zu ihren Lippen und lasse meine Zunge in ihren willigen Mund gleiten, während sie mein Hemd hochzieht und mit ihren Händen über meine Rippen streicht.

»Zieh das aus«, verlangt sie und unterbricht den Kuss, um an meinem Vogelscheuchen-Kostüm zu zerren. Ich löse den Overall und ziehe ihn aus, dann knöpfe ich das

Flanellhemd auf und werfe es beiseite, damit ich meine nackte Haut an ihre drücken kann. Als wir wieder auf dem Bett liegen, von Angesicht zu Angesicht, schiebe ich ein Bein zwischen ihre, während sich unsere Münder wieder treffen. Nach einer Weile rollt sie sich auf mich, zieht ihre Knie an und sattelt meine Hüften, während sie mit ihren Fingernägeln über meine Haut streicht, sodass sich eine Gänsehaut bildet und meine Brustwarzen hart werden. Sie lächelt auf mich herab, und mein Schwanz pocht gegen ihre Mitte.

Das ist meine Buße. So sehr ich es auch liebe, zu sehen, wie sie mich genießt, ist der Verzicht auf die Kontrolle das Schwerste, was ich je getan habe. Ich muss der Mann im Schlafzimmer sein, derjenige, der sie festhält und sie fickt, bis sie nicht mehr geradeaus sehen kann, bis sie so stark kommt, dass sie ohnmächtig wird. Aber für sie werde ich das aufgeben. Es ist ein Opfer, das ich nie für jemand anderen bringen würde, aber nach dem, was ich getan habe, schulde ich ihr das – das aufzugeben, was ich am meisten brauche, damit sie das bekommt, was sie am meisten braucht. Und was sie braucht, ist, sich sicher zu fühlen.

Sie beugt sich hinunter, um mich zu küssen, und legt ihre Handflächen auf meine Brustwarzen, woraufhin ich wieder nach ihren Titten greife. Ich lasse ihre Nippel zwischen meinen Fingern rollen, bis sie sich gegen mich windet und ihre Hüften auf meinen wippen. Ich setze mich auf und halte ihren Körper mit einem Arm an meinem fest, während ich mit der anderen Hand ihre Brustwarze drücke. Sie wirft ihren Kopf zurück und reitet auf mir, sodass ich mir vorstelle, dass die Kleidung zwischen uns weg ist.

Das Gefühl der Weichheit zwischen ihren Schenkeln gegen die Härte meiner Erektion bringt mich dazu, in meiner Hose abspritzen zu wollen wie eine verdammte Jungfrau. Aber das ist für sie, also ignoriere ich den Schmerz in meinem steifen Schwanz und lasse meine Lippen über ihre Kehle spielen, sodass sie immer vor Vergnügen seufzt. Ich helfe ihr, den Rhythmus zu halten, halte ihre Hüfte fest, während sie sich schneller bewegt und ihre Hüften gegen meinen Schwanz rollen.

Ich massiere ihre Titte und drücke ihre Brustwarze noch ein bisschen fester. Sie keucht und spannt sich an, als würde sie von mir abspringen, so wie sie es immer tut.

Ich löse meinen Griff um ihre Brustwarze und schlinge meine Arme um sie, drücke sie fest an mich, aber nicht zu fest, damit sie sich getröstet und nicht gefangen fühlt. »Es ist okay, du bist in Sicherheit«, sage ich schnell und streiche ihr das Haar von der Wange zurück. »Wir können aufhören, wenn du willst, aber du kannst dich mit mir gehen lassen. Ich bin hier, *Carina*. Ich werde dir nicht wehtun. Kannst du weitergehen?«

Ihr Blick wird klar, und sie entspannt sich. Ich fange an, sie gegen mich zu bewegen und füge eine kleine Bewegung in meinen Hüften hinzu, um meinen Schwanz genau in ihrer Mitte zu reiben. Nach einer Minute schließt sie ihre Augen und lässt ihren Kopf zurückfallen, ihr schönes Haar fällt in Wellen über ihren nackten Rücken und streift meine Hand, die ihre Hüfte hält. Ich beobachte, wie sie schaukelt, wie sich ihre Titten heben und senken, wie die kleinen Sommersprossen, die ihre Haut wie ein Sternbild zieren, zur Schau gestellt werden. Ich nehme ihre Brustwarze wieder zwischen meine Finger und drücke sie sanft, während ich ihre Brust mit meiner Handfläche massiere. Als ich Druck ausübe, zuckt es zwischen ihren Augenbrauen und ihre rosa Lippen bilden ein kleines ›O‹. Ihre Finger graben sich in meine Haut, und sie verkrampft sich, aber diesmal ist es nicht die Angst, die sie beherrscht. Ich spüre, wie ihre Pussy gegen meinen Schwanz pocht, und ich kann mir nicht helfen. Ich explodiere mit ihr, das Sperma strömt aus meinem Schwanz, während sie hilflos vor Vergnügen wimmert, ihre Hüften zucken gegen meine, während sie ihren Orgasmus gegen mich ausspielt.

Ich sehe zu, wie sie kommt, und es ist genau so, wie ich es mir vorgestellt habe. Atemberaubend.

Selena

Triumphierend. Quälend.

Vierundzwanzig

Eliza

Als ich wieder runterkomme, bin ich erschrocken über das, was gerade passiert ist, über das, was ich in diesem Moment für King empfunden habe. Ich denke nicht mehr, dass er der Feind ist, aber als er mich festhält, wird mir klar, dass er etwas viel Gefährlicheres ist als ein Feind. Er ist ein Liebhaber. Und ein Liebhaber kann dich auf eine Weise zerstören, die sich ein Feind nicht einmal ansatzweise vorstellen kann. Man weiß es schließlich besser, als einen Feind hereinzulassen. Ein Liebhaber ist schon drin. Vielleicht will er dir nicht einmal schaden, vielleicht hegt er keinen bösen Willen gegen dich. Und doch kannst du ihre Seele als die Falle sehen, die sie ist, offen und bereit, dich zu verschlingen, dich im Vergnügen zu ertränken, dich in der Glückseligkeit zu fangen wie eine Fliege im Bernstein.

Ich liebe ihn. Die Erkenntnis schockiert mich. Irgendwann in den letzten Monaten hat er sich nicht nur mein Vertrauen verdient, sondern auch mein Herz. Ich verbringe lieber einen Abend mit ihm, an dem ich nichts tue, als einen Abend in einem Club mit irgendjemand anderem. Verdammt, ich würde lieber zu Hause bleiben und seine Wunden nähen, als irgendetwas anderes zu tun, egal mit wem. Anstatt ihm das zu zeigen, habe ich ihn gehen lassen, weil ich dachte, er hätte meine Liebe nicht verdient. Dabei hat er meine Liebe, meinen Respekt und meine Zeit mehr als verdient. Aber wenn ich ihm das sage, verliere ich alle Macht, alle Kontrolle über diese Beziehung.

»Was ist los?«, fragt King, streicht mir das Haar zurück und sieht mich mit diesen dunklen Augen gleich einem Brunnen an, in den ich fallen könnte und niemand würde mich jemals finden. Er runzelt die Stirn vor Sorge, die mich ertränken könnte.

Ich stoße ihn weg und rolle mich auf die andere Seite des Bettes, um mich seinen fesselnden Händen zu entziehen.

»Warum hast du das getan?«, frage ich. »Du weißt, dass ich das nicht tun wollte.«

»Ich habe gefragt, ob du weitermachen willst«, protestiert er und setzt sich auf.

Ich springe vom Bett auf und drehe mich zu ihm um. »Du hast mich dazu gebracht, es zu wollen!«

Er wirft mir einen Blick zu, der sagt, dass ich für ihn genauso verrückt klinge wie für mich selbst. »Du wolltest keinen Orgasmus haben?«

»Nein«, sage ich und werfe die Hände hoch. »Ich wusste, wenn ich erst einmal anfange, an diese Ehe zu glauben, wenn ich erst einmal anfange, etwas zu fühlen, komme ich nicht mehr davon los. Deshalb will ich auch nicht nach Hause kommen. Ich will dieses winzige Leben nicht. Ich will kein Dienstmädchen oder eine Köchin oder eine Sexsklavin sein. Ich will mein eigenes Leben, meine eigene Freiheit. Und das kann ich nicht haben und das hier auch nicht.«

Es ist alles, was ich beim Sex immer befürchtet habe. Als er mich auf Bora Bora zum Kommen brachte, wurde ich schwach, ich brauchte es, sehnte mich danach, wie ein Junkie, der schon nach dem ersten Zug einen Schuss braucht. Ich wusste, dass es mich in die Falle locken könnte, ich wusste nur nicht, wie schnell es passieren könnte, oder dass es passieren könnte, ohne dass ich es überhaupt bemerke. Vielleicht war das der Grund, warum ich mich zurückhielt, warum ich jedes Mal aufhörte, wenn King mich an den Rand brachte. Ich wusste, wenn ich erst einmal zu weit gegangen war, wenn ich anfing, mich für dieses Vergnügen auf ihn zu verlassen, würde ich mehr wollen. Weniger als das wird nie genug sein – nie wieder.

Selena

Nach dem ersten Mal wusste ich, dass es eine Falle war, aber es fühlte sich so gut an, dass ich mich fangen ließ. Und jetzt hält er mich so sanft in seinen Armen, als wären es keine Zähne, die nur darauf warten, sich auf mich zu stürzen und mein Leben zu verschlingen, bis ich mich nicht einmal mehr daran erinnere, wie es vorher war, bis ich zu Hause bleiben und ihm Spaghetti machen und sein Haus putzen möchte, und eines Tages werde ich auf die großen Träume zurückblicken, die ich mir nie vorstellen konnte, und ich werde sehen, dass alles, was auf dem Weg hinter mir übrig ist, kleine Knochensplitter sind, die er sauber gepflückt und ausgespuckt hat.

Ich möchte zehn Minuten in der Zeit zurückgehen, um alles zurückzunehmen. Ich will mich selbst davon abhalten zu kommen, damit ich nicht merke, dass mein Herz bereits ihm gehört, dass es verdammt noch mal zu spät ist. Ich möchte zu dem Leben zurückkehren, das wir hatten, bevor ich wegging, bevor wir uns verabredeten und er mich dazu brachte, mich in ihn zu verlieben, ihm zu vertrauen, ohne es überhaupt zu merken. Dieses Leben war nicht ideal, aber es war nicht so beängstigend wie das hier. Ich bin jetzt verletzlich. Ich habe ihn zu viel sehen lassen, zu viel wissen lassen. Ich muss seine Geheimnisse kennen, die Waage ausgleichen.

Ich merke, dass er mich nicht mehr nur für eine

zickige, verwöhnte Prinzessin hält. Ich wäre lieber das, als beschädigt und traurig zu sein. Ich kann nicht rückgängig machen, was ich gesagt habe, mein Geheimnis zurücknehmen, so wie ich die Lüge zurückgenommen habe, die ich in unserer Hochzeitsnacht erzählt habe, damit er mich in Ruhe lässt. Ich kann ihn nicht dazu bringen, mein Trauma zu vergessen oder dass er mich immer noch will. Wie kann ich Schadensbegrenzung betreiben, wenn der Schaden so tief und irreversibel ist, dass ich nicht einmal weiß, wo ich anfangen soll? Wie bringe ich ihn dazu, dass er aufhört, mich zu verfolgen, wenn selbst das Erzählen der schändlichsten Dinge über mich sein Verlangen nicht gestillt hat?

»Eliza«, sagt er mit einem so ernsten Blick, dass sich mein Herz verdreht. Ich wende mich ab, damit ich ihn nicht sehen muss, wenn ich ihm wehtue. Ich will ihn nicht verletzen. Er liegt mir schon viel zu sehr am Herzen. Aber ich weiß, dass dies meine letzte Chance ist, und das macht mich verzweifelt. Ich falle auf eine Weise, von der ich nie wieder aufstehen werde. Das ist schlimmer als damals, als er mich gezwungen hat, dort zu liegen, während er mich gefickt hat. Das war nur mein Körper. Jetzt hat er mich dazu gebracht, mein Herz zu verraten.

»Was?«, fauche ich und hasse den mitfühlenden Ton in seiner Stimme. Ich will kein Mitleid. Ich will ein Leben, in dem ich die Kontrolle über meine eigenen Entscheidungen habe. Warum bin ich nicht weggelaufen, als er mir die Chance dazu gab? Warum habe ich ihn wieder in mein Leben gelassen, mich von ihm einnehmen lassen, ihn so viel tiefer in mich eindringen lassen, als er es jemals zuvor war? Warum habe ich nicht erkannt, dass es dorthin führen würde? Ich liebe ihn, aber es fühlt sich nicht gut an. Es ist beängstigend, und obwohl ich weiß, dass ich wieder so werde, wie ich am Anfang war, kann ich es nicht verhindern. Der Selbsterhaltungstrieb ist zu stark in mir.

»Ich habe dich nie darum gebeten, etwas davon zu sein«, sagt er. »Nach allem, was in den letzten Monaten passiert ist, willst du mir wirklich vorwerfen, dass ich dich als *Sexsklavin* haben will?«

»Das ist es, was eine Ehe ausmacht«, erwidere ich und wiederhole die Worte, die ich schon gesagt habe, als ich noch zu jung war, um ihre Bedeutung zu verstehen.

»Offensichtlich nicht«, entgegnet er. »Und ich auch nicht, dass sie so ist. Unsere Ehe kann sein, was immer wir wollen, was immer dich glücklich macht. Nur wir können definieren, was es sein soll.«

Ich will seine Versprechen nicht hören, weil sie zu rational klingen, und ich bin im Moment nicht rational. Ich zittere vor Emotionen. Ich will nicht an die Ehe als Schutz und Unterstützung denken, so wie es sich in letzter Zeit angefühlt hat, denn dann brauche ich ihn, und was passiert, wenn er mich dann verlässt? Es ist einfacher, in die eingefahrenen Vorstellungen zurückzufallen, die ich so lange hatte.

»Es ist das Ende der Freiheit«, sage ich und klammere mich an die leeren Worte, die ich schon so oft gehört habe und die ich nun so oft wie ein Mantra wiederholt habe.

»Wozu willst du die Freiheit haben?«, fragt er. »Ich habe dir die Freiheit gegeben, Eliza. Wir leben nicht einmal zusammen, verdammt noch mal. Wenn du studieren gehen, einen Job suchen oder reisen willst … Eliza, ich bin hier, um dich dabei zu unterstützen, oder um zu verarbeiten, was du gerade durchmachst, oder um herauszufinden, was du tun willst. Lass mich einfach ein Teil davon sein.«

»Ich weiß nicht, was ich will, okay?«, sage ich, und mir steigen frische Tränen in die Augen. »Ich will einfach nur frei sein.«

»Solange es nicht die Freiheit ist, andere Kerle zu ficken, kannst du immer noch alle Freiheiten haben, die du willst. Sprich einfach mit mir, Eliza. Du scheinst von dieser Idee besessen zu sein, aber wie kann ich dir das geben, wenn ich nicht weiß, was du für Freiheiten haben willst?«

»Mein Leben zu leben«, erkläre ich und werfe die

Hände hoch. »Das Leben, das *ich* mir aussuche. Wie es mir gefällt. So wie es meine Mutter getan hat.«

Ein Leben, das weder von ihm noch von meinem Vater oder sonst jemandem kontrolliert wird, nicht einmal von meinem eigenen Körper. Vor allem möchte ich frei von meinen Dämonen sein. Aber sie krallen sich ihren Weg aus mir heraus, zerreißen mich von innen heraus, und ich kann sie nicht aufhalten. Ich weiß, dass ich alles kaputtmache, alle Fortschritte, die wir gemacht haben, und es ist nicht einmal seine Schuld. Es ist meine. Aber ich mache weiter, weil ich will, dass er geht, um mir zu zeigen, dass er nur ein weiterer Mensch ist, der mich im Namen der Liebe benutzen will, um mich zu verletzen und mein Herz zu verdrehen, bis ich nicht mehr weiß, was richtig und falsch ist, was ich will, was ich fühle, weil *alles* falsch ist.

King schweigt eine Minute lang. »Die Freiheit, deine Tochter zurückzulassen, damit sie um dich und ihren Bruder trauert, weil du mit dem Kind, das du dir ausgesucht hast, nicht umgehen kannst?«

»Du weißt nichts über meine Mutter«, fauche ich. »Sie hat mich beschützt.«

»Ich weiß, wenn einer deiner Eltern ein Held ist, dann ist es nicht deine Mutter.«

Ich will seine Worte nicht hören, ich will nicht an sie

denken. Ich kann nicht. Ich muss ihm mehr wehtun, als er mir wehtut, ihn verletzen, bevor er mich zerstören kann. Also gebe ich ein spöttisches Schnauben von mir. »Natürlich hältst du den Mörder für einen Helden«, sage ich. »Weil du ein Weichei bist und lieber in die Fußstapfen eines Monsters treten würdest, als es zuzugeben.«

Ich weiß nicht, woher die Worte kommen, es ist, als wären sie von jemand anderem, die letzten Worte des verwundeten Tieres, das in mir lebt, mit einem einzigen Instinkt, dem Instinkt, mich zu schützen, das Geheimnis zu bewahren, andere fernzuhalten, denn wenn sie es erfahren, werden sie mich zerstören. Es sagt mir, dass ich niemanden mehr brauche, dass sie mich immer verlassen werden, und dass ich nur noch mich selbst habe. Es begleitet mich, seit ich ein kleines Mädchen war, dieses eigene kleine Monster, das auf dem Boden einer Badewanne geboren wurde, wo es keine Luft gab, weil ich ein böses Mädchen war.

Gute Mädchen gehorchen. Gute Mädchen dürfen atmen.

Böse Mädchen bekommen Finger um die Kehle, die sie nach unten drücken, und Lungen, die nach Sauerstoff brennen, und einen Kopf, der donnert wie Wellen, die in einem Sturm gegen die Küste schlagen, und die Sehnsucht nach einer abstrakten Idee, die sich von der Rückseite ihrer schwarzen Augenlider in ihr Gehirn windet und dort ein Zuhause findet, bis sie Gestalt annimmt, wenn sie alt genug sind, um zu verstehen, was sie die ganze Zeit gewollt haben.

Freiheit.

»Dein Vater mag ein Killer sein, aber er hat dich auch alleine aufgezogen«, sagt King leise. »Ich weiß, wie verdammt schwer das ist, glaub mir.«

Ich atme tief und zittrig ein und wische mir wütend über die Augen, bevor ich mich wieder zu ihm umdrehe, so erleichtert, dass ich schon wieder weinen könnte. »Woher willst du das wissen?«

Er hält einen Moment lang inne, seine dunklen Augen sind beunruhigt. »Von wollen kann keine Rede sein«, meint er schließlich.

»Was, du bist Vater?« frage ich. »Wo ist das Kind, das du ganz allein großgezogen hast?«

»Ich bin kein Vater«, sagt er und wendet sich ab.

»Woher willst du das dann wissen?«, dränge ich ihn. Ich spüre, dass ich einen wunden Punkt getroffen habe, und ich möchte ihn immer wieder piesacken, so wie mein Daumen immer wieder einen blauen Fleck findet und ihn reibt. Ich stupse ihn an, um sicherzugehen, dass es noch wehtut, dass ich noch etwas fühle, dass ich noch ein Teil des Menschen bin. Ich habe mein halbes Leben damit verbracht, mir selbst zu beweisen, dass ich noch am Leben bin, dass ich nicht mehr gefühllos bin. Ich habe getrunken und gefeiert und getanzt und mich mit meinen Freunden gestritten und mit Jungs rumgemacht, um zu beweisen, dass ich noch etwas fühle, weil ich kein Monster bin, und dass ich mich noch beherrschen kann, weil ich kein Tier bin.

»Tu ich nicht«, schnauzt King. »Vergiss es.«

»Von wem sprichst du, King?«, dränge ich weiter. »Ich habe gehört, dass du und deine Brüder mit deinem Vater in den Süden gezogen seid. Das heißt, du redest von ihm. Ist er so ein großer Held, weil er deine Mutter in der Stadt allein gelassen hat?«

»Du weißt nicht, wovon du sprichst.«

»Weißt du, wie es ist, wenn jemand so tut, als würde er dich kennen?«, frage ich, obwohl ich nach seiner Schwester, seinen Eltern, seinen Brüdern fragen möchte. Ich möchte alles über ihn wissen. In diesem Mann steckt mehr, als ich weiß, so viel mehr. Aber es ist gefährlich, diesen Weg einzuschlagen, denn jemanden zu kennen bedeutet, sich um ihn zu kümmern, und ich kann mich nicht mehr um ihn kümmern. Es bringt uns zu nahe, bringt ihn zu nahe an die Wahrheit, die ich geschworen habe, niemals zu erzählen. Genau aus diesem Grund komme ich den Menschen nicht zu nahe. Meine Geheimnisse sind zu dunkel, zu furchtbar. Wenn ich jemanden einlasse, werde ich mich sorgen, und wenn er die Wahrheit herausfindet, wird er gehen, und einen weiteren Schlag wie diesen werde ich nicht überleben. Wenigstens hatte King den Anstand, mir das Gehen zu überlassen. Ich bin diejenige, die gegangen ist, genau wie sie es getan hat.

Ich bücke mich und hebe meine Kleidung auf, drehe mich vom Bett weg, ziehe meinen BH an und greife hinter mich, um ihn zu schließen.

»Es war deine Mutter, nicht wahr?«

Meine Hände erstarren und ich stehe einfach nur da, meine Finger sind wie gelähmt am Verschluss, die Haken sind kurz davor, einzurasten. »Was?«

»Es war deine Mutter«, wiederholt er. »Deshalb triggert es dich nicht, wenn du einen Mann berührst, auch nicht auf die intimste Weise. Du flippst nur aus, wenn ich dich berühre.«

»Und?« Meine Stimme ist leise, wie die eines kleinen Mädchens, das auf dem Kachelboden sitzt und sich weigert, aufzustehen, die Arme, die es um die Knie geschlungen hat loszulassen, obwohl es weiß, dass es bestraft wird, aber es kann es nicht tun, weil es weiß, dass es auseinanderfliegt, wenn es sich nicht so, so sorgfältig zusammenhält.

Kings Hände liegen zaghaft auf meinen Hüften und

ziehen mich mit sanfter Beharrlichkeit zurück. Mein Körper spannt sich an, und er hört auf zu ziehen, aber seine Hände sind da, warm durch meine Unterwäsche. Er drängt nicht. Er sitzt einfach nur da, ohne mich zu zwingen, irgendetwas zu tun, ihn nicht einmal anzuschauen. Die Tränen in meinem Gesicht sind dieses Mal still. Sie kommen schnell und gleichmäßig, wie ein Regen, der den Schmerz und den Schmutz und den Klebstoff wegspülen könnte, mit dem ich mich jedes Mal zusammenflicke, wenn ich anfange zu zerbrechen, den Klebstoff, der jede zerklüftete Kante zusammenhält.

Er sagt kein Wort, aber er ist da. Und ich bin zu müde, um wegzulaufen, mich zu verstecken und meine Wunden zu lecken und einen Schuss zu setzen und zu tanzen und so zu tun, als wäre ich glücklich oder stark oder frei. Ich werde nie frei sein, solange ich nicht aufhöre, mich zu verstellen. Und ich habe es satt, so zu tun, als ob ich ihr geglaubt hätte, als sie sagte, dass sie mich liebt, oder dass sie es für mich getan hat; ich habe es satt, so zu tun, als ob sie eine Heldin wäre, weil sie ihren eigenen Weg gegangen ist, als ob sie das mutig gemacht hätte und nicht nur zu einer feigen Frau, die wusste, dass ihr Leben vorbei sein würde, wenn ihr Mann herausfindet, was sie seiner Tochter in der Badewanne angetan hat. Ich bin zu müde, um mich auch nur ein weiteres Mal zusammenzuflicken.

Selena

Ich lasse mich also fallen, und dieser Mann, mein Ehemann, mein King, fängt mich auf. Seine Hände sind rau, aber seine Berührung ist sanft, als er mich in seine Arme nimmt und festhält. Und ich weiß, dass ich mich nicht mehr allein zusammenreißen muss. Oder so tun, als wäre ich ganz, als wäre ich nicht vernarbt und rissig und schmutzig wie das Pflaster draußen auf der Straße. Ich kann auseinanderbrechen, in eine Million Teile zerfallen. Ich weiß, dass er mich jedes Mal auffängt, wenn ich falle, dass er mich auffängt und alle meine Teile so lange zusammenhält, wie ich ihn brauche, und dass er kein einziges zerbrechen oder fallen lassen oder verlieren wird. Er wird sie nur so lange halten, bis ich bereit bin, den langsamen und schmerzhaften Prozess zu beginnen, mich wieder zu dem Mädchen zu machen, das ich einmal war, bevor die Person, die mich eigentlich lieben sollte, mich stattdessen zerbrach.

Das war keine Liebe. Dies ist Liebe.

Fünfundzwanzig

Eliza

Ich sitze auf dem Rücksitz des Wagens, halte meine Tasche im Schoß und starre auf die in Novembersonne getauchte Stadt. Alle paar Minuten öffne ich mit dem Daumen den Verschluss der Tasche und werfe einen Blick auf die darin befindliche Pistole, und mein Herz macht einen komischen Sprung. Ich werfe einen Blick auf den Fahrer und meinen Bodyguard, die sich über die Yankees unterhalten, und schaue dann auf mein Handy, um sicherzugehen, dass King keine SMS geschrieben hat. Ein dummer Teil meines Herzens schmerzt, als ich sehe, dass er es nicht getan hat. Zum ersten Mal, seit ich ihn verlassen habe, blieb er die Nacht über bei mir und hielt mich bis zum Morgen fest, als er zur Arbeit musste. Ich habe ihm nicht gesagt, was ich heute vorhabe. Ich weiß, dass er versuchen würde, mich aufzuhalten, und das ist etwas, das ich tun muss, bevor ich nach Hause gehen kann.

Wir biegen in ein zwielichtiges Viertel ein, und ich

sinke ein wenig tiefer in meinen Sitz, weil mir bewusst ist, wie sehr unsere opulente Limousine in diesem Teil Manhattans auffällt. Ich bin froh, dass ich meinen Bodyguard mitgenommen habe und nicht nur den Fahrer. King benutzt den Fahrer nicht, da er die seltene Art New Yorker ist, die tatsächlich ein Auto besitzt, aber ich bin froh, dass er ihn auf der Gehaltsliste hat – für mich, wie ich jetzt weiß. Er hätte mir den Geldhahn zudrehen können, um mich davon abzuhalten, jeden Tag auszugehen, als wir noch zusammenwohnten, aber er tat es nicht. Vielleicht hat er wirklich versucht, mich glücklich zu machen, mir so viel Freiheit wie möglich in unserer Ehe zu geben. Ich habe nicht einmal versucht, etwas für ihn zu tun.

Er hat nie aufgehört, den Fahrer oder meinen Bodyguard zu schicken, auch nicht, als ich nach Hause ging. Das ist schon Monate her. Er hätte sagen können, dass ich jetzt Papis Problem bin, und mir die Unterstützung entziehen können, aber das hat er nicht getan, nicht einmal als wir noch zusammen waren, als wir keinen Kontakt hatten. Er war immer für mich da, mein Fels in der Brandung, auch wenn ich es nicht sah.

Wir biegen in eine Wohnsiedlung in East Harlem ein, und der Fahrer wird langsamer, blickt auf das GPS-Gerät auf dem Armaturenbrett, in das er die Adresse eingetippt hat, die ich ihm gegeben habe. Ich habe schon viel Zeit in Manhattan verbracht, und obwohl ich weiß, dass es dort schlechte Gegenden gibt, fahren wir nie dorthin. Wir sind ausgegangen, um zu feiern, in die neuesten Clubs und Hotspots zu gehen, wo wir jeden Abend bei *Your Celebrity Eyes* landen könnten.

King wuchs in Manhattan auf, aber sie lebten in einem Brownstone-Gebäude. Seine Mutter ist eine dieser Society-Frauen, die jeder kennt, weil sie bei Wohltätigkeitsveranstaltungen und Spendenaktionen dabei ist. Ich weiß, dass meine Mutter nicht so ist, aber ich stellte sie mir als Künstlerin vor, als Freigeist in einer schäbigen kleinen Wohnung mit Balkon, wo sie Nelkenzigaretten rauchen und Rotwein mit ihren Schauspielerinnen-Freundinnen trinken konnte. Diese Straße ist verdammt schäbig, und ich hoffe, wir haben uns verlaufen, denn das ist besser als die Alternative.

»Bist du sicher, dass wir hier richtig sind?«, frage ich und werfe einen nervösen Blick auf die Sonne, die im Westen in trüben Smogschwaden versinkt. Plötzlich scheint dies eine sehr schlechte Idee zu sein.

»Ich fürchte ja«, erwidert der Fahrer und hält am Straßenrand an. »Ich bleibe beim Auto.«

Mein Herz klopft unregelmäßig in meiner Brust, und das liegt nicht daran, dass die Gegend hier unheimlich ist.

Was mache ich nur? Was ist, wenn ich es nicht durchziehen kann?

Aber dann denke ich an meinen Mann, der jeden Tag zur Arbeit geht, sich den gefährlichsten Männern in New York stellt und dann nach Hause kommt und ein leeres Haus vorfindet, weil seine Frau trotz aller Bemühungen, weiterzumachen, immer noch gebrochen ist.

Ich atme tief durch und greife nach der Tür. »Ich gehe rein.«

Mein Leibwächter steigt zuerst aus, aber ich gehe vor ihm her und zeige ihm den Weg. Nachdem ich die hohen Gebäude des Jefferson Housing Project gesichtet und die Adresse auf dem Klebezettel, die ich nach der heimlichen Kontaktaufnahme mit Kings Onkel, der jede Menge Connections hat, darauf gekritzelt hatte, noch einmal überprüft habe, gehe ich auf die Türen zu. Draußen stehen ein paar Typen, die Zigaretten rauchen und uns mit berechnenden, misstrauischen Blicken beobachten. Ich eile hinein und gehe die Treppe hinauf. Auf halber Strecke muss ich mir das Hemd über die Nase ziehen, weil der Geruch von Urin so stark ist, dass mir die Tränen in die Augen steigen.

Als wir den vierten Stock erreichen, treten wir in den Flur ein. Ein alter Mann liegt an der Wand und schläft hoffentlich, aber ich bleibe nicht, um zu sehen, ob er noch atmet. Ich gehe auf die Wohnungstür zu und klopfe. Vom Flur her höre ich laute Musik, und ich muss noch ein paar Mal klopfen. Jemand in der Wohnung nebenan schreit, dass wir die Klappe halten sollen, aber er macht sich nicht die Mühe, die Tür zu öffnen.

Endlich öffnet sich die Tür einen Spalt und ein blutunterlaufenes, unscharfes Auge blinzelt uns von innen an. »Ja?«, fragt eine tiefe Frauenstimme. In der schummrigen Beleuchtung kann ich gerade noch braune Haut und krauses Haar ausmachen.

»Ich bin Eliza Pomponio«, sage ich und benutze meinen Mädchennamen. Er klingt auf meiner Zunge schon seltsam. »Ich suche nach meiner Mutter. Ist sie hier?«

»Und wer ist das?«, will die Frau wissen und ihr Blick wandert zu meinem Leibwächter.

»Das ist mein Freund«, sage ich.

»Nee, nee«, sagt sie. »Das ist die Drogenfahndung.«

»Er ist nicht von der Drogenfahndung«, sage ich. »Er ist hier, um mich zu beschützen.«

»Du wirst es hier brauchen«, meint sie. »Ein hübsches kleines Ding wie du, Scheiße. Hält keine Stunde durch.«

»Ich will nur meine Mutter sehen«, sage ich mit fester Stimme, obwohl die Angst in mir wächst. »Ich habe sie seit zehn Jahren nicht mehr gesehen, und ich habe gehört, dass sie hier lebt. Ihr Name ist Margaret, oder Maggie, Pomponio.«

»Maggie, Baby«, ruft die Frau hinter sich. »Hast du ein Kind?«

Ich höre eine leise Stimme sprechen, aber ich kann die Worte nicht verstehen.

»Sie sagt, dass sie kein Kind hat«, sagt die Frau und mustert mich misstrauisch von oben bis unten.

»Ich sagte doch, ich habe sie seit zehn Jahren nicht mehr gesehen«, wiederhole ich. »Ich muss sie sehen. Nur dieses eine Mal. Dann lasse ich dich in Ruhe und werde dich nie wieder belästigen. Kannst du sie nur für eine Minute an die Tür bringen? Bitte?«

Die Frau seufzt und tritt von der Tür zurück. Sie schreit, dass dies nicht ihre Angelegenheit sei und sie sich nicht darum kümmern wolle. Eine Minute später taucht für einen kurzen Moment ein anderes Gesicht auf, dann schließt sich die Tür, ich höre das Kettenschloss klappern, und dann öffnet sie sich ganz. Zum ersten Mal seit zehn Jahren stehe ich meiner Mutter Auge in Auge gegenüber.

Ich wünschte, ich könnte sagen, dass ich sie hasse, oder dass ich nichts fühle, als ich sie sehe. Dass ich meine Waffe nehmen, sie erschießen und weggehen könnte.

Stattdessen starre ich sie an und fühle mich traurig, krank und schockiert.

»Komm «, sagt sie leise. »dein Leibwächter kann hier draußen warten. Hier sind nur ein paar Frauen, und die meisten von ihnen schlafen schon.«

Ich nicke meinem Wächter zu, aber er besteht darauf, die Wohnung zu überprüfen, bevor er zustimmt, draußen zu bleiben und mich mit ihr hineingehen zu lassen. Als wir eintreten, ist es so dunkel, dass ich die beiden Gestalten, die im Wohnzimmer auf dem Boden liegen, kaum erkennen kann. Der Teppich um sie herum ist fadenscheinig und fleckig, mit Löchern von Zigarettenverbrennungen und wer weiß, was noch alles. Eine weitere Frau liegt ausgestreckt auf einer durchhängenden Couch, die Federn liegen frei, verfilzte blonde Haare verdecken ihr Gesicht.

Mama deutet mir, ihr in die Küche zu folgen. Auf einem rissigen Plastikgeschirrständer steht sauberes Geschirr, und der Raum selbst ist sauber, obwohl er buchstäblich auseinanderfällt. Es fehlen Streifen des Linoleums und die Hälfte der Decke, sodass man bis zum Boden der Nachbarwohnung sehen kann, und es hängen Teile der Isolierung herunter. Die Theken sind verbrannt und fleckig und es fehlen Stücke des Formica-Laminats oder was auch immer sie für die Theken verwendet haben, als dieser Ort gebaut wurde.

Meine Mutter setzt sich an den Tisch, der in einem

ähnlichen Zustand ist wie der Rest der Wohnung.

»Mama, was machst du denn hier?«, frage ich und versuche, das Entsetzen aus meiner Stimme herauszuhalten.

»Was machst *du* hier?«, will sie wissen.

Als ich mir dieses Treffen vorstellte, dachte ich, ich würde mit Waffengewalt auf sie zugehen. Ich dachte, ich würde so wütend sein, dass ich ihr die Zähne ausschlage und ihr eine Kugel in den Kopf jage, weil sie als der Mensch, der in der Läge hätte sein sollen, mich zu lieben, mich stattdessen ruiniert hat. Aber ich kann mir nichts vorstellen, was ich tun könnte, um sie noch mehr zu bestrafen als das hier.

Meine Mutter war einst eine Mafiaprinzessin wie ich. Sie wuchs reich auf und heiratete einen Mafiakönig.

Oder vielleicht ist sie überhaupt nicht erwachsen geworden. Vielleicht dachte sie deshalb, sie könnte tun, was sie wollte, und es würde nie auf sie zurückfallen. Dass sie weglaufen und Schauspielerin werden könnte und alles so nach ihrem Kopf laufen würde, wie es immer gelaufen war. Genau wie bei mir.

Aber jetzt, wo wir uns an einem wackeligen Tisch gegenübersitzen, sehe ich ihr zum ersten Mal richtig ins Gesicht. Ich muss zugeben, dass dieser Ort, so schlimm er auch aussehen mag, einfach nur ein Ort ist. So wie sie es sauber halten, obwohl es ein Drecksloch ist, können gute Menschen auch den schlimmsten Lebenslagen entkommen. Menschen können ihrem Elend entkommen.

Auch das Gegenteil ist der Fall. Aus jeder Gelegenheit, aus jedem Privileg können schlechte Menschen entstehen. Man kann reich aufwachsen, einem wird alles auf dem Silbertablett präsentiert, man kommt mit allem durch, und dann heiratet man einen reichen Mann, der einen nicht mit den eigenen Kindern im Badezimmer beobachtet. Und man kann so enden.

Ihr einst glänzendes kastanienbraunes Haar baumelt in dünnen Strähnen von ihrer Kopfhaut herab. Ihre Kleidung hängt vom Körper herab, ihre Schultern sind so dünn, dass ich die Knochen durch ihr Shirt sehen kann. Ihre Wangen sind eingefallen, ihre Zähne verfärbt und kaputt, ihre Augen leblos.

»Mama, was ist passiert? Ich dachte, du wolltest Schauspielerin werden.«

»Das wurde ich«, sagt sie. »Gib mir nur eine Minute. Ich kann nicht glauben, dass das echt ist. Träume ich etwa?«

»Du träumst nicht«, erwidere ich. »Ich bin gekommen, um darüber zu sprechen, was passiert ist, als ich ein Kind war.«

»Lass mich eine rauchen«, meint sie, steht auf und

zieht eine Schublade nach der anderen auf, wobei sie
Flüche murmelt. Schließlich kommt sie mit einer Schachtel
Zigaretten zurück, setzt sich hin und zündet sich mit
zitternder Hand eine an. Sofort hustet sie, ein tiefer, nasser,
rasselnder Husten. »Willst du eine?«

»Nein, danke«, lehne ich ab und verziehe das Gesicht,
bevor ich es verhindern kann.

»So ist's gut«, sagt sie. »Du willst doch deine schönen
Zähne nicht beschmutzen. Das Aussehen ist alles, was eine
Frau in deinem Alter hat. Du musst den Schein wahren,
bis du an den Höchstbietenden versteigert werden
kannst.«

»Mama«, entgegne ich, und meine Stimme wird härter.
»Ich bin schon verheiratet.«

Sie hustet wieder und wedelt mit einer Hand den
Rauch weg, während sie mich im schummrigen Licht der
Küche anstarrt. Ich kann Spuren auf ihren Armen sehen,
von dem, was sie sich gespritzt hat. »Bist du deshalb
gekommen?«, fragt sie mit bitterer Stimme, als wäre ich
egoistisch, weil ich nicht gekommen bin, um zu sehen, wie
es ihr geht.

»Ja«, sage ich, während sich die Wut zu einem harten
Knoten in meiner Brust aufbaut. Sie hat nicht einmal nach
ihm gefragt, nach der Hochzeit, an der sie nicht
teilgenommen hat.

»Nun«, meint sie. »Glückwunsch.«

»Ich bin nicht wegen der Glückwünsche gekommen«, entgegne ich mit harter Stimme. »Ich brauche nichts von dir, nicht einmal deine besten Wünsche.«

Sie schnaubt, dann unterdrückt sie ein Husten. »Sag mir nicht, dass du Geld brauchst.«

»Nein«, sage ich. »Ich bin gekommen, um dich zu töten. Du hast mich ruiniert, Mama. Wie konntest du das deiner eigenen Tochter antun? Was für ein krankes Arschloch tut so etwas?«

Ihre Finger zittern, als sie ihre Zigarette in der Hand hält, und sie starrt mich an, als wäre sie schockiert, dass ich das Thema anspreche, dass ich es wage, diese Dinge laut auszusprechen. Nach all der Zeit hat sie wahrscheinlich gedacht, dass sie sich nie für das, was sie in der Badewanne getan hat, verantworten muss.

»Ich wollte deinen Vater nie heiraten«, sagt sie mit zitternder Stimme. »Ich wollte aussteigen, aber er hat mich nicht gelassen. Mein Vater auch nicht. Frauen sind für sie nur Spielfiguren, hübsche Spielzeuge, die sie benutzen und verkaufen, wenn sie ihrer überdrüssig sind.«

»Das ist deine Ausrede?« frage ich. »Dein Vater hat dich in die Ehe mit Papa verkauft?«

Sie spricht weiter, ohne auf meine Worte zu achten, und nuckelt alle paar Sätze wütend an ihrer Zigarette. »Sie wollen dich nur wie ein Tier vermehren lassen, um noch mehr hübsche Spielzeuge für sie machen. Und wenn du ihnen einen Erben und ein weiteres Stück Fleisch zum Versteigern beschert hast, haben sie kein Interesse mehr an dir. Mit fünfundzwanzig bist du nicht mehr von Nutzen, und sie brauchen dich nicht mehr. Sie suchen sich eine neue kleine Hure und lassen dich zu Hause, um ihre Kinder aufzuziehen, damit sie sie wieder zu ihrem Vorteil nutzen können.«

»Wage es nicht, schlecht über meinen Vater zu sprechen«, drohe ich ihr und halte mich so fest an der Tischkante fest, dass ich glaube, sie würde zerbröckeln. »Er ist der einzige Mensch in meinem Leben, der das Richtige getan hat.«

Sie schnaubt Rauch aus beiden Nasenlöchern. »Dein Vater ist ein Monster, Eliza«, sagt sie, und ich erinnere mich, dass sie die erste Person ist, die ihn so nennt. »Glaubst du wirklich, dass diese andere Familie deinen Bruder getötet hat? Nein, mein Schatz. Es war dein eigener geliebter Vater. Er hat herausgefunden, was Johnny dir angetan hat, und er hat seinen eigenen Sohn umgebracht.«

»Was *er* gemacht hat?« Ich schlucke schwer und starre sie durch den Rauchschleier an. Ich will ihr nicht glauben. Wenn mein Vater es herausfand, aber dachte, dass es mein Bruder ist, der mir wehtut, und nicht meine Mutter, dann hätte er ihn vielleicht umgebracht.

Aber sie lügt. Ich weiß, dass sie lügt. Papa hätte mir Hilfe besorgt. Und der Tod meines Bruders war zu schwer für Mama, deshalb ist sie gegangen.

Oder vielleicht ist sie gegangen, weil sie Angst hatte, dass Jonathan vor seinem Tod geredet hatte.

»Deshalb bist du gegangen, nicht wahr?«, frage ich. »Nicht, um mich zu beschützen, nicht, weil du mich geliebt hast, aber nicht aufhören konntest und mich vor dem bewahren wolltest, was du mir angetan hast. Du hattest nicht einmal Gewissensbisse deswegen, nicht wahr, Mama? Tut es dir überhaupt leid?«

»Du siehst aus, als ginge es dir gut«, sagt sie. »Du kommst hier rein und siehst so hübsch aus. Teure Klamotten. Die Handtasche hat wahrscheinlich eine Jahresmiete an einem Ort wie diesem gekostet. Soll ich etwa Mitleid mit dir haben, Eliza? Wäre es dir lieber, ich hätte dich mitgenommen?«

»Nein«, erwidere ich, entsetzt über den Gedanken. Ich will mir gar nicht vorstellen, was aus mir geworden wäre, wenn sie mich Papa weggenommen hätte. Aber das hätte er nie zugelassen. Er hätte sie vielleicht gehen lassen und wäre ihr nicht nachgelaufen, wie es die meisten Mafiosi tun würden. Aber wenn sie seine Tochter entführt hätte? Er hätte sie bis ans Ende der Welt gejagt. Ich bin vielleicht kein Sohn oder Erbe, aber er hat nie auch nur ein Wort der Enttäuschung geäußert, hat mich nie als *minderwertig* behandelt.

»Dann habe ich dir etwas Gutes getan«, meint sie. »Du wirst es bald sehen. Die Ehe nimmt dir die besten Jahre deines Lebens und lässt dich mit nichts zurück. Du bist zu jung, um mir zu glauben, aber das wirst du.«

»Du irrst dich«, sage ich leise. Meine Stimme ist jedoch fest.

Ihre Worte liefen in meiner Kindheit wie in einer Dauerschleife und verfluchten die Ehe, die Männer und meinen Vater. Bis heute ist mir nicht einmal bewusst, wie viel von meiner Ablehnung der Ehe von ihr stammt. Sie war es, die mir immer wieder sagte, als ich noch viel zu jung war, um es zu verstehen, dass die Ehe eine Falle sei, ein Fluch, eine Treibsandgrube, die man um jeden Preis vermeiden müsse. Während sie meinen kleinen Plastikteller mit Essen bespritzte, verfluchte sie meinen Vater, weil er nicht zu Hause war, verfluchte ihr Leben, ihre Ehe und die Institution im Allgemeinen. Irgendwann verinnerlichte mein beeinflussbares kleines Gehirn das.

Vielleicht war die Ehe für sie eine Falle. Aber das heißt nicht, dass sie das auch für mich sein muss. Für mich war sie das Netz, das mich auf dem Weg nach unten auffing, als ich von dem Drahtseil fiel, auf das sie mich vor all den Jahren gestellt hatte. Es war ein Unterstützungssystem, selbst als ich nicht wusste, dass ich es brauchte, als ich nicht einmal bemerkte, dass es da war – dass *er* da war und darauf wartete, mich aufzufangen, wenn ich fiel, bereit, alles zu tun, um mich zurückzuholen und zu zeigen, wie leid es ihm tut. Weil er weiß, dass es nie vorbei ist, wird er härter arbeiten als jeder andere es je tun würde. Das hat er all die Tage vor meiner Abreise getan und versucht, die Dinge zu klären. Und seit er wieder in mein Leben getreten ist, hat er sich mir gegenüber bewiesen.

Ich war diejenige, die sich vom ersten Tag an geweigert hat, es zu versuchen. Dass er dazu gezwungen wurde, macht ihn aber nicht zum Feind. Er hat mich auch nicht ausgesucht. Und er ist nicht älter als ich. Keiner von uns beiden hatte eine Ahnung, was wir da tun. Aber für immer aneinander gebunden zu sein, bedeutet zu lernen, an die Bedürfnisse des anderen zu denken, nicht mehr egoistisch zu sein und vor der Realität davonzulaufen, denn diese Realität endet nie. Es bedeutet, zusammen zu wachsen und füreinander da zu sein.

So wie er es gestern Abend für mich war.

Mein Mann hat mich nicht ruiniert. Selbst nachdem ich ihm erzählt habe, was sie mir angetan hat, hat er mich nicht gehasst. Er war nicht wütend oder angewidert. Er wollte mich nur beschützen, und ich habe ihn nicht gelassen. Wenn unsere Ehe eine Falle war, dann deshalb, weil ich sie zu einer gemacht habe.

Er warf mir eine Rettungsleine zu, auch wenn ich mich weigerte, sie anzunehmen. Er hat versucht, mich aus dem Treibsand zu ziehen, in den sie mich gestoßen hat, als ich noch zu jung war, um zu verstehen, was das war, zu jung, um einen Schritt zu machen und auszusteigen. Ihre giftigen Überzeugungen sind in meinem Gehirn fest verdrahtet und haben mich für mein Leben versaut. Das ist der Fluch. Nicht die Ehe. Sie ist diejenige, die mir beigebracht hat, die Rettungsleine zu kappen, auch wenn das bedeutet, dass ich ertrinken würde. Für sie war das besser, als mit jemandem zusammen zu sein, den sie sich nicht ausgesucht hatte. Und als sie ihre Freiheit hatte … Nun man sieht ja, was sie wählte.

»Du glaubst das alles, nicht wahr?«, sinniert sie und beobachtet mich. »All die Lügen deines Vaters. Das Leben. Ich bin zu schlau dafür. Ich wollte da nicht mitmachen. Das sind alles kranke Mistkerle, jeder einzelne von ihnen. Mein Vater, dein Vater – sie sind alle gleich. Ich wollte mein eigenes Leben.«

»Und es sieht so aus, als hättest du es gefunden.«

Wir starren uns eine lange Minute lang über den Tisch hinweg an. Mama steht auf, um einen Aschenbecher zu holen und drückt ihre Zigarette aus, bevor sie sich wieder hinsetzt.

»Dein Vater ist das Monster«, wiederholt sie, ein vertrauter Refrain aus meiner Kindheit. »Das sind sie alle. So wie sie uns behandeln. Wir sind nichts weiter als eine Eroberung, ein dummes Ding, das ihr Ego und ihren Schwanz streichelt. Du glaubst, dass du nicht so enden wirst, aber merke dir meine Worte, sobald du deinen Zweck erfüllt hast, wird dein neuer Mann dich gegen ein jüngeres Modell eintauschen. Wenn du erst einmal Kinder hast, bist du nicht mehr so eng, und er wird wieder eine junge haben wollen, damit er seine Fähigkeiten zeigen kann, damit er sich mächtig fühlt, wenn sie ihn anbetet, damit die anderen Männer bewundern, wie viele Schlampen er dazu bringen kann, ihre Beine für ihn breitzumachen.«

»Nicht jeder Mann ist so«, sage ich. »Und nicht jede Frau tut, was du getan hast, wenn ein Mann sie betrügt. Es tut mir leid, dass Papa untreu war, aber das entschuldigt nicht die Tatsache, dass du mich verletzt hast.«

»Verurteile mich nicht«, faucht sie. »Wenn du erst einmal siehst, was du alles tun würdest, um seine Aufmerksamkeit zu bekommen. Wie du Abend für Abend verrückt wirst, wenn du zu Hause sitzt und weißt, dass du dich für den Rest deines Lebens auf nichts freuen kannst.

Wenn du nur von deiner eigenen Wut lebst, während irgendeine Teenagerhure in einem seiner Clubs seine Zuneigung bekommt. Die Geschenke, alles, was du einmal bekommen hast. Du redest dir ein, dass es vielleicht daran liegt, dass er sich dich nicht aussuchen konnte, dass alles für ihn ausgewählt wurde. Hätte er selbst wählen können, hätte er sich für sie entschieden. Schließlich hat jeder Liebe verdient.«

Ich erschaudere, wenn ich an Kings Worte denke.

Mama lacht. »Du weißt schon, dass es wahr ist. Du wirst dich ein- oder zweimal zum Narren machen, aber schon bald wirst du die Wahrheit erkennen. Er liebt nicht die Erste oder die Vierzigste. Er schiebt seinen Schwanz nur in immer mehr von ihnen, in der Verzweiflung, die leere Höhle in ihm zu füllen, wo sein Herz sein sollte. Er kann diese Mädchen nicht mehr lieben, als er dich liebt. Er kann niemanden lieben. Das ist es, was die Mafia mit dir macht. Sie macht Männer zu Monstern und Frauen zu leeren Hüllen.«

»Stopp«, sage ich und schlage meine Handfläche auf den Tisch. Ich habe ihr zu lange erlaubt, mich zu kontrollieren, nicht nur meinen Körper, sondern auch meinen Verstand. Sie hat mir Lügen erzählt, und sie wusste, dass ich ihr so sehr vertrauen wollte, dass ich sie glauben würde. Jetzt nicht mehr.

Mama springt auf, leckt sich nervös über die Lippen und blickt sich um, als hätte sie vergessen, wo sie ist und mit wem sie spricht. Sie greift nach ihren Zigaretten und zieht eine weitere heraus.

»Es tut mir leid, wenn Papa dich betrogen hat, obwohl ich vermute, dass es zumindest etwas damit zu tun hatte, dass du nichts mit ihm zu tun haben wolltest. Das hätte er nicht tun sollen. Aber ich bin nicht hergekommen, um zu hören, was für ein Monster Papa ist. Ich weiß, was die Leute sagen. Er mag Frauen. Er hat Menschen umgebracht. Er ist alles andere als perfekt. Aber er missbraucht keine Kinder. Nichts entschuldigt das.«

Sie grinst und stößt einen Rauchschwall aus. »Wie alt ist seine jetzige *Goomah*?«

»Siebenundzwanzig«, sage ich. »Ja, sie ist jung. Aber sie ist kein Kind.«

Sie sitzt ein paar Minuten da und raucht, bevor sie weiterspricht. »Ich dachte, ich will auf meinen eigenen Beinen stehen, weißt du. Ein glamouröses Leben führen. Ein Broadway-Star werden. Weißt du, was man mir gesagt hat?«

Ich schüttele den Kopf.

»Man sagte mir, ich sei zu alt. Dass ich früher hätte anfangen sollen. Ich wollte Schauspielunterricht nehmen, weißt du, aber woher sollte ich Geld nehmen? Mein Vater wollte mir kein Geld geben. Wenn ich ihn kontaktiert hätte, wäre er wütend gewesen und hätte mich sofort wieder nach Hause geschickt. Und dein Vater wollte mich natürlich auch nicht unterstützen. Mit fünfunddreißig war ich mit dem Leben bereits fertig. Ich hatte kein Ziel in meiner Ehe, keine Perspektiven als Schauspielerin, keine Fähigkeiten, um einen Job zu bekommen ...«

»Wovon hast du die letzten zehn Jahre gelebt?«, frage ich. »Von Sozialhilfe?«

Sie lacht freudlos. »Ich bin immer noch mit deinem Vater verheiratet«, erwidert sie. »Ich hätte keinen Anspruch auf Hilfe. Ich habe Dinge getan ... Dinge, die eine Frau ohne Perspektive tun muss, um Geld zu bekommen.«

Ich schließe für eine Sekunde die Augen. Ich will nicht mit diesem Monster mitfühlen, aber ich tue es. Immerhin ist sie meine Mutter. Sie mag ein Monster sein, aber sie ist ein Mensch. Ich habe Mitleid mit ihr, wie ich es hätte, wenn mir ein Fremder diese Geschichte erzählen würde. Denn das ist sie ja auch. Eine Fremde.

Ich kannte sie damals nicht. Kinder kennen ihre Eltern in diesem Alter nicht. Eltern sind Herrscher, Versorger, Beschützer, Gefängniswärter und manchmal Helden. Sie sind keine komplexen menschlichen Wesen, die Fehler machen und Schwächen, Meinungen und

Träume haben, die sie aufgegeben haben. Selbst wenn ich Eltern hatte, die mit mir über diese Dinge sprachen, konnte ich sie nicht wirklich so sehen, als jemanden, der mit den gleichen inneren Kämpfen zu kämpfen hat wie ich.

Ich fange gerade an, meinen Vater als Person kennenzulernen, jetzt, wo er nicht mehr die Kontrolle über mein Leben hat. Ich könnte mit meiner Mutter in Kontakt bleiben, versuchen, auch sie kennenzulernen, mit all ihren Verletzungen und Fehlern. Ich könnte ihr helfen.

Aber dann denke ich an etwas, das King gesagt hat. Dass die Menschen ihre Entscheidungen treffen, und das macht sie zu dem, was sie sind. Sie tun das Richtige oder sie tun das Falsche, und jede Entscheidung trägt zur Summe ihres Charakters bei.

Meine Mutter hat ihre Entscheidungen getroffen. Sie hat mich verletzt. Vielleicht hat sie meinen Bruder verletzt. Wenn sie die Wahrheit sagt und Papa das irgendwie herausgefunden hat und sie ihn in dem Glauben gelassen hat, Jonathan hätte mir wehgetan, dann hat sie ihn umgebracht. Und ja, sie hat jetzt ein furchtbares Leben, aber das hat sie sich selbst eingebrockt. Ich werde sie nicht in mein Leben einladen. Immerhin will ich Kinder haben. Ich will eine gute Mutter sein. Und eine gute Mutter würde niemals jemanden in ihrem Leben und eines Tages im

Leben ihrer Kinder haben, der die Entscheidungen getroffen und Dinge getan hat, die meine Mutter getan hat.

Es gibt eine Sache, die mich vielleicht umgestimmt hat. Vielleicht ist das der wahre Grund, warum ich gekommen bin.

Um zu sehen, ob sie sich verändert hat.

Und jetzt weiß ich es.

Denn die letzte Entscheidung, die sie getroffen hat, die sie heute getroffen hat, die Entscheidung, die mich wissen lässt, dass sie sich nie ändern wird? Das war ihre Entscheidung, sich nicht zu entschuldigen.

Dafür bin ich nicht hergekommen, ich habe es nicht einmal erwartet. Aber sie hätte es anbieten können. Sie hätte die Verantwortung übernehmen können, mir sagen können, dass sie einen schrecklichen Fehler begangen hat, mir sagen können, dass er sie jeden Tag ihres Lebens verfolgt. Sie hätte weinen und um Vergebung betteln können. Oder auch nur zugeben, was sie getan hat und dass es falsch war, dass es mich verletzt hat.

Ich hätte ihr vielleicht nie verzeihen können, aber sie hätte fragen können. Vielleicht bin ich deshalb gekommen. Nur um ihre Entschuldigung zu hören, um zu sehen, was sie sagen würde, als ob irgendetwas, was sie sagen könnte, rechtfertigen würde, was sie getan hat. Trotzdem. Vielleicht wollte ich das, das Unmögliche. Ich wollte, dass sie einen Grund hat, der gut genug ist, um mich verstehen zu lassen, wie man so etwas einem Kind antun kann, das einem vertraut hat, einem Kind, das man hätte beschützen müssen.

Ich stoße mich vom Tisch ab, wobei mich der Stuhl mit den unebenen Beinen fast auf den Boden wirft, bevor ich mich fange und aufstehe. »Ich glaube, ich habe alles gehört, was ich hören musste.«

»Das war's?«, fragt sie. »Ich dachte, du bist gekommen, um mich zu töten.«

Ich werfe mir den Träger meiner Tasche über die Schulter und sehe sie direkt an. Sie steht nicht auf, sondern sieht nur durch den Rauch zu mir hoch, ihr erschöpftes Gesicht eingerahmt von dem mit Linoleum bestreiften Boden und dem klaffenden Loch, in dem eine Schranktür hinter ihr fehlt. Sie klingt nicht so, als würde es ihr etwas ausmachen, wenn ich sie töte.

»Ich denke, das schaffst du ganz gut alleine«, sage ich. »Ich schätze, Karma ist eine Bitch.«

»Wenn Karma echt wäre, würden wir alle so leben«, meint sie und gestikuliert mit dem Stummel ihrer Zigarette. »Du denkst, du bist anders, aber ich war auch mal so. Nur mit einem hohen Tier verheiratet, wette ich. Ich war genau wie du. Ich dachte, ich würde alles haben. Und jetzt sieh mich an.«

»Du bist gegangen«, erwidere ich. »Das war deine Entscheidung.«

»Bleib im diesem Leben, tu, was sie tun, und du wirst auch ein Monster«, sagt sie. »Sieh einfach zu.«

»Nein«, entgegne ich entschlossen. »Ich bin nicht wie du.«

»Und pass auf die Babys auf, die sich um deinen großspurigen Ehemann scharen«, fügt sie hinzu und drückt ihre Zigarette aus. »Dein Vater hat seinen Sohn getötet. Er hätte dich auch umgebracht, wenn er es herausgefunden hätte.«

Ich starre sie nur an. »Wenn er was herausfindet? Dass du mich missbraucht hast? Nein, Mama. Er hätte mich nicht umgebracht. Er hätte dich umgebracht.«

Mama drückt ihre zweite Zigarette aus, ohne den Blick von mir abzuwenden.

»Weißt du, trotz allem habe ich bewundert, dass du gegangen bist«, erkläre ich ihr. »Ich habe dir wirklich geglaubt, als du sagtest, du würdest mich beschützen. Ich bewunderte dich dafür, dass du den Mut hattest, einen so mächtigen Mann zu verlassen. Dafür, dass du alleine losgezogen bist, um deinen Weg zu finden, dein Ding zu machen und deine Tochter aus der Gefahrenzone zu bringen, auch wenn du selbst die Gefahr warst. Du hast mir gesagt, du wärst gegangen, um frei zu sein, und ich habe es wirklich geglaubt. All diese Jahre habe ich es geglaubt. Aber du hattest nie wirklich eine Wahl, oder? Du bist nicht gegangen, um mich zu beschützen. Du bist gegangen, um dich selbst zu schützen.«

Ich warte nicht auf ihre Antwort. Ich habe heute alle Antworten bekommen, die ich wollte, und noch mehr.

Sechsundzwanzig

Eliza

Als ich das Klappern der Schlüssel an der Tür höre, weiß ich nicht, was ich mit mir anfangen soll. Ich habe den lächerlichen Drang, irgendwo zu posieren, als würde er hereinkommen und vergessen, dass ich seit Monaten nicht mehr hier wohne. Ich verdränge den Gedanken gerade, als sich die Tür öffnet und mein Mann hereinkommt. Er bleibt kurz stehen und blinzelt mich an, als wäre ich eine Fata Morgana.

»Was machst du hier?«, fragt er vorsichtig und dreht sich um, um die Tür hinter sich zu schließen.

Plötzlich wünschte ich, ich hätte irgendwo posiert. Besser als unbeholfen in der Mitte des Raumes zu stehen und die Hände vor mir zu verschränken, als würde ich auf seine verdammte Zustimmung warten.

»Du hast mir an unserem Hochzeitstag gesagt, dass ich immer zu dir zurückkommen muss.«

Er stellt seine Ledertasche ab, die zwar professionell

aussieht, aber vermutlich eine Glock, ein paar zusätzliche Magazine, ein Seil zum Fesseln unkooperativer Verdächtiger und vielleicht noch eine Handvoll Folterinstrumente enthält.

»Und du hast deutlich gemacht, dass du tust, was immer du willst, und mir nicht gehorchst«, erwidert er, wobei sich sein Mundwinkel nach oben neigt, sodass ich weiß, dass er mich nur ärgern will.

»Ja«, gebe ich zu. »Aber vielleicht mag ich es irgendwie, wenn du so herrisch und dominant bist.«

Er wölbt eine Augenbraue. »Stimmt das?«

»Es war ziemlich heiß, als du mich damals gefüttert hast«, gestehe ich und beiße mir auf die Unterlippe.

Seine Augen folgen der Bewegung, aber er wendet seinen Blick schnell wieder mir zu. »Ich springe eben unter die Dusche«, meint er, schnappt sich seine Tasche und geht ins Schlafzimmer.

Eine Minute später höre ich die Dusche laufen. Er duscht immer, wenn er nach Hause kommt, auch wenn ich kein Blut an ihm sehen kann. Für jemanden wie ihn muss es schlimm sein, den ganzen Tag Leute zu verletzen. Er ist nicht wie Papas Männer, die beim Essen darüber scherzen. Er wird es schaffen, aber er ist noch nicht desensibilisiert gegenüber Gewalt. Ich bin wahrscheinlich gefühlloser als er, verdammt noch mal. Aber ich kann nicht anders, als mich zu fragen, ob er sich freut, dass ich zu Hause bin, ob er eine kalte Dusche nimmt, damit er sich keine Hoffnungen macht. Ich will ihm sagen, dass er es kann, dass ich bereit bin, es noch einmal zu versuchen, aber ich will ihn nicht verführen. Ich weiß nicht, ob ich es dieses Mal schaffen werde, oder ob ich wieder ausflippe.

Das Abendessen soll erst in einer Stunde kommen, also gehe ich ins Schlafzimmer, setze mich auf meine Seite des Bettes, lehne mich gegen die Kissen und warte, dass er herauskommt. Ein paar Minuten später betritt er mit Dampfschwaden den Raum. Er trägt nichts außer den Wassertropfen, die auf seiner Haut kleben, und einem Handtuch, das er sich um die Hüften geschlungen hat und das so tief hängt, dass ich das V der Muskeln sehen kann, das nach unten führt.

Ich schlucke schwer und versuche, ihn nicht anzustarren. Aber Gott, er ist so schön. Ich bin nicht einmal eine Künstlerin, und er bringt mich dazu, ihn zeichnen zu wollen. All diese Winkel und langen Linien. War Michelangelo schwul? Denn es wäre eine Schande, so etwas anzusehen und nicht zu erkennen, wie sexy es ist. Oder vielleicht wäre das auch gut so. Ich weiß nicht, wie lange er gebraucht hat, um den David zu meißeln, aber es wäre wahrscheinlich der längste Ständer der Geschichte.

King geht zur Kommode und öffnet die Schublade,

um seine Boxershorts herauszuholen.

»Bist du nur zu Besuch?«, fragt er.

»Nein«, antworte ich. »Mir ist klar geworden, dass ich genau das tue, was meine Mutter getan hat. Das will ich niemandem antun. Ich will für das hier kämpfen. Für uns.«

»Ich war ein schrecklicher Ehemann«, erinnert er mich.

»Wahrscheinlich habe ich es verdient«, sage ich. »Ich war dir gegenüber eine totale Schlampe.«

»Niemand verdient, was ich getan habe. Ich möchte, dass du weißt, dass du mir deinen Körper nicht schuldig bist. Niemals. Wenn du ihn mir gibst, werde ich ihn ehren, wie ich es immer hätte tun sollen.«

Ich zucke mit den Schultern. »Ist schon gut. Ich glaube, ich wollte, dass du mich zwingst. Um es hinter mich zu bringen. Ich wusste nur nicht, wie ich es sagen sollte.«

»Nun, ich bin gerne bereit, dich ein wenig herumzukommandieren«, meint er mit einem kleinen Grinsen. »Aber ich möchte diese Grenze nie wieder überschreiten. Ich will nicht riskieren, dich zu verlieren.«

»Vielleicht habe ich dich auf eine Art getestet, um zu sehen, was passiert. In meiner Welt bleiben die Leute nicht hier. Ich stoße sie weg, weil es einfacher ist, wenn ich diejenige bin, der sie zum Gehen zwingt. Irgendwann tun sie es immer. Keiner bleibt.«

Kings Gesichtsausdruck wird schmerzerfüllt, und er lässt sich auf die andere Seite des Bettes sinken. »Eliza … Scheiße. Es tut mir leid.«

»Ich bin diejenige, die gegangen ist. Du hast mich nur gelassen.«

»Ich dachte, du wolltest Freiheit von mir.«

»Ich wollte Freiheit«, stimme ich zu. »Jetzt habe ich sie, und das ist es, was ich aus dieser Freiheit mache.«

Er greift nach mir und zieht mich zu sich heran. Ich schmiege mich an ihn und bin erleichtert über die Berührung. Das überrascht mich. Ich habe mich an seine Berührung gewöhnt, und in unseren getrennten Nächten, wenn er nicht da ist, um mich zu halten, vermisse ich ihn die ganze Nacht.

»Wenn es das ist, was du wirklich willst, bin ich verdammt froh, dich wiederzuhaben. Aber ich möchte, dass du dich vergewisserst, dass es so ist. Bin ich wirklich gut genug, oder ist das nur eine weitere deiner selbstzerstörerischen Tendenzen, wie das Trinken?«

»Nein«, erwidere ich und streiche über die braune Haut an seinem Ringfinger. »Ich glaube, es ist genau das Gegenteil davon.«

Er zieht mich wieder in seine Arme, und ich halte mich an ihm fest, spüre die feuchte Kühle seiner Haut über der köstlichen Wärme seines Körpers darunter. Er hat Unrecht damit, dass er nicht gut für mich ist. Das ist genau das, was ich brauche. Jemanden, der mich dazu bringt, besser sein zu wollen, besser zu werden. Jemand, der mich herausfordert und mich in meine Schranken weist. Jemand, bei dem ich beängstigende Dinge fühle und trotzdem weitermachen will, für ihn und auch für mich. Ich verdiene es, mich gut zu fühlen. Ich verdiene es, meinen eigenen Körper zu genießen. Ich verdiene die gleiche Freude, die andere Menschen empfinden, wenn sie berührt werden.

Ich habe so lange versucht, diese Gefühle zu verdrängen, die Empfindungen in meinem Körper auszublenden. Aber jetzt bin ich wütend. Ich bin wütend, dass man mir die Chance genommen hat, unkomplizierte Freude zu empfinden. Ja, ich will mich King hingeben, aber mehr noch will ich es für mich selbst. Es ist nicht fair, dass die grundlegendsten, einfachsten Freuden mich mit Schrecken erfüllen. Ich bin bereit, das zu ändern.

Ich drehe mich in Kings Armen, werfe mein Bein über ihn und sattle seine Hüften, sodass er sich abstützen muss, um sitzen zu bleiben, seine Handflächen flach auf der Matratze und seine Beine an der Seite des Bettes, auf der er schläft. Er sieht zu mir auf, sein Blick ist zurückhaltend, aber ich zögere nicht. Ich nehme sein

Gesicht zwischen meine Hände und küsse ihn fest. Er reagiert darauf, aber sein Kuss ist zaghaft, vorsichtig. Er lässt seine Hände auf dem Bett liegen, anstatt mich zu berühren. Aber ich berühre ihn. Ich fahre mit meinen Händen über die harten, verknoteten Muskeln seiner Schultern, über die Narbe, die von der Schusswunde zurückgeblieben ist, und über die schlanken, straffen Muskeln seines Bizeps, seiner Unterarme und über seine Seiten. Seine Haut ist heiß und feucht, und sein Körper zittert vor meinen kühlen Händen, während sie über seine Haut gleiten.

Ich genieße das Gefühl, wie sein Körper auf meine unerfahrene Berührung reagiert, den kleinen Schauer, der ihn durchfährt, die Härte, die in seinem Schoß wächst, wenn ich mich an ihn drücke. Auch mir läuft ein Schauer über den Rücken, halb vor Angst, halb vor Erregung. Er drückt sich an mich, aber durch ein Handtuch und meine Jeans ist es nicht zu viel.

Das ist nicht genug.

Ich lasse meine Hand über seine Bauchmuskeln gleiten, die noch immer mit ein paar kleinen Tropfen aus der Dusche benetzt sind. Als ich den Knoten in seinem Handtuch erreiche, ergreift King meine Hand und unterbricht den Kuss.

»Ich kann nicht«, sagt er, packt meine Oberschenkel

und schiebt mich zurück auf seinen Schoß. Er atmet schwer, aber er sieht unglücklich aus. »Ich will respektvoll sein, aber ich kann nicht anders. Du törnst mich so verdammt an, Eliza.«

»Ich weiß«, erwidere ich, verschränke meine Finger mit seinen und beuge mich vor, um ihn mit einem Lächeln auf den Lippen zu küssen. »Ich liebe es.«

»Wirklich?«

»Ich habe keine Angst vor dir, King.«

»Das solltest du aber«, sagt er. »Du machst mich wahnsinnig.«

Er dreht sich auf die Seite, nimmt meinen Körper in den Arm und schiebt mich von ihm herunter, dann positioniert er die Kissen so, dass wir mit dem Gesicht zueinander liegen. Er fährt mit einer Hand seitlich an meinem Oberschenkel vom Knie bis zur Hüfte hinauf, sein Daumen drückt in die Jeansfalte an der Oberseite meines Oberschenkels. Nervöse Erregung vibriert durch meinen Körper.

Ich greife wieder nach dem Knoten im Handtuch. »Darf ich dich anfassen?«

Er nickt langsam. »Wie soll das funktionieren? Du kannst mir gefallen, aber ich kann dich nicht einmal berühren?«

»Du kannst es versuchen«, sage ich und meine Stimme

klingt so dumm und ängstlich, dass ich mir auf die Zunge beißen und sie zurücknehmen möchte.

»Was wäre, wenn ...?« Er bricht ab, die Stirn vor Sorge gerunzelt.

»Ich wieder durchdrehe?« frage ich. »Vielleicht. Es tut mir leid. Aber ich will es versuchen. Das ist doch etwas, oder? Und hey, vielleicht ist das ja auch gut so. Du musst dich nicht fragen, ob ich es will oder nicht.«

Er macht ein verächtliches Geräusch, legt den Kopf schief und verschränkt den Arm unter sich. »Das kannst du laut sagen.«

Plötzlich bin ich so nervös, dass meine Finger wieder zittern, und ich möchte die ganze Sache abblasen. »Ist das okay?«, flüstere ich. »Du hast gesagt, du willst mich wieder zu Hause haben, aber wenn du das nicht mehr willst ...«

Er hebt sanft mein Kinn an und sein besorgter Blick trifft den meinen. »Ich möchte, dass du mir wieder vertraust. Was immer du brauchst.«

Ich nicke und senke meinen Blick. »Du hast gesagt, wir könnten das gemeinsam durchstehen«, flüstere ich und lege eine Hand auf seine Hüfte, auf das feuchte Handtuch, das noch immer um ihn gewickelt ist.

»Und du hast gesagt, du willst nicht«, erinnert er mich.

»Jetzt will ich es«, gebe ich zu und schaue ihm in die Augen, bitte ihn um Verständnis.

»Was hat deine Meinung geändert?«

»Du«, sage ich, meine Stimme kaum mehr als ein Flüstern. »Als du sagtest, dass ich dich nicht verdiene. Du hast recht, aber nicht so, wie du es gemeint hast. Du bist so gut zu mir, und ich möchte auch gut zu dir sein. Es kostet mich viel Überwindung, dir zu vertrauen, aber ich will dir vertrauen, und ich will, dass du mir vertraust. Ich möchte dich kennenlernen, King. Und ich möchte, dass du mich kennst – alles von mir.«

»Das will ich auch«, sagt er leise. »So sehr.«

»Und ... Vielleicht, weil du gesagt hast, dass es okay ist, wenn ich nicht will, und du hast deinen Teil dazu beigetragen. Du warst geduldig, und ich will dir zeigen, wie sehr ich das zu schätzen weiß. Ich will nicht mein ganzes Leben lang von etwas kontrolliert werden, das mir passiert ist, als ich keine Wahl hatte. Es ist meine Entscheidung, es hinter mir zu lassen.«

»Das ist ... verdammt mutig«, erwidert er leise, lässt eine Hand in meinen Nacken gleiten und stützt meinen Hinterkopf in seine große Hand.

»Wirst du mir helfen?«, frage ich. »Bitte?«

Er schluckt, seine Augen sind so tief, dass ich in ihrer Dunkelheit ertrinken könnte. »Ja«, antwortet er. »Was brauchst du?«

»Ich brauche dich«, gebe ich zu. »Ich brauche dich,

damit du mich nicht behandelst, als ob ich kaputt wäre. Sei herrisch. Sag mir, was ich tun soll. Dränge mich ein wenig – nur nicht so sehr wie beim ersten Mal.«

»Du bist so verdammt schön, dass ich Angst habe, dich zu berühren. Ich will dich nicht zerbrechen.«

»Das wirst du nicht«, flüstere ich. »Ich bin nicht zerbrechlich. Du wirst mich nicht verletzen. Du kannst mich nur heilen.«

Ich greife wieder nach dem Handtuch und ziehe es langsam auf. Ich schlucke hart, bevor ich meine Hand um seinen Schwanz gleiten lasse, der heiß und feucht von der Dusche ist und sich gegen meine Handfläche drückt.

»Eliza«, sagt er mit rauer Stimme, als ich mich hinknie und zurück auf das Bett krieche. »Du musst nicht …«

Er bricht ab, als ich meine Handfläche abflache und sie am Schaft seines Schwanzes entlangführe. Er pocht gegen meine Handfläche, und ein Zittern geht durch mich. Ich verlagere meine Position und presse meine Knie zusammen gegen den Schmerz, der dort wächst. Aber darauf werde ich nicht achten. Ich werde mich darauf konzentrieren, meinen Mann zu befriedigen.

Ich weiß, ich bin nicht gut darin, aber es fühlt sich gut an, aufregend und gefährlich, aber nicht zu beängstigend. Ich schlucke schwer bei seiner Größe, mein Puls flattert in meiner Kehle. Er ist so groß, und so heiß in meiner Hand.

Plötzlich durchfährt mich ein Kribbeln der Vorfreude bei dem Gedanken, ihn in mir zu haben, nackt und bemühend, ob er in mich passt.

Ich gleite mit meiner Hand zurück zum Ansatz, bis ich den Klumpen seiner Eier spüre. Ich halte inne, immer noch nicht sicher, wie weit ich sie berühren soll. Irgendetwas an ihnen fühlt sich peinlich an, als ob ich zu weit gegangen wäre. Natürlich weiß ich, dass Männer Eier haben, aber selbst wenn ich Pornos gesehen habe, kann ich mich nicht an sie erinnern. Ich habe ihnen nie Aufmerksamkeit geschenkt, und jetzt bin ich mir nicht sicher, was ich mit ihnen machen soll. Sie sind so ... *viszeral.*

King räuspert sich, fährt mit einer Hand über meinen Hinterkopf und hebt mein Gesicht an. »Du musst das nicht tun«, sagt er mit tiefer, fast erstickter Stimme. Wenn ich es nicht an der Härte in meiner Handfläche erkennen könnte, lässt mich seine Stimme genau wissen, wie sehr er will, dass ich es tue, selbst wenn er mir einen Ausweg gibt.

Unsere Blicke treffen sich, und ich schlucke meine Angst hinunter. Es steht so viel in diesen Augen, aber ich kann nicht lesen, was das alles bedeutet. Aber ich will es. Ich möchte wissen, was sich in diese Sehnsucht in seinem Blick mischt. »Darf ich?«, frage ich. »Mir hat es letztes Mal gefallen.«

Er sieht aus, als würde er protestieren, aber ich rutsche von der Seite des Bettes, bevor er es kann. Ich lasse mich auf die Fersen sinken, um die raue Schönheit seines nackten Körpers zu bewundern, mit all den gemeißelten Winkeln und schlanken Muskeln, während er steht. Ich möchte das V seiner Hüften nachzeichnen, mit den Fingern über die geformten Muskeln seiner Bauchmuskeln fahren. Vor allem aber starre ich auf seinen Schwanz, der sich groß und stolz von seinem Unterbauch abhebt, gerade und von tieferer Farbe als der Rest seiner Haut.

Eine heiße Erregung durchfährt mich und verstärkt den Druck zwischen meinen Schenkeln. Sein Schwanz ist so … animalisch. Er sieht rau und brutal und wild aus, so ganz anders als der berechnende, zurückhaltende Mann, zu dem er gehört. Er lässt mich wieder vor Angst zittern, als ich mich nach vorne beuge und vorsichtig meine Finger um ihn lege.

Er holt tief Luft, seine Hand umkreist meinen Hinterkopf und streichelt mein Haar. Ich spanne mich an, erwarte, dass er mir seinen Schwanz in den Hals schiebt und wieder meinen Mund fickt. Aber er zieht mich nicht nach vorne, sondern lässt mich ihn ansehen, ihn mit meinen Fingern in meinem eigenen Tempo erkunden. Ich lege meine Hand um seinen Schaft und lasse sie über seine dicke Länge gleiten. Ein Teil von mir möchte sich zurückziehen, sich umdrehen und fliehen, wie ich es schon einmal getan habe. Aber ein anderer Teil ist fasziniert. Ich fahre mit dem Daumen über die dicke Ader, die seinen steifen Schwanz durchzieht, und dann mit den Fingern über den Grat um den Kopf. Seine Haut ist samtig glatt, aber darunter kann ich die stählernen Muskeln spüren, die nach Erleichterung verlangen.

Ich wünschte fast, er würde wieder ein Arschloch sein, mich einfach zwingen, das zu tun, was er will, ob ich es will oder nicht, damit ich keine Wahl habe und nicht zurücktreten kann. Es ist schwer, mit seiner Freundlichkeit umzugehen, besonders wenn sie so unverdient ist. Ich war eine furchtbare Ehefrau. Ein furchtbarer Mensch. Seit unserer Hochzeit habe ich ihn kaum noch beachtet, und er hat mein Bedürfnis nach Freiraum respektiert, seit er mich entjungfert hat. Und ja, okay, er war barbarisch in dieser Nacht, und manchmal ist er kalt und hochmütig, aber im Vergleich zu den anderen Männern, denen mein Vater mich hätte geben können?

Es gibt keinen Vergleich.

Ich habe schon viele Mafiosi getroffen, und wenn ich ehrlich bin, ist King der beste, den ich kenne. Ja, er ist neu und rangniedrig, aber das bedeutet, dass er nicht wie viele Mafiosi jahrelang Zeit hatte, zu einem abgebrühten, herzlosen Kerl zu werden. Ich kenne keinen einzigen, der nicht von mir verlangt hätte, dass ich in unserer Hochzeitsnacht meine ehelichen Pflichten erfülle, das ist verdammt sicher. Er hätte mich dazu bringen können, ihm jede Nacht zu dienen, er hätte mich von meinem Hochzeitstag an überwältigen können, aber er tat es nicht. Er hat es einmal getan, und er hat mir gezeigt, wie sehr er das bereut, obwohl er jedes Recht hatte, zu verlangen, dass ich nicht nur dem Namen nach seine Frau werde. Das erkenne ich an, und ich bin mehr als bereit, ihm auf diese Weise für seine Geduld zu danken.

Ich beuge mich vor und neige meinen Kopf, um seinen Schaft vom Ansatz bis zur Spitze zu küssen. Er atmet schwer, als ich die Spitze erreiche, und ich spüre, wie eine Welle des Stolzes in mir aufsteigt. Sein Schwanz pocht gegen meine Lippen, verlangt nach mehr, und ich öffne und senke meinen Mund über seine salzige Spitze. Er stößt ein leises Stöhnen aus, seine Finger krallen sich in mein Haar. Ich weiß nicht, was ich als nächstes tun soll, also beginne ich sanft zu lecken und zu saugen.

Ich mache weiter, bis meine Wangen von der Arbeit schmerzen. Als ich langsamer werde, beginnt King, seine Hüften ein wenig zu bewegen, um meinen Rhythmus beizubehalten.

»Lass mich das machen«, sagt er nach ein paar Minuten. »Entspann einfach deine Kehle und lass die

Zähne weg. Ich werde dir nicht wehtun.«

Ich erinnere mich an das letzte Mal, als er mir drohte, mir die Zähne auszuschlagen. Wir sind schon so weit gekommen.

Ich nicke, aber als er mich an den Haaren packt und beginnt, meinen Kopf zu bewegen, verkrampfe ich mich. Ich werde immer noch nervös, weil ich die Kontrolle verlieren könnte.

Er zieht ihn heraus, sein harter Schwanz ist glitschig von meinem Speichel und stößt gegen meine Wange, als er sich wieder aufrichtet. King nimmt mein Kinn und hebt es an, seine dunklen Augen suchen die meinen. »Es ist okay«, murmelt er und streicht mit seinem Daumen über meine feuchte Unterlippe. Ein Schauer durchfährt mich, und ich presse die Knie zusammen. »Wenn es zu viel wird, kneif mich, und ich höre auf. Ohne Fragen zu stellen. Okay?«

Ich muss zugeben, dass ich keine Ahnung habe, was ich da tue. Ich habe das nur einmal gemacht und er sagte, ich sei schlecht darin. Wenn ich es mir von ihm zeigen lasse, kann ich sehen, was er mag, damit ich es beim nächsten Mal besser machen kann. Ich nicke, und er ergreift seinen Schwanz und senkt ihn zurück in meinen Mund, schiebt ihn zwischen meine Lippen und über meine Zunge.

»Fuck, *piccola*, ich will in dieser hübschen Kehle

abspritzen«, säuselt er, seine sanfte Stimme ist so verführerisch, dass es mir egal ist, was er zu mir sagt. Ich glaube, er könnte in diesem Tonfall sagen, dass er mich umbringen will, und ich würde zustimmen. Ich frage mich, wie viele andere Mädchen er mit dieser Stimme dazu gebracht hat, vor ihm zu knien.

Er streichelt mit seinen Fingern die Seite meiner Kehle und beginnt, meinen Kopf im Rhythmus seiner Hüften zu bewegen, indem er sie vor und zurück wiegt, während sein Schwanz mit jedem flachen Stoß tiefer gleitet. Mein Puls flattert gegen seine Fingerspitzen, und ein Ausbruch von Nervosität durchflutet mich, lässt mich erbeben. Ich hebe meine Augen zu seinen und halte seinen Blick, während er seinen Schwanz tief in meinen Mund gleiten lässt. Ein weiteres Beben durchfährt mich und krampft sich in meinem Inneren zusammen.

Ich fühle mich … mächtig. Irgendwie fühle ich mich lebendig und erregt und … sexy, obwohl ich knie und ihm erlaube, zu tun, was er will. Ich kann mir mich durch seine Augen vorstellen, wie ich zu seinen Füßen knie, mit offenem Mund, damit er mich ficken kann, während meine Augen auf seine gerichtet sind und ich ihn anflehe, Gnade mit mir zu haben, während er die Kontrolle übernimmt. Aber genau das ist der Schlüssel. Ich *erlaube* ihm, die Kontrolle zu übernehmen. Ich sehe die völlige Hingabe in seinen Augen, dass er sich in seiner Lust verloren hat, während ich immer noch die Kontrolle über meine Sinne habe, selbst als er meinen Mund für sein Vergnügen benutzt.

Nach einer Minute gewöhne ich mich an die neuen Empfindungen, spreize meine Knie auf dem Boden und wölbe meinen Rücken, nehme den Ansatz seines Schwanzes in die Hand und sauge mit jedem seiner Hüftstöße ein wenig daran. Er weiß, was er tut, also lasse ich ihn machen, während ich darauf achte, was er mag. So kann ich auch auf die Dinge achten, die ich nicht bemerkt habe, als ich mir Gedanken darüber gemacht habe, was ich falsch mache. Ich nehme seine Eier in meine Hand und bewege sie in seiner weichen Haut. Er stöhnt leise und stößt härter zu, trifft auf die Rückseite meines Mundes, sein Schwanz drückt gegen meine Kehle.

Tränen steigen mir in die Augen, ich würge und ziehe mich zurück. Er wird langsamer, streichelt meinen Hinterkopf, aber diesmal zieht er sich nicht zurück.

»Baby Girl, dein Mund fühlt sich so gut an«, sagt er und gleitet langsam rein und raus, bis ich mich erhole. Ich kann Salz und einen Moschusgeschmack schmecken, und Speichel füllt meinen Mund, als seine weiche Haut über meine Zunge gleitet. Ich will mehr. Ich knie mich höher, schlinge meine Hände um seine Oberschenkel und ziehe ihn wieder näher zu mir. Ich sauge gierig an ihm, und er stöhnt und pumpt wieder tief in meinen Mund, sein dicker Schwanz pocht, während sich Salz auf meiner Zunge ausbreitet.

»Ich komme gleich«, warnt er und packt mich so fest an den Haaren, dass mir wieder die Tränen in die Augen steigen. »Kannst du für mich schlucken, *piccola mia?*«

Ich nicke mit dem Kopf und fühle mich durch seine unverblümten Worte ungezogen, aber auf eine gute Art, von der ich nicht wusste, dass ich sie fühlen kann. Ich atme ein, fülle mich mit seinem Duft und nehme die Härte seiner muskulösen Schenkel wahr, als er tief in meine Kehle stößt. Ich zwinge meine Kehle, sich nicht zu verengen, und kämpfe gegen den Drang zu ersticken, als er meinen Mund eine Minute lang hart fickt und sein Schwanz wie beim letzten Mal in meine Kehle eindringt. Ich greife zwischen seine Schenkel und umfasse wieder seine Eier, die jetzt geschwollen und hart sind, und drücke sie ein wenig.

Er flucht leise, aber bevor ich weiß, ob das gut oder schlecht war, zucken seine Hüften nach vorne und seine große Hand umfasst meinen Hinterkopf. Seine Ader pocht gegen meine Unterlippe, und in der nächsten Sekunde explodiert salzige Sahne in meinen Mund und meine Kehle hinunter. Ich ersticke, Tränen fließen aus meinen Augen,

Flüssigkeit tropft aus meinen Mundwinkeln.

»Halt ihn für mich offen, *Carina*«, knurrt er und streichelt mein Haar, während sein Schwanz weiter in mich eindringt und sein Körper alle paar Sekunden von Krämpfen geplagt wird. Er bewegt sich jedoch nicht, was mir Zeit gibt, zu schlucken, was ich kann, und meine Kehle wieder zu entspannen.

»Habe ich dir wehgetan?«, fragt er und wischt meine Tränen mit seinem Daumen weg.

Ich schüttle den Kopf und schlucke über den Schmerz hinweg, den er in meinem geprellten Hals hinterlassen hat. Es ist mir egal, dass ich ein wenig wund bin. Ich fühle mich … triumphierend. Er will mich, er *begehrt* mich, so sehr, dass ich mich fast high fühle. Ich knie zwar zu seinen Füßen und habe den Mund um seinen Schwanz, aber ich fühle mich nicht erniedrigt. Ich habe auch nicht das Gefühl, gefangen zu sein, so wie ich mich nach dem Orgasmus fühlte. Ich fühle mich … frei.

Schließlich zieht er sich zurück, fasst den Ansatz seines Schwanzes und lässt ihn langsam über meine Zunge gleiten, bis er meine Lippen erreicht. »Saug die letzten Tropfen aus«, krächzt er und streichelt meine Wange mit dem Rücken seiner anderen Hand.

Ein unanständiger Kitzel durchfährt mich. Ich liebe es, dass er so … schmutzig ist. Er ist ein Wirrwarr von

Widersprüchen – zärtlich und doch frech, rücksichtsvoll und doch dominierend, sanft und doch energisch.

Meine Kehle schmerzt, aber ich gehorche und sauge seinen Schwanz ein wenig. Er holt scharf Luft, und alle paar Sekunden durchlaufen Spasmen seinen Körper, noch eine Minute lang. Ich mache weiter, bis er sich zurückzieht. Schließlich packt er mich unter den Armen, hebt mich auf die Beine und legt mich auf das Bett.

»Dafür werde ich dir Schmuck schenken«, sagt er grinsend und küsst meine salzigen Lippen.

»Apropos«, sage ich und fahre mit einem Finger über seine Brust. »Ich habe deinen Ehering irgendwie runtergespült. Wir müssen uns also einen neuen besorgen.«

»Ungezogenes Mädchen«, meint er und gibt mir einen spielerischen Klaps auf den Hintern. »Ich habe mich schon gefragt, was damit passiert ist.«

»Wie lange hat es gedauert, die Wohnung aufzuräumen?«, will ich wissen.

»Nicht allzu lange«, erwidert er und grinst dabei. »Da ich weiß, wie man Reinigungskräfte einstellt …«

»Idiot«, gebe ich zurück, aber ich werfe mein Bein über ihn.

Er streicht mit der Hand über meinen Oberschenkel und streichelt meinen Hintern. »Wenigstens hast du die

Utensilien in Ruhe gelassen. Einer der Esslöffel ist etwas ganz Besonderes für mich.«

»King«, schimpfe ich und vergrabe mein Gesicht in seiner Brust.

Er schiebt seine Hand zwischen meine Schenkel und beginnt, mich zu streicheln. Es kribbelt in mir, als er den Stoff befummelt, der jetzt feucht ist von meiner Erregung beim Blasen. »Wenn das die einzige Möglichkeit ist, wie ich dich schmecken kann, solltest du dich darauf einstellen, dass er regelmäßig in dir steckt«, meint er. »Aber heute Abend werde ich mich damit begnügen, dich von meinen Fingern abzulecken. Jetzt öffne deine Beine und spüre, wie diese hübsche Fotze meine Hand mit deiner süßen Sahne füllt.«

Siebenundzwanzig

Eliza

»Was ist los?«, frage ich King und streiche mit einer Hand über seine Wange. Er liegt auf dem Bett und starrt an die Decke, so wie er es in den letzten drei Nächten getan hat. Ich glaube nicht, dass der Typ jemals schläft.

Er lächelt mich verwirrt an und legt seine Hand auf meine. »Nichts.«

»Rede mit mir«, flehe ich und kuschle mich an ihn. »Du kannst mir alles erzählen.«

»Es liegt nicht an dir«, sagt er. »Es ist nur … Arbeitskram. Je weniger du darüber weißt, desto besser.«

»King«, ermahne ich ihn. »Ich weiß alles über deinen Job, die Familien, das Leben. Ich weiß, dass du mich beschützen willst, aber das musst du nicht tun.«

»Aber ich möchte es«, sagt er und wendet mir sein Gesicht zu. »Ich bin dein Mann. Es ist meine Aufgabe, dich zu beschützen. Und ich konnte das nicht tun, als du es am meisten gebraucht hast.«

»Da kanntest du mich noch nicht«, erwidere ich.

»Ich kannte dich, als ich dich verletzt habe«, sagt er leise.

»Ich habe dir verziehen«, erkläre ich. »Und ich kenne mich damit aus, King. Ich bin nicht zerbrechlich oder hilflos. Ich bin ein Gewinn. Hast du jemals daran gedacht, dass Al dich deshalb ausgewählt hat?«

»Ich möchte jetzt etwas für dich tun«, sagt er. »Sie soll für ihre Tat bezahlen.«

»Sie zahlt«, sage ich. »Ich war bei ihr, und ich gehe zu einem Therapeuten. Ich wollte damit Frieden schließen, bevor ich nach Hause komme. Deshalb hat es auch so lange gedauert.«

»Du hast sie gesehen?«

»Ja«, gebe ich zu. »Ich schließe Frieden mit der Vergangenheit. Ich will besser für dich sein. Ich will alles sein, was du dir von einer Ehefrau wünschst.«

»Das bist du«, erwidert er. »Du bist das und mehr.«

Ich lächle. »Ich will auch besser für mich sein. Ich möchte die Person sein, die ich hätte sein sollen, die ich hätte sein können, wenn das alles nicht passiert wäre. Ich glaube, ich muss einfach klar im Kopf werden und lernen, weiterzumachen, weißt du? Über den Tod meines Bruders, meiner Mutter und meine Probleme. Ich will das aufarbeiten und nicht ewig daran festhalten. Ich will eine gute Mutter sein, wenn dieser Tag kommt.«

King dreht sich zurück und starrt wieder an die Decke. Nach ein paar Minuten fragt er: »Was ist mit deinem Bruder?«

»Er ist tot.«

»Ich meinte … Hat sie ihn auch missbraucht?«

Ich schlucke schwer und rolle mich auf den Rücken. Ich wollte nie mit all dem konfrontiert werden, aber ein Teil von mir wusste, dass er weiter fragen würde, dass er alle Antworten haben wollte. Und er hat sie verdient.

»Ich weiß es nicht genau«, gebe ich zu. »Er war viel älter als ich. Ich erinnere mich, dass ich einmal im Badezimmer auf dem Boden saß und sie mich dort zurückgelassen hatte, aber ich wusste, dass sie zurückkommen würde. Und sie versuchte, Jonathan dazu zu bringen, hereinzukommen, aber er wollte nicht. Ich erinnere mich nicht mehr an den Grund, den sie nannte, warum er das tun sollte. Ich erinnere mich nur, dass ich Angst hatte, er würde reinkommen und es erfahren. Ich erinnere mich, dass er etwas sagte wie: »Ich will nicht mehr Teil dieses Hauses des Schreckens sein. Eine Woche später wurde er umgebracht.«

Kings Kinnlade verkrampft sich, und ich zucke zurück, weil ich mir vorstelle, was er von mir denkt. »Wo war dein Vater?«

»Er war bei der Arbeit«, sage ich. »Er war immer weg. Ich weiß nicht, ob meinem Bruder etwas passiert ist, als er jünger war, aber er war damals alt genug, um sich zu weigern. Er ist einfach weggelaufen. Aber sie hat mir immer ein schlechtes Gewissen eingeredet, nach dem Motto, ich würde sie gewähren lassen, wenn ich sie lieben würde. Sie sagte immer, es sei gut für mich, ich solle es genießen. Und sie wurde wütend, wenn ich das nicht tat, als ob mit mir etwas nicht stimmen würde.«

»Eliza, du weißt, dass das nicht wahr ist, oder? Sie ist ein kranker Mensch. Du warst ein Kind, und sie war die Person, die dich hätte lieben und beschützen sollen.«

Ich nicke, ohne ihm in die Augen sehen zu können. »Ich weiß. Und das Beschissene daran ist, dass sie nur einmal in ihrem ganzen Leben das Richtige getan hat, und das war, als sie wegging. Also habe ich mich darauf konzentriert, auf das eine Mal, als sie mich beschützt hat. Und ich habe mir eingeredet, dass das bedeutet, dass sie mich liebt, auch nach allem, was sie sonst noch getan hat. Das habe ich mir immer wieder eingeredet, bis es wie ein Märchen zu dieser Legende wurde. Sie hat mich nicht nur einmal beschützt, sie hat mich nicht nur geliebt, sie war eine Heldin.«

»Ich habe mich gefragt, warum du sie bewunderst.«

»Das tue ich nicht«, sage ich. »Du weißt das. Ich

schätze, es war eine Art Verteidigung. Ich habe es so lange wiederholt, bis ich es glauben konnte, wenn ich nicht zu sehr darüber nachdachte. Aber ich habe nie darüber nachgedacht, als sie hier war. Ich dachte nur an ihre Abreise. Es war, als ob sie nur hier war, um eine Sache zu tun – wegzugehen. Es gab nichts vor oder nach diesem Tag. Das ist alles, was sie war. Die Mutter, die gegangen ist. Denn wenn sie das war, hätte sie nicht die Mutter sein müssen, die mich belästigt hat.«

»Und dein Bruder?«

»Das Sterben war seine einzige Tat. Er war erst fünfzehn. Wenn ich an ihn denke, bevor er starb, erinnere ich mich, dass er die ganze Zeit so wütend war. Ich hatte ein bisschen Angst vor ihm. Vielleicht hat Mama ihm auch wehgetan, und deshalb war er so. Und als er dann sagte, er wolle nicht in ihrem Haus des Schreckens leben … Ich weiß nicht, vielleicht haben sie nur gesagt, er sei erschossen worden, um zu vertuschen, wie er wirklich gestorben ist. Ich dachte immer, dass einige Dinge nicht zusammenpassen. Mama sagte, Papa hätte ihn getötet, aber jetzt frage ich mich, ob er es vielleicht selbst getan hat.«

King schweigt eine Minute lang. »Darüber habe ich bei meiner Schwester auch schon nachgedacht. Ich will es nicht, aber manchmal frage ich mich das.«

»Ob sie sich umgebracht hat?«

»Ja«, erwidert er leise. »Sie war mit einem Mann zusammen, den meine Familie hasste. Mein Vater war darauf aus, seine ganze Familie zu zerstören. Und wir sind eine Familie, also machen wir mit. So wie du die Valentis hasst, weil deine Familie es tut. So war das.«

Ich schlucke schwer, weil ich weiß, dass er nicht mit jedem darüber spricht. Er hat sich mir gegenüber noch nie wirklich geöffnet, aber jetzt lässt er endlich seinen Schutzwall einstürzen und lässt mich herein. Ich wünschte, es gäbe in seiner Vergangenheit nicht auch schmerzhafte Teile, aber ich bin froh, dass er sie jetzt mit mir teilt. Das sind die harten Seiten, und wenn wir uns auch die hässlichen Dinge erzählen können, gibt es nichts mehr zu verbergen.

»Deine Familie hat ihr verboten, ihn zu sehen?«, frage ich.

»Wir haben versucht, sie aufzuhalten. Ich wusste, dass sie verletzt werden würde, dass, wenn sie ihn liebt und wir ihn verletzen, es auch sie verletzen würde. Ich habe versucht, ihr das klarzumachen, sie zum Aufhören zu bewegen, aber es war, als könnte sie es nicht. Als ob sie süchtig wäre oder so.«

»Sie war verliebt«, sage ich leise und lasse meine Finger über Kings Brust gleiten.

»Ja«, erwidert er. »Ich denke schon.«

»Also, was ist passiert?«, frage ich.

»Wir hatten diesen großen Streit mit ihrer Familie«, erklärt er. »Sie sollte nicht dabei sein. Aber sie bestand darauf, zu kommen, und obwohl ich wusste, dass ich es nicht sollte, habe ich sie gelassen. Ich … ich sollte auf sie aufpassen.« Seine Stimme stockt ein wenig, und er schaut weg.

»Ich bin sicher, dass es nicht deine Schuld war«, sage ich leise.

»Das war es«, spricht er grimmig. »Ich war in dieser Nacht wertlos, Eliza. Ich habe mich anschießen lassen, und dann konnte ich mich nicht einmal mehr wehren, als es zu spät war. Crystal lief weg, und mein Bruder war so wütend auf sie, dass er sagte, wir sollten sie zurücklassen. Ich habe mit ihm gestritten, aber ich habe ihn nicht aufgehalten, als er wegfuhr und sie zurückließ.«

Ich fahre mit dem Finger über seinen Hüftknochen zu der Narbe darüber, die weich und noch leicht rosa ist, da sie noch frisch ist. Ich erinnere mich, dass Bianca mir erzählt hat, dass seine Schwester vor kurzem gestorben ist. »Du wurdest angeschossen«, erinnere ich ihn. »Du warst nicht in der Lage, jemanden von irgendetwas abzuhalten.«

»Aber ich hätte es sein sollen«, sagt er. »Es war nicht die Schuld meines Bruders. Er war ihr Zwilling, und sie hat ihren Freund ihm vorgezogen. Uns vorgezogen.« Er schweigt eine Minute lang und starrt vor sich hin. »Ich habe mir eingeredet, dass es ihr gut gehen würde. Wir haben sie bei ihrem Freund gelassen. Wir gingen zu dieser blöden Party, und es gab einen großen Streit, und mein Bruder legte ein Feuer. Als wir zurückkamen, um Crystal zu holen, war sie verschwunden.«

»Verschwunden … Wie?«

»Es war mitten in diesem Sturm«, erwidert er. »Wir suchten nach ihr, aber als wir sie fanden, war es schon zu spät. Der Fluss stieg an und nahm das Auto ihres Freundes mit, in dem sie beide saßen.«

»Oh mein Gott«, sage ich. »Es tut mir so leid.«

»Sie fanden das Auto ein paar Tage später«, fährt er fort.

»Sie steckten … Darin fest?«, frage ich und schlucke schwer.

»Nein«, sagt er und schüttelt den Kopf. »Sie haben sie nie gefunden. Aber sie fanden … Beweise … auf dem Rücksitz, dass sie in der Nacht dort waren. Sie war wohl zu sehr mit Ficken beschäftigt, um das steigende Wasser zu bemerken. Ein Teil von mir denkt … Was, wenn es ihr egal war, dass es so war? Sie dachte nie über langfristige Dinge nach. Sie war impulsiv und irgendwie auch zerbrechlich. In diesem Moment hatte sie ihn, und sie wollte nicht, dass wir uns einmischen. Wir hatten ihr sozusagen gesagt, dass wir den Kerl umbringen würden. Wahrscheinlich dachte sie, das sei die einzige Möglichkeit, ihn nicht zu verlieren. Wenn sie ihn nicht haben konnte, gingen sie zusammen. Das ist die Art von Dingen, die sie tun würde. Dramatisch. Romantisch. Tragisch.«

»Das ist alles sehr Romeo und Julia«, sage ich. »Aber hast du jemals daran gedacht, dass sie vielleicht noch am Leben ist?«

Er schüttelt den Kopf. »Wir haben Privatdetektive angeheuert und ein paar Monate lang nach ihr gesucht, nachdem die Polizei aufgegeben hatte, aber der Fluss geht bis zum Mississippi, und wir waren nur wenig oberhalb von Louisiana. Ich denke, sie ist irgendwo im Meer. Sie liebte den Ozean, als wir Kinder waren.«

Wir schweigen für ein, zwei Minuten. Dann drücke ich mich an ihn. »Es war nicht deine Schuld«, sage ich wieder. »Und ich weiß, dass du das nicht hören willst, aber vielleicht ist das der beste Weg zu gehen. Mit jemandem, den du liebst.«

»Wir hätten es verhindern können«, meint er. »Ich hätte es gekonnt. Ich hätte meinen Vater überzeugen können, ihn in Ruhe zu lassen. Dass er seine Familie in Ruhe lässt. Ich bin sicher, ich hätte es gekonnt.«

Ich schüttele den Kopf. »Wenn sie so sind wie meine,

dann kannst du das nicht. Kriege zwischen Familien sind größer als zwischen zwei Menschen.«

»Aber ich hätte es versuchen sollen«, betont er. »Anstatt zu versuchen, sie zu trennen. Wenn ich vielleicht verstanden hätte, wie Liebe ist …«

»Ich glaube, ich verstehe«, flüstere ich, während sich mein Herzschlag beschleunigt. »Nichts kann mich davon abhalten, mit dir zusammen zu sein.«

Er dreht sich im Bett zu mir um, seine Hand liegt auf meiner Taille. »Deshalb wollte ich mich nicht in dich verlieben. Ich wollte auch nicht, dass du dich in mich verliebst. Wenn mir etwas zustoßen würde, wäre wenigstens dein Herz in Sicherheit.«

»Zu spät«, wispere ich, fasse ihm an die Wange und beuge mich vor, um ihn zu küssen. »Ich glaube, du hast es gestohlen, King Dolce.«

Er lächelt in unseren Kuss hinein. »Ich glaube, du bist die Diebin, Eliza Dolce.«

Ich erschaudere bei der Art, wie er meinen neuen Namen ausspricht. Ich habe so sehr darauf bestanden, meine Unabhängigkeit zu behalten, nicht zu ihm zu gehören. Aber wenn er meinen Namen so sagt, weiß ich, dass ich bereits zu ihm gehöre, und zwar nicht aufgrund einer Vereinbarung zwischen unseren Familien. Mein Herz gehört ihm. Er hat es so sorgfältig behandelt, dass ich weiß, dass er mich immer beschützen wird.

»Ich liebe dich«, flüstere ich und drücke meine Lippen wieder auf seine.

Er zieht sich sanft zurück, sein Blick findet den meinen, seine Augen sind so tief und dunkel, dass sie bodenlos scheinen. »Ich liebe dich auch«, sagt er, und seine Stimme ist voll von Gefühlen.

»Mach Liebe mit mir«, flüstere ich.

Er schaut mir in die Augen, dann beugt er sich vor und küsst mich. »Bist du bereit?«

»Ich will es versuchen«, sage ich. »Du verdienst eine Frau, die dir alles gibt. Ich will das für dich sein. Und für mich.«

Wir küssen uns lange, bis sich meine Lippen heiß und geschwollen anfühlen und mein Körper am ganzen Körper kribbelt. Wir ziehen uns gegenseitig aus, und ich bewundere seinen Körper, wie ich es immer tue, die Furchen und glatten Linien der Muskeln, die Vertiefungen und Spitzen der Knochen. Auch er streicht mit seinen Händen über mich, bewundert mich, ohne mich auf sexuelle Weise zu berühren. Dennoch ist seine Berührung sowohl elektrisierend als auch beruhigend, und der Druck zwischen meinen Schenkeln schmerzt. Als er seine Hand über meinen Bauch gleiten lässt, verkrampfe ich mich allerdings.

Er berührt mich, und ich bleibe wie erstarrt liegen, mein Herz rast in meiner Brust. Ich sage mir, dass es nicht so schlimm ist, dass es sich gut anfühlt. Es fühlt sich wirklich gut an. Ich bin feucht gegen seine Finger. Aber mein Kopf schreit danach, dass ich mich verpissen soll, dass ich vom Bett fliege, wie beim letzten Mal, als er mich zum Kommen gebracht hat.

»Sag mir, wenn es zu viel ist«, murmelt er, sein Mund an meinem Hals lässt mich vor Lust erschauern.

Warum kann ich es nicht einfach wie ein normaler Mensch genießen? Ich möchte mich selbst anschreien, meine Mutter, die Welt. Es ist so verdammt unfair, dass ich weinen möchte.

Er stößt einen Finger in mich, und ich atme ruhig weiter, zwinge mich dazu. Ich werde nicht zulassen, dass jemand Böses mich definiert, werde nicht zulassen, dass sie mir das hier raubt.

Es ist mein Körper. Meine Entscheidung. Ich kann ihn zurückfordern, die Erfahrung zurücknehmen, sie durch das hier ersetzen. Mit einem guten Mann, der mich liebt, und ich kann in jedem Teil seines Körpers spüren, wie sehr er mich will und braucht, im Zittern seiner Fesseln, im dicken, harten Kamm seines Schwanzes, der sich in mich verbeißt, wenn er gegen mich drückt, in seinen schnellen Atemzügen, seinem hämmernden Herzen unter meinen Fingerspitzen, wenn ich seine Brust berühre.

»Fuck, du bist so eng«, haucht er und schiebt seinen Finger langsam rein und raus, bis ich denke, dass ich schreien werde, so sehr will ich ihn. Ich öffne meine Knie, drücke meine Hüften gegen seine Hand und wimmere nach mehr.

»Das gefällt dir, nicht wahr, meine kleine Frau?«, neckt er mich, schiebt seinen Finger tief hinein und lässt ihn langsam in mir kreisen. »Deine Muschi ist so verdammt heiß, Eliza. Ich will spüren, wie du meinen Schwanz melkst, während ich in dir abspritze.«

»Ich will das auch«, hauche ich. »Bitte. Ich bin so bereit.«

Er bewegt sich auf mir und zieht sich zurück, um mir ins Gesicht zu sehen. Seine Augen suchen meine mit Besorgnis und Verlangen und verwischen die Grenzen zwischen uns. Er greift nach unten und reibt seinen Schwanz langsam und hart durch meine Nässe, während sein Blick auf dem meinen ruht. Lust durchströmt mich, und ich öffne meine Beine für ihn, gebe mich ihm hin, auch wenn die Angst noch immer mit jedem Herzschlag durch mich pumpt. Das letzte Mal hat er mich so sehr verletzt. Ich sage mir immer wieder, dass ich in Sicherheit bin, dass er das nicht noch einmal tun wird.

»Sag mir, was du willst«, murmelt er und sein Schwanz

drückt gegen meinen Eingang.

Ich kann nur ein Wort sagen. »Das.«

»Ich werde ihn reinstecken«, flüstert er. »Ich werde sanft sein. Wenn es wehtut oder du aufhören willst, sag es einfach.«

Ich nicke und beiße mir auf die Lippe. Er stößt fester zu, und ich zucke zusammen, als er mit langsamem, gleichmäßigem Druck meinen Eingang durchstößt. Er beginnt, tiefer einzudringen, und ich keuche, als ich spüre, wie er gegen meine Wände drückt und mich ausfüllt, bis ich denke, dass ich zerreißen werde.

»Bist du bereit für den Rest?«, fragt er.

Nein, ich bin nicht bereit. Aber ich werde vielleicht nie bereit sein, und wenn ich es jetzt nicht tue, wird die Angst in meinem Kopf immer größer, bis ich es nie tun kann. Und ich will es. Ich möchte mich ihm voll und ganz hingeben, mit jedem Teil von mir. Also nicke ich mit dem Kopf.

King stößt gegen den Widerstand in mir an und zieht sich zurück, als ich vor Schmerz aufstoße. »Was ist los?«, fragt er, während er die Augenbrauen zupft.

»Du bist zu groß«, flüstere ich.

Er zieht sich zurück und dringt wieder in mich ein. Die dicke Spitze seines Schwanzes passt genau in meinen Eingang und dehnt mich. Es fühlt sich so gut an, dass ich denke, ich werde explodieren. Er packt seinen Schwanz, zieht ihn heraus und schiebt nur die Spitze wieder in mich hinein. Stöhnend reibt er seinen Schwanz das nächste Mal durch meine glitschigen Falten, bevor er ein paar Zentimeter in mich eindringt. Er sieht zu, wie er sich zu bewegen beginnt, meinen Eingang wieder und wieder durchbricht, während er nur meine Öffnung fickt, bis sein Schwanz so glitschig ist, dass er leicht durch das gedehnte Fleisch passt.

»Tiefer«, stöhne ich und wiege meine Hüften.

»Ich will dir nicht noch einmal wehtun.«

»Tu es einfach. Du musst hart sein, wie beim letzten Mal.«

»Ich habe dich verletzt.«

»Das ist mir egal. Ich brauche dich in mir.«

Mit einem Knurren schiebt er seine Hüften vor, sein dicker Schwanz drückt mich tiefer, bis ich die Tränen nicht mehr zurückhalten kann. Ich atme zittrig ein und versuche, sie wegzublinzeln, bevor er es sieht. Er stößt bis zum Anschlag in mich hinein, seine Hüften mit meinen gleichauf sind, und sein Beckenknochen schaukelt gegen meine Klitoris, während er sich auf die Ellbogen stützt und seinen Kopf neben meinem nach unten hängen lässt, sein Atem heiß und schnell gegen meinen Hals.

»Du fühlst dich verdammt gut an«, flüstert er und

küsst meinen Hals, mein Ohr. Er bewegt sich nicht, wartet darauf, dass ich mich an ihn gewöhne, also zwinge ich mich, mich zu entspannen.

»Mach weiter«, flüstere ich. »Ich bin bereit.«

Er stößt noch ein paar Mal hinein, langsam und tief, bis ich mich nur noch an das letzte Mal erinnern kann. Mein ganzer Körper rebelliert, als wären wir die falschen Enden von Magneten, die zusammengedrückt werden, und in der letzten Sekunde kann ich einfach nicht mehr. Der Schmerz ist immer noch da, und oh Gott, das Gefühl erfüllt mich mit lähmender Angst und Schrecken, und Tränen fließen aus meinen Augen.

»Eliza«, sagt King und klingt alarmiert. Er hört auf, sich zu bewegen und streicht mit seinen Händen mein Haar zurück. »Du hast nicht gesagt, dass ich aufhören soll.«

»Es ist gut«, sage ich, fasse seine Schultern und schlinge meine Beine um ihn. »Mach einfach fertig.«

»Du weinst ja.«

Er sagt die Worte sanft, während er wegrollt, als ob das der einzige Grund wäre, aufzuhören, als ob das, was mein Körper zeigt, wichtiger wäre als das, was mein Mund sagt. Seine starken, langen Arme legen sich um mich, und er drückt mich an sich, und ich spüre, wie sich die harte, feuchte Spitze seines Schwanzes in meinen Bauch drückt, und das lässt mich noch mehr weinen, weil ich ihn nicht befriedigen kann. Ich will schreien und schreien und schreien, bis ich keine Luft mehr bekomme und nicht mehr sprechen kann und nichts mehr spüre. Er hat aufgehört, und ich bin so wütend auf mich, weil ich einfach. So. kaputt bin.

Er hält mich einfach nur fest und sagt nichts. Nicht dazu, wie schwer es gewesen sein muss, aufzuhören, oder dass er wieder einmal nicht zufrieden war, oder dass seine Frau ihn wieder einmal enttäuscht hat. Er streichelt mein Haar und küsst meine Stirn, während Scham und Wut aus meinen Augen strömen. Ich weiß, dass ich in Sicherheit bin. Das ist das Schlimmste daran. Ich weiß, dass ich es bin, aber mein Körper reagiert immer noch so, als ob ich es nicht wäre, und ich weiß nicht, wie ich das ändern soll.

Endlich versiegen meine Tränen, aber ich kann nicht zu King aufschauen. Das fühlt sich an wie der bisher schlimmste Misserfolg, die Bestätigung meiner schlimmsten Befürchtungen – dass ich keinen Sex haben kann.

»Es tut mir so leid«, flüstere ich schließlich.

King nimmt mein tränenverschmiertes Gesicht in seine Hände und hebt es zu sich. Er küsst meine salzigen Wangen, meine geschwollenen Augen, meine rote Nase. »Nein, es tut mir leid«, sagt er. »Ich hätte es wissen müssen.«

»Was sollen wir tun?«, frage ich und klammere mich mit all meiner Verzweiflung an ihn. Ich habe noch nie jemandem die Dinge erzählt, die ich ihm erzählt habe, meine tiefsten und dunkelsten Geheimnisse. Jetzt treiben uns diese Geheimnisse auseinander, und sie werden weiter zwischen uns wachsen, bis es keinen Weg mehr zurück zueinander gibt. Meine Mutter hatte recht. Es gibt keine Möglichkeit, dass es funktioniert. Ich kann keinen Sex haben, und egal wie verständnisvoll er jetzt ist, eines Tages wird er jemanden treffen, der ihm alles geben kann, ohne etwas zurückzuhalten.

»Wir werden es schaffen«, sagt King. »Das verspreche ich. Wir haben unser ganzes Leben Zeit, es zu versuchen.«

Ich nicke, eine weitere Träne rinnt mir aus den Wimpern. Ich möchte fragen, wie er das versprechen kann, wie er es wissen kann. Wie wir das durchstehen können. Aber es ist meine Bürde, die ich zu tragen habe.

*

Ein paar Tage später kuscheln wir im Bett, als King mir erzählt, dass sie Little Al DeLuca, seinen Partner, der ihn fast umgebracht hätte, immer noch nicht gefunden haben. Ich bin stolz darauf, dass er mir vertraut, dass er mich auch in die geschäftliche Seite seines Lebens einweiht.

»Du wirst ihn finden«, verspreche ich King, lege ein Bein über ihn und kuschle mich näher an ihn. »Und du wirst dafür sorgen, dass er nie die Chance bekommt, aus mir eine Witwe zu machen. Ich weiß, dass du es schaffen wirst. Du hast alles, was es braucht, um zu kämpfen und zu gewinnen.«

»Und was ist das?«, fragt er und legt seinen Arm um meinen Kopf, bevor er mich anlächelt.

»Du bist ein guter Mensch, der seiner Familie gegenüber loyal ist und einen Grund hat, nachts nach Hause zu kommen.«

»Ich glaube, ich fange an zu verstehen«, sagt er und drückt mich an sich. »Ich dachte, die Liebe sei der Feind, aber sie ist nur das, was man daraus macht.«

»Sicher, die Liebe ist gefährlich«, stimme ich zu und drehe meinen Kopf, um seine Schulter zu küssen. »Aber ist es nicht das, was es wert ist?«

»Das muss es sein«, meint King. »Denn ich würde alles für dich riskieren, Eliza. Was immer ich tun muss, um dich zu halten, um dich glücklich zu machen, um dein Mann zu sein, das werde ich tun. Und das ist es so verdammt wert.«

»Ich weiß, dass du sie vermisst, aber vielleicht ist es das, was deine Schwester auch wollte«, sage ich. »Für die

Liebe sterben. Vielleicht war es das für sie wert.«

»Ich wünschte, ich hätte sie retten können«, erwidert er leise und drückt seine Lippen auf meine Stirn.

»Ich weiß«, sage ich. »Aber vielleicht brauchte sie dich nicht. Vielleicht wollte sie das nicht. Du kannst nicht für jeden ein Held sein.«

Er schnaubt. »Ich bin kein Held.«

»Vielleicht nicht«, gebe ich zu. »Aber vielleicht muss ein Held nicht mit einem Umhang auftauchen und alle retten. Vielleicht kann man ein Held sein, indem man einfach auftaucht, indem man für jemanden da ist, wenn jeder andere weggelaufen wäre.«

»Eliza, ich werde dich nie verlassen«, verspricht er und dreht mein Gesicht zu seinem. »Du bist meine Frau.«

»Die Leute verlassen ihre Frauen ständig.«

»Ich gehöre nicht zu diesen Leuten«, betont er. »Wenn ich etwas verspreche, dann meine ich es auch. Erinnerst du dich?«

Ich nicke. »Dann bist du in meinen Augen bereits ein Held.«

»Hey«, sagt er und küsst mich wieder leicht auf die Stirn. »Man muss schon verrückt sein, wenn man das einfach so aufgibt.«

»Und deshalb bist du ein Held«, erwidere ich, drehe mich und drücke meine Lippen auf seine Handfläche. »Du rettest mich jeden Tag ein bisschen, indem du einfach bleibst.«

»Dann mach dich bereit, gerettet zu werden, meine kleine Mafia-Prinzessin«, sagt er und presst seine Lippen auf meine. »Denn du wirst mich nie wieder los.«

»Gut«, entgegne ich. »Irgendwie glaube ich nicht, dass ich jemanden finden könnte, der mich liebt, auch wenn ich nicht liebenswert bin.«

»Du bist nicht nicht liebenswert«, sagt er und zieht sich zurück, um mir in die Augen zu sehen. »Du bist es wert, geliebt zu werden, Eliza Dolce.«

Wenn ich ihn meinen Namen sagen höre, schmilzt mein Herz jedes Mal dahin. Ich habe so hart darum gekämpft, mein altes Leben zu behalten, aber vielleicht habe ich es satt, Eliza Pomponio zu sein, ein Partygirl, das den Klatschspalten zum Fraß vorgeworfen wird. Ich bin bereit, jemand anderes zu sein, jemand Besseres. Mrs. King Dolce. Ich bin mit ganzem Herzen dabei, und ich kann mir nichts Besseres vorstellen, als mich von ihm vereinnahmen, mich besitzen und beherrschen zu lassen, meine wilden Züge zu zähmen und mich zu seiner zu machen.

»Ich weiß«, flüstere ich. »Ich muss es sein, sonst würdest du mich nicht lieben. Du liebst nicht jeden.«

»Ich habe nie jemanden geliebt«, korrigiert er. »Du

bist die Einzige, Eliza. Es gab immer nur dich.«

Ich schaue weg, meine Kehle zieht sich zusammen. »Ich weiß nur nicht, womit ich es verdient habe.«

»Du musst nichts tun, um es zu verdienen«, sagt er. »Du bist schon durch deine Existenz würdig.«

Ich beuge mich vor, um ihn zu küssen, und ziehe mich nicht zurück. Ich fahre mit meinen Händen über seine Brust, seine Bauchmuskeln, seine Oberschenkel. Ich liebe es, dass er so freizügig mit seinem Körper umgeht, dass er mich mit ihm machen lässt, was ich will, als ob es genauso mein Körper wäre wie seiner. Ich liebe es, ihn zu berühren, jeden Zentimeter seiner Haut zu erforschen.

Ich möchte ihm das Gleiche zurückgeben. Eines Tages werde ich es tun. Ich weiß noch nicht, wie, aber ich schwöre, ich werde es schaffen. Ich werde seiner würdig sein. Er mag denken, dass ich es jetzt bin, aber ich werde es mir selbst beweisen, so wie er sich mir gegenüber bewiesen hat. Nach allem, was wir durchgemacht haben, haben wir es beide verdient. Wir verdienen es, alles zu haben, was wir brauchen. Ich muss wertgeschätzt, aber auch gezähmt werden. Und er braucht das Geschenk, das er mir jeden Tag macht, das, was er am meisten begehrt und verdient – mich.

Selena

Achtundzwanzig

King

»Es ist soweit«, sagt Il Diavolo und nickt mir zu, damit ich aus dem Auto aussteige. Wir parken unter einer Brücke, hinter der sich nichts als Lagerhäuser befinden. Der Fluss fließt träge in der anderen Richtung vorbei. Ich steige aus dem Auto, stecke die Schlüssel ein und gehe zu den anderen. Die Nacht ist windig und frisch, und während ich den nur von den Sicherheitsleuchten beleuchteten Parkplatz überquere, scanne ich das Gebäude vor mir nach Lebenszeichen ab.

So leise wie möglich schleichen wir uns zu viert zu einem der dunklen Lagerhäuser. Al hat mir das vielleicht versprochen, aber er geht kein Risiko ein. Ein Kerl, der genug Mumm hat, einen Anschlag auf einen Don zu verüben, muss ausgeschaltet werden – sofort. Wir haben den letzten Monat damit verbracht, diesen Bastard zu suchen, und wir werden ihn nicht noch einmal verlieren.

Wir halten kurz vor dem Lagerhaus, und ich schaue

zu Joey One-Eye, der das Signal gibt, dass zwei von uns vorausgehen sollen, während er draußen wartet, falls wir Little Al aufscheuchen. Il Diavolo geht um die Ecke und bewacht die Hintertür. Ich gehe mit Arthur, einem von Valentis anderen Leuten, hinein.

Jede Chance auf Heimlichkeit schwindet, als wir die Tür verschlossen vorfinden und sie mit einem Brecheisen knacken müssen. Nach dieser kleinen Verzögerung öffnen wir die Tür und spähen in die Dunkelheit. Little Al wird bewaffnet sein, und einer von uns muss den ersten Schritt hinein machen. Da ich der Neue bin, fällt diese Aufgabe mir zu.

Ich bekämpfe den Drang, mich zu bekreuzigen, bevor ich in die Dunkelheit trete. Stille empfängt mich, und ich gebe Arthur mit einer Geste das Okay, hereinzukommen. Er schwingt sein Gewehr in einem Bogen und richtet das montierte Licht auf den höhlenartigen Raum. Um uns herum türmen sich helle Kiefernholzkisten in riesigen Stapeln auf, an den Wänden stehen Regale mit Brettern in der gleichen Farbe.

Ein Sarglager.

Wenn das nicht der perfekte Ort zum Sterben ist, weiß ich nicht, was es ist.

Arthur deutet mit einer Geste an, dass ich nach rechts gehen soll, und er geht nach links. Sein Licht prallt von den bleichen Särgen ab, und Schatten ziehen sich durch den Raum. Ich schleiche mich an einem hohen Stapel körpergroßer Kisten entlang und frage mich, wie wir Little Al an einem Ort wie diesem aus dem Weg räumen sollen. Ich denke an alles, was ich über ihn weiß, an alles, was er mir erzählt hat. Ein Feigling rennt hinten raus. Nur ein verzweifelter Mann oder ein dummer Mann kämpft, wenn er weiß, dass er nicht gewinnen wird.

Little Al hat offensichtlich den Mut, einen Plan gegen das Oberhaupt einer der mächtigsten Verbrecherfamilien in New York zu schmieden. Er ist kein Feigling. Und dumm ist er auch nicht. Aber er ist eingebildet. Nochmals, niemand sonst würde einen solchen Plan aushecken. Was seine Verzweiflung angeht, so schätze ich, dass er mittlerweile verdammt nah am Abgrund steht. Er ist seit einem Monat auf der Flucht, aber er ist nicht weit gekommen. Es muss einen Grund geben, warum er hierbleibt. Entweder ist ihm das Geld ausgegangen, oder er ist wegen jemandem geblieben, der ihm wichtig ist.

Ich schleiche an der Wand entlang und warte auf ein Geräusch, ein Zeichen, dass er hier ist. Vielleicht hat er das Auto kommen sehen und ist rausgeschlichen. Er hat die Lucianis mit Informationen gefüttert, und wenn die Führung dieser Familie nicht den Besitzer gewechselt und sich schnell mit uns verbündet hätte, würde ich glauben, dass sie ihn beschützen. Aber jetzt hat er niemanden mehr auf seiner Seite. Er ist allein, und das ist ein schlechter Ort, wenn man eine kriminelle Organisation verärgert hat.

Plötzlich sehe ich, wie sich ein Schatten bewegt. Ich drehe mich in diese Richtung, den Finger fest am Abzug. Zuerst sehe ich gar nichts. Aber dann sehe ich im Augenwinkel, was das Flackern verursacht hat. Es war kein Mensch. Es war ein Stapel von Särgen.

Ich rufe Arthur eine Warnung zu, aber sie geht in dem gewaltigen Aufprall unter. Särge taumeln und stürzen, prallen aneinander ab und splittern, als sie auf den Betonboden aufschlagen. Das Getöse ist so laut, dass ich Arthur nicht höre, also weiß ich nicht, ob er geschrien hat. Ich weiß nur, dass ich einen dunklen Schatten sehe, der auf eine kleine Tür an der Seite des Gebäudes zustrebt, einen unbewachten Notausgang, der draußen ist. Joey ist am Vordereingang, wo die Arbeiter kommen und gehen, und Il Diavolo ist an der Rückseite, wo die Sendungen ein- und ausgehen.

Wenn nicht gerade einer von ihnen auf dieser Seite herumschleicht, hat Al einen großen Vorsprung. Ich habe Glück, dass ich an der Wand gestanden habe und von den umstürzenden Särgen verschont geblieben bin, aber ich muss über die Trümmer klettern, um die Tür zum Notausgang zu erreichen. Als ich mich hindurchschiebe, sehe ich seine Gestalt, die sich in Richtung Brücke zurückzieht. Ich renne ihm im Eiltempo hinterher.

Er ist fast an den Stützen der Brücke angelangt, als ich sehe, dass er nur noch in den Fluss gehen kann. Ich stelle mir vor, wie er sich in das verschmutzte Wasser stürzt und unter der schmutzigen Oberfläche verschwindet. Ich ziehe kurz an, ziele vorsichtig und schieße, bevor er hinter den Pfeilern der Brücke verschwindet. Ich höre Flüche hinter mir und weiß, dass mindestens einer der Wachmänner ihn rennen sah, und sie sind hinter mir.

Ohne darauf zu warten, dass sie mich einholen und mir Rückendeckung geben, renne ich zu der Stelle, an der ich ihn verschwinden sah. Meine Chancen, ihn zu treffen, sind gering, sobald er im Wasser ist. Er wird aber nicht kampflos untergehen. Wahrscheinlich ist er gerade hinter der Säule und zielt, also weiche ich aus, während ich renne, in der Hoffnung, dass er mich nicht trifft und dass der Mann hinter mir mich gut genug deckt. Staub und Splitt von dem Beton, der zum Fluss hin abfällt, wehen mir ins Gesicht, aber ich blinzle sie weg und ignoriere das Brennen in meinen Augen.

Als ich fast an den Stützen bin, höre ich einen Knall, und die Kugel kommt meiner Wange so nahe, dass ich schwöre, ich kann die Luft spüren. Aber ich stehe noch, also gehe ich weiter. Ich könnte mich zurückziehen, zielen und warten, bis er um sein Versteck herumspäht. Stattdessen gebe ich Vollgas und stoße mich so stark wie möglich ab, bis meine Oberschenkel brennen und meine Füße auf den Bürgersteig knallen. Ich werde nicht langsamer, als ich das massive Gebäude erreiche. Ich fliege drum herum und stoße mit Little Al so hart zusammen, dass er durch die Luft fliegt. Gemeinsam schlagen wir mit knochensplitternder Wucht auf dem Boden auf.

Zu meinem Glück ist Al am Boden und bekommt die ganze Wucht ab. Er stöhnt, flucht und keucht, als er versucht, mich mit seiner Waffe zu treffen. Bevor er sich erholen oder Luft in seine Lungen bekommen kann, packe ich sein Handgelenk und drehe es. Er heult auf, die Waffe rutscht aus seinem Griff, während seine Knochen brechen. Während ich noch sein rechtes Handgelenk festhalte, verpasst er mir einen vernichtenden linken Haken gegen den Kiefer. Ich werde nach hinten geschleudert, und er rappelt sich auf, aber ich bin genauso schnell. Ich springe auf die Beine und richte meine Waffe auf ihn.

»Keine Bewegung, verdammt«, warne ich, bevor er einen Schritt auf seine Waffe zugehen kann. Er ist schmutzig, seine Kleidung zerlumpt, sein Haar ungekämmt und fettig, ein Bart verdunkelt sein Kinn. Ich schätze, es gibt wohl doch niemanden hier in der Stadt, der ihm etwas bedeutet.

»Ich hätte wissen müssen, dass sie dich allein schicken«, knurrt er angewidert. »Sie scheren sich nicht um dich, King. Du bist für sie entbehrlich.«

»Hast du deshalb versucht, mich loszuwerden?«, belle ich. »Immerhin bist du der Wichser, der mich in einen Hinterhalt geschickt hat.«

»Sei nicht so beleidigt«, sagt er. »Es war nichts Persönliches. Ich wusste nicht einmal, dass du hingehen würdest, als ich Luciani den Tipp gab.«

»Aber du hast mich ganz sicher nicht davon abgehalten«, erinnere ich ihn. »Wenn ich mich recht entsinne, hieltest du es sogar für eine großartige Idee, dass ich gehe. Ich dachte, du wärst nur ein Arschloch, weil du wusstest, dass ich Elizas Vater begegnen würde, aber das war es nicht, oder? Du wolltest mich und Al auf einen Schlag loswerden. Du bist ein kranker Mistkerl, weißt du das?«

»Mach mal halblang«, sagt Little Al. »Du bist ein Nichts, King. Nur ein wertloser kleiner Soldat. Ich hatte vielleicht ein bisschen Spaß mit dir, aber du warst nie ein Teil der Gleichung.«

»Ja, du hättest besser kalkulieren müssen«, erwidere ich. »Denn ich bin der Grund, dass Al überlebt hat.«

»Und ich wette, dafür lutscht er dir den Schwanz und

küsst deinen Arsch«, meint der Enkel des Mannes angewidert. »Du bist erst seit ein paar Monaten dabei, und er mag dich wahrscheinlich schon lieber. Ich mache das schon mein ganzes verdammtes Leben, und ich bin immer noch ein mickriger kleiner Soldat, in seinen Augen nicht besser als ein Anfänger, der wie ein verwöhnter Prinz aufgewachsen ist und kaum einen Tag über achtzehn mit einem Lutscher im Mund aufgetaucht ist, weil er dachte, er würde meinen Platz einnehmen. Du hast noch nie einen Mann getötet, du verdammtes Weichei.«

»Ich wollte nie deinen Platz«, sage ich. »Und ich beneide dich zum Teufel nochmal auch nicht.«

Wir starren uns eine Minute lang an. Und vielleicht hat er recht, denn ich hoffe, dass Il Diavolo auftaucht und ihm eine Kugel in den Kopf jagt, um ihn von seinem Elend zu erlösen, damit ich es nicht tun muss.

»Er hat meine Talente verschwendet«, meint Little Al schließlich. »Ich hätte etwas Großes werden können. Ich hätte eine Legende sein können. Stattdessen war ich dein verdammter Babysitter.«

»Vielleicht hat er dir nicht getraut«, erwidere ich. »Kannst du es ihm verübeln?«

»Ich bin sein verdammter Enkel!« Little Al wirft die Hände hoch und heult dann vor Schmerz auf, als er an seine gebrochenen Knochen erinnert wird. »Er hat mich nie respektiert, hat mir nie zugehört«, schimpft er. »Ich hatte großartige Ideen, aber er hat mich jedes Mal übergangen. Ich bin sein Nachfolger, aber er hat mir nichts beigebracht. Ich bin dreiundzwanzig Jahre alt und mache immer noch denselben Scheißjob wie damals, als ich angefangen habe.«

»Vielleicht hat er gemerkt, dass du ein hinterhältiger Mistkerl bist, und er hätte dir niemals den Vortritt gelassen. Al ist ein kluger Mann. Er wusste wahrscheinlich, dass du ein Feigling bist.«

»Ich bin kein verdammter Feigling«, knurrt Little Al, dessen Augen im fahlen Licht, das sich auf dem Wasser spiegelt, wild aussehen. »Wenn ich einer wäre, hätte ich nicht alles riskiert, um ihn aus dem Weg zu räumen.«

»Du hast versucht, deinen eigenen Großvater zu töten, weil du nicht befördert wurdest?«, frage ich und kann kaum glauben, dass jemand so klein sein kann.

»Weil ich nie die verdammte Beförderung bekommen werde, die ich verdiene«, tobt er. »Al wird in nächster Zeit bestimmt nicht abtreten. Der Typ ist über fünfzig und immer noch gut drauf. Wenn ihn niemand ausschalten würde, gäbe es ihn noch zwanzig Jahre. Sollte ich etwa warten, bis ich fast fünfzig bin, bevor ich den Laden übernehme? Das ist mein rechtmäßiger Platz! Er hatte seinen Platz. Jetzt bin ich dran!«

»Das glaube ich nicht.«

»Du kannst mich nicht töten«, sagt er und seine Augen werden noch wilder als sie es ohnehin schon sind. »Ich habe eine Frau, ein Kind! Lass mich gehen, King. Was geht dich das an? Hier, nimm meine Sachen. Bring Al meine Uhr und sag ihm, dass du mich getötet hast.« Er zieht seine Uhr ab und wirft sie mir vor die Füße, dann zieht er alles aus, was er kann, und wirft seine Brieftasche und seine Schuhe mit hinunter.

»Du weißt, dass es so nicht funktioniert«, erwidere ich, aber ich überlege es mir. Was würde es schaden, wenn ich ihm alles abnehme, was er besitzt, alles, was ihn auszeichnet, und ihn laufen lasse? Ich könnte Onkel Al sagen, dass ich seine Leiche in den Fluss geworfen habe.

Ich denke an meine Schwester, die im Fluss versinkt. Was wäre, wenn sie in dieser Nacht nicht gestorben wäre?

Aber natürlich ist sie das. Genau wie Little Al heute Nacht sterben muss.

»Was macht es schon, wenn du mich gehen lässt?« drängt er. »Ich war dein Partner, King. Ich habe das Richtige für dich getan. Du denkst, du kommst als Held zurück, wenn du mich tötest, aber sieh nur zu. Du wirst nie aufsteigen. Du wirst für immer ganz unten bleiben. Er kümmert sich nicht um dich. Er kümmert sich um niemanden außer um sich selbst, der egoistische alte

Bastard.«

»Und was ist mit dir?«, frage ich. »Deshalb dachtest du, es wäre lustig, mich in eine Todesfalle zu schicken, die du selbst aufgestellt hast?«

»Ich habe doch gesagt, dass ich gar nicht an dich gedacht habe«, sagt er. »Es ging nicht um dich!«

»Du hast recht«, erwidere ich und spanne den Abzug. »Es ging nicht um mich, aber es war dir egal, ob ich sterbe, ob ich *meine* Frau zur Witwe mache. Für dich war das alles nur ein grausamer Scherz, mich zu Al zu drängen, weil du es nicht ertragen konntest, dass er dir einen Anfänger aufgehalst hat.«

»Nicht schießen«, sagt er und hält beide Hände hoch. »Ich bin unbewaffnet, Mann. Du willst das nicht tun. Ich bitte dich. Ich werde verschwinden, und niemand wird je erfahren, dass du es nicht getan hast.«

»Ich werde es wissen«, sage ich leise. Ich werde es wissen, und ich werde nie ruhig schlafen können, wenn ich weiß, dass er da draußen ist, dass er auftauchen und einen weiteren Anschlag auf mich verüben könnte, damit ich es niemandem erzählen kann.

Ich denke an Little Al, der mir sagte: »Werde hart oder du wirst verarscht«. Ich denke an Eliza, die mir sagt, dass ich es schaffen kann. An meine Schwester, die auf dem Grund des Ozeans in Frieden mit ihrem Freund schläft, den sie so sehr liebte, dass sie für ihn starb. Little Al kann auch ruhig schlafen, aber er hat noch nie jemanden so geliebt, dass er für ihn gestorben wäre. Er wird jetzt seine Frau und sein Kind erwähnen, aber er hat nicht an sie gedacht, als er alles riskiert hat. Onkel Al hat mir bei unseren wenigen Begegnungen mehr Freundlichkeit entgegengebracht, als dieser Scheißkerl es je getan hat. Er ist derjenige, der sich nur um sich selbst kümmert.

Ich sorge mich um jemand anderen. Jemand, zu dem ich nach Hause kommen muss, weil sie warten und sich Sorgen machen wird und sich fragt, ob ich heute Abend nicht nach Hause komme. Sie hat schon so viel durchgemacht, ihren Bruder, ihre Mutter und ihre Kindheit verloren. Sie braucht nicht auch noch ihren Mann zu verlieren. Ich habe ihr versprochen, dass ich nie weggehen werde. Ich habe vor, dieses Versprechen zu halten.

Ich würde für sie sterben, wenn es das wäre, was sie bräuchte. Aber das tut sie nicht. Sie braucht mich, um für sie zu töten.

Ich wusste immer, dass dieser Moment kommen würde. Noch bevor ich den Eid der Omertà ablegte, wusste ich, dass ich eines Tages hier sein würde. Dass Onkel Al mich bitten würde, jemanden zu töten, wenn es nicht in einem Moment der Leidenschaft und des Instinkts war, jemanden aus unserer eigenen Familie. Ein kaltblütiger Mord. Ich muss es tun oder den Platz des Ziels einnehmen. Wenn ich einen Verräter nicht töten kann, dann bin ich ein Verräter. Wenn ich nicht in der Lage bin, einen Mann zu töten, bin ich selbst ein toter Mann.

Little Al hat seine Wahl getroffen. Ich muss meine treffen. Ich muss beweisen, dass ich des Lebens, des Vertrauens von Onkel Al und der schönen, gebrochenen Frau, die sie mir gegeben haben, würdig bin.

Für sie.

Ich drücke den Abzug. Little Al fällt auf die Knie, seine Augen sind weit aufgerissen, als könne er nicht glauben, dass ich den Mut hatte, ihn zu erschießen. Er umklammert seine Brust, sein verwirrter Blick findet den meinen. Der Mond hinter mir spiegelt sich in seinen Augen, und ich bin dankbar für das, was er verbirgt.

»Du hast auf mich geschossen«, haucht er ungläubig.

»Du wusstest, was du tust«, sage ich, meine Stimme ist hart und so leer wie meine Brust. »Du hast dich entschieden, der Familie den Rücken zu kehren. Du weißt, dass es so sein muss.«

Ich drücke noch einmal ab, und er fällt nach vorne auf seine Hände, bevor er auf dem schmutzigen Pflaster zusammenbricht. Ich bin erleichtert, dass ich seine Augen nicht sehen muss. Aber ich beuge mich vor und streiche mit einer Hand über seine Augen, um sie zu schließen. Das ist das Mindeste, was ich tun kann. Ich habe Little Al nicht gehasst. Mir wäre es lieber, es wäre anders geendet. Aber so ist es nun mal.

Ich drehe mich um und gehe die Böschung hinauf, ohne seinen Körper zu berühren. Als ich den Pfeiler erreiche, hinter dem er sich versteckt hat, tritt eine Gestalt aus dem Schatten. Ich schieße fast, bevor ich die hünenhafte Gestalt von Il Diavolo erkenne.

»Ich nehme alles zurück«, sagt er. »Schätze, du hattest es doch in dir.«

»Du warst die ganze Zeit da?«, frage ich. »Danke für die verdammte Unterstützung.«

»Nach deinem kleinen Wutanfall wegen des Luciani-Mädchens hätte ich nicht gedacht, dass du das durchziehen kannst«, meint er. »Du bist weich, Junge. In diesem Geschäft ist kein Platz für so etwas. Fressen oder gefressen werden.«

»Spar dir den Vortrag«, sage ich. »Ich habe meinen Job gemacht. Was war deiner? Dabeistehen und zusehen, wie er mich umbringt, wenn es darauf ankommt?«

»Meine Aufgabe war es, dafür zu sorgen, dass *du* deine Arbeit erledigst«, erwidert er. »Und ihn zu töten, wenn du nicht den Mut dazu hast. Das war ein Test, falls du es noch nicht gemerkt hast. Big Al will wissen, was in dir steckt.

Wahrscheinlich wollte er auch wissen, wo deine Loyalität liegt. Wenn so eine Scheiße passiert, Familie tötet Familie, muss man jeden in seinem inneren Kreis genau unter die Lupe nehmen.«

Das wundert mich nicht. Ich wusste, dass er sichergehen wollte, dass ich nicht durch Little Als Verrat befleckt wurde. Aber so ist es nun mal. Ich kann nicht beleidigt sein. Ich verstehe schon.

Auf dem Heimweg wiederhole ich die Worte von Il Diavolo in meinem Kopf.

Er sagte, jeder in Onkel Als innerem Kreis. Er schloss mich da mit ein.

Als ich diesen Job antrat, wollte ich die Art von Mann sein, die Al Valenti gutheißt, hart genug, um das Leben zu überleben. So verdreht es auch ist, mit dem Mord an seinem Enkel habe ich bewiesen, dass ich das bin. Nicht nur ihm gegenüber, sondern auch gegenüber mir selbst. Ich weiß nicht, ob ich ein besserer Mann geworden bin, aber ich weiß, dass ich ein stärkerer Mann bin. Ich weiß, dass ich es schaffen werde. In den letzten sechs Monaten habe ich mich von einem Jungen, der sich für einen Mann hielt, zu einem echten Mann entwickelt. Eliza hat mich von einem eingebildeten High-School-Jungen, der dachte, er sei all das, weil die Mädchen ihn ficken wollten, zu einem echten Liebhaber gemacht. Und die Mafia hat mich von einem verängstigten Jungen, der sich fragte, ob er den Abzug betätigen könnte, zu einem Mann gemacht, der in Notwehr, aus Rache und als Bezahlung Leben genommen hat.

Einmal habe ich mir gesagt, dass ich die Tür zu meinem alten Leben schließe und in ein neues trete. Ich wusste nicht, wie wahr das war. Jetzt weiß ich es. Ich kann nie wieder in mein altes Leben zurückkehren. Ich würde nicht hineinpassen. Ich bin das geworden, was ich immer sein sollte. Nicht nur ein Mitglied der Mafia, sondern einer, der es wert ist, zu Als innerem Kreis zu gehören. Einer, der tut, was ein Mann in diesem Geschäft tun muss.

Was ich zu Little Al gesagt habe, ist allerdings wahr. Ich will nicht der Erbe dieses Imperiums sein. Aber ich will unentbehrlich sein, und vielleicht habe ich gerade bewiesen, dass ich es bin. Ich werde vielleicht nie ein Don sein, aber vielleicht kann ich eines Tages der Consigliere eines solchen sein. Ich mag ohne Erfahrung zu ihnen gekommen sein, aber ich habe mich ihnen gegenüber bewährt, meine Loyalität, meinen Schutz und meine Stärke bewiesen. Schließlich ist das jetzt meine Familie, und niemand legt sich mit meiner Familie an.

Hier gehöre ich hin. Und was ich heute Abend getan habe, zeigt, welche Rolle ich in dieser Familie spiele.

Und das Beste ist die kleine Zweierfamilie, die ich mit

Eliza zu Hause gegründet habe. Das ist jetzt mein Grund, der einzige, den ich brauche. Ich werde meine Brüder immer lieben, ich werde meine Schwester immer vermissen und den Namen Valenti schützen, aber Eliza ist das, wofür ich lebe. Ich kann endlich die Fehler meiner Vergangenheit hinter mir lassen und einer Zukunft entgegensehen, die vielversprechender ist, als ich es mir je vorstellen konnte. Ich habe die Art von Leben, auf die ich nie zu hoffen wagte. Ich habe eine Frau, die ich liebe, und einen Job, der meinen Wert anerkennt, und eine Familie, die stolz auf mich ist. Und ich bin noch einen Tag am Leben. Das ist alles, was ich mir wünschen kann.

Früher dachte ich, eine Familie sei eine Belastung, aber jetzt sehe ich sie als das, was sie bietet, in ihrer ganzen Komplexität. Ja, sie ist eine Belastung, und sie macht mich verletzlich. Sie gibt mir aber auch die Kraft, das zu tun, was ich tun muss, und sorgt dafür, dass ich trotz der monströsen Taten, die der Job manchmal erfordert, nicht verliere, wer ich bin. Als ich anfing, für die Valentis zu arbeiten, dachte ich, es sei einfacher, nichts zu fühlen, als Schmerz zu empfinden, also tat ich genau das. In gewisser Weise stimmt das auch. Es ist einfacher. Aber manchmal ist es das wert, den Schmerz zu fühlen, nur um alles andere zu spüren, was damit einhergeht. Schließlich ist ein Mann ohne Gefühle nichts weiter als ein Monster im Anzug.

Meine Schwester sagte einmal, ich würde die Liebe anders sehen, wenn ich sie spüren würde. Jetzt weiß ich, dass sie recht hatte. Wenn ich irgendetwas aus der Liebe zu Eliza gelernt habe, dann, dass Liebe hart und manchmal schmerzhaft ist, aber sie macht alles wert. Selbst ein einziger Tag mit ihr ist es wert, alles zu riskieren. Ich hoffe, Crystal konnte das spüren, bevor sie starb. Ich hoffe, es war es ihr wert.

Ich weiß, dass sie es für mich ist. Eliza half mir, das zu erkennen. Sie hat mir geholfen, loszulassen, die Kontrolle aufzugeben und im Moment zu leben, in dem Wissen, dass der nächste Moment nicht garantiert ist. Dies ist der einzige Moment, der uns gegeben ist, der einzige Moment, in dem ich meiner Frau sagen kann, dass ich sie liebe, in dem ich ihr *zeigen* kann, dass ich sie liebe. Anstatt mich zurückzuhalten und egoistisch zu sein, werde ich sie von ganzem Herzen lieben, für jeden Moment, der uns gegeben ist, und dankbar sein, dass sie mich auch liebt. Das ist etwas, wofür es sich zu sterben lohnt.

Neunundzwanzig

King

Jeden Abend nach dem Essen räumen wir gemeinsam auf. Irgendetwas an diesem einfachen Akt macht den Platz hinter meinem Brustbein, der sich früher mit kaltem Schneematsch füllte, so warm, dass er schmerzt. Ich weiß, dass jeder dieser Momente, so schön er auch sein mag, vergänglich ist. Nicht nur flüchtig, sondern auch nummeriert. Eines Tages wird meine Zeit um sein. Bis dahin genieße ich jeden Augenblick, auch wenn mir die Süße in den Zähnen wehtut.

Eine Woche, nachdem sie nach Hause gekommen ist, bringe ich ihr eine Broschüre für ein örtliches College mit und schiebe sie ihr über den Couchtisch, als wir nach dem Abendessen und dem Aufräumen ein Glas Wein trinken.

»Was ist das?«, fragt sie.

»Ich dachte, du könntest dir die angebotenen Kurse ansehen und dich vielleicht für ein paar anmelden.«

»Du willst, dass ich aufs College gehe?«, will sie wissen

und hebt es auf.

»Wenn du es willst«, sage ich. »Ich dachte nur, dass es dir helfen könnte, dich weniger gefangen zu fühlen, dir etwas Freiheit zu geben, wie du es wolltest.«

»Oh, King«, sagt sie und schenkt mir ein gequältes Lächeln. »Ich fühle mich nicht mehr so.«

»Trotzdem«, erwidere ich. »Wenn du dein eigenes Geld hättest … Selbst wenn du nicht arbeiten willst, hättest du die Fähigkeiten, dir einen Job zu suchen, falls und wenn du einen willst. Für den Fall, dass …«

»Für den Fall, dass du getötet wirst«, meint sie, und die Erkenntnis dämmert in ihrem Gesicht.

Ich nicke. Ich habe versprochen, mich um sie zu kümmern und nicht zuzulassen, dass sie einen Mann mit einem Job wie meinem liebt. Dafür ist es zu spät, aber wenigstens kann ich dafür sorgen, dass sie versorgt ist, wenn etwas passiert.

Ich dachte immer, sie als Witwe zurückzulassen wäre das Schlimmste, was ich tun könnte, aber jetzt weiß ich es besser. Sie wie ein Geschäft zu behandeln, ist schlimmer. Sie nicht zu lieben und ihr zu zeigen, wie sehr ich sie als meine Frau schätze, ist schlimmer. Wie ein gieriger Drache habe ich mein eigenes Herz wie einen Schatz behandelt, den ich horten und vor ihr verstecken wollte. Aber sie war zu schlau. Sie hat sich hereingeschlichen und es gestohlen, als ich nicht hinsah. Dafür bin ich ihr einfach nur dankbar. Sie hat mir die Augen geöffnet, mich stärker gemacht, stark genug, um keine Angst zu haben, wieder zu verletzen. Stark genug, um keine Angst vor der Liebe zu haben.

Ich habe mir geschworen, sie niemals zu lieben oder mich von ihr lieben zu lassen, weil ich solche Angst hatte, sie zu verletzen. Das kann passieren, aber ich kann nicht zulassen, dass mich das davon abhält, hier und jetzt zu leben. Es bringt mich nur dazu, jeden Tag mit ihr als etwas Heiliges zu betrachten. *Sie* ist der Schatz. Jeden Tag kann ich ihr das aufs Neue zeigen. Ich werde sie so sehr lieben, mit allem was ich habe, als wäre dieser Tag mein letzter. Eines Tages wird es so sein.

Als wir eines Abends ins Bett gleiten, rollt Eliza auf mich zu, verschränkt ihre glatten Beine mit meinen und reibt meine Wade mit ihren weichen Zehen. »Wollen wir es noch einmal versuchen?«, fragt sie.

»Wirklich?«, hakte ich nach und ziehe mich zurück, um ihr Gesicht zu betrachten. Mein Schwanz pocht gegen ihren nackten Bauch, nur meine Boxershorts und ihre Unterwäsche trennen uns davon, Haut an Haut zu sein.

»Ja«, bestätigt sie und drückt ihren weichen kleinen Körper an meinen. »Dachtest du, ich wäre für immer fertig damit?«

»Du hast geweint«, erinnere ich sie.

»Ich weiß«, sagt sie. »Es war nicht mein bester Moment. Aber gib mich nicht auf, okay? Ich arbeite daran, und ich hatte gehofft, du würdest mit mir daran arbeiten.«

»Natürlich.« Ich hatte damit gerechnet, dass sie noch lange brauchen würde, um es noch einmal zu versuchen, und ich war darauf vorbereitet. Das heißt aber nicht, dass ich es nicht will. Sie ist in jeder Hinsicht verdammt schön, nicht nur körperlich. Das ist mehr als frustrierend. Es ist quälend. Es ist nicht das Warten. Damit kann ich umgehen, so schwer es auch sein mag. Es ist nicht der Gedanke an ihre Bedürfnisse, ihr Vergnügen. Das kann nur gut für uns beide sein.

Hier im Schlafzimmer muss ich allerdings derjenige sein, der das Sagen hat. Es kostet mich alles, ihr die Kontrolle zu überlassen, sie das Tempo bestimmen zu lassen und die Bremse zu ziehen, wenn es nötig ist, derjenige zu sein, der das Sagen hat und die Regeln macht. Ich sage mir immer wieder, dass ich dadurch später ein besserer Liebhaber für sie sein werde, und das ist es wert. Aber verdammt, es ist das Schwerste, was ich je getan habe.

Wir küssen uns so lange, dass mir vor Sehnsucht nach ihr schwindelig wird und sich mir der Kopf dreht wird, als sie zwischen uns greift, meine Boxershorts herunterschiebt und meinen Schwanz in ihre warme kleine

Hand nimmt. Ich drehe mich auf den Rücken und ziehe sie auf mich, damit ich sie beobachten kann. Wenn ich sie schon nicht in die Matratze hämmern kann, dann kann ich wenigstens zusehen, wie sie sich rittlings auf meine Hüften setzt. Sie krabbelt das Bett hinunter, schiebt die Decken beiseite und senkt ihren Kopf, lächelt zu mir hoch, bevor sie ihre Lippen öffnet, um meinen Schwanz zu nehmen. Ich stoße in ihren Mund und verkralle meine Hände im Laken, während sie tief in mich hinabgleitet und mich ihre beanspruchte Kehle spüren lässt.

Nach einer Minute, als ich vor Anstrengung zittere, wirft sie ihr Haar zurück, kniet sich hin und grinst mich an, während sie ihre Daumen in ihr Höschen steckt. Ich kann die Form ihrer Muschi durch den dünnen Stoff sehen. Mein Schwanz zuckt gegen ihre Schenkel und glänzt von ihrem Speichel, als sie ihr Höschen herunterzieht und mich sehen lässt, was ich nicht anfassen darf. Mit einem Stöhnen greife ich nach ihren Schenkeln und ziehe sie hoch, um mich zu satteln. Sie sinkt auf mich und keucht, als wir Kontakt haben. Ihre Augen weiten sich, und sie verkrampft sich.

»Du bist in Sicherheit«, erinnere ich sie und massiere sanft ihre Schenkel. »Ich werde keinen Muskel bewegen, bis du bereit bist. Tu, was du brauchst, *Carina*. Ich gehöre dir.«

Sie nickt, atmet tief durch und lässt sich auf mich sinken, ohne dass ich in ihr bin. »Danke«, haucht sie.

Langsam beginnt sie, sich an meinem Schaft zu reiben und mich zu reiten, bis sie genauso feucht ist wie ich. Ich liebe es, ihre Bewegungen zu beobachten, das sinnliche Rollen ihrer Hüften, das Schwingen ihrer Titten, wenn sie sich hebt und senkt, das kleine Stirnrunzeln zwischen ihren Brauen, die Art, wie sie sich auf die pralle Unterlippe beißt, wenn ihr heiß wird. Das alles ist es wert, wenn sich unsere Blicke treffen und sie lächelt.

»Ist das in Ordnung?«, fragt sie.

»So verdammt gut«, bestätige ich, meine Stimme heiser vor Verlangen.

»Ich bin bereit«, sagt sie.

Ich hebe ihre Hüften und stütze ihr Gewicht. »Steck ihn rein.«

Sie schluckt, bevor sie nach meinem Schwanz greift und ihn zu ihrem Eingang führt. Sie beißt sich auf die Lippe, während ich gegen ihre Öffnung drücke. Endlich dringe ich in sie ein und stöhne bei dem Gefühl, dass ihre glitschige Muschi meinen nackten Schwanz umschließt. Sie keucht und verkrampft sich für eine Minute. Ich warte, bis sie sich angepasst hat, und versuche, mich nicht zu bewegen, obwohl mein Schwanz in ihr schmerzt, während er gegen ihre Wände drückt. Sie ist so eng, dass es fast wehtut. Als sie bereit ist, dringt sie ein wenig tiefer ein und keucht dabei.

Ich erinnere mich an das letzte Mal und daran, dass sie mir nicht sagte, dass sie aufgebracht war, dass sie genug hatte, bis sie zu viel hatte.

Ich umfasse sanft ihre Hüften, mein Blick trifft den ihren. »Sprich mit mir, Baby«, schaffe ich es zu sprechen. »Lass mich rein. Was geht in deinem komplizierten Kopf vor?«

Sie scheint sich ein wenig zu entspannen und wendet ihre Aufmerksamkeit von ihrer entschlossenen Anstrengung ab. »Mir geht es gut«, sagt sie.

»Sag mir, wie es sich anfühlt«, bitte ich, meine Stimme ist tief und rau. Es bringt mich um, mich zurückzuhalten, aber ich würde es um nichts in der Welt ändern wollen. Nicht, wenn ich jeden Zentimeter ihres spektakulären, sexy Körpers sehen kann, der langsam auf meinem Schwanz aufgespießt wird.

»Verdammt großartig«, erwidert sie, und dann lacht sie ein wenig, und ich kann nicht anders, als auch zu lächeln. Nicht nur, weil ich ein Mann bin und ein Mann diese Worte nie zu oft hören kann. Sondern weil, wenn sie lachen kann, es vielleicht dieses Mal okay ist. Vielleicht weiß sie, dass sie in Sicherheit ist, dass sie jederzeit aufhören kann, dass ich sie nie zu mehr drängen würde, als sie bereit und mehr als willens ist zu geben.

»Fühlt es sich gut an?«, frage ich. Ich weiß, dass das nicht alles ist. Manchmal flippt sie mehr aus, wenn es sich gut anfühlt, als wenn es sich nicht gut anfühlt.

»Ja«, flüstert sie. »Es fühlt sich gut an.«

»Du fühlst dich auch gut an«, sage ich ihr. »So verdammt gut.«

Dieses Mal schafft sie es, bis ich wieder ganz drin bin, so fest in ihrer Muschi, dass ich schreien möchte. Stattdessen sehe ich Panik in ihren Augen flackern, also setze ich mich auf und schlinge meine Arme um sie. Ich wiege sie sanft, damit sie sich nicht in meiner Umarmung gefangen fühlt.

»Ich werde dir nicht wehtun«, verspreche ich und streiche ihr sanft das Haar von der Schläfe zurück. »Es gibt nur dich und mich, El. Du bist in Sicherheit, und ich liebe dich.«

Sie hält still, macht nicht weiter, zieht sich aber auch nicht zurück. Wir sitzen eine gefühlte Ewigkeit da, während ich auf sie einrede und versuche, das Richtige zu sagen, das Richtige zu tun, das zu sein, was sie braucht. Schließlich nickt sie, legt ihre Arme um meine Schultern und bewegt sich ein wenig. Ich halte ihre Hüften sanft, damit sie sich zurückziehen kann, wenn sie es braucht, und ich helfe ihr, sich zu bewegen, mit langsamen und sanften

Bewegungen. Wenn sie schwer atmet, lockere ich meinen Griff und lasse sie in ihrem eigenen Tempo auf mir reiten, ihren eigenen Rhythmus wählen.

Eliza bewegt sich schneller und härter, als ich erwartet habe. Ihre nackte Pussy umklammert mich wie ein Schraubstock, als sie sich auf mich stürzt. Das Gefühl ihrer glitschigen, heißen Wände um mich herum lässt mich fast explodieren. Ich streichle ihre Titten und fühle ihre Nippel, während sie mich reitet. Als sie fertig ist, wirft sie ihren Kopf zurück, lässt ihr langes schwarzes Haar über ihren Rücken fallen und ein Schauer durchfährt ihren Körper, als sie seufzt. Dieser eine leise, lange, gehauchte Seufzer ist das befriedigendste Geräusch, das ich je gehört habe.

Ihre Wände umschließen mich, und ich kann nicht anders, als zu stöhnen, wie wahnsinnig hart sie meinen Schwanz zusammenpresst. Ich sehe zu, wie sie kommt, wie sie sich löst, und es ist der schönste Anblick, den ich je gesehen habe. Ich möchte ihr zusehen und mir keine Gedanken darüber machen, wie ich komme, aber ich kann mich nicht zurückhalten. Der Anblick meiner schönen nackten Frau, die sich in purer Glückseligkeit verliert, treibt mich zum Äußersten.

»Ich bin dran«, knurre ich. Ich lege meinen Arm um ihre Taille, drehe uns um und ziehe mich zurück, bevor ich meinen Schwanz tief in sie stoße.

Sie schreit auf, aber bevor ich mir Sorgen machen kann, dass ich zu grob gewesen bin, packt sie mich an den Schultern und stößt zwei Worte aus. »Nimm. Mich.«

»Was?«

»Fick mich, wie du willst«, sagt sie, ihre Stimme haucht und drängt. »Ich gehöre dir, King.«

»Du gibst dich mir hin?«

»Ja«, stöhnt sie. »Mach mit mir, was du willst. Ich gehöre dir. Nimm mich jetzt.«

Das ist es, ihre letzte Kapitulation, ihr Eingeständnis von Vertrauen. Sie unterwirft sich mir, gibt die Kontrolle ab, gibt mir, was ich mehr als alles andere brauche, was sie mir so lange vorenthalten hat. Meine Bestrafung ist vorbei. Meine Buße ist getan. Ich habe mir ihre Unterwerfung verdient, ich habe mir das Recht verdient, diesen Schatz zu besitzen und ihn mir zu eigen zu machen.

Ich stoße erneut in sie hinein und schiebe meinen Schwanz bis zum Anschlag in ihre pulsierende Pussy. Sie spreizt ihre Schenkel weit und unterwirft sich diesmal eifrig meiner Forderung, wölbt ihren Rücken und hebt ihre Hüften, damit ich tiefer eindringen kann. Ich stoße so fest ich kann in ihren Körper und hämmere sie in die Matratze, bis sie wieder loslässt. Als sich ihre Muschi eng um mich schlingt und sie ihre zweite Erlösung findet, lasse auch ich mich gehen. Ich versenke meinen Schwanz in ihrem Inneren und stoße in sie hinein, als ich mit allem, was ich seit Monaten zurückgehalten habe, explodiere. Sie schreit meinen Namen, als mein heißes Sperma in sie spritzt.

Gemeinsam sind wir verloren. Verloren für alles außer dem, was wirklich zählt. Dieser Moment, genau hier, genau jetzt, und die längst überfällige Freude, die wir aneinander finden. Verloren an alles außer einander, zwei gebrochene Seelen, die dachten, sie würden niemals Liebe finden, sie niemals verdienen.

Unsere Körper verschmelzen in Glückseligkeit, als hätten sich unsere Seelen endlich perfekt aufeinander abgestimmt und zu einer Liebe verschmolzen. Sie ist für mich gemacht, und ich bin für sie gemacht, fülle sie bis an ihre Grenzen aus. In diesem Moment weiß ich, dass ich nicht mehr zu retten bin, dass es keine Hoffnung mehr gibt, der Liebe zu widerstehen, von der ich dachte, ich könnte sie verleugnen. Ich liebe ihre Schönheit, ihre Zartheit, sogar ihre Gebrochenheit. Aber ich liebe auch ihre Stärke, ihren intriganten Verstand, ihre scharfe Zunge. Ich liebe, dass sie mir ebenbürtig ist, dass ich mich in sie verliebt habe, ohne es zu merken. Dass sie mich herausfordert und mich so sehr wachsen lässt, dass es wehtut. Und Gott, ich liebe es, sie zu ficken. Ich gebe ihr alles, was ich habe, nicht nur meinen Körper, sondern meine Seele, mein Herz, mein Leben. Sie ist alles, was zählt.

Wir sind alles, was zählt.

Das hier.

Wir.

Für immer.

Epilog

Ein Jahr später

Eliza

»Ich habe eine Überraschung für dich«, sage ich und ergreife Kings Hand, sobald er zur Tür hereinkommt. Ich ziehe ihn ins Wohnzimmer, bevor er fragen kann.

Er sieht sich um und lächelt. »Es sieht toll aus«, sagt er. »Hast du geputzt?«

»Das war das Dienstmädchen«, erwidere ich und verdrehe die Augen. »Jetzt komm her. Ich habe etwas für dich.«

»Du hast mir heute schon ein Bild geschickt«, sagt er mit einem frechen Schimmer in den Augen. Obwohl King seine Augen jederzeit an mir weiden und sich mit meinem Körper statt mit seiner Hand befriedigen kann, mag er es, wenn ich ihm schlüpfrige Bilder schicke, also sende ich ihm ab und zu eine Überraschungs-SMS.

Ich reiche ihm eine kleine, verpackte Schachtel. »Bevor du es öffnest, möchte ich dir nur sagen … Danke.

Dafür, dass du so viel Geduld mit mir hattest und mit mir durch meine Therapie und meine Rückfälle gegangen bist, und … einfach danke. Für alles. Ich möchte sagen, dass ich es nicht verdiene, aber das darf ich nicht mehr sagen.«

»Das ist richtig«, sagt er und beugt sich vor, um mich zu küssen. »Und du hättest mir nichts schenken müssen. Aber ich danke dir.«

»Das hast du mir beigebracht«, erinnere ich ihn. »Dass ich der Liebe würdig bin. Dass es okay ist, sie anzunehmen.«

»Ich glaube, du verwechselst mich mit deiner Therapeutin«, sagt er und grinst.

»Nein«, erwidere ich und stupse ihn an der Schulter. »Das *sagt* sie nur. Du *tust* es. Du bist derjenige, der mit mir daran arbeitet. Du bist derjenige, der mich liebt und mich zwingt, es zu akzeptieren.«

»Verdammt richtig«, sagt er. »Willst du mir jetzt einen Antrag machen, oder kann ich das aufmachen?«

Ich lache und schüttle den Kopf. »Ich glaube, man muss länger als ein Jahr verheiratet sein, bevor man sein Gelübde erneuern kann. Öffne es.«

»Es ist anderthalb Jahre her«, erinnert mich King, aber er gehorcht. Er öffnet die Schachtel und starrt auf den kleinen weißen Stift darin. Ich warte, ohne auch nur zu atmen, darauf, dass er etwas sagt. Ich fange an zu denken,

513

dass das eine wirklich dumme Idee war, und was ist, wenn er nicht begeistert ist und es nicht als Geschenk betrachtet?

Endlich hebt er seine Augen zu meinen, und wenn ich es nicht besser wüsste, würde ich schwören, dass sie ein wenig glänzen.

»Du bist schwanger?«, fragt er.

Ich nicke und beiße mir auf die Lippe, damit ich nicht laut aufschreie.

»Ich weiß, meine sture Gebärmutter hat lange genug gebraucht«, sage ich. »Ich dachte schon, wir hätten es mit einem Fluch belegt, als wir sagten, wir würden den Leuten sagen, dass wir kein Baby bekommen können.«

»Nun, wir haben uns wirklich Mühe gegeben«, meint er mit einem kleinen Lächeln und nimmt den Test aus der Schachtel.

»Das solltest du vielleicht nicht anfassen«, sage ich. »Ich habe darauf gepinkelt. Wenn ich so drüber nachdenke, wäre ein symbolisches Geschenk viel hygienischer gewesen. Du weißt schon, eine Rassel als Andenken oder …«

King unterbricht mein Reden, indem er sich zu mir beugt und mich auf den Mund küsst. Ich verschmelze mit ihm und merke gar nicht, wie sehr ich es brauchte, dass er aufgeregt ist, bis er es zeigt. Er küsst mich lange und tief, seine Zunge fordert meine grob ein, seine großen Hände legen sich um meine immer noch schlanke Taille. Er legt mich zurück auf die Couch, als ob ich so zart wäre wie das Baby es sein wird.

»Du bist also glücklich?«, frage ich mit einem kleinen, atemlosen Lachen.

»Soll ich dir zeigen, wie glücklich ich bin?«, will er wissen, nimmt meine Hand und zieht sie an die Vorderseite seiner Hose, sodass ich die harte Kante seines Schwanzes spüren kann.

»Wow, ich wusste gar nicht, dass der Gedanke, dass ich fett und geschwollen werde, dich so anmacht«, kommentiere ich. »Oder ist es der Gedanke daran, den Pakt zwischen unseren Familien zu besiegeln, der dich so heiß und erregt macht?«

»Es ist der Gedanke daran, was ich zur Feier des Tages mit dir anstellen werde«, erklärt er mit einem verruchten Grinsen auf den Lippen.

»Erzähl mir mehr«, sage ich und schlinge meine Beine um ihn. Es hat viel zu lange gedauert, hierherzukommen, und ich genieße jeden einzelnen Moment davon, jetzt, wo ich Sex haben kann, ohne die meiste Zeit auszuflippen. Eine Zeit lang war es ein bisschen schwierig, aber ich habe in der Therapie und mit King daran gearbeitet, und in letzter Zeit haben sich sogar meine Eierstöcke entspannt und sich mit der Idee angefreundet. Zumindest ist das die einzige Erklärung, die mir einfällt. Gott weiß, wir haben es versucht – über fünfhundert Mal, falls jemand mitzählen will.

Das tue ich, aber nicht aus irgendwelchen gruseligen Gründen. Jedes Mal, wenn wir zusammen kommen, spüre ich ein Gefühl des Triumphs, als hätte ich mir eine Auszeichnung als Nr. 1 beim erfolgreichen Abschluss des Geschlechtsverkehrs verdient. Also habe ich angefangen, die Siege zu zählen, weil meine Therapeutin sagte, ich solle kleine Siege zählen. Ich weiß nicht, ob sie das wörtlich gemeint hat, oder ob Orgasmen als kleine Erfolge gelten, aber ich denke, es tut niemandem weh und ich fühle mich erfüllt, also warum zum Teufel nicht?

Nachdem King und ich die Zahl weiter erhöht haben, landen wir auf dem Wohnzimmerteppich und starren an die Decke.

»Ich denke, es ist an der Zeit, das Gästezimmer in ein Kinderzimmer umzuwandeln«, sage ich.

»Vielleicht kann Bianca helfen«, schlägt er vor. »Wenn ihr euch in einer Phase der Freundschaft befindet, in der ihr wieder gutgestellt seid.«

Ich grinse. »Sie wird so eifersüchtig sein. Ich kann es kaum erwarten, es ihr zu sagen. Ich wette, dein Onkel ist zu alt, um sie überhaupt zu schwängern.«

King schüttelt nur den Kopf. »Ich werde eure

Beziehung nie verstehen.«

»Also dann hör auf, es zu versuchen.«

»Glaube mir, das habe ich schon vor langer Zeit getan.«

Ich lächle und lege meinen Kopf auf seinen Arm. »Solange sie nicht *wirklich* versucht, dich umzubringen, kannst du davon ausgehen, dass wir für immer beste Freunde sein werden.«

»Na gut«, meint er, rollt sich zu mir und streicht mit den Fingerspitzen sanft über meinen nackten Bauch. »Wir haben eine Menge vorzubereiten. Kinderzimmer, Babysicherungen, all das Zeug, Namen …«

»Daran habe ich auch schon gedacht«, sage ich. »Wenn es ein Mädchen wird, wie wäre es, wenn wir es Crystal nennen, nach deiner Schwester?«

»Das würde mir gefallen«, gesteht er und seine Augen werden dunkler, so wie sie es immer tun, wenn er von ihr spricht. Ich weiß, dass er nie über diesen Verlust hinwegkommen wird, dass er immer die Traurigkeit spüren wird, aber vielleicht hilft das ein wenig.

»Und wenn es ein Junge wird«, sagt er. »Vielleicht Jonathan, nach deinem Bruder?«

»Ich dachte an Anthony«, sage ich. »Schließlich heißen unsere Väter beide so.«

»Das können wir auf jeden Fall auf die Liste setzen«,

sagt er und lächelt ein wenig. Im Schlafzimmer ist er verdammt herrisch, weil er weiß, dass ich seine Dominanz brauche und liebe, solange er nicht gewalttätig ist, aber ich versuche, es im Keim zu ersticken, wenn er es hier draußen tut. Ich bin zwar glücklich, seine Frau zu sein, aber ich sträube mich immer noch bei dem Gedanken, dass mich jemand kontrolliert. Aber ein Babyname ist etwas Großes, etwas, bei dem wir beide an Bord sein sollten.

»Okay«, sage ich und lache. »Wir haben neun Monate Zeit, uns zu entscheiden. Als ich gestern auf dem Campus war, habe ich gesehen, dass jemand in der Innenstadt einen Flyer für einen Kurs zur Herstellung von Babynahrung aufgehängt hat. Ich dachte, ich könnte hingehen.«

»Worauf habe ich mich da nur eingelassen?«, stöhnt er. »Du willst unsere Tochter Crystal nennen und deine eigene Babynahrung herstellen? Als Nächstes änderst du noch deinen Namen in Sternenkind und machst Hanfketten.«

Ich lache und gebe ihm einen Schubs. »Und du würdest mich genauso lieben.«

»Gut, du hast gewonnen«, sagt er. »Ich würde dich genauso lieben. Aber mir wäre es lieber, du würdest deinen Namen in Pussy Galore ändern und mir ein Abendessen kochen, Frau.« Er gibt mir einen spielerischen Klaps auf den Hintern, und ich lege ein Bein über seines und schenke ihm mein einladendstes Lächeln. Ich weiß, dass er einen Scherz macht. Er ist derjenige, der mich dazu ermutigt hat, ein paar Kurse zu belegen und über ein Krankenpflege-Studium nachzudenken.

»Du weißt, was man sagt«, erinnere ich ihn. »Eine Frau kann nur in einem Zimmer des Hauses gut sein. Du darfst dir aussuchen, in welchem.«

»Warte, ich bestelle eine Pizza«, sagt er und greift nach seinem Handy. »Jetzt spreize deine Beine und finger dich, während ich bestelle. Ich will sehen, wie mein Sperma aus dir herausläuft.«

Ich grinse und gehorche, denn ich liebe die Qualen, die es ihm bereitet, mit jemandem reden zu müssen, während er zusieht, ohne sich zu berühren. Als er fertig ist, knurrt er und greift nach mir, übernimmt die Kontrolle, damit ich loslassen kann. Ich habe gelernt, wie sehr ich seine Dominanz brauche, wie sehr es mich anmacht, wenn er in die Rolle schlüpft, für die er geboren wurde – in die Rolle meines Mannes, dem mein Körper und meine Seele gehören, genauso wie mir seine. Wir sind füreinander geschaffen, und wir finden gemeinsam unseren perfekten Rhythmus, den wir uns gegenseitig beigebracht haben, der pure Magie ist, so perfekt, dass er das größte Wunder in mir bewirkt.

Liebe.

Ende.

Anmerkung der Autorin

Dieser Titel ist Teil der Welt von Willow Heights. Beginne am Anfang, wenn du die wahre Geschichte lesen möchtest, was mit Kings Schwester passiert ist
https://www.amazon.de/dp/B09Z8KPP96

Wenn du meinen Leseempfehlungen folgen möchtest, ist das nächste Buch in der Reihe *Bad Apple*, über Kings Bruder Royal.
https://www.amazon.de/dp/B0B7Z2KWDM

www.ingramcontent.com/pod-product-compliance
Lightning Source LLC
Chambersburg PA
CBHW031023030726
47497CB00004B/976